国家出版基金项目
NATIONAL PUBLICATION FOUNDATION

本卷主编◎郭　力

1945—1949年

东北解放区文学大系

散文卷⑤

总主编◎丛　坤

黑龙江大学出版社
哈尔滨

图书在版编目（CIP）数据

　　1945—1949 年东北解放区文学大系．散文卷 / 丛坤
总主编；郭力分册主编 . -- 哈尔滨：黑龙江大学出版
社，2021.10
　　ISBN 978-7-5686-0467-3

　　Ⅰ . ① 1… Ⅱ . ①丛… ②郭… Ⅲ . ①解放区文学—作
品综合集—东北地区— 1945-1949 ②散文集—中国—
1945-1949 Ⅳ . ① I218.3

　　中国版本图书馆 CIP 数据核字（2021）第 099994 号

1945—1949 年东北解放区文学大系　　散文卷
1945—1949 NIAN DONGBEI JIEFANGQU WENXUE DAXI SANWENJUAN
郭　力　主编

责任编辑　魏鑫然　魏　玲　刘　岩　宋丽丽　范丽丽　高楠楠　张永生
出版发行　黑龙江大学出版社
地　　址　哈尔滨市南岗区学府三道街 36 号
印　　刷　哈尔滨市石桥印务有限公司
开　　本　720 毫米 ×1000 毫米　1/16
印　　张　151.25
字　　数　1694 千
版　　次　2021 年 10 月第 1 版
印　　次　2021 年 10 月第 1 次印刷
书　　号　ISBN 978-7-5686-0467-3
定　　价　488.00 元（全五册）

《1945—1949 年东北解放区文学大系》

学术顾问（按姓名笔画排序）

冯毓云　　刘中树　　张中良　　张毓茂

编委会（按姓名笔画排序）

主任： 于文秀

成员： 叶　红　　丛　坤　　刘冬梅　　那晓波
　　　　孙建伟　　李　雪　　杨春风　　宋喜坤
　　　　张　磊　　陈才训　　金　钢　　赵儒军
　　　　侯　敏　　郭　力　　戚增媚　　彭小川
　　　　蓝　天

出版说明

 1945 年到 1949 年的东北解放区,社会风云变幻,文学繁荣发展。当时的文学创作者们以激昂向上的笔触,再现了波澜壮阔的解放战争和轰轰烈烈的土地改革,讴歌了人民军队可歌可泣的英雄事迹,描绘了劳动人民翻身后的喜悦心情,书写了时代的大主题。为了再现这段文学风貌,我们编辑出版了《1945—1949 年东北解放区文学大系》。

 这套丛书大体以体裁分编,计小说卷(长篇、中篇、短篇)、散文卷、戏剧卷、诗歌卷、翻译文学卷、评论卷及史料卷七种,所收录作品以新文学为主。此阶段作品浩如烟海,而部分文字资料因时间久远或受当时技术所限出现严重缺损,考虑到丛书篇幅有限,故仅收入代表性较强的作品。对于因原始资料不全、不清晰而无法完整呈现,或受条件所限未收集到权威版本的篇目,则整理为存目,列于丛书卷末,以备读者参考。

 丛书编辑过程中,多数篇目由原始版本辑录,首次收入文集,也有些篇目参照了此前出版的多种文集。原始文献若有个别字迹不清确不可考的,丛书中以□代替。

 丛书收录作品以 1945 年 8 月至 1949 年 10 月为时间节点,个别作品的完成时间略有延伸。大部分作品结尾标注了写作时间，以及初次发表或结集出版的版本信息。作品编排大体以作者姓名笔画为序（特殊情况除外，如集体创作作品列于卷末）。

就筛选标准而言，所收主要为东北作家创作的主题作品，也有非东北籍作家创作的有关东北解放区的作品。除此之外，还有此时期公开发表的反映抗日战争题材的作品，以及在东北出版的反映其他解放区的、革命主题特色鲜明的作品。需要指出的是，在本丛书的史料卷中，还有一部分作品创作于新中国成立之后，但反映了解放战争时期东北解放区的文学发展面貌，或记述了一些典型事件、代表性人物，亦具珍贵的史料价值，为完整呈现当时的文学风貌，这部分作品亦收入丛书，以"节选"的方式呈现。

需要特别说明的是，此时期的个别作家受时代限制，思想表现出了一定的历史局限性，体现在文学创作方面可能表现为不同程度的瑕疵，这一群体的作品，只要总体导向是正面的、积极的，从保证史料全面性、完整性的角度考虑，我们也将其予以收录。个别作家在解放战争时期是积极追求进步的，但随着社会环境的变化，却出现思想动摇甚至走向错误道路，对于其作品，本丛书只选取其有代表性的、取向积极的篇目，对于其他时期该作家的不当言论、思想，我们不予认同。此外，在当时复杂的政治环境下，还有一些作品中的个别表述可能存在一些偏差，但只要其主题思想是积极进步的，则丛书亦予以收录。

丛书旨在突出东北解放区文学原貌，侧重文献整理，故此在编辑过程中，重点对作品中会影响读者理解的明显讹误进行了订正，对于字词、标点符号以及句法等，尊重原文的使用习惯，不予调改，以突出其史料价值。此外，由于此时期文学作品肩负宣传进步思想的重任,而读者对象大多文化程度较低,创作者亦水平不一,因此创作主旨以通俗易懂为要,一些篇目语言风格通俗、浅白,甚至个别篇目、细节存在一些俚语表达,为遵从原貌,丛书仅对不雅字、词、句加以处理,其余不予调改。本书选文除作者原注外,亦保留原文在初次出版时的编者注,供读者参考。

《1945—1949 年东北解放区文学大系》

散 文 卷 ⑤

总　序

张福贵

从古至今，东北在中国历史与文化进程中，特别是近代以来都是决定中国社会政治发展走向的重要因素。当然，这种作用不单纯是东北自生的，更是多种因素叠加和交汇的结果。东北文化既是文化空间概念，同时更是历史时间概念，是不同空间、区域的多种历史文化的积累，是一种时空统一的文化复合体。值得注意的是，除了抗战时期的特殊因缘使"东北作家群"名噪一时外，作为东北历史文化和现实社会表征的东北文学特别是东北解放区文学，在相当长的时间里却未得到应有的关注。黑龙江大学出版社在对过去为数不多的东北文学史料进行整理的基础上出版的东北文艺史料集成——《1945—1949 年东北解放区文学大系》，因而可以说是特别值得关注的。

《1945—1949 年东北解放区文学大系》内容丰富，除了包括小说卷、诗歌卷、散文卷、戏剧卷之外，还包括评论卷、史料卷和翻译文学卷。这是一个前所未有的大工程，也是一件大善事。正如"总导言"中所说的那样，丛书注重发掘新资料，通过回归文学现场，复现了东北解放区文学的整体面貌。东北解放区文学处于东北现代文学快速繁荣发展的历史时期,在土改文学、工业文学、战争文学等方面代表了20世纪40年代解放区文学的成就,是对《在延安文艺座谈会上的讲话》所确立的文艺观念的全面实践。对东北解放区文学的系统研究有利于更全面地总结解放区文学的成就,有利于把握延安文艺传统与东北解放区文学的内在联系,以及解放区文学对新中国文学制度、观念、创作等方面的影响。以"历史视角""时代视角"对东北解放区文学,尤其是解放战争时期的土改题材、工业题材的小说和戏剧进行分析,可以勾勒出政治意识形态对东北解放区文学运动、文学社团、文学形态、文学制度、文学风格、文学论争等产生的影响,有利于把握东北解放区文学的历史价值、认识价值、审美价值与当代意义,同时对于挖掘东北地区的文化历史和建设东北文化亦具有现实意义。东北解放区文学是基于延安文艺传统而创作的,对东北解放区文艺运动、文艺理论的全面审视具有重要的历史价值和理论意义。此外,对东北解放区文学进行深入研究,探寻人民文艺理论的历史源头,对于当代文艺创作、审美观念的引导亦具有一定的启示作用。但是,受地域因素、资料整理程度、研究者文化背景等条件的制约,东北解放区文学在中国当代文学史上的特殊地位与价值一直以来并未引起研究者的足够重视。

东北解放区文学无论是在中国大文学史中还是在东北文学和文化发展的历史中,都是具有特殊意义的存在。

虽然现代东北文学在新文学运动初期晚于也弱于关内文学的发展,但是1931年九一八事变发生,新起的东北文学及东北作家被国难推到了文坛中心,萧红、萧军等青年作家更是直接受到鲁迅的关注和扶持,迅速成为前沿作家。这一批流落到上海等都市的青年作家由此被称为"东北作家群",他们奠定了东北文学在中国大文学史上的特殊地位。然而，正像全面抗战进入相持阶段之后，中国文坛也变得相对平静、舒缓一样，除了萧红、萧军等人外，东北文学和东北作家也逐渐失去了文坛的关注。应当承认，一些东北作家的文学成就和文坛名声之间并不完全相符，是时代造就了他们，提高了他们的文学史地位。然而，另一方面，我们对其中有些作家及作品的价值却又是认识不足的。对此，我自己也有一个认识转化的过程：过去单纯依据多数东北作家的创作进行判断，感觉某些艺术价值之外的因素在评价中发生了作用，其地位可能有些"虚高"；但是，对于20世纪的中国文学史来说，艺术之外的价值判断就是艺术判断本身，或者说，社会判断、政治判断就是中国文学史评价的根本性尺度。因为在中国作家或者说在知识分子的群体意识之中，政治的责任感和社会的使命感几乎是与生俱来的，而中国20世纪风云激荡的社会现实又为这种责任感和使命感提供了最好的生长环境。"悲愤出诗人"，"文章憎命达"，文学创作是与政治、思想、伦理等融为一体的，脱离了这一切，文艺也就失去了时代与大众。所以说，无论是具体的作品分析，还是文学史研究，没有了这些"外在因素"，也就偏离了其本质。"东北作家群"是时代的产物，也是时代文艺的产物，20世纪中国文学史中应该有他们浓墨重彩的一笔。作为后人，对历史做出评价往往是轻而易举的，但是这"轻而易举"往往会导致曲解甚至歪曲了历史，委屈了历史人物。"东北作家群"的价值和意义不是单一的，因为对中国现代文学史的评价从来就不是一种艺术史、学术史的评价，而是一种思想史和政治史的评价。正如鲁迅当年为萧军的成名作《八月的乡村》所作的序中所写的那样，"这《八月的乡村》，即是很好的一部，虽然有些近乎短篇的连续，结构和描写人物的手段，也不能比法捷耶夫的《毁灭》，然而严肃,紧张,作者的心血和失去的天空,土地,受难的人民,以至失去的茂草,高粱,蝈蝈,蚊子,搅成一团,鲜红地在读者眼前展开,显示着中国的一份和全部,现在和未来,死路与活路。凡有人心的读者,是看得完的,而且有所得的"。《八月的乡村》不仅是中国现代第一部抗日题材的长篇小说,也是世界反法西斯战争题材的第一部长篇小说,其意义和价值是特殊的、特有的,不可单单以艺术审美的标准来看待这部作品。"东北作家群"的存在及其创作的意义,不只是为20世纪30年代的中国文坛增添了特有的地域文化内容和东北文学特有的审美风格,更在于最早向全国和世界传达出中华民族抗敌御辱的英勇壮举,最早发出反法西斯的声音。此外,在抗战大历史观视域下,"东北作家群"的创作为十四年抗战史提供了真实的证据。特别是东北解放区的早期文学直书十四年历史的特殊性,这是十分可贵的和独特的。于毅夫的散文《青年们补上十四年这一课》,深刻而沉重地描写了十四年殖民统治下东北人的精神状态和文化演变:

这许多现象,说明了东北在十四年殖民统治的过程中,文化生活上是起了很大的变化。翻开伪满的《满语国民读本》一看,真是"协和语"连篇,如亚细亚竟写成アジヤ,俄罗斯竟写成ロシヤ,有的人一直到现在还把多少元写成多少円,这都是伪满"协和语"的残余,说明殖民统治残余的文化还在活着,还没有死去,这在今天不能不说是一件遗憾的事!仔细想来,这也难怪,因为日本的魔手,掌握了东北十四年,今天一旦解放,希望不着一点痕迹,这是完全做不到的,要从历史上来看,它切断了东北历史十四年，这十四年的历史是很黯淡地被抹掉了，十四年来也的确是一个大变化，在这期间多少国家兴起了，多少国家衰落了，多少血泪的斗争、多少波浪的起伏，都被日本鬼子的魔手所遮断！我回到家乡接触到成千成百的青年，几乎都不大明了这十四年来的历史真相，有的连中国内部有多少省都不知道，连云南、贵州在哪里都不晓得。

难能可贵的是，作者较早地认识到在经历了十四年的奴化教育之后，对东北人民进行民族和民主意识的启蒙是至关重要的。"不过历史是不能停滞的，殖民统治残余的文化必须要肃清，法西斯毒化思想也必须要肃清，既然是日本鬼子切断了东北历史十四年，既然法西斯分子要篡改这一段历史，那我们就应该设法补足这十四年的历史！""要做到这点，我想青年们今天的迫切要求，不是如何加紧去学习英文、代数、几何、物理、化学，读死书本事，争分数之短长，准备到社会上去找一个饭碗，而是如何加紧去学习新文化，如何加紧学习社会科学，如何去改造自己的思想，如何进一步地去改造这遭受法西斯思想威胁的半封建的半殖民地的社会！""因此我向青年们提议要加强你们对于新文化的学习，加强对于社会科学的学习，特别是政治的学习，不要把自己圈在课堂里，圈在死书本子上。""新青年要掌握着新文化，新思想，才能创造起新中国新东北！"（《东北日报》1946年10月13日）

在一批最前沿的左翼作家流亡关内之后，东北文学经过了一段艰难而相对平静的发展阶段。在表面繁华而内在凶险的沦陷区文艺界，中国作家用各种文艺手段或明或暗地与侵略者进行抗争，并为此付出了血的代价。这种状况直到1945年光复之后才发生根本

· 5 ·

性转变,东北文艺创作者们一方面回顾过去的苦难,另一方面表现出对新生活的憧憬,这正是后来东北解放区文艺的心理基础,而日渐激烈的解放战争又为东北文艺的走向和解放区文艺的诞生提供了具体的现实基础。这与以萧军、罗烽、舒群、白朗、塞克、金人等人为代表的东北籍作家的返乡,以及在东北沦陷区留守的左翼作家关沫南、陈隄、山丁、李季风、王光逖等人的坚持,是分不开的。当然,随我党十几万军政人员一同出关的延安等地的众多文艺家,在东北文艺的创设中更是起到了引领和带头作用。这其中已经成名的有刘白羽、周立波、丁玲、草明、严文井、张庚、吴伯箫、华山、陆地、公木、方青、任钧、雷加、马加、陈学昭、西虹、颜一烟、林蓝、柳青、师田手、李克昇、蔡天心等。

　　东北解放区文艺的创作直接继承了延安文艺特别是毛泽东《在延安文艺座谈会上的讲话》精神。在党的直接领导下,东北解放区先后创办了《东北日报》《中苏日报》《东北民报》《关东日报》《辽南日报》《西满日报》《大连日报》《松江日报》《合江日报》《吉林日报》《胜利报》等,这些报纸多为党的机关报,其文艺副刊发表了大量的文艺作品、理论文章及文艺动态。这些报纸副刊对于东北解放区文学的引导与建构起到了重要的作用。与此同时,《东北文学》《东北文化》《东北文艺》《文学战线》《人民戏剧》《白山》《戏剧与音乐》等文学杂志,以及东北书店、大众书店、光华书店等出版机构相继创办,这些文艺刊物和书店对解放区文艺的发展也起到了很大的推动作用。

　　革命的逻辑和阶级的理论是东北解放区文艺创作的普遍主题。这是一种革命的启蒙,与左翼文艺一脉相承,只不过东北的社会现实为这种主题提供了更为广泛而坚实的生活基础。抗战胜利后,为了开辟和巩固东北解放区,使之成为解放全中国的军事和经济基地,我党进军东北,抢占了战略制高点。可是,在东北,人民军队所处的环境与山东等老解放区完全不同,殖民统治因素加之国民党的宣传,使得我们的政治优势在最初未能完全发挥出来。正如李衍白在散文《黎明升起——巨大变化的东北一年间》中所写的那样:"群众在犹豫中,岁月在艰苦里,这就是我们在东北土地上刚刚开始播种,还没有发芽开花时的现实遭遇。"随着革命形势的发展,革命军队传统的政治思想工作优势又体现了出来。我党在部队中开展了以"谁养活了谁"为主题的"诉苦运动",这颠覆了中国东北乡村社会的封建伦理,提高了官兵的阶级觉悟,极大地增强了部队的战斗力。

这种革命的逻辑在土改题材的作品中表现得最为突出。方青的短篇小说《擦黑》讲述了这个朴素的道理:

> "……像赵三爷那号人,把咱穷人的血喝干了,咱们才不得不去找口水喝饮饮嗓;他们喝干了咱们的血没有一点过,咱们找口水喝饮饮嗓子就犯了罪?旧社会就是这么不公平!他们还满口的仁义道德,呸!雇一个扛活的,一年就剥削好几十石粮食,还总是有理!穷人的孩子偷他个瓜吃,就叫犯罪,绑起来揍半天,这叫什么他妈的道德?咱们要讲新道德,咱们贫雇农的道德;就是用新道德来看咱们贫雇农;像上边说的那些犯了点毛病的,都不要紧,脸上有点黑,一擦就干净了,只要坦白出来,都是穷哥儿们好兄弟。一句话:只要是姓穷的就有理,穷就是理!金牌子上的灰一擦净,还是金牌子。家务事怎么都

好办!"李政委讲的话刚一落音,大伙高兴地乱吵吵起来:
"都亲哥儿兄弟么!"

除此之外,还有在"你给地主害死爹,我给地主害死娘……"的事实教育下,认识到了彼此都是阶级弟兄,大家都是穷苦人的"无敌三勇士",他们从此"火线上生死抱团结"。(刘白羽《无敌三勇士》)

土地改革是东北解放区文艺最引人关注的问题。东北解放区文学作品中有许多极具写实性的"穷人翻身"故事,如周立波的《暴风骤雨》、马加的《江山村十日》、白朗的《孙宾和群力屯》、井岩盾的《瞎月工伸冤记》、李尔重的《第七班》、西虹的《英雄的父亲》等文艺经典作品。

方青的《土地还家》描述的就是这一历史巨变给贫苦农民带来的心理和生活的变化:

　　二十年了,郭长发又重新用自己的手来耕作自己的土地了。这是老人留下的命根,叫它长出粮食来养活后代的儿孙:可是二十年的光景,它被野狼吞了去,自己没有吃过它一颗粮食——他想到是旧社会把他的地抢走了。

　　现在呢?他又踏在这块地上铲草了。他感到自己已经离开家二十年,如今又回到母亲的怀里,亲切地叫着:"娘!我回来了。"——于是他又感到是:这是新社会把我的地要回来的。他这样想着,不由得拉长了声音跟儿子说:

"柱儿！想不到啊，盼了二十年，那时候你才三岁。多亏共产党……记住！可别忘了本啊！"

他直起腰来，两手拉着锄把，又沉重地重复着这句话：

"柱儿！记住，可别忘了本啊！"

佚名的《永北前线担架队速写》则写了老乡们在一天的时间里就组织起了八百余人的担架大队，作者经过和担架队员们的交谈，感受到了新解放区人民的觉悟。大队长问担架队员们："你们这次出来抬担架，怕不怕？"大伙回答："不怕！"大队长又问："为什么不怕？"大伙答："不怕，这是为了自己。"担架队员们相信唯有民主联军存在，他们才能活着。他们说："胜利是我们的，土地才是我们的。""赶走国民党反动派，保卫我们的土地和民主。"这与《白毛女》"旧社会使人变成鬼，新社会使鬼变成人"和《王贵与李香香》"要是不革命，穷人翻不了身，要是不革命，咱俩结不了婚"的主题是一样的。淮海战役的胜利是山东人民用手推车推出来的，而东北解放区的建立和辽沈战役的胜利又何尝不是如此！

战争书写是东北解放区文艺中最主要的内容，革命理想主义、革命集体主义和革命英雄主义精神，是东北文艺的思想主题，也是东北文艺的审美风尚。这种简单明了的思想、昂扬向上的精神本身就具有一种审美特质，它奠定了新中国文艺的审美基调。就东北解放区文艺而言，无论是描写抗日战争还是描写解放战争的作品，都普遍具有鲜明而朴素的阶级意识、粗犷而豪迈的革命情怀。

蔡天心的诗歌《仇恨的火焰》，描写了在觉醒的阶级意识支配下东北民主联军官兵的战斗情怀：

仇恨燃烧着，

像火一样烧灼着广阔的土地。

听啊——

大凌河在狂呼，

辽河在咆哮，

松花江在怒吼，

在许多城市和乡村里，

哪儿出现反动派的鬼影，

哪儿就堆成愤怒的山，

哪儿有敌人的迹蹄，

哪儿就燃起仇恨的火焰……

……

我们要

用剪刀剪断敌人的咽喉，

用斧头砍下他们的头颅，

用长矛刺穿他们的胸脯，

用棍棒打折他们的脚胫，

用地雷炸弹毁灭他们，

用从他们手里夺过来的武器，

打垮他们，

然后用铁镐把他们埋掉！

我们要用生命,用鲜血,

保卫这自由解放的土地,

不让反动派停留！

"赶走敌人啊，
赶快消灭它！"
让这充满着力量和胜利的声音，
随同捷报传播开去，
让千百万颗愤怒的心，
燃起
仇恨的火焰！

这种激情在东北解放区的散文、报告文学和战地通讯中表现得最为明显，如丁洪的《九勇士追缴榴弹炮》、马寒冰的《雪山和冰桥》、王向立的《插进敌人的心腹》、王焰的《钢铁英雄王德新》等。这些作品内容真实，情感深沉厚重，延续了抗战时期散文书写浪漫主义与现实主义相结合的审美特征。这些既有写实性又有抒情性的东北解放区散文作品在战争中凝聚人心，彰显力量，具有极大的宣传、鼓舞作用。

最为难得的是，面对东北发达的近代工业景观，作家们更多地描写了工人们的斗争和生活，这些作品成为东北文艺中最为独特而珍贵的展示，而且直接影响了新中国工业题材文学的创作。战争期间，沈阳、长春、大连等地的工业设施惨遭破坏。光复之后，为了保护工厂和恢复生产，工人们表现出了忘我的精神和高超的技术。这使得从未见过现代工业景象的文艺家们感动和激动，他们纷纷用笔来描写现代工业生产和城市新生活，从而给中国现代文学带来了前所未有的新气象。大连大众书店于 1948 年 8 月出版的

《"工农园地"选集》，就收录了城市工人拥护并融入新生活的历史片段，如袁玉湖《锉股的"火车头"》，郓景明、孙聚先《熔化炉的话》等。此外还有李衍白《工人的旗帜赵占魁》，草明《工人艺术里的爱和恨》，张望《老工友许万明》等。李衍白在散文《黎明升起——巨大变化的东北一年间》中，描写了东北现代工业的风貌和工人们的热情：

> 今日的城市也正在改变着一年以前的面貌，先看一看今天的哈尔滨，代表它新气象的是全部工业齿轮的旋转，是市中心区黑夜中的灯光如昼，是穿插在四条线路的廿五台电车和六条线路上卅台公共汽车，是一万五千吨自来水不停地输送给工厂、商店和住宅。这些数目字不仅超过了去年今日（蒋记大员们劫掠后所造成的混乱情况），而且有些超过了伪满。在紧张的战争中加速地恢复这些企业，同样不是依靠别的，而仅仅是由于工人的觉悟。你想一想，一个工人为了修理一个发电的锅炉，但又不能停止送电，于是就奋不顾身钻进可以熔化生铁、数百度的锅炉高热中，他穿着棉衣，外面的人用水龙朝他身上喷冷水，就这样工作一会熬不住了跑出来，再钻进去，来回好多次，最后，完成了任务。我们有好多这种感人的事例。

我们在这些描写工友的散文里，看到了解放区新生活带给城市工人的希望。他们积极上工，传授技术，加班加点，争着当劳动英雄。这在中国同时期其他地域的文学作品中是极少见的。

质朴单一的写实手法是东北文艺的普遍表现方式,这种质朴不单是一种审美风格,更是一种直面大众的话语策略。这一传统与近代"政治小说"、五四新文学、左翼文学和抗战文艺等都是一脉相承的。文艺作为一种宣传和斗争的工具,自然要承担起团结和争取最广大人民群众的历史任务。因此,质朴单一的写实手法、通俗易懂甚至有些粗俗的语言风格,成为东北解放区文艺的普遍表现形式。

鲁柏的诗歌《夸地照》用简朴的形式表达了翻身农民淳朴的感情:

一张地照领回家,
全家老少笑哈哈;
团团围住抢着看,
你一言我一语来把地照夸:

长方形,四个角,
宽有八寸长两拃;
雪白的纸上写黑字,
红穗绿叶把边插。

上边印着毛主席像,
四季农忙下边画;
地照本是政委会发,
鲜红的官印左边"卡"。

里面写着名和姓,

· 13 ·

地亩多少填分明，

拿到地照心托底，

努力生产多收成。

这首诗歌不仅使用了农民的口语，而且用东北农村方言来直观地描摹地照的具体形状和细节，表达了翻身农民朴素的情感。这种描写和表现方式与中国古代民歌传统有直接的联系。

井岩盾的小说《瞎月工伸冤记》以一个雇农自述的方式讲述自己的悲苦经历和内心感受。当工作队员问他是否受地主老赵家的气，他说："大伙吃他的肉也不解渴啊，都叫他给熊苦啦。"于是在工作队的启发和支持下，他"找大伙宣传去了"："张大哥，李大兄弟啊，咱们都是祖祖辈辈受人欺负的人呀！这回来了八路军啦，八路军给咱们穷人做主呀！有话只管说呀！有八路军，咱们啥都不用怕呀！"这是东北解放区贫苦农民普遍具有的经历和感受，而这种质朴无华的语言也是地道的东北农民的日常语言，具有天然的亲和力。

邓家华的小说《打死我也不写信》从情节到语言都相当质朴，甚至有些幼稚，但是那种情感是真挚的。"我"被敌人抓去，遭到严酷的鞭打，"当时我痛得忍不住，皮肤里渗透出一条一条青的红的紫的血痕，可是打死我也不写信的，他们看到我昏过去了，也就走了。等我清醒过来时，浑身疼痛，我拼死命地弄坏了门逃了出来，可是不巧得很，又碰到了伪军，又把我抓起来了，他们还是逼迫我写信，我坚决地说：'死了心吧！就是死了，我父亲会帮我报仇的。'救星来了，在繁星的晚上，忽然西面枪声不停地响着，新四军老部队来攻击了，伪军们都吓得屁滚尿流地逃走了，啊！新四军救出我了，我很快地到了家里，见了爸爸妈妈，心里真是高兴得流泪了"。

李纳的散文《深得民心》记叙了长春一个米面商人对民主联军和共产党的淳朴情感："他已经将红旗展开，举到我的眼前，我看到七个大字：'中国共产党万岁！'""'中国共产党万岁！'他重复着这七个字，从眼镜里透露出兴奋的眼睛。这脸，比先前更可爱更慈祥了：'我喜欢这七个字，所以我选择了它。'""大会开始了，人们都向着会场移动，老先生也站起来要走，临走时他问我在什么地方工作，我告诉了他，他高兴地说：'好，都是民主联军。深得民心，深得民心。'"抛开其内容不论，作品文字风格的朴素也显露出解放区文艺在艺术层面幼稚和不甚精致的弱点，而这弱点又可能是许多新生艺术的共有问题。也许，正因为幼稚，它才有更广阔的发展空间。

形式的多样性特别是短小化是东北解放区文艺创作的普遍特点，短篇小说、墙头诗、快板诗、散文、战地通讯、说唱文学等成为最常见的艺术形式。战争的环境、急剧变化的生活和读者的接受水平与习惯等，决定了人们需要并且适应这种短平快的表达方式，而这也是延安文艺和抗战文艺形式的延续。天意的《县长也要路条》描写了两个一丝不苟的儿童团员在放哨时不放过民主政府的县长，硬是把他和警卫员带到乡长那里查证的故事。其篇幅短小，不到400字，但是内容蕴意深刻，语言风趣自然，简直就是一篇微型小说。

小区区的短诗《一心一意要当兵》，将人物的关系、思想、表情和语言都生动形象地表现出来，极具说服力和感染力：

葫芦屯有个小莲青，

一心一意要当兵——

他爹说：

"你去吧。"

他娘说：

"你等一等！……"

他老婆说：

"哪能行?！……"

忸忸怩怩来扯腿；

哭哭啼啼不放松：

"你去当兵啥时还？

为老为少撇家中！"

小莲青，

脸一红：

"小青他娘，

你醒醒：

八路同志千千万，

哪个不是老百姓?！

我去当兵打蒋贼，

咱们才能享太平。"

当然，东北解放区文艺中也有许多保留了浓郁的文人气息的作品，这些作品与五四新文学的"纯文艺"审美风格有明显的承续性。例如大宇的诗歌《琴音》：

一个琴师

把琴音遗失在幽谷里

滑落在幽谷的谷缝里了

琴音栽培了心原上的一棵草儿

琴音赞咏了艺术的生命

一支灿烂的强烈的光焰

我就永住在这琴音里了

就仿佛身陷于一片梦的缘边

仿佛浴着一片无际的云海

无垠的生旅无限的生涯

何处呀

我摸索到何处呀

琴音丢在幽谷里

滑落在幽谷的谷缝里了

　　十分明显,这不是东北解放区文艺创作的主流。

　　《1945—1949 年东北解放区文学大系》的编者耗费了大量精力来做这样一项浩大的地域性文学工程,这不只是对东北文艺的巨大贡献,更是对新中国文艺的巨大贡献。在此之后,东北文艺研究将迈上一个新台阶。

总导言

丛　坤

　　从 1945 年抗战胜利到 1949 年新中国成立这个时期，对于东北而言是极为特殊的。抗战胜利后，中共中央发布了《建立巩固的东北根据地》的指示，迅速成立了以彭真为书记的东北局，抽调了四分之一的中央委员、两万名党政干部、十三万主力部队赶赴东北，与国民党反动派展开激烈的斗争。在广大人民群众的支持下，中国共产党及其领导的军队从最初的战略防御转为战略反攻。1948 年 11 月，辽沈战役胜利，全东北获得解放。在解放战争时期，在中国共产党的领导下，东北人民反奸除霸，建立民主政府，消灭土匪，进行土地改革，在政治上、经济上翻身做了主人。东北的政治、经济、文化、教育等各个领域都发生了翻天覆地的变化，尤其是在文学创作方面，东北地区取得了不可低估的成就，文学创作出现了前所未有的发展和繁荣的局面。

　　"东北作家群"的回归、党中央选派的文化宣传干部的到来、文学新人的成长使得解放战争时期东北地区的创作队伍不断壮大。在东北沦陷后从东北去往关内的进步作家中，除萧红病逝于香港、

姜椿芳在上海从事党的地下工作外,塞克(即陈凝秋)、舒群、萧军、罗烽、白朗、金人等都积极响应党的号召,陆续返回东北。1945年9月至11月,党中央从陕甘宁边区和各个解放区抽调一大批优秀的文化工作者到东北解放区。据不完全统计,这一时期来到东北解放区的文化工作者有刘白羽、陈沂、周立波、草明、严文井、张庚、吴伯箫、华山、西虹、陆地、李之华、胡零、颜一烟、公木、林蓝、江帆、李纳、魏东明、夏葵、常工、方青、任钧、李则蓝、煌颖、侯唯动、李熏风、雷加、马加、袁犀、蔡天心、鲁琪、李北开等。① 中共中央东北局宣传部与东北文艺协会在"土地还家"口号的基础上,提出了"文艺还家"的口号,号召广大文艺工作者在与农民同吃、同住、同劳动的同时,领导农民群众参加土地改革运动,帮助农民成立夜校、学习文化、办黑板报、成立文艺宣传队,提高他们的写作能力与文艺欣赏能力,在农民、工人等基层劳动者中培养了一大批"文学新人"。创作队伍的空前壮大为东北解放区文学的繁荣奠定了坚实的基础。

东北解放区文学的繁荣也与当时出版事业的空前繁荣密不可分。东北局宣传部将建立思想宣传阵地(即报刊、出版机构)、改造思想、建构意识形态话语权确定为首要任务。进入东北不久,东北局于1945年11月在沈阳创办了机关报《东北日报》(1946年5月28日由沈阳迁至哈尔滨,1948年12月12日搬回沈阳)。该报面向东北全境的党政军发行,是东北解放区发行量最大的报纸。之后,东北解放区创办、发行的报纸近百种。据《黑龙江省志·报

---

① 彭放:《黑龙江文学通史(第二卷)》,北方文艺出版社2002年版,第354页。

业志》的统计，当时黑龙江地区（5省1市）的每个省市不仅有党政机关报，而且有人民团体和大行业的专业报纸，有些县也出版油印小报。仅哈尔滨出版的大报就有《哈尔滨日报》《哈尔滨公报》《哈尔滨工商日报》《大众白话报》《午报》《自卫报》《北光日报》《新民日报》《民主新报》《学生导报》《文化报》等。这一时期的报纸，无论设没设副刊，都或多或少地发表过文学作品。

东北局还出资创办了东北书店、光华书店、大连大众书店、辽东建国书店、兆麟书店、吉东书店、辽西书店等众多的图书出版机构。其中，东北书店是东北解放区规模最大、贡献最大的书店，在东北全境建有201个分店，发行网点遍布东北全境。除出版、发行图书外，东北书店还创办了《知识》《东北文学》《东北画报》《东北教育》等期刊。这些出版机构大量出版政治读物、教材和文学书籍，促进了东北解放区出版业的发展。仅以东北书店为例，从1946年到1948年，东北书店总共出版图书杂志760种、各类图书1 520余万册。① 东北解放区纸张和印刷质量上乘的大量出版物不仅发行于东北各地，还随着东北野战军入关和南下，成为陆续解放的北平、天津、武汉等地人民群众急需的读物。历史上一向"文风不盛"的东北第一次有大量的出版物输送到关内文化发达之地，这成为一时之盛事。

此外，东北解放区先后创办的文学类期刊的数量是惊人的。如1945年至1947年创办的文学期刊有《热风》（半月刊）、《文学》（月刊）、《文艺》（周刊）、《文艺工作》（旬刊）、《文艺导报》（月

---

① 逢增玉：《东北解放区文学制度生成及其对当代文学制度的预制》，载《文学评论》2017年第4期。

刊)、《东北文艺》(月刊)。1947 年以后创刊的大型专业期刊有《部队文艺》、《文学战线》(周立波主编)、《人民戏剧》(张庚、塞克主编),综合性期刊有《东北文化》(吴伯箫主编)、《知识》(舒群主编)等。其中,《东北文化》与《东北文艺》的影响最为突出。《东北文化》的主要任务是协同东北文化界,从政治上、思想上启发广大的东北青年和文化工作者,提高他们的自觉性,激发他们的革命热情、积极性和创造性,使他们在东北人民解放的伟大事业中发挥应有的作用。《东北文艺》是纯文艺性的刊物,刊载小说、戏剧、散文、诗歌、漫画、速写、报告文学、杂文、书刊评价,以及文学理论、有关文艺运动史的论著等。《东北文艺》聚集了一大批优秀的作者,如周立波、赵树理、罗烽、公木、萧军、塞克、舒群、白朗、严文井、刘白羽、西虹、范政、宋之的、金人、马加、雷加等。在他们的影响下,《东北文艺》还不断提携文学新人,这成为该刊的传统。从创刊到终结,《东北文艺》在新中国成立前后产生了很大的影响,20 世纪 50 年代成长起来的许多作家、诗人是从这里起步的。可以说,《东北文艺》在解放战争和革命胜利后对新中国文学新人的培养起到了重要的作用。报纸、文学期刊、综合性期刊和出版机构的大量涌现,为东北解放区文学的发展创造了良好的条件。

与此同时,为了更好地团结广大文艺工作者,东北局于 1946 年在黑龙江佳木斯成立了东北文化工作委员会,成员有张闻天、吕骥、张庚、塞克等。此后,若干文艺与文化团体陆续成立,其中最有影响的是 1946 年 10 月 19 日由全国文协的老会员萧军、舒群、罗烽、金人、白朗、草明 6 人在哈尔滨发起筹备的“中华全国文艺协会东北总分会”。这个文艺团体表面上是由文人自由结社,实际上主体是来自延安、具有干部身份的文化人,其中不少人是党员或东北文艺界的领导干部。"中华全国文艺协会东北总分会"对东北解放区文学的发展起到了不可忽视的作用。此外,中苏文化协会、鲁迅文艺研究会等文艺社团相继成立。1948 年 3 月,中共东北局宣传部首次召开了由文学、戏剧、音乐、美术、电影等部门的 150 余名文艺工作者参加的文艺工作者会议。会议对抗战胜利以来的东北解放区文艺工作进行了总结,并制订了随后一段时间的文艺工作计划。此外,中共中央东北局宣传部内部成立了文艺工作委员会,吕骥、舒群、刘白羽、张庚、罗烽、何世德、严文井、袁牧之、朱丹、王曼硕、华君武、白华、向隅、田方、沙蒙、吴印咸任委员,负责指导东北解放区的文艺工作。

1946 年秋,已迁至哈尔滨的原延安鲁迅艺术学院,按照东北局的指示北撤至佳木斯,并入东北大学,更名为鲁艺文学院。同年 12 月,东北局又决定让鲁艺脱离东北大学,组建东北鲁艺文工团。1948 年秋冬之际,随着沈阳的解放,东北鲁艺文工团在经历了三年多艰苦卓绝的转战与工作后进入沈阳,随后正式复名为鲁迅艺术学院,恢复了延安鲁迅艺术学院的学校建制。文艺团体的纷纷建立为东北解放区文学创作队伍的培养提供了组织保证。

为了纪念解放东北这段革命岁月,为了展现东北解放区文学的勃兴与繁荣,我们编辑出版了《1945—1949 年东北解放区文学大系》,分别从小说、散文、戏剧、诗歌、翻译文学、评论、史料等体裁角度进行整理、收录。

一

抗战胜利后的东北解放区文学是延安文艺的延伸与发展,东北解放区四年所发生的巨大变化,都生动、形象地展现在东北解放

区的小说创作中。东北解放区小说充分展示了当时的社会生活，塑造了形形色色的人物形象，给人们留下了时代的缩影与历史的印迹。

东北解放区小说创作大体可以分为两个阶段。第一个阶段是从1945年日本投降到1946年中共东北局通过"七七"决议，第二个阶段是从1946年通过"七七"决议到1949年新中国成立。在当时的局势下，中国共产党要最广泛地发动群众，进入东北的文艺工作者便肩负了与武装部队同样重要的"文化部队"的任务。他们用文学作品教育、引导群众，积极参与了粉碎旧的国家机器和意识形态的过程。在党的文艺方针政策的指引下，东北解放区的作家们广泛深入到农村土地改革、前方战斗生活和工厂建设之中，亲身体验群众生活。这使得东北解放区的小说能够迅速地反映生产、生活、军事等各个领域的变化与东北人民精神世界的变化。

从1931年日本发动九一八事变到1945年日本投降，十四年的沦陷历史构成了东北文学不可磨灭的创痛记忆。对沦陷时期东北社会生活的回忆，是这一时期小说的一个重要题材。而抗战题材小说则是对异族侵略者铁蹄下民生困难的真实记录，也是对战争年代民族精神的热情颂扬。但娣的《血族》、陆地的《生死斗争》、范政的《夏红秋》、骆宾基的《混沌——姜步畏家史》等都是这方面的代表作品。

土改斗争是东北解放区小说三大题材的重中之重。在那场深刻改变了中国农村政治、经济关系的运动中，东北解放区作家将强烈的政治使命感与巨大的创作热情相融合，创作出了大量的优秀作品，周立波的《暴风骤雨》、马加的《江山村十日》、安危的《土地底儿女们》等至今仍被读者反复阅读。

小说创作需要一个孕育的过程,相对来说,中长篇小说需要更长的时间来构思和写作,而短篇小说则完成得较快。在复杂、激烈的土改运动中,东北解放区作家们努力笔耕,迅速创作出大量的短篇小说。在这些小说中,我们可以看到东北农民在土改运动中的精神变化,农民经历了几千年的封建压迫,他们身上的枷锁不仅是物质上的,更是精神上的,从奴隶到主人的蜕变需要一个心灵的搏击历程。

反映前线战争是东北解放区小说的另一个重要题材,这些小说真实地体现了军民的鱼水情谊。西虹的《英雄的父亲》、纪云龙的《伤兵的母亲》等都是当时影响较大的作品。1947 年至 1948 年是解放战争中我党从防御转为反攻的时期,随着战事的推进,中国人民解放军(1948 年 1 月 1 日,东北民主联军改称为东北人民解放军,同年 11 月 13 日改称为中国人民解放军)的队伍急剧壮大,部队官兵的成分因而趋于复杂化。为此,部队采用诉苦的办法对广大指战员进行阶级教育,提高他们的政治觉悟和思想觉悟。诉苦教育消除了战士之间的隔阂,为解放战争的胜利打下了坚实的思想基础。刘白羽的短篇小说集《战火纷飞》、李尔重的中篇小说《第七班》等反映了这一主题。

除上述三大题材外,解放战争时期东北涌现出来的工业题材小说,亦可视为中国现代工业题材小说的发端,这也从一个方面证明了东北解放区小说的文学史价值和文化价值。

东北解放区的工业在新中国发展史上占有非常重要的地位。在这一方面,影响最大的是女作家草明的中篇小说《原动力》。这篇小说虽然存在粗糙和简单等不足之处,但作为新中国成立前描写工业生产和工人思想的作品,是值得关注和肯定的。此外,李纳

的《出路》、鲁琪的《炉》、韶华的《荣誉》、张德裕的《红花还得绿叶扶》等作品也广受好评。这些小说充分展现了东北解放区工业蓬勃发展的景象,展现了工业生产对人的改造,也开创了新中国工业文学的先河。

东北解放区的相当一批小说,强调小说的政治价值,强调创作为工农兵服务,大多通俗易懂,而缺乏对心理深度和史诗境界的发掘。然而,东北解放区小说明朗新鲜,创造性地继承了延安文艺精神,反映了东北解放区的历史巨变和社会变革中诸多的社会问题,为新中国成立后的十七年文学开辟了道路。

二

散文卷在本丛书中占有重要的分量,真实地记录了解放战争中东北解放区人民的巨大贡献,独特的作品体例亦标示出其在新中国散文创作史中的独特地位。

解放战争时期东北战区的胜利,不仅是军事史上的奇迹,更是人民意志创造历史的丰碑。许多作者都以醒目而直接的题目记录了解放军普通战士勇敢战斗、不畏牺牲的英雄事迹,以真挚的情感,突出了普通战士大无畏的战斗精神和取得战斗胜利的信心。这些作品表现了同一个主题:解放军是人民的军队,中国共产党是全心全意为人民服务的。这也是新中国强大的根基体现。

散文卷中还有一部分作品,叙述了悲壮的抗联斗争的事迹,如纪云龙的《伟大民族英雄杨靖宇事略》、菽沅的《老杨——人民口中的杨靖宇将军》、陈堤的《悼念李兆麟将军》等。英勇不屈的民族气节是抗联英雄所具的崇高品质,也是抗联精神最真实的写照。而东北书店于1948年6月出版的《集中营》,以革命者的亲身经历叙述了大义凛然、为真理献身的革命志士的事迹,让后人真正理解了"头可断血可流,革命意志不能丢"的气节,"永不叛党"是英烈们用鲜血和生命刻写在党章之中的。

从 1946 年到 1948 年,尽管国民党军队在东北重要城市盘踞并负隅顽抗,但是东北农村却发生了翻天覆地的变化。中国共产党在根据地开展土改运动,领导农民推翻了地方统治势力,领导农民斗地主、分田地,农民欢欣鼓舞,迎来了新生活。强大的后方农村根据地为部队供给提供了保障,同时,许多年轻的子弟为了保护胜利果实自愿参加了解放军,这改变了国共双方在东北的兵力布局。《永北前线担架队速写》等作品反映了这一主题。

此外,解放区散文作家的笔下还洋溢着新生活的喜悦,如严文井的《乡间两月见闻》。除了乡村,对于那些在战后重新回到人民手中的城市,我党也开始接管,并进行初步的恢复性建设。在作家们的笔下,新生活带来了新气象。大连大众书店于 1948 年 8 月出版的《"工农园地"选集》,就收录了描写城市工人拥护和融入新生活的散文。在这些描写工厂、工友的散文里,我们可以看到解放区的新生活给城市工人带来了希望。

这些散文作品大多短小精悍,有迅速性、敏捷性和战斗性等特点,具有独特的艺术特征。这与当时许多作家的出身密切相关。如刘白羽、草明、白朗、华山、西虹等作家对战争环境和百姓生活有着敏锐的观察力和真实的体验,他们的作品使得东北解放区 1945年至 1949 年的散文创作呈现出独特的风格,表现出纪实性和文学性相结合的特点。此外,由众多从延安来到东北的文艺干部组成的随军记者,以大量的新闻报道反击了国民党的舆论污蔑,记录了解放军战士不畏艰险、顽强抗敌的英雄事迹,同时表现了后方人民在解放区土改过程中翻身解放、分得土地的喜悦心情。

散文作家记录这些真人真事的报道在东北解放战争中起到了巨大的宣传作用,成为鼓舞人心的强大的精神力量。东北解放区散文也因为内容真实、情感真实而呈现出历久弥新的生命力,往往给读者带来身临其境的感受,也让人忽略了作品本身的艺术特质。实际上,这些散文正是在真实的基础上,以生动与丰富的细节给读者留下了深刻的印象,在真实性的基础上呈现出文学性。华山的《松花江畔的南国情书》就是代表作品之一。

细节的生动亦使东北解放区散文具有鲜明的文学性。东北解放区散文将我军战士的大无畏精神写得非常真实、感人。在展示解放区新生活、新风尚方面,许多拥军爱民的片段写得细腻、真实。

东北解放区散文在主题内容上具有很高的价值,大量的散文颂扬了东北人民解放军的集体主义精神和英雄主义精神,表现了我军指战员的英勇气概,体现了战士们浩气长存的革命豪情。因此,东北解放区散文具有较高的文学价值,其明朗的表现方式恰恰是后来共和国文学明确表达和高度肯定的。题材广泛、内容真实和情感深厚的纪实性文学,使得东北解放区散文在战争时期凝聚了强大的精神力量。反映中国人民解放军不畏艰险、英勇战斗的长篇报告文学,在风格上激情澎湃,体现出解放军崇高的革命乐观主义精神。这一时期的散文把东北解放历史进程的全貌和战士们的英勇壮举再现了出来,东北解放区散文也因此具有了军事史和共和国历史的资料留存价值。东北解放区散文在创作上因为具有纪实性与文学性相结合的特点,为军旅散文创作提供了新的美学范式。

三

在东北解放区文学中,戏剧具有内容丰富、种类繁多、通俗明了、利于传播等特点,兼之创作群体庞大,故而获得了巨大的丰收,这成为东北解放区文学繁荣的重要标志之一。东北解放区的戏剧具有鲜明的启蒙性、宣传性和战斗性等特征,对生产建设、围剿土匪、土改运动和解放战争发挥着不可替代的宣传作用。

东北解放区戏剧的繁荣首先得益于东北解放区报刊对戏剧的支持。例如,《东北日报》刊发的剧作涉及歌唱新生活、感恩共产党、批判美蒋、拥军劳军、参军保家、歌颂劳模等多方面的内容。1947年5月4日创刊的《文化报》则是东北解放区第一份纯文艺性质的报纸,主要刊载一些文学常识、短文、小诗、书评、剧报等。此外,《前进报》《北光日报》《合江日报》等都刊发了大量的戏剧作品。而从刊载量来看,期刊对戏剧的支持力度更大。在众多的文艺期刊中,对戏剧传播影响较大的是《东北文学》《东北文化》《东北文艺》《文学战线》《知识》和《人民戏剧》等。

从1945年年底开始,东北解放区以各家出版社为依托陆续出版了许多戏剧作品,这是解放区戏剧传播的重要途径。较有影响的是东北书店和人民戏剧社等。在解放战争期间,东北书店出版的各类戏剧作品和理论书籍近百种,形式包括话剧(独幕话剧、多幕话剧)、京剧、评剧、二人转、歌舞剧(广场歌舞剧、儿童歌舞剧)、歌剧、新歌剧、小歌剧、道情剧、活报剧、秧歌剧、小喜剧、小调剧、皮影戏等。其中,秧歌剧超过一半。

文艺团体的迅猛发展是解放区戏剧广泛传播的最终体现。1945年11月以后,东北文工团等数十个文艺团体在东北局宣传部的领导下先后成立。这些文艺团体以《在延安文艺座谈会上的讲话》为指导,坚持走文艺大众化的道路,活跃在东北城市和乡村,战斗在前线和后方。他们创作、表演了一系列以支援前线、土地改革、翻身当家为主题的作品,这些作品受到人民群众的好评。

从内容方面来看,歌颂工人阶级是东北解放区戏剧的一个重要内容。东北光复后,作为解放全中国的大本营,哈尔滨、沈阳等工业城市的作用得以凸显,工人阶级成为时代的主角。从剧作内容来看,第一种是反映工人生活的剧作,如王大化、颜一烟创作的《东北人民大翻身》;第二种是歌颂先进个人无私支援解放区建设、帮助工厂恢复生产的剧作,较有影响的有《献器材》《十个滚珠》《一条皮带》《刘桂兰捉奸》;第三种是歌颂党的政策的剧作,代表作品有《比有儿子还强》和《唱"劳保"》。工业题材戏剧的大量创作,极大地拓宽了解放区戏剧的创作领域,为新中国工业题材戏剧的发展奠定了坚实的基础。

东北解放区戏剧中描写农民翻身解放、分得土地的农村题材的戏剧的比重最大。第一类是反映东北农民翻身解放,通过新旧对比来歌颂新农村、新生活的剧作。第二类是反映粉碎各类阴谋、同复辟分子做斗争的剧作,代表剧作有《反"翻把"斗争》等。第三类是反映改造后进、互助合作,表现农民积极开展大生产运动的剧作,如《二流子转变》。第四类是描写劳动妇女反抗封建婚姻、争取民主权利、积极参加劳动生产的剧作,如《邹大姐翻身》。

东北解放后,群众的思想还比较保守,革命启蒙的任务十分重要,尤其是要帮助东北人民认同和接受中国共产党及其领导的人民军队。在描写军队的戏剧中,既有表现人民军队英勇战争、不怕牺牲、勇于献身的剧作,也有以军民互助、拥军支前为主要内容的剧作,这类剧作完整地再现了东北人民从最初的误解民主联军到后来积极送子参军、送夫参军、拥军支前的全过程。前者的代表作有《老耿赶队》《鞋》《两个战士》等,后者的代表作有《透亮了》《收割》《支援前线》等。

在艺术特点上,虽然东北解放区戏剧的整体水平不是最高的,但是其庞大的作者群体、巨大的创作数量、伟大的历史功绩,使得解放区戏剧创作达到了巅峰状态。东北解放区戏剧因对传统戏剧和西方舶来戏剧的融合而具有现代性,在这种融合的过程中实现了本土化,并形成了民族化、大众化、乡土化的特征。东北解放区戏剧的民族化特征源于延安时期戏剧的"中国化"。而其大众化特征是指具有广泛的群众基础,且创作群体亦十分大众化。东北解放区戏剧的乡土化则主要表现在地域特色上。

在创作方法上,东北解放区戏剧继承了延安戏剧的传统,剧作家们用现实主义的方法把自己身边刚发生或正在发生的事情通过戏剧的形式真实地反映出来,集中表现工、农、兵的日常生活。东北解放区戏剧起到了鼓舞斗志、颂扬先进、宣传政策、支援前线的作用。

在戏剧结构上,东北解放区戏剧的戏剧冲突尖锐而集中,叙事模式多元,表现方式多样。在人物塑造上,剧作塑造了一个个爱憎分明、个性突出、敢作敢为的人物形象。这些人物形象生动丰满、有血有肉,为观众熟悉和喜爱。

东北解放区戏剧在取得较高的艺术成就和发挥重要的宣传作用的同时,也存在一定的不足。然而瑕不掩瑜,民族化、大众化、乡土化的特征,使得戏剧的宣传性、教育性、战斗性的作用得以充分发挥出来。东北解放区戏剧对光复后进行的民众文化启蒙、文化

宣传具有不可替代的作用,对解放区的土地改革和解放战争做出了不可磨灭的贡献。

四

　　东北解放区诗歌秉承了我国诗歌的优秀传统,具有红色革命基因。它一方面与伪满时期的诗歌做了彻底的割裂,另一方面又延续了东北抗联诗歌的革命精神和爱国主义情怀,集中书写了山河易色、异族入侵带给东北人民的苦难和屈辱,书写了受难的人民在共产党领导下的觉醒与反抗,书写了东北人民在艰苦的自然环境与战争环境中形成的坚韧、乐观、幽默的性格。

　　东北解放区诗歌是中国解放区诗歌的重要组成部分,与其他解放区诗歌保持着一致性和连续性。它之所以能复制延安解放区的文学模式,主要是因为其创作队伍中的很大一部分是来自延安解放区的革命文艺工作者,故在文学制度和文学政策上与全国其他解放区能保持一致。东北解放区诗歌的作者主要有四种身份:一是中共中央派驻到东北的文艺工作者;二是抗战时期流亡到关内的"东北作家群"(在抗战结束后返回东北);三是虽然本人不在东北解放区,但是其作品在东北解放区的重要报刊上发表过并产生了一定影响的诗人;四是来自各行各业的业余诗人。《东北日报》文艺副刊曾陆续发表过很多业余诗人的作品,这些业余诗人中既有宣传干部,又有工人、农民、战士、学生(其中有许多人使用笔名,甚至使用多个笔名,今天有些作者的真实姓名已很难核实)。有一些诗人并不在东北解放区工作,但是其作品在东北解放区的重要报刊上发表过,并对全国解放区的文学发展产生过重要影响,如艾青、田间等。东北解放区的代表诗人有公木、方冰、马加、严文井、鲁琪、冈夫、天蓝、韦长明、刘和民、李北开、彤剑、侯唯动、胡昭、李沅、夏葵、林耘、顾世学、萧群、蔡天心、杜易白、西虹、师田手、白刃、白拓方、叶乃芬、丁耶、孙滨、阮铿等。

从内容上看，东北解放区诗歌主要是反映当时东北解放区的经济建设、军事斗争、农村工作和城市建设等，具有现实性、时代性。从艺术形式上看，诗歌谣曲化、大众化、民间化的特点突出。抒情诗、叙事诗、街头诗、朗诵诗、歌谣、童谣等成为当时最常见的诗歌体裁。东北解放区诗歌具有以下几个显著特点：

第一，诗歌内容具革命性且高度政治化。东北解放区文学是为中国共产党解放东北和建设东北的政治任务服务的，其主要功能和目的是紧密贴近和配合解放区的主流政治运动。很多诗歌是为满足当时的政治需要而作的，充分体现了《在延安文艺座谈会上的讲话》在诗歌创作方面的实践成绩。东北解放区诗歌与中国解放区诗歌在题材选择、审美价值上保持着一致性，并具有东北解放区特有的地域性特点。揭露、批判、颂扬是东北解放区诗歌的三大主旋律，诗人们以工人、农民、士兵、英雄人物、劳动模范等为书写对象，歌颂英雄人物，记录战争风云，赞美新农民，抒发家国情怀。

第二，具有鲜明的战争文学特点。东北经历了十四年艰苦卓绝的抗日战争，接着又经历了五年的解放战争，近二十年间，始终处于战争状态。诗歌也呈现出战时文学特质，记录了艰苦卓绝的战争场景与生活现实。对于重大战役的抒写与记录，英雄主义、乐观精神、必胜信念的情感基调，加之大东北茫茫雪原、天寒地冻的地域特点，使得东北解放区诗歌具有鲜明的东北地域特色。

第三，农村题材也是东北解放区诗歌的重头戏。东北经过十四年的抗日战争，土地荒废，农民思想落后。抗日战争结束后，解放军入驻东北,一方面做农民的思想工作,进行思想启蒙,另一方面在农村贯彻党的土改政策,进行土地革命,让农民成为土地真正的主人。因此,在东北解放区,启蒙农民思想、反映土改运动、揭露地主阶级剥削农民的本质、塑造新农民形象成为农村题材诗歌的主要内容。

第四,工业题材诗歌在东北解放区诗歌中独领风骚。《文学战线》等报刊还专门设立了工人专栏,如《文学战线》专辟"工人创作特辑",作者均来自生产第一线。工业题材诗歌丰富了东北解放区诗歌的样态,也成为东北解放区诗歌的重要组成部分。

第五,叙事诗是东北解放区诗歌的主要体裁。长篇叙事诗体量大,便于完整地呈现人物或事件的变化过程,便于刻画生动、饱满的艺术形象,因此很受东北解放区诗人的青睐。在《东北文艺》《文学战线》等杂志和个人诗集中,带有浓郁的东北民间话语特色,反映土改运动、翻身农民踊跃参军等内容的长篇叙事诗一时间大量出现。

第六,诗歌审美倡导大众化、通俗化。在解放战争时期,文学要担负着团结人民、教育人民、打击敌人的任务,因此,战时诗歌不能一味地追求高雅的诗意,它既要通俗易懂,便于启蒙民众,又要迎合普通大众的审美需求,适应战争时期的宣传需要。东北解放区诗歌的谣曲化倾向突出,诗作大多出自部队宣传干部、战士、工人、农民之笔,以社会现象为题材,具有相当强的时效性,普遍具有语言通俗易懂、直抒胸臆、为群众所熟悉和易于接受等特点,真正达到了为工农兵服务的目的。

东北解放区诗歌也存在一些不足。由于过于强调宣传性、鼓动性和战斗性,重内容而轻艺术,艺术水准较低,东北解放区诗歌未能达到思想性和艺术性相结合的高度。

五

东北翻译文学兴起于 20 世纪 20 年代末,当时的《北国》《关外》等文学期刊上都登载过翻译作品,对俄苏、英、美、日等国家的民族文学作品,以及批判现实主义、"普罗文学"等文艺理论均有译介。但这种生动、活跃的局面随着 1931 年九一八事变的发生而不复存在。1931 年至 1945 年,在长达十四年的沦陷时期,东北翻译文学出现了两块文学阵地:一个是以沈阳、大连为中心的"南满文学"阵地,另一个是以哈尔滨为中心的"北满文学"阵地。辽南文坛在九一八事变以后出现了一股译介欧美和日本文学及其理论的潮流,主要刊发、翻译消极的浪漫主义、自然主义的文艺作品和理论,只刊发少量的俄苏文学。相对而言,北满文坛对俄苏现实主义文学作品及其理论的翻译有着更重要的意义。

解放战争时期的东北解放区文学的传播模式主要是"延安模式"。在翻译文学方面,东北解放区文艺工作者侧重译介的目的性和计划性。从目前了解到的情况来看,当时很多期刊都设有翻译栏目,其中《东北日报》《东北文艺》《前进报》《群众文艺》《知识》等都设立了介绍苏联文学的专栏,经常发表苏联社会主义建设时期和卫国战争时期的作品。此外,侧重刊发翻译文学的报纸、期刊还有《文学战线》《文化报》《知识》《东北文化》等。文学观念是文学创作的潜在基础,规范和支配着这个时代的文学创作。解放区的作家们译介了大量的苏俄作品,其中大部分是社会主义现实主义作品。除报刊外,东北解放区翻译文学的出版途径还有书店。由书店、期刊、报纸构成的媒介场,有效地促进了东北作家与世界

文艺思潮的交流,尤其是苏联所倡导的革命现实主义文学创作思想对东北的文艺运动发挥了指导作用。

《东北日报》的译介主要集中在俄苏文艺思想、作家作品方面,其中刊发爱伦堡、法捷耶夫等文艺理论家的作品的数量最多,产生的影响也最为深刻。这些作品极大地开阔了东北知识分子的视野。《东北文艺》每期都对俄苏文学作品、作家进行介绍,较有代表性的是1947年曾连载过的金人翻译的苏联作家华西莱芙斯卡娅的中篇小说《只不过是爱情》。《文化报》介绍了大批的俄苏作家,刊载了一些文艺评论、文学作品等。《文学战线》在刊发原创作品的同时,则侧重于介绍俄苏文学作品和翻译俄苏文艺理论。

东北书店出版了大量的翻译过来的苏联文艺论著和苏俄文学作品,目前搜集到的翻译文艺论著的种类达110余种。其翻译出版的俄苏文学作品具有丰富的题材,包括电影文学剧本、报告文学、游记、书信集、诗歌、小说等。辽东建国书社、大连大众书店、光华书店等也是翻译作品重要的出版机构。

翻译文学的发展有助于文学创作的繁荣与文艺理念的更新,但东北解放区译介作品的内容较为单一,翻译的作品几乎全都来自苏联,俄苏文艺思想、文艺理论和文艺作品得到高度关注,成为文坛的主流。其原因有如下几个方面:

首先,从地缘因素来看,东北与苏联有着天然的地缘关系。东北地区与苏联的东西伯利亚地区有着相似的自然环境,都处于高纬度寒带地区,气候寒冷,地广人稀。自然环境和原始文化的相似为思想的交流提供了基本契合点。

其次,从政治因素来看,俄苏文学在中国的兴衰与中俄之间的政治文化交流有着密切的关系。当时的文人也希望通过译介苏联文学作品来改造和影响人们的思想意识,以及树立新民主主义革命的奋斗目标和未来社会主义的奋斗目标。

最后,从社会现实来看,东北解放区的沈阳、大连等地在中国人民解放军进驻之前已经驻有苏联红军,而且在经济、文化等方面与苏联交往密切,苏联文学作品的翻译、出版自然丰富。

1942 年之后,延安文艺工作者主要是对苏联等少数社会主义国家的文学作品进行译介。对于与苏联接壤的东北解放区来说,由于与外界接触困难,能获得的外国文学作品更少,在建设新文学方面,除了以五四新文学和老解放区文学为资源外,苏联文学便是重要的资源。苏联文学对建设中的东北解放区文学具有不同寻常的意义。

六

东北解放区建立后,文学创作繁荣一时。然而,文学创作在繁荣的背后也存在着一些问题,其中一个突出的问题就是创作者的背景复杂,其中有来自抗日根据地的,也有来自关内国统区的,还有本土的。不同的思想意识、价值取向、艺术趣味掺杂在各类作品中,部分作品的创作倾向出现了偏差。这些问题引起了文艺界的关注。东北解放区的主要报刊和杂志纷纷开辟评论专栏,采用编者按、读者来信、短评、述评、观后感等形式开展文艺批评,为确立正确的文艺路线提供思想保障。

初到东北的文艺工作者首先感受到的是新老解放区之间政治环境和文化环境的差异。自清朝灭亡到抗战胜利的三十多年间,东北民众饱受战乱的痛苦。抗战胜利后,虽然旧的社会结构和文化体制已经解体,但旧的意识形态还残留在一些人的头脑中,东北民众与新政权之间存在着一定的隔膜。刚刚到达东北的大多数文艺工作者对东北特殊的历史环境认识不足,尚未做好相应的思想准备,仍然延续过去的创作方法和思维方式,脱离群众和实际。以什么样的形式和内容来服务刚刚从殖民者的铁蹄下解放出来的人民,是当时文艺工作迫切需要解决的问题。

文艺争鸣与文艺批评既是抗日根据地文艺工作的优良传统,也是党指导文艺工作的重要手段。毛泽东同志在《在延安文艺座谈会上的讲话》中指出,文艺界的主要的斗争方法之一,是文艺批评。此时,东北文艺工作者的首要任务就是对旧的意识形态进行批判和改造,从而构建与延安解放区主体同构的新的意识形态场域。因此,在本地区文艺界开展一场广泛的文艺批评运动就显得十分迫切和必要。1945年11月,陈云同志在《对满洲工作的几点意见》中提出了党在东北的几项重要任务:"扫荡反动武装和土匪,肃清汉奸力量,放手发动群众,扩大部队,改造政权,以建立三大城市外围及长春铁路干线两旁的广大的巩固根据地。"这既是党在东北的中心工作,也是东北文艺界所面临的主要任务。东北解放区的文艺队伍自觉地将创作与政治任务结合起来,坚持为人民服务的创作方向,以《在延安文艺座谈会上的讲话》为指导来进行创作。东北这块古老而又年轻的土地上结出了丰硕的艺术成果。这些作品在内容上贴近当时东北的现实生活,在形式上生动活泼,富有浓郁的地方乡土气息,在教育人民、鼓舞人民、组织人民、团结人民、打击敌人方面发挥了重要作用。东北解放区文艺作为革命文艺版图中的一个独立板块开始形成,它既是"延安文艺"的派生,又具备地域文化品格。它不是由内而外自发产生的,而是在改造和清除原有旧文化的基础上通过外部输入逐步确立的。

与"延安文艺"相比,东北解放区文艺自身也出现了一些新的特质,特别是在文艺批评方面,文艺工作者表现出了强烈的自觉性。他们坚持无产阶级和人民大众立场,从不同层面和角度开展文艺界的批评与自我批评,引导东北解放区文艺朝着正确的方向发展。

东北解放区文艺的根本任务与延安文艺的根本任务保持着高度一致,但又具有特殊性。如果简单地照搬、照抄延安文艺的经验,那么东北解放区文艺很难适应革命发展的需要。东北解放区文艺首先具有启蒙的意义,它不仅具有文化启蒙的意义,也具有政治启蒙的意义。为此,东北解放区的文艺工作者以《在延安文艺座谈会上的讲话》精神为指导,树立起无产阶级的文艺大旗,以新文化来改造旧社会,重塑民众的国家意识、民族意识和政治意识,把东北建设成为中国革命的战略大后方。

在延安文艺旗帜的指引下,东北文艺界通过理论探讨和思想整风,统一了广大文艺工作者对革命文学根本属性的认识,东北的文艺工作焕然一新。广大文艺工作者在理论和实践两个方面取得了很大的成就,既继承和发扬了延安文艺思想,也将《在延安文艺座谈会上的讲话》精神与具体实践结合起来。夏征农、蔡天心、铁汉、甦旅、萧军、胥树人等知名的文艺界人士都对这个问题做了深入研究,产生了较大的影响。

与延安文艺相比,这个时期的东北文艺作品主题更丰富,创作者以切身的生命体验为基础,再现了解放战争时期东北所发生的波澜壮阔的革命斗争,以及在这个过程中东北人民的生活与精神面貌。

东北解放区的文艺发展也不是一帆风顺的,它也走了一些弯路。但是,在毛泽东《在延安文艺座谈会上的讲话》的指引下,文艺工作者不仅投身到创作之中,也开展了广泛的文艺批评,营造了一个宽松的舆论环境,作家们畅所欲言,在批评他人的同时也开展自我批评。这为创作的繁荣奠定了理论基础,也为新中国的文艺创作和文艺批评积累了资源和经验。

<h1 style="text-align:center">七</h1>

史料卷是大系的综合卷,其编撰初衷是反映东北解放区文学创作的初始背景,呈现当时的政策和文学创作的大环境,通过对资料的梳理,为弘扬东北解放区文学创作的优良传统提供第一手的基础资料。史料卷共分为七大部分。

一是文艺工作政策方针。文艺工作的政策方针是党根据一定历史时期的总路线和总任务确立的文艺指导原则,反映了一定时期文艺创作的总体规划、部署和要求。史料卷旨在呈现东北解放区创作繁荣的大背景下中国共产党对文艺工作的总体规划和实施情况。史料卷主要收录了与东北解放区相关的宣传文件,以及部分会议发言和讲话等内容,其中有出版、通讯、写作的相关规定,也有重要领导对文艺工作的指示要求,同时还收录了部分重要会议成果。

二是重要报纸、期刊。报纸、期刊大量创办是文艺繁荣的重要标志之一。报纸、期刊直接促进了文学事业整体的发展和繁荣,使优秀作品产生了广泛的社会影响。1945年11月《东北日报》创办后,东北解放区先后创办、发行的报纸近百种。此外,在东北局宣传部的统一领导下,地方与军队也创办了数十种文学与文化类刊物。从成人刊物到儿童刊物,从高雅刊物到面向大众的通俗刊物,从文学到艺术,靡不具备。诸多的文艺报刊为文学作品的生产提供了园地,成为东北解放区文学创作的先锋阵地。

三是文艺团体、机构。在东北解放区,多个文艺团体和机构活跃在文艺创作和宣传的第一线,对东北解放区文艺事业的发展发挥了重要作用。东北局先后出资创办了东北书店等众多的图书出版机构,使得东北解放区报刊出版和传媒得到快速发展。1946年,东北局在佳木斯成立了东北文化工作委员会,此后,中苏文化协会、鲁迅文艺研究会等文艺社团也相继成立。东北文艺工作团等文艺团体也迅速发展。在组建大量的文艺团体和文工团之际,军队与地方政府和宣传部门还非常重视文艺人才的培养和文学教育体系的建立,在演出之余,也招收和培养文艺人才。在短短的四年间,东北解放区建立了众多的文艺工作团体与人才培养学校。这体现了我党对教育人民、教育部队和动员人民参与革命的重视。

四是作家及创作书目。从延安来到东北的革命文艺工作者数以百计,此外,20世纪30年代从哈尔滨流亡到关内各地的东北作家群成员也陆续返回东北。这些文化工作者云集黑龙江,办报纸,办杂志,从事广泛的文化艺术活动,使得东北解放区文学艺术以全新的姿态向共和国迈进。史料卷收录了活跃在东北解放区的多位作家的生平和创作情况,当然,由于这一历史时期具有特殊性,作家区域性流动较为频繁,对作家的遴选和掌握主要以创作活动的轨迹和作品发表的区域为依据。

五是东北解放区文学回忆与纪念。为了弥补现有资料不足的缺憾,史料卷特别收录了部分文学界前辈及其家人的回忆与纪念文章,其中既有参加文艺团体的亲历感受,也有对文艺创作细节的点滴回忆。由于年代久远,这些资料的某些细节无法准确、翔实地体现出来,但这些资料记录了东北解放区文艺工作者的亲历感受,对补充和完善史料卷的内容大有裨益。

六是大事记。为了对解放区文学创作资料进行细致整理,进而为读者提供一个简明的、提纲挈领式的线索,史料卷呈现了大事记。大事记旨在将反映文学活动和文艺创作的各种资料予以浓缩,按照时间线索对史料进行编排。大事记简明扼要地记述了1945年9月至1949年9月东北解放区文学方面的大事、要事,涵盖了部分文艺作品创作、文艺团体成立的时间节点,有助于读者了解东北解放区文学的发展脉络。

七是索引。鉴于东北解放区文学总体呈现出体裁广泛、内容丰富等特点,史料卷以作者为线索,将分散在小说卷、散文卷、诗歌卷、戏剧卷、评论卷、翻译文学卷中的作品整理出来,形成丛书索引。索引以作者为基点,将作者在各卷中的作品情况(作品名称、所在卷册、页数)逐一列出,可以在一定程度上呈现出东北解放区文学的整体情况,亦可以体现出作者的创作风格和特点,进而从不同角度展示出东北解放区文学发展的脉络和趋势。

随着军事上的胜利和东北解放区的形成,东北的政治面貌、经济面貌发生了根本性的变化,特别是文化呈现出前所未有的发展和繁荣的局面。东北解放区在政策制定、政策实施、新闻出版、文艺社团、文艺教育体制、作家培养等涉及文艺发展与繁荣的各个方面,继承、发展和完善了延安文艺体制,对当代文学和文艺制度产生了重要和深远的影响。

尽管东北解放区文学得到前所未有的发展和繁荣,但这份珍贵的文化资料始终没有得到系统整理,有关资料分散在哈尔滨、齐齐哈尔、牡丹江、佳木斯、长春、沈阳、大连等地,加上年代久远,这给编选工作带来了很大的困难。一方面,区域性的文学史料不易引起一般研究者的重视,文学史料的保留和整理工作在通常情况下很不理想,尽管编选者在前期已有一定的资料积累,但是很多工作还需要从头开始。另一方面,由于年代久远,加之当时的出版印刷技术有限,许多资料的保存和整理已经成为一大难题。许多珍贵的文学资料甚至已经出现严重的、不可恢复的缺损,因此,整理和出版东北解放区的文学史料,对东北解放区文学和中国现代文学的研究具有重要意义,同时,对人们了解和认识东北解放区这段历史也具有重要意义。

东北解放区文学创作距今已有七十年的历史,从 20 世纪 80 年代开始,东北解放区文学作为中国现代文学的一部分开始进入研究者的视野,搜集、整理与研究工作逐渐深入,一大批有分量的成果随之产生。其中,具有代表性的成果有两项,一项是林默涵主编的《中国解放区文学书系》(重庆出版社,1992 年出版),另一项是张毓茂主编的《东北现代文学大系》(沈阳出版社,1996 年出版)。这两部著作以文学价值作为侧重点,对东北解放区文学进行了很好的梳理。此外,黑龙江、辽宁与吉林三省的社会科学院文学研究所通力编辑出版的《东北现代文学史料》(共九辑),其价值亦不可低估,当时资料的提供者或为亲历者,或为亲历者之亲友,这从文献抢救的角度来看可谓及时。尽管《中国解放区文学书系》和《东北现代文学大系》对东北解放区文学进行了较大规模的搜集与整理,但由于编辑侧重点不同,这两部著作对东北解放区文学作品只是有选择性地收录,东北解放区文学作品分散在各地图书馆与散落在民间的态势并未改变。进入 21 世纪后,随着时间的流逝,承载东北解放区文学作品的旧报、旧刊、旧图书流失和损毁的情况日益严重,对东北解放区文学进行进一步搜集与整理的必要性在中国现代文学界达成共识。2008 年,东北现代文学研究者、黑龙江省社会科学院文学研究所研究员彭放在主编完成《黑龙江文学通史》(北方文艺出版社,2002 年出版)之后,提出了编辑出版《东北解放区文学大系》的建议,这一建议得到了认可。事隔十年,2018 年,由黑龙江省社会科学院文学研究所与黑龙江大学出版社联合策划的《1945—1949 年东北解放区文学大系》荣获国家出版基金资助出版,这完成了老一代东北现代文学研究者的夙愿。

《1945—1949 年东北解放区文学大系》的编者,力求完整地体现东北解放区文学的整体风貌,在文学价值之外,亦注重作品的文献价值,以文学性与文献性并重作为搜集、整理工作的出发点。

《1945—1949 年东北解放区文学大系》的篇目编选工作,由黑龙江省社会科学院发起,联合黑龙江大学、哈尔滨师范大学、哈尔滨学院等黑龙江省多所高校共同开展。为了保证学术性,本丛书特聘请多位东北现代文学领域的专家组成编委会,各卷主编均为中国现代文学方面学养深厚的研究者。本丛书的篇目编选工作得到了北京、吉林、辽宁等地多家相关单位的支持。东北现代文学界德高望重的老一代学者亦给予大力支持,刘中树、张毓茂与冯毓云三位先生欣然允诺担任本丛书的学术顾问,本丛书的姊妹著作《1931—1945 年东北抗日文学大系》的总主编张中良先生亦为学术顾问。特别应提及的是,张毓茂先生在允诺担任本丛书学术顾问不久后就溘然离世,完成这部著作就是对先生最好的悼念。

本丛书的资料搜集工作,除得到东北三省各家图书馆的支持外,还得到了中国现代文学馆、黑龙江省浩源地方文献博物馆的大力支持。东北红色文献收藏人胡继东、华东师范大学历史系博士崔龙浩,以及华东师范大学历史系高铭阳、雷宇飞等人为本丛书的集成提供了大量珍贵而稀缺的第一手资料。对于他们的无私奉献,在此表示诚挚的感谢! 此外,黑龙江大学文学院、哈尔滨师范大学文学院许多在读的博士生、硕士生和本科生也参与了资料搜集工作,在此,请恕不一一列名。

《1945—1949 年东北解放区文学大系》除入选 2019 年度国家出版基金资助项目之外,还被列入黑龙江历史文化研究工程项目,在此谨致谢忱。

散文卷导言

书写战争风云　奏响解放凯歌

——东北解放区散文纵论

郭　力

东北解放区文学大系散文卷，为我们打开了一扇历史之门。当那些熟悉的东北地名——哈尔滨、长春、四平、沈阳、锦州、黑山被放置在 1945 至 1949 这一历史时空中，它们就会是刻写在中华人民共和国历史上与辽沈战役密切相关的一连串血与火镌刻出来的滚烫的名字，就像一串跳跃激荡的音符，以一浪高过一浪的气势奔向辽沈战役东北解放的最强音，而在这些地名背后，是站立起来的中国人民解放军（东北联军）战士的光辉群像。四战四平、围困长春、锦州攻坚、沈阳解放等著名战役，都刻写在共和国解放的历史上。通过东北解放区文学大系散文卷中那些真实记录的文章，你会真正地理解"为有牺牲多壮志，敢教日月换新天"的革命豪情，真正地明白在解放战争中辽沈战役的重要作用和东北解放区人民的巨大贡献。

历史永远铭刻着战争的正反面,因为在战争摧枯拉朽毁坏一个旧世界的同时,新世界也在熹微中诞生。东北解放区文学大系散文卷因其作品体例的特别,而标示出其在新中国散文创作史中的独特地位,其以写实散文的真实性,带来战争场面的震撼性,以鲜活的纪实体引发后人对战争的思考。中华民族经历了太多的灾难和战争的创伤,和平永远是我们这个民族最善良的愿望。也正因如此,东北解放区文学大系散文卷对战争的描写、对东北人民对和平生活热烈向往之情的刻画,都反映出一种基于人道主义精神的自由畅想。这些散文作品中所描写的前方战事和后方百姓的生产生活,都洋溢着革命乐观主义精神。得民心者得天下,解放战争东北战区的胜利,不仅是共和国军事史上的奇迹,更是人民意志创造历史的丰碑。

民族精神与一个国家的历史密切相关,尊重历史的本真性,就是还原历史的真实,是对历史上存在的世界观、价值观的尊重,而对待人类历史上曾经发生过的战争,从来都不应该是单维度的价值评判。对史实的尊重,体现国家的政治理想,关涉民族精神、国家观念,以及历史书写的知识架构和美学范式。而当文学作品还原了历史事件时,文学史的风貌将是对生机勃勃的历史审美精神的再现。东北解放区文学大系散文卷还原了辽沈战役中曾经发生过的一些真实的战争场面,不论是在战略思想上还是在艺术价值上都具有十分重要的意义。

一

东北解放战争的胜利在共和国历史上意义深远,在军事史、党史等方面研究成果颇丰,尤其是关于东北解放战争胜利的原因,很多理论研究成果早有定论。理论著作所书写的战争史如同一座恢宏的建筑,宏大而庄重。就像今天的人们怀着敬仰的心情去参观坐落在锦州市的"辽沈战役纪念馆",走进陈列馆大厅,"前言"第一句就是:"辽沈战役是 20 世纪中期中国人民解放战争中具有决定意义的三大战役的第一个战役。"结尾一句是:"为辽沈战役胜利暨东北解放而英勇牺牲的革命先烈,其功名同山河长在,与日月同辉。"首尾两句精要地概括出辽沈战役的重要性和英烈浩气长存的英雄壮举。墨写的历史是今天人人得见的纪念馆的前言,而真正走进历史才会知晓血染的历史的凝重壮烈。今天我们在纪念馆看到的那些英烈名录中的名字,在东北解放区文学大系散文卷中,被还原为一个个血肉之躯,一个个"一不怕苦,二不怕死"的英雄战士的身影。抚卷追思,想到那些"同山河长在,与日月同辉"的英烈们,他们在战场上何以会那般英勇壮烈?阅读完这些作品,才会真正明白答案就在那些普通战士身上,那就是我军战士旺盛的斗志和建立新中国的决心。而旺盛的斗志和胜利的信念,化成强大的精神力量,对打败国民党全副武装的精锐部队起到了重要作用。"没有一个人民的军队,便没有人民的一切。"这是毛泽东主席总结中国革命胜利经验得出的一个重要结论。

东北解放区散文记录了东北战区许多重要的战斗,描写了解放军战士英勇杀敌的典型事迹。许多作者都以醒目而直接的题目记录了解放军普通战士勇敢战斗、不畏牺牲的英雄事迹,那些可爱的战士形象随着朴实无华的题目和文字扑面而来,一个个普通的名字,就如同一张张生动朴实的战士的面孔。他们不仅仅是著名战役当中一个个的名字,也是从东北解放战场上走来的一个个活生生的年轻人,为了保护亲人,也为了新中国的诞生,他们成为最勇敢

的战士和祖国最骄傲的英雄儿女。

在描写这些普通战士的英雄事迹时，作家笔端充满了真挚情感。正如刘白羽所说："在战争中，指挥员的责任是指挥，战士的责任是用枪，我的责任是用笔。"刘白羽以饱含革命激情的笔墨记录下解放军英勇的战斗，并以高质量的战地通讯和报告文学，书写了共和国壮烈的历史。

在《光明照耀着沈阳》中，刘白羽以文艺干部的觉悟和史学家般的目光，精准切入沈阳解放后的新气象，揭示出中国共产党胜利的历史必然性。文章巧妙地用了三个小标题，把新生的沈阳与历史和未来衔接起来，如同进行曲一般，一步步迈向胜利的前方。

第一部分的标题是"历史的暴风雨"，一开篇就点出了沈阳解放，也是辽沈战役胜利的伟大时刻。1948 年 11 月 2 日这一天，沈阳永远属于人民了！抚今追昔，刘白羽还回忆了 1946 年 4 月他在军事调停处执行部邀请下，与其他中外记者来访沈阳的事情。第二部分的标题是"混乱的崩溃与清醒的胜利"，以对比的手法叙述了国民党覆灭前夕，即 10 月 29 日在沈阳机场狼狈出逃的混乱场景，被国民党视为生死线的东北和被国民党军队最后盘踞的东北城市沈阳就这样回到了人民手中，蒋介石的防御神话全部破灭了。这一天，沈阳人民走上街头，走入工厂，保护自己的城市和工厂。因为他们知道，解放军来了，中国是全体人民的了。第三部分的标题是"光明日月永属人民"，叙述了军事管制委员会是如何帮助沈阳这座城市恢复正常的生活秩序的。几天的时间里，工厂复工了，学校复课了，老百姓拿到救济费买到粮食了，一切都是解放后的新光景。新政权如何让老百姓信服拥护？刘白羽在文中给出了让人信服的结论。在沈阳解放之后，市民有三大满意："第一是解放军纪律好,第二是水电交通恢复快,第三是粮食价格低落。"正是出于这种对新政权新国家的信心,刘白羽在文章的结尾才能由衷地写道:"沈阳千万人民在这样光照里喊出同样的一句话:光明的日子开始了!"

这些来源于事实的文字,不仅使我们今天的读者感叹刘白羽对战争细腻的观察和精准的表达,同时也激发了读者的爱国情怀,透过东北解放战争的风云,我们看到了新中国这轮红日喷薄而出的壮观画面。刘白羽以笔为枪,把辽沈战役难忘的时刻以文学的方式刻写在新中国的历史中。作为战地记者的代表,他始终奔波在战争的最前沿,在炮火中锻造出那些如火如歌的战地通讯报道。他曾亲赴四平前线,在炮火硝烟中,以充沛的革命情感,写下一篇篇反映东北人民解放军浴血奋战的真实报道。其中最震撼人心的画面莫过于我军指战员在激烈的炮声中,在低矮的地堡里发出铿锵有力的誓言:"我誓死坚守,死了也要把尸身挡着敌人!"战场上这一响彻云天的誓言,让我们感受到英雄战士们热血洒疆场的大无畏精神。他们每个人都是勇敢的人。刘白羽后来创作的《村落战英雄孟绍武》《六勇士》等通讯,都是通过挖掘战斗英雄们内心真实的情感,以细腻的笔触来记录这些勇敢、不怕牺牲的战士和他们饱满的复仇情绪、勇敢的战斗精神的。

这种大无畏的战斗精神在散文卷其他作者的作品中同样得以真实再现。在这些作品中,一个个闪着光的名字照亮了新中国的黎明。孤胆英雄王永泰,一个人追击逃敌,俘获38人,并连续冲锋,被授予"战斗英雄"的光荣称号(刘爱芝《第一名战斗英雄王永泰》);爆炸英雄任子厚,为炸掉敌军火力猛烈的带有扇形枪眼的碉堡,把炸药包的引火线割下大半截,扛起药箱挺身炸掉了碉堡,自

己被强烈的炮火掀到空中炸得昏了过去,醒来后感到头脑昏沉、两腿飘飘,却对自己说轻伤不下火线,又扛起炸药冲了上去,立下了大功(华山《爆炸英雄任子厚》);抢救英雄登科是一名身经百战的老同志,因为身体受伤虚弱而被调到炊事班,他所在的连队是获得"顽强冲杀第三连"锦旗的光荣连队,在著名的四平保卫战中,他接下火线抢救工作,冒着敌人密集的炮火,从火线上背运伤员,多次被敌人猛烈的炮火掀倒埋在土里,但是他凭着"我死了也得把彩号抢下来"的信念,成为抢救英雄(西虹《抢救英雄登科》)。通过这些作品所记录的战斗时刻,一个个有名有姓的英雄被载入共和国史册。

同时,还有许多无名的英雄。他们是一天里击退敌人四次冲锋、激战七个小时坚守阵地的六勇士(刘白羽《六勇士》);他们是勇敢沉着压制敌人火力的重机第五班(彦克《重机第五班》);他们是在敌人密集的炮火中连续冲击的勇猛机智无伤亡的英雄二排(树生《勇猛机智连续冲击的二排》);他们是攻下要点高地,把尖刀刺进敌人心脏的第三连(王暖《"攻无不克"的第三连》)……从一个个同仇敌忾的解放军战士到英雄班、英雄排、英雄连以至全军,中国人民解放军以高昂的斗志彻底地打败了国民党的王牌劲旅。

这些记录东北解放战争的散文作家都深知我军指战员顽强的精神和胜利的信心来自何处,那是因为解放军战士知道自己是穷人的部队,也知道自己是为那些像白毛女一样处在穷苦境遇的亲人们而战,所以才以旺盛的革命斗志战胜了敌人。当年一位亲身经历了黑山阻击战的国民党军官,在回忆录中仍然心有余悸地表示出对解放军顽强战斗意志的困惑。他说:"廖耀湘兵团使用了所有的重炮部队,倾泻了数以万计的炮弹,先后投入了三个军五个师的兵力,发起了数十次的猛烈进攻,结果遭到惨败。黑山、大虎山仍掌握在解放军手中。思之令人生畏。"①国民党军官的不解之处,恰恰是我们共产党的初衷所在——军队是人民的军队,中国共产党是全心全意为人民服务的,这是新中国强大根基的体现。

这种信念不仅体现在解放战争中,而且贯穿于共产党发展的历史过程中。在东北解放区还有一部分作品,回忆叙述了悲壮的抗联斗争。纪云龙的《伟大民族英雄杨靖宇事略》一开篇就写道:"杨靖宇三个字,自'九一八'以来,在东北三千万人民的心中,早已成为不可磨灭的斗争的标帜。全东北人民没有不知道这位伟大的民族英雄的,他的响亮的名字,无论在他生前或死后,永远是一个战斗的号召。"抗战胜利后,以这个响亮的名字命名的"杨靖宇支队"并入了东北民主联军,继续为全国解放而战。而在菽沅的《老杨——人民口中的杨靖宇将军》中,作者通过一位老乡的眼睛,把杨靖宇如何平易近人地对老百姓讲述抗日道理的场面表现出来。让老乡们最感动的话是:"我们这个军队不怕吃苦,不怕死,只有一个信念,就是将日本鬼子赶出国境,使大家过好日子。"明白感人的话,让文中老乡的儿子当场就下了决心参加抗联,老乡自己也做了秘密交通员。革命的火种就是这样在东北人民内心中播下的。就像陈隄所由衷感叹的那样,李兆麟在小兴安岭上啖草根树皮,喝雪水与尿液,仍鼓舞部下"不灭日寇,誓不回师"。抗联英雄崇高的人格,英勇不屈的民族气节,是抗联精神最形象的写照。抗联英雄们在十四年抗战中的悲壮斗争,被镌入共和国的丰碑,抗联精神也永

---

① 中国人民政治协商会议全国委员会文史资料研究委员会《辽沈战役亲历记》编审组编:《辽沈战役亲历记:原国民党将领的回忆》,文史资料出版社1985年版,第237—238页。

远是中华民族的精神财富。

苍茫而壮烈的历史画卷，沉积着暗沉的底色。悲壮的故事后面是英烈们为新中国诞生，不惜抛头颅洒热血的碧血丹心。东北解放区文学大系散文卷中还收录了东北书店1948年6月出版的《集中营》中的部分作品。一个恐怖而罪恶的名字"茅家岭"反复出现，这是国民党特务机关关押他们所认为的共产党最顽固分子的地方集中营的代号。季音的《地狱茅家岭》《茅家岭集中营》、暮鹰的《上饶集中营罪行》、孙秉泰的《集中营在福建》等文章，都记录下国民党特务机关对共产党人无所不用的残酷手段。灌辣椒水、坐老虎凳已是惯用伎俩，火烙、摇电话、刺指甲叉、老鹰飞等一系列酷刑的折磨，目的就是得到共产党员的"自首书"，但是特务们最后只能怒骂："你们中毒太深！"散文集《集中营》以革命者的亲身经历向我们展现了那些大义凛然为真理献身的革命志士的形象，让后人真正理解了"头可断，血可流，革命意志不能丢"的气节。"永不叛党"是英烈们用鲜血和生命刻写在党章上的誓言。

从抗联英雄到集中营里坚强的共产党员，再到同仇敌忾要把国民党王牌军逐个歼灭的英勇的东北解放军将士，东北解放区文学大系散文卷以纪实性描写，把共产党和革命军人信仰与意志的原动力表达得清楚透彻，是英雄主义最生动真实的写照。

二

在东北解放战争中，中国共产党领导的人民解放军以坚韧不拔的革命意志解放了全东北，书写了军事史上辉煌的辽沈战役新篇章。这场伟大的胜利不仅胜在人民军队的旺盛的斗志和坚定的信念上，还胜在道义民心上。因为这不仅仅是一场战争胜负的较量，还是一场体现阶级伦理的更为深刻的阶级斗争。从 1946 年到 1948 年，尽管国民党军队在东北重要城市盘踞并负隅顽抗，但东北农村却发生了翻天覆地的变化。

中国共产党步步为营，建立了农村根据地，并在根据地开展土改运动。党领导农民推翻了地方统治势力，斗地主，分田地，农民欢欣鼓舞，迎来了新生活。农村根据地作为强大的后方，保障了部队供给，同时还有许多年轻的子弟为了保护胜利果实自愿参加解放军，大量的新兵入伍，改变了国共双方在东北的兵力布局。

《永北前线担架队速写》中写道，动员令传到堡子里的时候，老乡们都勇敢地站起来了，在一天工夫里就组织起来一支八百余人的担架大队。作者经过和担架队员们交谈，感受到新解放区人民的觉悟，他们士气高涨。大队长问担架队员们："你们这次出来抬担架，怕不怕？"担架队员们回答："不怕！""为什么不怕？""不怕，这是为了自己。"担架队员们相信民主联军存在，他们才能活着，他们说："胜利是我们的，土地才是我们的。""赶走国民党反动派，保卫我们的土地和民主。"作者写道："每个人的心里，都在准备如何贡献自己的力量，这力量是无形的，他将捶碎美国装备的蒋家军。"这篇散文以朴实无华的话语，把解放区老百姓心里最真实的想法表达了出来。共产党给农民分了土地，就是农民的大救星，参加担架队是为了自己，拥护解放军，保证胜利，土地才会是自己的胜利果实。

共产党的土改运动在农村蓬勃开展，党和人民建立了紧密联系。解放战争是人民翻身解放的战争，是一场不同于历史上任何一场战争的翻天覆地的阶级战争。而我们的人民解放军战士来自于人民，也爱护人民群众，即使在战争的艰苦条件中也严格遵守着

"三大纪律八项注意",获得老百姓的赞扬。吉戈的《血肉相联——爱护老百姓的故事》讲述四平战役中解放军不顾生命安危,从地窖里救出郭老先生一家十四口的故事。老先生感动得冒着弹雨跑来帮助攻城的解放军搬子弹,嘴里不住地说:"我死了也忘不了八路恩人的。"王晓旭的《一只小鸡——民主联军六二部"立功运动"中的插曲》,以诙谐幽默的口吻叙述了一个英雄二排,如何因为一只小鸡表现出爱护群众、不拿群众一针一线的思想觉悟。文章开篇写道,四班班务会上大家兴高采烈,检查战役过程中的群众纪律,大家说二排全体都没有犯错,一定会立功得奖。可是最后一个发言的老战士李景春涨红脸面说,在三道林子买了一只老太太杀好的鸡,准备回头给钱,可部队出发了,忘了给钱。大家埋怨说鸡肉大家吃了,犯了这次纪律,连七连的好名声都叫你弄坏了。因为这个连队从来没有拿百姓当勤务员用,纪律严明从不白吃老乡一粒米。抗战时在物质非常艰苦的情况下,还给老乡送衣服、裤子等用品。作品围绕着一只小鸡展开,故事情节一波三折。全体同志在战场上杀敌立功,在战场下严守纪律,就是要争得奖旗和荣誉。而因为一只鸡,营里说,二排哪都好,本来可以立个大功,就是吃个小鸡吃坏了。团里说,要不是这只小鸡二排又中奖,还要照相。这些消息引起大家对李景春的埋怨,连里做了工作才渐渐平息。最后团首长经过慎重考虑,认为二排全体都有战功,而李景春又是误犯,能悔悟改正值得表扬,决定仍旧给二排奖励。二排的同志开完祝贺大会,扛着白面和猪肉走回去时都说这个肉不是好吃的,以后要特别注意,打仗爱民要做得更好,保证没有一个违反纪律的。二排成为旗帜,成为全团学习的目标。这篇散文生动活泼,从吃一只小鸡吃坏了到成为学习榜样,二排的故事反映了解放军严明的纪律、正派的军风。解放军所到之处对老百姓尊重、爱护，得到当地人民群众的拥戴。从抗日战争到解放战争，前方是英勇杀敌的战士，后方是热情支援的老百姓。与国民党在蒋占区对人民盘剥搜刮所犯下的罪行相比，爱护群众、胜在民心是中国共产党取得革命胜利的一个重要原因。

对解放区新生活的描绘，散文作家的笔下洋溢着喜悦。严文井在《乡间两月见闻》中还特意提到农村幸福的夜晚场景。夜晚到了，"年轻人还在宽敞的院子里谈笑；有几个调皮的小伙子先后试着骑一匹性情暴烈的牛，牛固执地躲避这个试验，环绕着系它的木桩打转，有一个人迅速地跳上牛背，随又迅速地跌下，引起一阵哄笑。不知什么时候，放马的牵马进了院子，自卫队员拿着扎枪准备出去站岗去，女人们忙着把猪同鸭子关起来，院内静下来，白鹅则依然高昂着脑袋在墙边阔步。天色逐渐变得更加暗淡，不知什么时候星星已开始闪亮，广大的原野在朦胧中显得更加无边无际。"这段描写把北方农村傍晚闲暇时的快乐轻松展现了出来。要不是自卫队员还要站岗放哨，那就是一个和平安静的农村的普通夜晚。作家严文井在文中感叹，这不是一个屯子，而是若干屯子夜晚的景象。人们对和平安乐的盼望在东北解放区大地上实现了。

除了乡村，对于那些在炮火中重新回到人民手中的城市，共产党也开始了接管和初步恢复建设的工作。对沈阳、长春、大连的工业，能保护的保护，能恢复的恢复，能生产的投入生产。在作家们笔下，新生活、新气象跃然纸上。大连大众书店于1948年8月出版的《"工农园地"选集》，就收录了城市工人拥护和融入新生活的历史片段。金人的《沈阳的欢笑》、袁玉湖的《锉股的"火车头"》、草明的《翻身工人的创作》《工人艺术里的爱和恨》、张望的《老工友

许万明》等,我们在这些描写工厂工友的散文里,看到了解放区新生活带给城市工人的希望。他们积极上工,钻研技术,加班加点,争当劳动英雄。从牡丹江到齐齐哈尔,从长春到沈阳,解放的城市中开始有了机器的轰鸣和铁锤的叮当声。

沈阳车辆厂工人在诗里表达了解放后的快乐:"解放工人乐,工厂复了工,人人有工作,大家有饭吃,从此不挨饿。"(草明《工人艺术里的爱和恨》)作家草明在《从奴隶到主人》的结尾中写道:"工人们在民主政府领导下,解脱了奴隶的命运,当了主人。"这句话鞭辟入里地揭示出历史的沧桑巨变,受压迫的工人阶级成了中国真正的主人。共和国长子东北的工厂工人,他们是新中国的建设者,展现的是最优秀阶级的先锋品质。

三

东北解放区文学大系散文卷所收录的散文作品,主要是战地散文和解放区新生活即景,短小精悍,带有新闻报道的迅速性、敏捷性和战斗性。

解放区散文创作带有新闻报道和强烈的艺术特征,这与当时许多作家记者或文艺干部的出身密切相关。作家群体中不乏刘白羽、草明、白朗、华山、西虹等一批写作风格成熟的报告文学家,他们对战争环境和百姓生活有着敏锐的观察和切身的体验。也正因如此,他们笔下的散文或因作家随军记者的身份,或因延安时期文艺思想的积淀,或因个人艺术写作风格习惯,体现出报告文学特有的纪实性与文学性相结合的特点,使东北解放区的散文创作呈现出独特风格。作家队伍的身份构成,作为一个不容忽视的因素,首先成为观察东北解放区散文创作的一个视角。

在东北解放战争中,有许多由共产党文艺干部组成的随军记者,他们从延安来到东北,亲赴前线,以大量真实的新闻报道反击了国民党的舆论污蔑,同时记录了人民军队不畏艰险、英勇战斗的英雄事迹,表现了后方人民在解放区土改过程中翻身解放、得到土地胜利果实的喜悦心情,凸显出老百姓对共产党的热爱和军民的鱼水情深。以报告文学家刘白羽先生为例,1945 年 8 月 15 日日本帝国主义投降后,为了加强共产党的宣传,在舆论上对国民党的构陷予以反击,让全国人民了解国民党意图夺取胜利果实的阴谋,组织决定调刘白羽以新华社特派记者的身份随军进入东北,报道战争形势。刘白羽的报道凸显新闻的敏捷性、迅速性,反映国共两党战场情况,既场景宏大,又细节充沛,更有许多英雄战士、英雄班、英雄连出现在他的通讯报道中。

散文作家们笔下这些真实的报道在东北解放战争中起到了强大的宣传作用。部队战士们看到自己身边战友的英雄事迹,都很受鼓舞,榜样的力量在战争中成为鼓舞人心的强大的精神力量。以刘白羽为代表的战地记者们,以亲赴战场的第一手资料,发挥出新闻报道重要的宣传作用。战争场面的恢宏,解放军排山倒海的英雄气势,都促使短小精悍的战地通讯向场面宏大、内容深刻的全方位表现形式的报告文学转变。报告文学以其真实、全面反映现实的特点而成为适用的文学手段。报告文学写真实的人、真实的事、真实的场景,加上作家本人的真情实感,因而具有了极强的感召力。东北解放区散文创作也正因为内容真实、情感真实而呈现出历久弥新的强大生命力。散文写作贵在真实,报告文学以真人真事和真情实感,为解放区的散文创作率先做出了美学范式转换的榜样。

初读东北解放区的散文作品,读者往往会因为作品中的真情实

感及其所带来的身临其境般的感受,而忽略了作品本身的艺术特质。实际上,这些散文恰恰是在真实的基础上,以细节的生动丰富,而给读者留下深刻的印象。有大量的作品是在真实性的基础上显示出文学性的。

细节的生动,使东北解放区散文作品具有鲜明的文学性。散文卷中那些聚焦辽沈战役著名战斗场景的令人震撼的战地通讯,把我军战士"誓死坚守,死了也要把尸身挡着敌人"的大无畏精神写得壮烈感人。作品中出现了许多在战场上冷静果敢的董存瑞、黄继光式的英雄,他们是突破蒋军层层封锁和密集炮火的爆破手任子厚(华山《爆炸英雄任子厚》)、钢铁英雄王德新(王焰《钢铁英雄王德新》)、连续五次完成爆破任务的英雄施万金(刘德显《连续五次爆炸的英雄施万金》),这些英雄筑起了新中国的铜墙铁壁,让所谓的国民党王牌军新一军、新六军,在具有钢铁般意志的人民解放军的队伍前束手就擒。

在描写解放区新生活、新风尚方面,散文卷作品对拥军爱民片段刻画得细腻真实。有未过门的姑娘巧用心思,劝未来丈夫去参军打仗、保卫家乡的故事,把女孩聪慧进步的个性,通过写信、见面等场景表现出来,读之让人对这个识大体、明大义,送郎上战场的姑娘留下深刻印象。(白刃《送郎上战场》)有推起小车、扛起担架,跟随大部队打仗的民兵的故事,同样是解放战争中一幅生动的英雄剪影。他们在战场上除了抢救伤员、运送物资外,还可以用大扁担缴机枪,代替机枪手继续战斗。(关山等《民夫英雄剪影》)有因为部队出发未来得及给大娘一只小鸡钱而导致评先进受影响的活报剧,因为一只鸡从评不上先进到最后评上,把部队不拿群众一针一线的铁的纪律写得生动感人。(王晓旭《一只小鸡——民主联军六

二部"立功运动"中的插曲》)

这些细节生动的描写,把人民拥护共产党和人民军队的真情实感表现出来,勾勒出解放战争中英雄的军队和人民为新中国热血奋战的集体主义和爱国主义精神。

东北解放区散文作品在主题内容上有很高的价值。大量的散文表现了中国人民解放军集体主义和英雄主义精神,表现我军战士以昂扬的士气歼灭国民党军队的英勇,体现出革命军人浩气长存的革命豪情,也因此奠定了共和国散文书写的文学反映论的文学观,表现战斗英雄,书写解放军新生活、新人物、新思想,以及解放区昂扬向上的时代面貌。战场上血与火的革命浪漫豪情,催生了解放区散文黄钟大吕的豪迈风格。为了全景式再现辽沈战役的军事奇迹和解放区的新生活,出现了以刘白羽等为代表的散文作家长篇报道的书写尝试,这种书写方式成为以纪实性与真实性相结合为主要特点的长篇报告文学的成功体例。

以题材广泛、内容真实和情感深厚为主要特点的纪实性文学书写,使散文创作在战争时期凝聚了强大的精神力量。也正因如此,这些反映中国人民解放军不畏艰险、英勇战斗的长篇报告文学,在风格上激情澎湃、气势磅礴,以摧枯拉朽的气势渲染了文章的叙事氛围。战争场面宏大,主题鲜明,节奏明快,体现解放军强烈的革命乐观主义精神。英雄的军队和优秀的人民(解放了的农民和工人),天然地和优越的社会主义制度联系在一起。人民当家做主的新中国图景鼓舞激励着解放军和东北解放区的人民,一个不证自明的逻辑在这些豪迈的散文中呈现——伟大的军队和人民一定会创造出伟大的新中国。这一历史时期的散文创作,以强烈的政治宣传特性,奠定了新中国军旅散文的美学范式。以时代精神和革命乐

观主义、英雄主义为基调的军旅散文,在美学范式上是思想磅礴的黄钟大吕和沉静开阔的高山流云。

东北解放区散文创作在共和国的文学史上,留下浓墨重彩的一笔。在共和国72年壮阔的历史画卷中,我们仍然可以看见那些为缔造伟大的新中国而浴血奋战的英烈们的身影。解放区散文把东北解放的历史全貌,通过真实的战斗场景和战士们的英雄壮举再现了出来,东北解放区的散文作品也因此在纪实性方面具有了军事史和共和国历史层面的资料留存价值。而散文创作也因为报告文学纪实性与文学性的结合,为共和国的军旅散文创作提供了美学范式。战火硝烟已经远去,散文书写却以文学影像记忆的方式,刻写了血与火的壮丽历史画面。东北解放区文学大系散文卷中的作品穿过历史的风云,以真实朴素的面目呈现在读者面前,史诗般的壮美激荡着现代人的心灵,使后人抚今追昔,缅怀英烈,牢记历史。东北解放区散文以文艺轻骑兵的时代使命书写战争风云,化成嘹亮的革命号角,奏响了新中国解放的凯歌。

2021年春于哈尔滨新区寓所

◇莫桂林

东北一年和我的思想转变

我十四岁时,东北便在蒋介石不抵抗的政策下,断送给日寇了。从此这块广大美丽的河山,便成日寇杀戮我中华民族的屠场。

那时我在小学六年级读书。家住在离铁道附属地十几公里的一个乡村,差不多每天都能亲眼看到日警和他们的走狗——巡捕们的横行跋扈。那时虽然年纪小,道理懂得不多,但是一种单纯的仇恨心,却深深地扎下了根。我们常常同几个小同学到车站附近去溜达,每遇到鬼子的小孩——我们管他叫作鬼崽子——便要痛打他们一顿,看着大人出来,就一溜烟地跑了。

以后升入中学,知识渐长,对于国家民族,也想得更多一些,暗地里自己偷偷摸摸看一些所谓禁书之外,瞅着机会,便想向先生发问。有的先生说:"蒋介石是个伟人。他是世界四大怪杰之一……"也有的先生说:"蒋介石想消灭共产党,所以他才对日不抵抗,拱手奉送了东三省,我们要团结一致,方能共御外侮。不然危机更要加深下去……"当时我们也分不清哪种说法是对的。总之在各书籍里和许多人的讲话中，却承认蒋介石是救中国的伟人。

一九三六年秋，日寇对安、通一带的爱国知识分子，施行残忍的屠杀。这次我们的恩师，遭到毒手的便有五人，剩下的先生，也都流亡到各处去了。

一九三七年五月二日，日寇颁布新学制，更加彻底地推行法西斯奴化教育。把大学的质量，降低到专门学校的程度，把初高中合并改为国高。在中学的阶段里，使你读不到历史，正经的知识。灌输以"王道"、"皇道"、"东方道德"等以便于他们统治的奴隶思想，倡导"日满一体"、"共存共荣"、"东亚共荣圈"等等的欺骗教育。并加强图书管制，扩大"国务院"总务厅和日本特务机关的情报组织，成立"满洲帝国图书配给株式会社"，以钳制文化出版事业。从此东北青年便完全地被囚在它那文化牢笼里去了。

为了满足求知的欲望，和了解世界情势，我便从一些日文书籍里来学习。我曾看过佐藤所著的《中国政党史》、《中国国共斗争》、《支配中国的东西》、《中国三十年》等书。在这里也培养了我一些正统思想，对国民党寄予以至大的同情。

无论日寇如何地封闭，总掩饰不了客观的事实。在一般爱国知识青年中，早已看穿了它必败的命运。由一九四三年春，德寇在斯大林格勒的溃败，日寇在所罗门、阿留地安群岛的覆灭，都证明了世界法西斯国家，渐走向下坡路，已展开了联合国胜利的曙光。东北热血知识青年们，没有一个不日日夜夜来注视着这时局的推移，暗暗地寄予为祖国自由、独立而战争的勇士们以精神上的支援，期待着早日投到祖国的怀抱。

及至听到苏联对日宣战的消息，不知道给我们精神上多大的安慰和兴奋，知道日本强盗很快地就要走向它死亡的坟墓，我们解放的日期,已为时不远了。兴奋未熄,那人生最快乐的日子——八一五,便来临了。

祖国光复当时,我正在肇州。听着日寇投降的消息,使我涌出来感激的热泪。暗暗地想,我该怎样报答为中华民族独立、自由而牺牲的烈士,我该怎样唤发同胞不做第二回亡国奴,怎样修养我自己,锻炼我自己,为自由幸福的新中国去服务。一切爱国的热潮,便涌上心头了。

并以为从此中国国际地位会提高了,可以解脱了百年来不平等条约的束缚;走向独立、和平、民主、建设的途径。然而,事实却浇冷了我这热烈的希望,县政府由日本操纵下的傀儡政权一变而为土豪劣绅、地痞流氓伪官特务的大本营。更有一些不知廉耻的东西们,好了疮疤忘了痛,谄上凌下,奴颜婢膝,交结新贵,去挖弄党官,依然是乌烟瘴气一团糟,依然看不到光亮。

这时除了痛恨伪国民党、土豪劣绅、投机分子,也痛恨共产党单独组织军队,我认为是胡闹捣乱。我以为一切组织应该等待"中央"来接收。

其后便陆续地从无线电里听着了国共两党摩擦的消息,当时,孰是孰非,我是毫不清楚的。但我却迫切地想要知道:共产党的主张是什么,国共两党的政见都有什么不同,共产党怎样壮大起来的……诸如此类的种种问题。

这时有几位同寅再三拉我到伪国民党党部去工作,我再三地谢绝了。我说:"在我政治认识没清楚以前,我绝不参加任何党派;在我人生观没确定以前,我绝不参加任何政治活动。"每天便把精神放在青年学生身上和自我修养上去了。

十一月三日,伪组织势力强大起来了,举行了反民主的叛变,横征暴敛,榨压百姓,军队横眉竖眼,贪污舞弊,把肇州闹了一个乌烟瘴气。光复给肇州人民带来了深重的灾难。

旧历腊月二十七日的早晨,从东大门像潮水般涌进来一股齐齐整整的队伍。这支队伍就是早已听说过的八路军。

他们分散开来休息,我的家也来了一小伙人。他们的态度,语气,都出乎意外地和蔼可亲,我一个个地打量着,他们的确疲倦了。我急忙地把他们让到屋子里。我好像见着从久别家乡来的亲友,打听关里抗战时的情况,根据地的情形,共产党的主张,他们一个个都很和蔼地详细地向我解说。句句在打动着我的心。我渐渐地感觉到他们的伟大;比我高起来了,比任何人都高起来了。最后高得好像这屋子里都搁不下他们。谈近乎了,我看着几位同志脑袋上印着好多的创疤,和有的同志手指头都没有了。我问道:这是打鬼子打的吧!他说:"这一点还算啥。我给你看,这肚子已经穿过三次了,也没怎的,可是小鬼子不知道叫我杀死多少!"这时我的眼泪禁不住淌下来,在喉头上好像起了一个大疙瘩,使我哽咽住,好久说不出话来。

最后我的赵大嫂已经把饭给做好了,端给他们吃,他们坚决地不接受,说是等着上级的命令,到一块儿去吃,不能随便骚扰老百姓,再三地谢绝了。

这是我第一次接触人民的军队,使我知道了:抗战不独把我们的敌人给打垮了,就是把我们中国也给打进步了。从前便没有看着过这样的军队。我默默地想,中国的所以胜利,不是偶然的;我们所以能拭掉亡国奴的屈辱的烙印,也全仗这股军队的力量。

以后他们政治部,常和我们学校来往,和我们谈,并开过几次会,使我知道了抗战时期,共产党对祖国的贡献,抗日根据地的政治、文化、经济、军事各方面的建设情形。并在《九一八到七七》、《一笔总账》里知道了国民党的消极抗战"曲线救国"的政策。又在《新民主主义论》和《论联合政府》里知道了中国共产党的主张。但那时对于《从九一八到七七》和《一笔总账》有的地方，还不深信，以为国民党不会做那样可恨的卖国勾当，以为这是共产党的宣传。以后我又读了些书，从思想上又深一层地认识了共产党。

最使我思想起变化的，是看《苏联共产党（布）历史》里的第四章第二节"关于辩证唯物主义和历史唯物主义"。乍看来有好多地方我不懂，我翻来覆去地看，有不明白地方，我便找人讲解，到底明白了。我知道了社会的发展，必然的归途，是与共产党的方向一致的。

赶到民主政府成立起来了，各界人民联合会也组织起来了，一些流氓，二混子也乘机混了进来，参加斗争和工作。这使我又发生了好多怀疑，我认为这是胡搞，好政策也要被他们给搞糟。又认为斗争，用不着那样激烈。对于大汉奸、特务固然可以让老百姓申冤复仇，可是对普通的地主，也要斗争是为什么呢？我以为这个政策一定要行不通。这时，我对国民党还是抱着很大的幻想。

我到了哈尔滨，又看了好些书。促我思想进步的，要算是《社会科学概论》、《社会发展史略》和《政治经济学》。我实心实意地承认真理在这里。这时曾有人让我回沈阳，但是我以为到国民党地区去，未必能够看到这些进步的研究社会科学的书籍，所以我说，不在我研究有一点心得的时候，我是不离开解放区的。

以后我便投考了小学老师研究班，在讲习会中听到了唐局长、高主席、刘市长、钟政委等人的讲话，更呼吸了新的空气。去年十月十九号，更因为个人环境的关系，由教师的生活，又变换到公安人员的生活。在这里又接触了好多干部，对于土地改革政策，又做了进一步的研究;才认清了地主阶级在过去是怎样靠着剥削劳苦大众才兼并集中了很多的地产,和劳苦大众在过去如何地受人榨压欺侮,现在应该彻底翻身的道理。在这里经过了一个时间的锻炼和学习,使我知道了中国只有走新民主主义的道路,终能达到自由幸福的境地;只有跟着共产党走,终能把旧中国的污浊洗刷干净;使新中国的面貌呈现出来。其后我又在邓初民先生所著《新政治学大纲》里知道了阶级、政党、国家、政府、革命等。在列昂节夫所著的《政治经济学》里,更深一层认识了社会政治经济构成的形态,更多地解消了一些政治经济上的疑问。

这时虽然认为这个路线很好,真理确乎在这里;可是自己觉得共产党在军事上,在土地的面积上,都远逊于国民党的,恐怕它站不住,不会成功。而我要跟着共产党走,一定是要跟着受罪的。同时这么一走,就不定多久能看见我已别三年多的老母和我那快乐的田园。种种问题动摇着我革命的决心。但经过一个时间的锻炼和体验,知道了人民的力量是消灭不了的,真理总会有实现的日子。人生本身便是战斗的;为人民解放事业牺牲是光荣的。革命的信心,便坚强起来了。

在这长的期间中,我虽没到国民党统治区过,但是我想只要你肯费一点脑筋,想一想资产阶级专政的性质和美帝国主义的对华政策,便可以想象到国民党统治区是个什么样子。并由好多朋友的口里,我也听到那里的一些情况,现在对他们的幻想是丝毫也不存在了。

这一年来,我已认清了现在中国的斗争,并非单纯的党派之争,而是人民与反人民,光明与黑暗,进步和倒退,民主和独裁,自由和压迫,多数和少数之争。

现在我已投身于这个争斗的浪潮里了。我将尽我最大的力量，为人民服务，为消灭反人民的独夫而努力。光明属于人民，而且很快地我们便会看到它的来临了。

选自《东北日报》，1947 年 7 月 7 日

◇ 晋　驼

渡　河

　　这里所谓河，绝大多数地图上找不到。它们是一条大河的尽上游，夹在两面高山的当中，春季和冬季是许多条怪石嶙嶙的谷道。雨季一到，中间就形成一条小河；大雨过后，到处是怒吼着的瀑布，两面的高山就变成河床了。走在里边，如果时间正是雨季，生命要交给它们去掌握：说不定哪一天，在哪个时刻，山洪突然暴发，行人就要跟随着水流，水葬到不可知的地方去。

　　行李、人、食粮、菜蔬、枪支、弹药……装满了每一辆胶皮轮大车。据车夫说，这是重载里边的重载，时间正是雨季的开头，在我们以前，听说有七辆大车被冲走了。我们走到第一道河的渡口，又正赶上下大雨。

　　雨点打得人睁不开眼。雨声、风声弥漫了整个的空间。河，一会儿比一会儿更加凶恶地怒吼起来。宿营吧？附近山麓上一个小村庄，却在河的对岸；往回走吧？我们走过来的山道，已经变成瀑布式的河流了。穿着湿衣服，冻得发抖，脱下来，更发抖，一句话：它们给我们布置好的水葬仪式,仿佛已经开始进行了!

对岸十多个老乡脱得赤条条的泅过来,关切地、近于粗暴地斥责我们不应该这个时候赶到,说是不管怎样,就是大家一起冲走,也要"把同志们抢过河去"!这给每个人的身上都增加了热力。可是,天哪!他们使用着世界上最奇特的渡船——只能载一个人的小圆簸箩,要把这八辆大车的车、马、人、载都渡过去;而且,小簸箩只有三个。而且据他们说,如果雨不停,再过吃一顿饭的工夫,水头就要冲下来。

"同志们!为了完成我们的行军任务,为了东北三千万同胞的解放事业,我们要马上过河!"队长用他那钢铁一样的话语向大家宣布,"会泅水的下水帮助老乡,其他的人坐簸箩。次序是:第一,有小孩子的女同志;第二,没有小孩子的女同志;第三……"

他的话没有完,很多同志的衣服脱去了。渡河从此开始。

牲口一下去,还顽强地保持着横渡的直线,一到中间就顺了大流,一会儿头冲前,一会儿头冲后,牵它的人要跟随着它泅过来,泅过去。牲口是有灵性的,乞怜似的不断地向人挺挺脖子。这时候,给它们留在水面上的,也只有那颗头了。河面只有四五丈宽,渡过去,没有一匹牲口不呼哧呼哧地喘粗气——水太急了!

大车卸得空空的,只用一匹辕马拉着。在浅地方是人推车,到深地方是车载人。车并不是船,要往下沉的,但要完全沉没,却需要一个相当的时间。能够把车渡过去,就是利用了这个时间。这时间本来就够可怜的,人们却不得不再去缩短它——上去几个人压着。要不,车被冲翻,马四脚朝天,那就糟了。车到中间,连七八岁的小孩子都哭喊似的远远地吆喝那匹可怜的马;每一辆车渡过去,两岸所有的人都松出一口长长的气。

最麻烦的还是人和东西,一个小簸箩只能运一个人,顶多再带上一个孩子,行李不能超过三个,因为雨还在下,什么都是水淋淋的,增加了重量。簸箩沿儿高出水面不过半寸,老乡小心地把它推到中流,再三地叮咛着里边的人不要动,一只手划着水,另一只手死死地又要稳稳地抓住簸箩,被冲到十多丈远的下游去上岸;再顶起簸箩,跑上去二十丈——距我们这里十多丈远的上游去下水。就在这个三角形的路线上,三个簸箩穿梭似的往返着,在一个钟头以内,真的什么都渡过去了。人们互相庆祝的语言只剩下三个字:"过来了!""过来了!""过来了!"

第二天,人和行李爬山道,一部分人去帮助车夫渡空车,渡过更宽、更深的四道河,走了二十多里路。第三天,河比较小了,车上可以装载,人爬山道。前两天帮助渡车的人们太疲劳了,组织了我们又一批人去代替。

这两天,因为农民们正忙着锄草,我们又有了一些经验,没有找老乡帮助,连一个向导都没有,每到一道河,必须有人先下去探道:水的深、浅、缓、急;河底是沙,是石还是淤泥;有没有深坑和暗礁。有一次,一个同志走着走着就不见了。只是大家一惊愕的工夫,他在两丈远的下游站起来。原来他两条腿陷进很深的泥里去,机智地憋住一口气,躺平了身子,借着水的力量把他冲了过去。

牵前套马是最吃力,最危险的。在水里能够站着往前走,那就要有惊人的体力;还要拉紧牲口,让它不要掉过头去,还要记清路线,免得中途翻车或淤住。过第五道河的时候,过到第八辆车,牵马的同志被一个大浪冲倒在马蹄下了。等他挣扎起来,前套马早已顺流而下,几个人抢上去,已经来不及,车翻了。行李、面袋、枪支、水桶、菜篓……闹水灾似的四散开去。人们一面打捞它们,一面抢救那匹四脚朝天的辕马，不是两三个人提住它的头，几口水就会灌死的。只这一辆车，整整费了一个半小时，还冲走了很多东西。

压车比较省力，但在过第七道河的时候，被水里滚动着的大石头，打伤了我的腿。幸而人把力量运用到上身来，拼命地压住车，无论力气多大，两条腿也要漂起来的，还没有打断骨头。

过完第九道河，据说前边只有一道了，可是，太阳已经落山，车夫的和我们的酒都喝完了。人们穿起衣服也还是冷，更厉害的是过度的疲劳。想不到的，队长早已雇好民夫，等在河边上了。人们正想欢呼胜利，突然地，河里边大喊着"救人"！眼看着一个小簸箩翻过去了，那老乡丢开簸箩，一个水猛子扎了下去。等我们跳下车来，七八个老乡，像七八条梭鱼似的泅过去，捞上来一个女人、一个孩子——原来是我们的一个女同志和她的儿子。她是一个怀胎六个月的孕妇，这时候，肚子胀得非常怕人，好在水倒出来了，还没有死。她是在村镇里给孩子买东西，落在队伍的后面，在簸箩里孩子一动，掉下去的。

我们究竟胜利了，这一天，一共过了十道。但是，回头一看，那其实只是一道河。它在一条川地里，盘过来，盘过去——那是一条怪叫着的巨蟒啊！

我们不像拿破仑，硬从他的字典上把"困难"这个词儿挖掉。我们的字典上是有"困难"的，但下面的注解却是"克服它"！比起红军二万五千里长征，过雪山草地，这算得了什么困难呢？但是，当我坐上大车，心境一平，我感到异常的愤怒。我们"白手夺枪"式地和敌人战斗了八年，——刚才几乎淹死的那位孕妇，就是有了八年的军龄的——比起那些躺在重庆养大肚子的老爷们，到底是谁犯了罪？现在，只允许美国的飞机在我们的领空上飞来炸去，只允许美国兵在我们的领土上把我们的同胞当作"猎狗",当作"靶子";而我们,连在祖国的大地上坐火车的权利都没有! 我腿上的血还在流,即使它们停止以后,即使连痕都消灭干净的时候,这仇恨我也不会忘记!

一九四六年十月十四日脱稿于哈大

<div style="text-align:right">选自《东北文艺》,1946 年第 1 卷第 1 期</div>

◇ 夏　葵

"黑财神"爆炸马莲庄

（东宁部战斗英雄孙钦一同志是×营的机枪班长，山东荣成县寻山区亮甲沟人，一九四〇年在胶东参军，善于爆炸，下边写的只是他最成功的一次。）

马莲庄是敌人的大据点，修得里三层外三层，要想打进去，真是不容易。最外边是土围子，中间是碉堡，在碉堡周围是障碍物，是壕沟。障碍物又有三层，第一层是铁丝网，第二层是鹿寨，第三层是梅花桩。壕沟倒不宽，只有一丈多宽；可是水却挺深，有三四尺深，并且里边竖着削得溜尖的橛子，要不小心掉下去，就会像钳蛤蟆似的钳上。

要想拔除这样的据点，非靠爆炸不行。所以一接到拔除马莲庄据点的任务，大家就向爆炸组长孙钦一说：

"哼，今天老孙又来生意啦！"

他笑了笑，点点头，什么都没说。

太阳快落山的时候，他们就到了预定的地点。到了以后，指导员

就把孙钦一叫去说：

"你快把护弹衣穿上，你去打第一炮——炸土围子！"

"好！"

孙钦一只答应一声，就去换护弹衣。护弹衣是专门特制的一种爆炸衣，就跟最厚的棉袄棉裤差不多。不过里边不是絮的棉花，而是絮的一寸多厚的丝绵。真是一把捏不透啊！不用说子弹打不进，手榴弹也把它没办法。

他换上了护弹衣，"粗古轮敦"的，就跟一口大缸一样。在这六月天，他换上了护弹衣，就像钻进了火炉子，汗水像自来水似的淌着。他想把护弹衣脱下，但是指导员不让。指导员不但不让，而且还硬逼着他戴上钢盔。

"我不戴！挺沉的！穿一身衣服就够受了！"

"不行！戴上！戴上！"

指导员非常严厉地说。他想这就是命令，所以就勉强地戴上了。

天黑了，初三四的新月斜挂在西天。爆炸组开始动作了。孙钦一抱着炸药走在前边，他的助手王树章扛着竖炸药的架子跟在后边。他们悄悄摸到土围子附近。

他们刚刚把炸药拴好，就被敌人发觉了，就开起枪来。但是他们不管，他们迅速地把炸药竖起，拉动了导火索，就往回跑，跑了二三十步，炸药就"轰隆"一声爆炸了，就在黑夜里开了耀眼的火花。

"土围子炸开了！冲啊！"

连长、指导员就领着大家冲进了马莲庄。

冲进了马莲庄，但仍接近不了敌人。敌人从碉堡里，像喷水似的往外射击着。

冲进去以后，指导员又派两个爆炸组炸开障碍物，也架好了桥，只是接近不了碉堡，而且还打挂花了好几个。

于是指导员又把孙钦一叫去说：

"你完成了炸围子的任务，本应当叫你休息，但是——"

"你就不用跟我做政治工作，有什么任务就快说好啦！"

孙钦一是一个急性子人，他未等指导员说完，就插嘴说了。于是指导员就说道：

"他们几个人都没完成任务，你能完成吗？"

"我能！"

孙钦一斩钉截铁地说。

枪声在响着，手榴弹在爆炸着。

孙钦一抱着炸药，王树章扛着架子，冒着弹雨往前走，越过了障碍物，越过了壕沟，接近了碉堡。他们刚一过壕沟，碉堡里的敌人就喊道：

"上来'黑财神'啦！打呀！"

手榴弹就像土块似的打下来。孙钦一和王树章便就地趴下，用自己的身体掩护着炸药。等敌人住手了，他们就立即起来，往高竖炸药。敌人又打手榴弹，孙钦一就掉过屁股给他打，把炸药紧紧地抱在怀里。敌人就喊：

"用刺刀捅！"

"不行！够不着！"

"用石头打！"

紧跟着就是一块石头打下来，正正道道打在孙钦一的钢盔上。只听铿锵一声，他两眼一花，就跌倒了。就听敌人喊：

"别打了，死啦！"

"死啦？"孙钦一心里明白，"我要是不听指导员的话，可就真的

死啦!"

　　他又悄悄地爬起来,看看王树章已不在,就用劲地拉动了导火索,便往回跑。还未等他跑到土围子,炸药就开花了! 只听碉堡里发出狗哭狼嚎的声音,连长、指导员就带着大家冲进去了……

一九四六年末于延吉

选自《东北日报》,1947 年 2 月 7 日

纪春林抬伤兵

岔路河到长春是一百四十里,早点动身,老爷落保险到。

纪春林和张老九一伙一百多人,在区干部领导下,扛着新绑起的担架,到前线去抬伤兵。听说昨晚上就开火了,区长叫赶快走,叫老爷落以前务必赶到长春。

大家一边走着,一边唠着。有的人有说有笑,有的人愁眉苦脸,有的人走得挺快,有的人老落在后边。反正一个人一个样,一个人一个想法。

纪春林是属于走得慢,属于愁眉苦脸这一类的。他很年轻,平常走道挺爽快,可是今天,他的腿却像戴了一副沉重的脚镣似的,是那样挪也挪不动啊! 他的眉头紧锁,把眼睛压成一道细缝,两眼是那样的无神,像生了锈一般。一看,就知道在他心上压着一个铅块。一看,就知道他有心事。

原来他是很热心地报名来抬伤兵的,但在他出发的时候,听到有人说抬伤兵最危险,在火线上枪子嗖嗖地响,说不定哪下子就把

17

脑袋穿个窟窿。为了这个，昨晚上，他的老婆还嘤嘤地哭了半夜。因此他不像报名时那样高兴，担着一些心事。

一路上，他听到区干部跟大家说这说那，他听到区干部说东北民主联军为什么是东北人民自己的队伍，和东北人民有不可分割的关系，他们为什么要打长春，剿灭长春的匪伪军队，国民党反动派是怎样的坏法……

他虽然每个字听得清清楚楚，却一点没有听进去。

离长春还有十多里路，就听到隆隆的炮声了。他听到炮声，腿肚子有些发软了，他的脸色像一张纸似的。张老九见他样子不对，就问他："纪春林，你怎样啦？脸色怎么这样难看呀？"

"没有怎么，我有点冷。"他随便地应付着，他答话的语调有些发颤，不知怎么的有一种羞愧的感情刺着他的心。

"你冷，就把我的棉袄披上吧！"

张老九说着就把他的棉衣递了过来，这就更使他惭愧。他本来不冷，但是又不好意思吐露真情，于是就顺手把棉衣接过来。

第二天早晨担架队到了火线上。

纪春林起初还是胆战心惊。但是，当他看到人家部队连腰都不弯地往上攻击，一点不害怕，他的胆子就壮了一分。当他看见被俘的"中央军"那个失魂丧魄的样子，胆子就又壮了一分。等他看见轻伤的战士不肯下火线，重伤的咬紧牙关不哼叫，他就把恐惧心忘掉了。

他和张老九趴在壕沟里，等着抬伤兵。他们渴了，战士就把自己的水给他们喝。吃饭的时候，饭不够了，战士就放下筷子，叫他们先吃饱。他心里一阵难过，眼睛就湿了。他想：他们这样流血牺牲，究竟是为了谁呢？这样一来，他原来害怕的感情就换了一种新的感情——对战士们的爱所代替了。到这时,他才深深地体会到"民主联军是人民的军队"这句话的真义。

在回来的路上,纪春林和另外三个人抬着一个受伤的俘虏。起初他不知道,以为是一个同志,所以抬得挺起劲。后来知道是一个"中央军",他就把担架撂下,跟区干部去请求不抬俘虏。他说:"他是我们的敌人,为什么还抬他呢!"

区干部给他解释:"敌人放下了武器,我们也应当救护。"但是他脑子转不过弯来,他一时理解不了这些问题。他说:"不管怎样,我是不抬他!我跑了一百四十里路,抬回来一个敌人,那该叫大家多见笑啊!我一定得抬一个同志才行。"

因为他要求得很坚决,区干部就把他换到张老九那副担架去抬一个重伤号。这个伤号是一个副班长,胸脯子被机枪打了几个眼,他已经昏迷过去,不过还有一口微弱的气息。

纪春林过来,满眼含泪地望着担架,说不出一句话来。他看副班长身上只盖一条军毯和张老九的棉袄,他就把自己的棉衣脱下来,轻轻地给他盖上。张老九向他说:"纪春林,你可别冻着呀!"

"不冷,走起来还热呢!"

"昨天你不是发冷吗,可别冻病了!"

"今天不冷了,就是个人冻病了,也不能叫咱们的同志冻坏了伤口呀!"

晌午时候,大家走累了,在半路上停下休息。护送的同志端着一杯水走过来,摸一摸副班长的手,摇一摇他的身子,就哇的一声哭了。纪春林过来一看,他的眼泪就滴滴答答地淌起来了。

经过商量的结果,决定把副班长的尸首留下,派专人在这村里发送。但是纪春林却舍不得,他坚持着要把副班长的尸首抬到岔路河去。他说:"他为我们百姓牺牲了,我们不忍把他放在半路上。"

"对,我们不能把他扔在半路上,我们要把他抬回去好好地发送发送。"

大家把军毯和棉袄重新给副班长盖好,就像他还活着的时候一样。纪春林一边走着,一边流泪,一直抬到岔路河。

一九四六年五月十三日

选自《关外胜利的自卫战》,东北书店 1947 年 2 月

烈士的母亲

我一推开张主任的门,就看见:

有一个五十多岁的老太太坐在张主任的对面,在她旁边站着一个十五六岁的小伙子。我想:这大概是她的儿子。

我坐下以后,就听他们继续谈起来:

"先生!"老太太说,"我不难过!我难过什么呢?他又不是有病有灾死的,他是死在战场上。他为革命死了,是光荣的。"

我很奇怪,对自己的听觉起了怀疑。这样一个老太太竟会说出这么懂道理的话呢?

接着,张主任说:"你老人家这样开通,那是很好的。有些家属一来就是个哭,哭得大家都挺难过……"

"唉,"老太太叹了一口气,她说,"谁的儿子死了谁不哭呢?从小拉扯大,屎一把,尿一把,不容易啊!一个活蹦乱跳的人,一下子殁了,谁不难过呢?"

她说说的,也悲从中来。可是,马上她又转换了口气,说:"可

是,我一想,他是被那些坏人打死的,我的悲就变成了恨。我恨！先生！我恨那些坏人！有他们,就没有咱们！"

"是的,有他们就没有咱们！"我和张主任都被感动得点着头。

接着,她又指着她的小儿子呜咽地说:

"先生！我的杜永春被敌人打死了,不能再起来打敌人。现在,我把他也交给你吧！替他哥哥——"

这时,我的感情激动起来,我低下了头,我心一酸,眼泪就禁不住地淌出来了。

我不相信我亲眼看到这样的事情。可是,这是千真万确的！这是一首动人的中国人民的史诗:老太太用大襟擦眼泪,小儿子的抽搐,张主任用手绢揩着眼睛。

接着,我就问起杜永春的牺牲经过,张主任告诉我:

杜永春是在第三天打大同广场时牺牲的,那时,他端着枪,一个劲地往前冲,别人看见他那么勇敢,也就跟着他往前冲,敌人见我们像一群虎似的冲上来,就像河道决了堤往四下溃散了。

可是,就在这时候,杜永春却被一颗子弹打倒了。我们要抬他下战场,他却不叫抬,他说:"你们不要管我,你们快冲上吧！"

过了一会,他又挣扎起来,跟着大队往前冲。可是,没有冲多远,从敌人枪口射出来的第二颗子弹,就夺去了他的生命！

张主任讲完,把副官叫来,吩咐给杜老太太拿二千元恤金,吩咐把他们母子领到饭厅去吃饭。

杜老太太出去以后,我就好奇地问张主任:"她怎么这样热爱革命呢？"

张主任说:"她,她受过革命的好处啊！人都是有良心的,谁受了革命的好处能忘呢？"

于是,张主任告诉我:"九一八"后,杜老太太受着敌伪恶霸的欺压,她领着两个小儿子过穷日子,没吃没穿,挨冷受冻,遭够了罪。她男人被抓去当劳工,一去没回来;她大儿子当国兵,战死在关里。后来,抗日联军在四乡活动,曾经帮了她一把,救济了她,她受到了利益。那时候,抗日联军没收了汉奸的土地财物,都分给穷人了。从那时起,她对共产党有了认识,她虽然不懂很多革命的道理,可是她却明白地知道:共产党是自己的,是穷人的。

光复以后,她二儿子杜永春参加了自卫军,起初当战士,后来因为打仗有功,就提拔当了班长。当乡下展开清算复仇斗争,她亲眼看见那些坏人都翻了车,穷人都翻了身了,政府给她分了一垧好地,算回来二千五百块钱。她得到了革命的利益,她当然拥护我们,愿意交出她最后的一个儿子,愿意我们战胜敌人,得到最后的胜利。

选自《东北日报》,1946 年 5 月 9 日

"冒失鬼"猛打蒋家屯

（东宁部战斗英雄于凤平，是一个出色的人物，生性顽强，作战勇猛。他是山东沂水人，现年二十一岁，一九四四年六月参军，现在是××班长。下边写的是他猛打蒋家屯的情形。）

蒋家屯是投降派王洪九的老窝。提起打王洪九，没有一个人不高兴。王洪九这个坏蛋，可把附近的老百姓给欺侮坏啦，他把老百姓弄到围子里去给他挖工事，吃不饱，睡不好，还挨他的打骂。

尤其是于凤平，他更高兴。因为那个压榨他几年的东家尤凤仪，就跟王洪九有勾结，最近还把全家都搬进了蒋家屯。于凤平参军的时候，尤凤仪就当别人说："李三（于凤平的小名）他要能出息个人，你就把我的眼睛挖出来！"

于凤平想：要打进蒋家屯去，一来可以给老百姓出一口气，二来可以叫尤凤仪看看。所以在动员斗争的时候，他就向指导员说：

"你要不叫我去，就是看不起我！"

他就把钢笔、图章、钱都交到连，下决心不想活着回来。在全连的战斗动员会上，他就向大家发誓：

"有他小蒋家屯在，就没有我在！有我在，就没有他蒋家屯在！"

到晚上，战斗开始了。于凤平担任爆炸，他扛了一个拉雷去炸开一道鹿寨，又扛一个拉雷去炸梅花桩。梅花桩栽得很密，一时炸不开，他就生气了。他就向连长说：

"×他闺女！炸不开，我拔他个狗×的！"

连长听了，就说："你这个冒失鬼，要有本事就去拔！"

于凤平是一个二憨子人，他就吃不住"钢"，他听了连长的话，就赌咒地说：

"我不去拔，就不是姓于的儿子！"

于是他把袖子一挽，就跑去拔梅花桩。敌人的炮火打得非常猛烈，子弹在他身边嗖嗖直落。但是他不管，他拔了一根，又拔第二根，累得他满身大汗。结果终于被他拔开一条路。

拔开以后，他就端着上好刺刀的枪冲了进去。他一边打枪，一边往前冲。迎面一个敌人端着枪向他扑来，他往旁边一闪，就用刺刀顶住了敌人的肚子，敌人就举起了手，他缴了一颗枪。

正在这时，一个敌人朝他打了一枪，就跑进碉堡外边的围墙。他就紧追上去，但是围墙的门关了。他看了看没有办法，就扔进去一颗手榴弹，只听轰隆一声响了；他一纵身子，就爬上了围墙，跳了进去。

他的脚刚一着地，从碉堡里就扔下来一个手榴弹，炸得他一脸尘土。他急了，他不容分说地就往碉堡门口打了一个手榴弹，紧接着又扭开一个手榴弹，他大声地喝道：

"我看你们缴枪不缴枪！缴枪就没事，不缴枪一个也活不成！"

只听里边喊道："缴枪、缴枪。"马上就跑出来一个当官的，于凤平就问：

"你是个什么官？"

"我是连长！"

于凤平说了一声"好"，就随着伪连长进了碉堡。碉堡里满是硝烟，地上整整齐齐跪着十几个投降派的士兵。他们都在发抖，上牙打着下牙，就像发了疟子似的。

于凤平看了，就去拉他们，说："起来！起来！缴枪就没事了！"

但是投降派的士兵不敢起来，他们含混地说："饶命！饶命！"

正在于凤平没办法的时候，连长就带着人赶到了。

一九四六年十二月二十日于延吉

选自《东北日报》，1947 年 2 月 1 日

女英雄

赵英熙她是××卫生队的护士班长,现年二十二岁,朝鲜中庆北道青州郡人,从小跟做药剂师的父亲侨居在延边,小学毕业后,又住了两年看护学校。

八一五以后,她正在延吉陆军病院当护士。当时听住院的朝鲜同志说:如今的部队与从前不同,是为自己干的,她就参加了部队。先在延吉保安团和平医院工作,以后又转到十六团——即×部的前身,在卫生队当护士班长。

前年,快过旧历年的时候,她就随着部队到三道湾去剿匪。团部命令把卫生所设在一个小屯子里,不叫他们到火线上去。但是她和副班长崔和辰一心想去,天不亮就去找朴团长,向朴团长说:"朴团长,我们也要上火线去!""不行! 不行!"朴团长不允许她们去。但是她们坚决要求去,朴团长为了顾及战斗情绪,就允许了。她们高兴得很,感到非常光荣。

天将露明时,部队正在调动部署,但因卫生队崔队长手枪走火,剿匪的战斗就提早地打响了。刚听到枪声,她还有些心跳,但等一打"乱糊"了,她的心就平静下来。有了伤号,她就爬到火线上去背。背下来以后,就马上换药,因为天气太冷,不能解开衣服,就用剪刀把伤号的棉衣剪开来换药。换好了,轻伤的动员他们自己走火线;重伤的经过急救之后,她就一个一个地背到卫生所去。

卫生所离火线有二里地,在这一天,她总共背了十七个重伤号到卫生所。到晌午时候,她实在累得不行,但是她还支持着。当她背着一个重伤号经过一道有了沿流水的河沟时,她的脚一滑就跌倒了,溅满了一脸冷水,冷水立刻就结成冰,把脸冻成红紫色,以后就落下一块黑迹。别人都很替她惋惜,说她没有从前漂亮了,但是她个人却处之泰然,不但不感到难看,而且还感到美,还感到光荣。

打完三道湾以后,又随着部队到庙岭去打胡子。到了庙岭以后,他们在山上住了一宿,还未等侦察清楚情况,胡子就来袭击他们了。部队紧忙应战,当她看见敌人从四面冲上来,她就背着大药包没命地往山下滚;当时枪子在她身旁嗖嗖直响,但是她一点不知道害怕,她终于安全地滚到山下。

滚下山以后,碰到一个战士,那战士就向她说:"已经到这时候,你还带着药包干什么! 还不扔掉!"但是她不肯扔掉,她说:"你叫我把药包扔掉,你怎么不把你的枪扔掉呢?"战士一听就说:"枪怎么能扔掉呢! 枪扔掉了,用什么打仗呢!"她就说:"这不就得了! 你们是用枪打敌人,我却是用药来救负伤的人。这药和枪是一样的重要,怎能随便扔掉呢!"把战士说得无言可对。

走在半路上,她看见路旁有一个机枪上的预备筒,她想这是消灭敌人的武器,怎么能随便扔掉呢? 她就捡起来带上。后来又捡到半箱重机子弹,她也把它带上,累得她满身流汗。

她找了半天，也找不到部队，她就像一个找不到妈的小孩子似的哭了起来，她想同志们一定把她忘了。可是恰在这时，朴团长来了。朴团长见到她就说："我以为你牺牲了！"不久，卫生队的男同志也抬着担架赶到了，他们高兴地说："听说你挂了花，我们正想去抬你呢！可想不到你却自己回来了。"

打完庙岭，部队就开到天桥岭休整。到四月，就去参加长春战斗了。

当时，他们卫生队扎在长春东南三十五里的一个小屯子里。当时，她听说打长春，她想就是在这次战斗中死了也值得。所以她和副班长崔和辰就一心要到火线上去。起初朴团长不允许，她们再三要求，朴团长才允许了。

战斗的前夜，她和崔和辰高兴得了不得，两个人都把衣服洗净换上，把旧衣服烧掉，准备牺牲。两个人还互相嘱咐，她向崔和辰说："我若是牺牲了，你不要告诉我家，免得他们难过。"崔和辰也以同样的话嘱咐她。

战斗开始后，她就到火线上去救护伤号，头一天一共背下五六个重伤号。背伤号还不算，还得把伤号的枪一道带下来。

第二天，部队打到一个大桥附近，部队在桥西，他们卫生所在桥东，敌人用重火器封锁着大桥，有伤号救不下来。她就冒着敌人的炮火跑了过去。她争抢抬伤员，一个人顶一头，不叫别人换，一直抬了三十五里地。

第三天打一个公园，我们一个连向敌人冲锋。有伤员下来，她一边给换药，一边流泪。她总共背下来十多个重伤号。这几天实在把她累坏了，未好好吃饭，未好好睡觉，有时候就要昏倒，但是她一直是支持着，直到战斗胜利地结束。

打进长春以后，她就随部队开到下九台。部队到德惠一带去追击土匪，把她留在九台看护病号。因为当时部队发生了一种热性的传染病，这些病人一发高烧，就神经错乱，一会这个坐起来喊道："冲啊！"一会那个抓起刺刀喊着："杀呀！"一个多月，她没有好好地睡过觉，总是提心吊胆地照护着病号。

有一天，一个病号把她按到床上暴打了一顿。当时她哭了，但是她并不怪病号。她想他们都是有功劳的人，而且这种病又都是在自卫战中得下的，所以她就宽恕了病号，安慰了个人。

长春撤退时，她随着部队转移。之后，因为一两个月的疲劳，她个人也病倒了，就回到家里养了两个月，病好又回到部队。

这时已是初冬时候，病房没有煤烧，很冷；她就领头去捡煤块给病号暖炕，把指头都挖出血了，还不停止。她总共捡了四麻袋，把炕烧得暖暖的。伤病号非常感激她，都说："我们的亲人也不过是这样爱护我们吧！"

后来，三营有四个同志被炮弹炸伤了，她看护一夜，第二天又亲自将一个最重的送到医院去。实行手术后，伤号因贫血昏厥，需要输血；她就要求验个人血型，恰好她的血是 O 型，她就给伤号输了五十 CC 血。

她第二天就坐汽车回老头沟。因两夜未睡，因输血过多，头晕得不行，所以在汽车转弯时，被摔下来，把右脚上的肉完全轧掉，露出来白沙沙的骨头，被送到龙井去休养。

在她休养期间，团部曾派人去看她，并给带了三十个鸡蛋。当时她就问："是不是每个伤病号都有？"来看她的同志说："没有，只给你送来三十个。"她接着说："这样不好，你还是把鸡蛋拿回去吧！"来看她的同志没有办法，就只得把鸡蛋带回团部。

在休养期间，她老是惦念着部队。当她知道部队又开到前方去执行战斗任务，她就更加着急，她恨不得马上回到前方去。她刚能走路，就出了院，就准备到前方去。可是她母亲很爱她，不叫她马上到前方去，劝她在家里养利索了再去不迟。可是她竟跟她母亲撒谎地说："我不到前方去了，就留在后方工作，我现在就到军区去办手续。"她到军区开了个证明，连家也未回，就跑到前方去了。因为她的脚又走大发了，走不到病房去，她就爬着到病房去给伤病号换药。伤病号很受感动，都劝她休养好再工作。

但是在她的胸中，燃烧着高度的革命热情。在她看，战友就是她的亲人，革命部队就是她的家庭。她为了战友们的活，不顾自己的性命；为了战友们的健康，不管自己的病痛。

所以大会主席团就根据她的功绩，给她立了特等大功，成为师的特等模范工作者，成为吉林部队护理工作者的一面鲜明的旗帜。

一九四七年五月四日于延吉

选自《东北日报》，1947 年 5 月 25 日

◇ 顾　鲁

开涝泥塘

　　河开了,风刮得也很紧,庄稼人都抢着把眼前的活计干利索了。在犁杖下不去地,没有开始种地前,咱们农人唯一的活计,就是捡捡粪,开开荒,挖挖地头地脑,抽空收拾菜园和整理整理农具。

　　昨天吃完晚饭,张常仁(十八岁)、文德福(十八岁)、赵金村(二十岁)三人又找到一起拉呱。提到屯西头(三十里堡区山后村宫家屯)赵家茔后腔,有块涝泥塘,往年压了很多水,这几年来雨水较少,越闪越大,足有三亩多长的溜。大田是不能太长的,谁也不去开,但他们却要想法子把它开成水田。

　　经过一个多钟头的合计,规定干法是把河崖重栽上柳条,沿着柳条离一丈多宽垒壕,壕上再压上柳子槐条等,防河涨冲塌。东头(因河水从东来)也照样堵上,紧靠茔根挖通水道,再安上水门,旱天好往粳地里引水,涝雨天就把水门堵上,便不致冲坏粳子。这样就可以放心地播种、插秧,可无妨碍地扎根生长。不然,一种上恐怕遇到发水就能给冲走了。

他们约莫这块地如能好好侍弄,顶不济能打三石粳子,好的话,就能打个五六石子。

当时文德福有信心地说:"这个主意真好,立刻动手,顶到种地就干出来了。"

"可不是嘛,多出点力,年份子就有着落了。"张常仁那健康红润的脸膛挂满了愉快。

选自《"工农园地"选集》,大连大众书店 1948 年 8 月

◇ **顿浩然**

我们的老赵

　　六点钟的汽笛刚才响过,在这油漆的马路上——伸张在铁西区内的北二马路,像潮水般走过来夹着饭盒的工人大队伍,每个人的脸上都现出笑容;心中充满了愉快,走向他们自己的工厂——沈阳第一机器厂。从十几岁的小工友,到五十多岁的老工友,都晓得他们做了主人;的确,在这新民主主义的国家里,广大的无产阶级掌了权,拿着主人翁的态度管理自己的工厂,建设自己的工厂。

　　这死了有几年的机器厂,是工友们用自己的劳动、自己的手,将它救活了的,机轮不停地转动,烟囱悠然地吐出烟缕。他们值得自傲:表现了对祖国的敬爱,更表现了无产阶级力量的伟大!

　　在一栋长阔的厂房里——机工厂,已经是午休时候,几个火炉子在冒着熊熊的火焰,周围由上至下,堆满了饭盒,拥有三百多人的我们机工厂房在中午时,分外寂静;听不到有什么嘈杂声音,工友们都分别地围在各个炉子旁边吃晌饭。第六组的炉子斜对着通总厂的小门,这个炉子旁边围的人较厚,一个个都伸头引颈,视线注视到一

34

个中年工友脸上。他的嘴一启一闭，都使每个人的精神上有了稀罕所得。

"我学徒的时候，哪像现在学徒这样好哇？既不挨打又不挨骂！"老赵心里对学徒的很羡慕又讲他的历史："'满洲国'时，小鬼子的打，我挨了无数！"

的确，我们的老赵学徒的时候，受尽了种种痛苦与耻辱，因为他不会说日本话，有一次小日本子叫他上街去买"他妈够"（鸡卵），我们的老赵误认为是"他巴够"（纸烟），买错了东西，幸免不掉的，就得听几个"巴个""七个"的骂人驴话；身上、脸上也得摊上不同的"三滨"。

"你们别看小鬼子那么厉害，可是我没叫他给我治住；哪天不跑到箱子里去睡觉？"老赵兴奋地说。

"有一次被他们抓住了，挨了好几个耳光子，还罚了跪。"老赵的肌肉紧起来，瞪着眼睛，满目的怒火。

"他们不是打了我吗？我并不屈服，下次我换个地方，找到一台破汽车，这还是我很好的睡觉的所在。"说到这更增加了老赵愤怒和高兴："哪一天吃饭不是油炸？小电炉子安在工具箱里，要想吃啥不赶趟啊？"

事实是这样：那时的工友谁也不给他干活；少数的"把头"例外。工友们对于物资方面都是可劲地给他糟践，消极地破坏它！这就说明我们工人阶级对敌人采用种种形形色色的手段对付敌人，和敌人反抗，斗争！

※　　　※　　　※

……不幸得很，前两天我们的老赵在工作中负了伤，他左手被机器给划了二寸来长二分多深的伤口，肉翻翻得吓人，真比嘴还要大,比嘴唇还要厚。这样伤口,老赵会没哼一声,没瞅着他皱一皱眉头。

老邢很关心又体贴地说:"老赵!怎么样?不痛吗?""不要紧的,这算什么!都怪自己的不注意!"他很感激老邢对自己的关心。

※　　※　　※

两天没有听见老赵蹲在炉子旁讲故事了,我们的精神上好像丢了什么。今天已经是厂子给老赵三天工伤假的第三天的早晨,距到点——七点——还有二十分钟,这时从门外涌进来一伙人,好似众星捧月一般,中间围绕一个:左手托在前胸,缠满了白色绷带,好似在光荣的人民解放战争战场上挂了彩的战士;右手推着一辆自行车。呀!这不是别人,正是我们的老赵。他走到牌架前面摘下了工牌才想去挂,有人由他手中夺过去替他代挂……

"哎呀!这两天误了多少生产品,对完成任务上也有了相当影响。"他一边擦床子一边自语。

二十五号床子是他自己使用的床子(即旋盘),从来就是爱护机器如命,他常说:"要想打老蒋,依靠多生产,只有机器不出故障,才能多出数量,质量也能高。"

铃响了,紧张起来了的工人的动态,从东头到西头,从车工走到钳工,都好像是前线攻坚战争中的勇士,睁大了眼睛,拿着武器——工具,沉着地在战场上活跃,每一台机器都像是他们的战车、大炮。他们都知道:工厂似战场,生产品是消灭蒋匪的有力强硬武器!

"老赵你还是歇几天吧!手好点再干吧!"曹师傅看见赵立中一只手干活很吃力,向他发出制止口吻。

"不要紧,我要不干机器也得歇工;虽然一只手吃点力,可是它也得给我出相当数量的生产品哪!"他笑了。

"'满洲'时你天天泡蘑菇,睡觉,现在你咋干得这么起劲呢?"小刘很滑稽地插了一嘴。

"唉! 你真是没搞通,咱们天天学习啥来着? 今天干活是给自己干,过去是给敌人干。"老赵带着批评的口气。

——在工人的政党共产党领导下的工人:在政治上有了觉悟,提高了地位,知道自己是主人;拿着主人翁的态度,发展自己的工业,搞好自己工厂;为了早日消灭了自己的死对头,建设新民主主义国家,工人们都自觉自愿地流尽最后的一滴汗!

"老赵是我们青工的榜样!"这一点是大家公认的。

选自《文学战线》,1949 年第 2 卷第 3 期

暖热了老大嫂一家

大嫂小产了,整天躺在炕上哼哼。屋子里只剩病号王德胜一个人。

王德胜刚一转身,就听到大嫂低低地叽咕说:"你啊!弄点土豆子上街卖卖,打他几斤酒,买上几斤肉。这帮人可好啦!啥事都帮我们干,连饭都不吃,就是雇个人还要工钱呢!从古到今,哪有这么好的军队啊!"老大哥的烟袋吱吱作响,磕磕烟袋,啥话也没说,就装上两麻袋土豆,套起牛车上街去了。不大一会儿,连酒带肉、豆腐,都买回来了。

十天前,队伍驻到江家磨坊,排长指定五班驻到李大哥家来,肚子怀孕的大嫂,羞着脸迎接他们。唐班长说了几句客气话,笑着对大嫂子说:"大嫂,这个小炕住不下,你家柜抬到地上好吧?"大嫂把头一扭,表示很为难地说:"没地方放,抬不动。"唐班长更和气地说:"我们自己抬吧。"

"不行,没地方放。"大嫂更不耐烦了,"你们把柜子抬下来,你们走了谁跟我抬上去啊？"

"大嫂,我们走了一定给你抬上去！"

"大嫂放心吧！八路军决不会拿你东西的。"

"大嫂,你实在不乐意,我们就睡在地上也行。"同志们一齐围上来劝她。大嫂还是很不乐意地说:"我也不是不知道你们规矩。"这样七嘴八舌地讲了好大一会儿,排长又来再三说服,总算勉强地进了房子。

驻下来以后,全班啥事都干,抢着扫牛粪、劈木柴、挑水、割草、削豆饼、喂鸡。一次,全班出操回来,看见大嫂正在费力地锯木柴,唐彪看她身子不方便,连忙夺下她的锯子说:"给我来弄,你回去歇着吧！"说着就坐下锯起来了。

第三天,部队正在打野外,天上乌云一堆堆的,一会儿就下起雨来了,雨点子大得吓人,大伙都急忙往家钻,猛一抬头,老大哥正在屋上补屋,十五六岁小姑娘在地上扔草把子,扔不到屋顶就骨碌骨碌地掉下来;小姑娘也急,老爷子也焦。老爷子手伸多长就是接不到草把子,汗珠同雨点一齐往下淌。唐彪马上说:"快呀！我们跟老乡补一补呀。"班长这句话,成了战斗最危急时候的命令。杨文彬像攻据点似的冲上了屋顶,下边的人在抢着扔草把子,顿时草把一上一下,在半空中里上下翻飞,大家好像忘记了还在下雨,十分钟解决了战斗。老乡得到了生力军的援助,屋顶很快地补起来了。"天哪！你再下吧！咱们可住上安稳房子啦！"老大哥满心感激说不出来,只是很亲热地望着大伙。"对不起！多亏了你们！哎呀！你们真好。"老大哥停了半晌,又大声重复了一句,"好！你们可真好呀！"大伙听到这话,真像大热天吃西瓜一样地痛快。天晴以后,全班又花上四个半天的工夫,每天打野外回来,放弃了全部的午睡时间,把老乡房

子苦出来，大伙望望新屋，望望老乡，不由自主地笑起来了。

五班驻在李大哥家，一天熟识一天了，他们替李家收完三亩棒子三亩谷子，还有六亩土豆子，最后田里收完了，还抢着在家里干活。本来老大哥平时言语是很少的，但被他们感动得也不住嘴啦。收棒头时老大哥一边割着一边诉苦似的说："你们这队伍啊，可没比的啦，真是老百姓的队伍呀！'满洲国'的时候，吃几斤白面还犯私呢！若到你家去更不用说，吓得直哆嗦，谁敢哼气！"

晚上睡觉的时候，唐彪常常愉快地回忆着老乡们的话。"你们真是老百姓的队伍呀！""你们这帮人真好啊！"他每逢想到这里，好像下结论似的说："人心都是肉长的，老百姓被我们感动了！"

三天前，老乡煮好了一锅棒头，吵着叫他们吃。班长告诉大家说："不要吃，犯纪律的事，我们不干！"

大家都很自觉地不吃。大嫂变了主意，把棒头一个一个地放在篮子里挂起来，好像很有把握地说："你们怕官看到了会说吧？放在这里凉着，冷冷吃得快一些。"点名以后，大家跑着进了门，大嫂子也跑着拿着棒头，还没等他们开口，篮子放到桌子上了，很认真地说："同志，再不吃，就是看不起我们，看得起我们就吃！"说着就站在那里，眼巴巴地望他们，正在大家为难的时候，班长才开了口："好！你们吃一点吧！"

大家看见，锅里煮好了猪肉，炒好了豆腐、大椒，炖好了酒，真是又香又辣又甜，又有油炝味。在老乡没请大家以前，心中半信半疑起来了："是不是请我们的呢？""但是你又有什么办法来拒绝呢？还能在老乡没请以前，就自动告诉他不要做饭吗？"大家都没了主张。

事实打破了怀疑。小姑娘忙着擦碗碟，很像请客似的，老大哥也不沉默了，把班长叫了去大家就会意了。"班长，你们今天不要打饭了，在我们家吃吧！"唐彪早就打定了主意，为了搞好群众影响，一定不能吃。他刚要推辞，本班的战士抢着开了口："哎呀！吃你们饭那还成啦！这像啥话啦！""不！我们一定不能吃！"战士们肯定地说着。不善说话的老大哥，只是急得发呆，不知说什么好。哨子声响了，队伍又点名去了，一家人感到了失望。点名以后，接着就上哨，大嫂睡在炕上光是哼哼，老大哥没有睡觉，坐在炕上不说话，一直等到有些人上哨回来，有些人已经睡了，老大哥又拿上酒杯，端上热腾腾的菜，一定让大家吃，和大家争论了半天。忽然大嫂子哼起来了："班长啊！你们都吃吧！你们太好啦！你们要不吃的话，我的病就更重了，就不得好啦！"大嫂子的哼哼，使大家再无法推辞了，年轻的班长唐彪，就向大家说："好吧！大家吃吧！再不吃就对不起老大嫂了。"大家刚动筷以后，大嫂子高兴得哼声都没有了，一家人感到无限的轻松。老大嫂这种真诚的热情，又深深地感动了他们，温暖了每个人的心。

选自《东北日报》，1947 年 1 月 30 日

◇晓　梅

带　路

焦家岭的蒋军被我们的炮火杀伤后,伤亡惨重,无法支持,于是在九日夜里梦想突围。

饥饿、困惑而惊慌的敌人,在白茫茫的雪原上乱窜。窜到这,遇到的是轰轰的大炮;逃到那,碰到的是哒哒哒的机枪。你背上炮筒到南,他背上弹药向北,各自逃生,真像热锅上的蚂蚁。

一营副官黄正才他们四个人,反穿着大衣,东碰碰西撞撞,想混过我们的包围圈。

"哎呀!我死也跑不动了,肚里饿得受不了。"副官黄正才一天没有吃饭,又跑了一个晚上,他的头倒在肩膀上,龇着牙,闭着眼,急促地喘着气倒在地下了。热腾腾的棉衣马上变成冰冷,头发上的汗珠立刻结了冰。

"副官,不要紧了——昨晚跑了三四十里地,离德惠不远了。咱们到前面这村吃点饭,叫老乡带路走。这里不会有八路了。"二连上士江柏元说。

　　他们拖着沉重的腿，弯着发酸的腰，一拐一拐地向前边的村里走。他们以为这下跑出了八路军的包围圈。

　　一个三十多岁的老乡，刚从墙后提着裤子出来，恰好碰上他们，老乡掉脚便跑。副官也不顾脚痛，三步两步迈了上去，把枪威风凛凛地对着老乡：

　　"老乡！老乡！这里有八路没有？"

　　"老总！你们是……"老乡从衣服上认出他们是"中央军"，吓得连话都讲不清。

　　"我们是新一军的，到达家沟去！"

　　"噢！新一军的。这儿没有八路军。"

　　"这下好了，死不了啦！喂！到你家给我们做点饭吃！"上士江柏元操着湖北口音命令着。

　　"哎呀老总，我家是穷人啊！小鸡叫你们吃光了，白面大米我们一年四季都见不上面。"老乡弯着腰，带着恐怖的目光望着副官。

　　"小米也行，煮点稀饭，弄点酸白菜就行！"

　　老乡领着到了家，他们坐在热烘烘的炕上，小声地谈着战斗中的情形。副官说："八路军都是年轻轻的小伙子，真行！不怕死，愣是往上冲……"没等副官说完，上士就插进嘴说："嗨！八路军的炮真邪乎，把我们住的那几座房子都打平了！地冻得这么硬，往哪里钻？三连的电话机叫炮弹打得飞了多远！"

　　伙夫摇了摇头，指手画脚地说："八路军把手榴弹四个捆在一起，掷到房子里，像地雷一样'轰'的一声，倒下了八九个。一块弹皮'嗖'的一下在我下巴底下划过去，把我魂都吓掉了。"

　　"一个炮弹落在房顶上，土下来把我给埋住了，差一点没气了。×他娘，看着打不过人家，上边还叫死守，叫你死在那他才甘心！这

个仗有个××打头！回去当老百姓去！死也不当兵了。"一个老兵气愤愤地说。

老乡在门帘外烧火，耳朵紧紧地贴着门帘，听到八路军的胜利消息，他兴奋了，他暗暗地祈祷着欺压人民的"中央军"这下死光了，八路军会常住在这个村里，帮助穷人分地、分房屋、分牲口，像江北老百姓一样地过着安乐的生活……

他们喝了点稀饭，把鞋后跟上的一寸多高雪钉子搞掉了，准备继续逃命。

"老乡，你给我们引路到达家沟去，可不要走村里，在村外绕着走，好好带，错了不行！"

"好！老总。"老乡回答说。

老乡两手紧紧裹在袖子里，乌拉鞋在雪地上懒懒地拖着。转了好大一会，才走了三里地。可是离前边住着八路军的村子不远了。老乡忽然兴致勃勃地说：

"喂！老总，你在这等一等。我先到村里看一下有没有八路军，有的话咱另拐路，没有，我招手喊你。"

"好，这办法好！"

"哪里话。"老乡笑了一下，乌拉鞋在雪地上发着轻快的声音。

秃秃的一棵两人抱不住的粗树，枝干上积满了雪，我×团一位十八岁的战士李福才，为了隐蔽目标，反穿着大衣，手持刺刀，在树后向着四周窥视。

"老先生，你上哪去？"

老乡一扭头："噢！八路同志，你看我还没有看到哩。我正要到你们连部报告，后面有四个'中央军'，叫我往达家沟带路，我拐几个弯把他们引到你们这来了。同志小心一点！他们有一杆大枪，一杆小枪……"

"老先生,你就说没有,叫他来吧。"

当副官走到大树附近,后边就喊:

"把手举起来! 缴枪不打!"

"喂喂! 老总不要开枪。我缴枪缴枪。"副官脸色苍白,举着两手,手枪在空中抖动。

后边三个看到副官举起了手,急忙地趴到铺着白雪的草里,心里忐忑乱跳。

"不要动! 把枪放在地下!"

副官把枪扔在五六尺远的雪地上,凝视着向他走来的李福才。从雪凹处,雪堆后又跑来几十个反穿大衣的战士。

李福才把副官的身上摸了一遍后,声音变得非常和蔼:"刚才你还是我们的敌人,现在你放下了武器,就是我们的朋友了!"

"老总,后边还有三个人趴在草里!"副官把手从李福才的手中抽出后,又引着十几个人往回走,并高声喊道:"江柏元,你们出来吧! 八路军不杀!"

三个人从坟后的草里爬起来,像雪人一样,举着手说:"缴枪! 饶命! 缴枪! 饶命……"

　　　　　　　　选自《血肉相联》,东北书店 1947 年 8 月初版

警戒线上

我军夏季攻势开始不久,在四平北边,小红嘴子背后的山冈上,一行绿油油的柳条后边,隐蔽着十二个人,眼睛瞪得溜圆,看着四平的车站、水塔、电网,看着手忙脚乱的蒋军,正在逼着老百姓赶修工事。老乡为乘凉,亲手在门前栽的树,每天殷勤地灌溉,亲眼看到它一天天长大。现在在"中央军"的刺刀下,老乡含着眼泪亲手又把它锯倒,盖上了地堡。当看到"中央兵"拿着木棒打那些不积极挖工事的老乡时,十二个勇士的心一缩,就像打在自己身上一样,复仇的火,燃烧了人民战士的心,他们实在想勾一下"催命鬼",但他们的心里记着排副的话:"没有命令不能打枪,以免暴露目标!"

太阳西斜了,敌人阵地上,传来了一阵嘈杂声。接着三十几个骑兵出现了,二排副曲召治向他两边的人看了一下说:"喂,伙计们!这下咱们都要当骑兵了。"

"真的吗?排副!"爱骑马的于洪章,偏头看着排副。

"那还是假的吗?你看!模范供给部长蒋介石,专派运输班长杜聿明给咱们送来这几匹马,又肥又大,还不够成立一个排吗?"曲召治目不转睛地说完,大家笑得脸上只剩下一张嘴。

于洪章笑着说:"排副真会说,我当是真的呢。"

沉重的钢铁声,在敌人阵地回旋。一刹那,四轮装甲车、两辆坦克车滚出了阵地,一百多端有刺刀的蒋军,紧跟在后面。断断续续的人马,还不断地从敌人阵地涌出来。大家脸上的笑容,渐渐地消失了。

"杜万成!跑步回去报告营部,敌骑兵六十多,装甲四辆,坦克两辆,步兵一百,向我们阵地前进。"排副严肃地说。

"是!"杜万成照原话说了一遍,敬了个礼,跑步回去了。三个新参军的战士,也弄不清这是啥家伙,马上背起了被包、米袋等待排副的后退命令。才从怀德战斗解放下来的四个新同志,脸色苍白,虚汗满脸,颤声说:"哎呀!乖乖,那东西可邪乎哩,我在那边干过。这个车,子弹都穿不透,什么也整不了它。就是一个团也打不过!咱们只有十二个人哪行?"三个新战士听罢,更加恐慌了。

曲召治同志是位抗战时期的老战士,可是坦克他并没见过。常常听别人说到打的方法,自己却没打过。他看到这个情况,也是有点发急,十二个人要打这么多敌人,是件不容易的事啊!但他想:共产党是人民的战士,什么都不怕!再多点敌人也吓不倒我们,任何困难都能克服。一旦牺牲了,这是为了人民,为了下一代的幸福。于是他平心静气地说:"同志们!怎么怕了?刚才不是想当骑兵吗?现在要当机械化兵团了,你们还不乐意吗?"

黑云淹没了阳光,山头阴暗下来。

大家屏息地看着坦克装甲的前进。

"球!这几辆破坦克有啥怕头。咱们把手榴弹五六个捆在一

起,放到它肚子下,轮子就要炸断了。或是爬上去把盖一揭,扔进去都行嘛!"他的话打破了阵地上的寂寞。

曲召治试探地问着大家:"你们有没有决心打!"

"有!"只有几个老战士表示了自己的决心。四个解放同志看了看排长,不吱一声。

杜万成像才从河里捞出来的一样,汗喘喘地跑回来了。每个人都兴奋地看着他。胆怯的人对他寄托着莫大的希望——援兵来或撤退。

"报告!营长说:没有命令,不许撤退!"

胆怯的人失望了,有作战经验的便一条心等待消灭敌人。

敌人的战马在山腰间嘶鸣,沉重的钢铁声,转上了山角。

"同志们!营部的命令大家都听到了!"排副继续说,"大家把刺刀上好,手榴弹盖全揭开,子弹都掏出来放在身边。敌人要是骑兵先来,我们给他一阵排枪。如果坦克先上来,大家不要理它,叫它过去,我们给后边跟着的步兵一阵排枪,马上来一个反冲锋,把步兵给他打乱,回头再打坦克。"他回头看了看骑兵很近,又说:"同志们,咱们在家都是老百姓,很难碰到一起。今天为了人民翻身,爬山过海到了一起,要活活在一堆儿,死也要死在一堆儿。"他又往后看了看,似乎看到雄厚的人民武装,整整齐齐站在那,后边有着无数爱和平的人民支持着。他更坚强地说:"有我们在就有阵地在,大家有决心没有?"

"有!"这一声压抑的低叫是多么的坚强有力呵!

"有!就坚决把敌人打回去!"

太阳突破了阻止它前进的一块孤云,喷射着强烈的光芒。

刺刀在阳光下闪耀,子弹一排排地堆在树根下,手榴弹都没盖地摆在自己面前。有的五六个炸弹已团结在一起,等待着坦克的来临。

前面来的,是一个拿小旗子的骑兵,挥动着旗子。坦克车在山腰间停止了。步兵在山下的一条土丘之后散开卧倒,架起了机枪。

"冲啊!怕死鬼!冲啊!前边有洋捞啊!"拿小旗子的像疯了似的狂叫,敌骑分了三路成穿梭式前进,坦克装甲也开动了。拿小旗子的骑兵带着三十多个骑兵冲上来,离勇士们仅仅才三十余米远。大家的食指紧挨着"催命鬼",心脏仿佛停止了跳动,竖起耳朵,静听着排副的命令。

"打!"一挺轻机枪与五支步枪的交织火力展开了,手榴弹在群骑中爆炸啦。老机枪手曲召治抓住机枪打了一梭子,拿小旗的滚下了马。接着又上来一个拿小旗的哑嗓子,显然是才喝醉酒:"上啊!快上啊! ×他娘都是怕死鬼……"话没说完就吃了一个定心丸滚下去了。扑通扑通滚下了十几个,马碰马,马踏人,简直像蒙古草原上受惊的野马群。

一辆装甲车在半山上只是吼,不能动了,一辆车才把它拉回去。排副说:"向那几辆坦克打!"子弹碰在钢铁上,发出了当当的回音。

排副把机枪交给射手,站起来说:"不要打了,效力不大,节省子弹,等它上来,再突突!"他爬到四个解放过来的同志身边说:"你们还怕不怕?"

一个说:"哎呀!想不到你们这么厉害,那钢车也上不来,唉!我看出了,'中央军'是个纸老虎。"

一个说:"我看到你们不怕,我也不怕了,我还打了三个炸弹呢!"

骑兵被打得稀烂,溃退了,坦克也扭头逃窜。在山下架好了机枪的步兵,才打着哭丧着的机枪,掩护溃退。

排副看了看地形说:"大家稍微向东边靠,疏散开,隐蔽好,敌人退回去一定要打炮。"

大家刚疏散开,一排炮弹飞过来,接连不断的巨响震撼着山冈。铁片在空中飞舞,一堆堆的浓烟淹没了山顶。勇士们还是屹立不动地坚守着自己的阵地。

八月一日于哈尔滨

选自《东北文艺》,1947 年第 2 卷第 4 期

十一件衣服

傍晚,人民的武装,突然杀进了蒋占区的杨家屯。

在对面看不见人的夜里,我班走到了被指定的一所房子门口,这所房子没有围墙,孤零零地站在屯子西北角。同志们的头缩在大衣领里,紧紧地抱着枪,困惑地在门口放下被包坐上。窗上发黑了的破纸,被十二月的风吹得啪啪作响。我怕老乡受惊,就轻轻地敲门,并小声地喊着:"老乡开门,我们是民主联军。老乡开……"叫了十几声,里面始终没有一点点回音。我想:这房子大概几年没住人了吧?于是就轻轻地把门推开。房子里比外边还黑,真吓人,但是热乎乎的像进了蒸笼。李福才划了一根洋火,伸头一看,四个人一动不动地围着一个培着灰的破火盆。前面是一个年约六十余岁、鬓须都苍白了的老人,穿一件补了不能再补的棉衣,腿上围一条麻袋。背后是一位老太太,披着一件开白花的旧羊皮袄,腿上围着一条烂裤子。老太太背后是一个十三四岁的小女孩,赤着脚,穿着一件露肉的黑长袍。她的后边坐着一位十七八岁的姑娘,穿一件像被狗撕裂了的红棉袄,腿上也同样围着一条麻袋。

老人和老太太张着嘴,瞪着哀怜的眼睛,恐慌地望着我们,那两个姑娘羞涩地低下头。

"烤火! 老爷!"老人剥开了火盆上的灰,端过一只破碗,里边放着一条捻子和豆油的残渣。

"老爷子,你不要怕,我们是民主联军。"我说。

"民……民主军?"老人颤抖的喉咙里,小声地吐出来这三个字。

"对啦! 民主联军! 是来打'中央胡子'的!"李福才高兴地大声说。

老人轻轻地点了点头,皱着眉思索着。在他那年老的额头上,摆满了几十年来穷苦给予他的、数不清的皱纹。他慢吞吞地说:"噢!你们是不是四、五月在这边的八路军?"

"爸! 你不要胡说。"后边坐的那个沉默的姑娘,忽然喊了一声,斜着眼狠狠地瞪了老人一眼。

老人悔恨自己多话,急忙说:"噢! 老爷! 饶命吧! 我老啦,像糊涂虫,我说错了。"因为在蒋管区,"中央胡子"经常在半夜三更,假装八路军,来抢劫人民。所以老人又以为是假八路。我们了解他的痛苦。

"老爷子,不要怕,我们是真八路。"

老人的眼,从我们皮帽上看到我们的乌拉,从乌拉又看到皮帽上……

两个姑娘,也慢慢偏过头,偷偷地看我们。

大家不耐烦地提着被包进了房子,疲乏、不耐烦,立即被这家人凄凉的惨景给驱散了。这些在火网中钻出来的钢铁战士,心里也难过地低下头,眼泪夺眶涌出。阶级的同情心,顿时浮现在每个人的脸上,静静听老人讲:"自你们五月到江北后,'中央军'开来了。今天这个捐，明天那个税，简直把穷人的血都抽干瘪了。这还不算，今天到城挖围沟，明天做工事，地也种不上，地主到时候还要租子。唉！"老人龇着牙，叹了一口气又说："中央养的胡子三天两头来，明拿暗抢。你看同志，把我在伪满卖工夫挣下来的几件更生布衣服、被子，都抢光了。"他指着自己围的麻袋，泪水顺着皱纹流到嘴角。"我那大女儿穿的还是她娘出嫁时的一件衣服，她还叫'中央兵'……"哭声塞住了他的喉咙，他再也说不出一句话了。

那个大姑娘的脸，俯在小女孩的背上，肩一抽一抽的，呼哧呼哧在哭泣。他们的哭声像石头一样，一块一块坠进我们的心，气似乎都喘不上来，心忐忑地跳。房子里静静的，外面的风呼啸呼啸地叫着，仇恨的火在每个人心里燃烧着。

"蒋介石把老乡害得快死啦！我们是人民的军队，我们不能看着人民活活地死去，我们谁多带衣服就拿出来救济一下老乡。"我说着便在被包里抽出一件单裤掷在炕上。

"这些蒋介石军队真不是人养的！"李士俊咬着牙跺着脚，解下了子弹袋，脱下了他仅穿的一件美国衬衣。

在四平保卫战中，被我军解放过来的侯起光，被我们这种伟大阶级友爱的精神所感动，也脱下了在"中央军"发的一件棉背心。

新战士汲光文，想起他母亲在"满洲国"，一年忙到头还穿不上一身更生布的棉衣，活活冻死，眼泪扑簌扑簌地落在衣襟上："简直和'满洲国'一个样！"说着脱下套在棉衣外头的一件单衣。

脱的脱，从被包里拿的拿，就像在澡堂一般。

衣服一件一件地掷上了炕，直七横八地摆了一堆。九十里行军的疲乏，似乎每个人都忘了。老人看看这件，瞅瞅那件。突然瞪大了眼，举起了手，惊愕地说："呀！十一件！"他以为在做一个吉利梦，他以为这些衣服是水里的月亮，看得见却拿不到，总不相信自己昏

花的老眼。

"老爷子,我们出来打'中央胡子',带的东西不多,你们穿吧!"

老人感动得不知怎么来感谢我们好,话到他喉咙一次一次地咽下去。最后他才偏过头说:"萤儿,把叔叔给的这件裤子穿上,给叔叔们烧点水喝,再洗洗脚。"

那个大姑娘的袖子,在脸上擦了一下,脸对着墙穿上了一件黄色军裤,又围上了那个破麻袋,赤足下炕了。

"老爷子不要麻烦,我们自己烧。"他连忙拉着我的胳膊说:"同志! 你们背枪扛炮,这么大的风,你们不怕冷不怕累,还不是为着我们;还给我们这么多衣服,你们再要自己烧水,我的心下不去。"老人的热泪又涌出来了。

"老爷子,你家几口人?"汲光文无意地问了一句,这句话像针刺进了老人的心。

"唉! 不用提了。"他拍了一下腿,露出了两颗大黄牙说,"我还有一个儿子,今年二十八了,在伪满做劳工有了肺病,光复后红军给放回来了。六月天'中央军'抽兵,我说有肺病,头磕了没有数,好话说尽,没有钱还不是白搭。他们说有美国的好药给扎咕,就给捆去了,四五个月没一丁点音信。他的媳妇也叫中央那个六连长给拐去了……"他哭了,老太太哭了,两个姑娘也哭了,全屋的人都沉在泪的海里,默默地听老人的诉苦。

烟、蒸汽在屋里混成一团。我们洗了脚,喝了水,已经十点多钟了。

"同志们,老乡的炕不大,我们到外边抱点草铺在地下睡……"我还没说完,老人忽一下跳下炕,堵住门口说:"班长不能,不能! 挤点睡下啦! 你们这么累,天又这么冷,我们今晚不睡也要叫同志们睡。你们是穷人的救命恩人呀!"我们再三跟他解释,但是老人总不肯答应。为了不使他这颗诚实而热情的心失望，我们都睡在炕上了。

疲倦锁住了大家的眼，我却翻来覆去地睡不着，我的眼前似乎有几个大烟鬼，端着枪，假装着八路军在打老乡的门，在翻老乡的箱柜，在糟蹋……一会儿又看到干瘦的蒋匪介石拿着一把屠刀，龇着牙，赶着一群青年人去为他当炮灰。那一群里还有老人得肺病的儿子……一会儿又看到老人披的麻袋，每人脸上的泪……这些凄惨的影子在我脑子里滚来滚去，怎么也睡不着。忽然我看到老人小声地对坐在炕角的两个姑娘说："萤儿，珍儿，你不要忘记八路军救了咱们一家人，八路军是穷人的救命恩人，你们老了把这些话传给你们的儿子，叫孩子再传给孙子，一辈一辈传下去……"老人轻声而庄严地说着。

太阳刚从山后爬上来，吻着大地，吻着这座破烂的茅屋，军号划破了沉静的冬晨，队伍要出发了。

"叔叔，过来时到我家来住！"小姑娘拉着我的手，天真地说着。

"同志，你们来一定到咱家住！"老人轻轻地拍我的肩。

"好！太麻烦你们了！"

"话说到哪去了！"

老乡们穿着破烂的衣服，站在村口枯萎了的草地上，望着我们的背影，我们也不时地回头去看。那一群送我们的人影，老人穿着军裤，影子渐渐地小了，渐渐地变成了黑点，慢慢地消失在地平线上。

一九四七年三月二十八日于哈拉海

选自《东北文艺》，1947 年第 2 卷第 6 期

◇ 铁　汉

归　乡

我能和我的年老的父亲这样快就见着了面,这真是想不到的事情。

在监狱里,我们打"叛徒"(反满抗日)官司的政治犯人,是不能随便和家人接见的,尤其是像我们这一群没有判决的人们,根本就和法外的世界断绝了关系,过着非人的痛苦的生活。

我们也知道日本不久就要完的,不过谁也想不到会降服得那样的快。当苏军从北方和日本宣战的第三天,打到白城子的消息真使我们惊喜交加。那天,啊,我清楚地记住那天——八月十五日,这侵略我们的魔鬼日本降服了。我们几个难友们互相半信半疑地问道:

——你说,这是不是梦?

——不,这好像是梦,但却是事实。

——噢,这是事实。

这降服的日子,真使我们焦躁已极,可恨的是日本检察官们,他们是直到最后,还要毒害我们这批政治犯,好容易借着未被事的同志们的光，他们在八次以上的交涉下，终于在八月十九号这天午后四点半钟，我们全部放了，这样，我算离开了那个危险的地狱。

年老的父亲已经来奉天等我一个月了，他老的头发白的很多，面色在黄瘦之中透露出他的忧虑和憔悴，多少是现出一种佝偻的状态了。他老的眼睛仿佛花得挺厉害，当我连喊了两声"父亲"的时候，他老还往人丛中寻找他所怀念的唯一的爱儿。

——爸爸，我开放了。

我握住了父亲的手，一阵酸痛使我的眼中充满了热泪，它在几次抑制下差不多要流出来。这时候，我不知我该说什么话。

父亲爱抚地望着我的脸，仔细地端详着，也不流泪，也不说话，只是两唇微微地颤抖着。我知道父亲的一切感情全咽回去了。

——你们的朋友真不错，他告诉我：老头，你是接政治犯的家族吧？请到那边儿去就可以见面了。若不然，我真不知道你们出来呢！

我和父亲往大街上走去，他老把小包交给我，替我扛起来我的沉重的行李，一种极大的欢欣令他忘记了衰弱和老迈，我觉得不忍，可是我又真正没有那么大力量。

父亲问我要吃什么，我说就是软一点的东西好。可是这一条大街全没有卖小米粥的，一直走出了大南门，将就在一家小馆里吃一顿面。吃饭的中间，父亲说：

——我们明天回家吧？

——多住几天，这方面有很多的事情需要联络——我丝毫不曾想到什么回家的事。

——对啦，你永久是这样不听话，不叫这样你也不能进监狱！

父亲显然地有些生气了。

——你老可以先回家，说我过五六天就回去。

我觉得不应该再辩白下去，我低下了头，慢慢地吃着那不甚好吃的面。这时，我的心里起着激烈的斗争，我真不知是在这儿好还是马上回家好。

这天晚间，我静静地听父亲诉说自从我被事以后的经过，现在，母亲还在病中，姐姐有时还发着半疯傻的病症，我们的家算是破产了，几乎因为我，全家的人都卷进死亡的旋涡……最后，父亲伤心地吐出了一口长气。

——这都是你，你为了什么国家，你们太年轻啦，为国尽忠就落个这样结果呀！

——爸爸，你老应该明白，我们为了祖国，就顾不得家了。

——好，好，我和你妈算白养你了，你回家看看，我们将来还怎样活着？

父亲悲哀地沉重地说着，掉转过去头，叹息地说：

——你，你们干这种冒险事，告诉过谁啦？

我不由得笑了，我很孩子气地说：

——爸爸，做这样事情的，哪能告诉别人，那样不是早就让特务给捉去了吗？

——嗯，这回可也没跑了啊！你们算明白了，家里的人谁知道这是怎么一葫芦药？就是我，换一个人，早就愁死啦，谁还能三十趟四十趟地来回跑……

父亲的话猛然刺上了我的胸膛，我感到心中阵阵的痛楚，那伟大的父爱使他的蒙恩的儿子不能不激起深切的感动。于是，我们暂时就被一种无言的回忆所沉默了。

偏偏，第二天，火车便不通了，我很欢喜，因为这样，多少可以打消父亲的速归的计划。

走在街上，父亲时时在关心我这样那样，问在狱里的情形和报告家中的景况，总之，是不肯离开一步的；父亲大概是怕我再飞了出去，永远也捉不回来似的。

我和一个朋友讨论未来的事业，我们打算开一个出版社，要重新操起笔来。临往回走的途上，父亲恳切地说：

——我看赶早回家养一养体格吧，你的体格看糟践得什么样了？还写什么稿，不叫写稿，能进监狱吗？

——现在是中国了，我们自己的国家是出版自由，言论自由的，怕什么？——我抢着说。

——去吧，拿笔杆的，到多咱也得受气，告诉你，你不怕受穷你就去！

父亲的话太残忍了，它像一只铁锤，击碎了我的美丽的梦。

我的心里在喃喃着：受穷？受气？……不会有的，决不会有的！

我们在火车站上足足等了三天车。

挤着，拥着，父亲和我挤上了火车。

车开了，我的心急剧地跳了一下，这时，车厢内的人们一齐叫啸起来，跳跃起来。

和我们对面坐着的，是一个日本兵——丢盔卸甲的日本兵，蹲在甬路上的全是日本兵。他们那过去的"大和魂"和"军神"的威风全丧失了，很安静很守秩序，尤其是客气的笑脸，这些可怜的表情，使我的愤怒和怨恨消灭了很多。呵，这就是亡了国的人民！

想起一年前，我也曾坐过这样的火车，那时，日本人是用一条小绳绑着我的双手，押赴奉天去送差。他们万不会料到一年后的今天，我能够任意地瞪他们几眼，嘲笑他们几句的，虽然，我并不曾这

样做一下。

对面坐着的日本兵开始和我谈起来。

——我的家都叫旁人给抢空了,连饭碗和筷子都不曾留,简直是……嘿嘿!

这家伙勉强用笑来掩饰他的不满。

——你们是要回国吗?

——不是,我们的亲戚或者在大连……坐在甬路上一个日本老头子这时插进话来:

——奉天的秩序太不好,乱杀乱抢。

这老头子的话说得虽很巧妙,但他却依旧保持着他们帝国主义的假面具,来撒谎呢! 我也冷笑了一声说:

——这是必然的现象,而且是应该这样的。

老头子不敢作声了。后来又渐渐引起了话头,我知道他是一个资本家,也是一个大学的教授,这个老头子显然地是抱着八纮一宇的为了天皇而可以剖腹的人物。

——可是,你知道,在日本,是有很多很多同情中国的友人的!这些人,有的是许多知识青年,有的是被军阀和资本家所压迫下的下层阶级的人民,凡属真正明白的日本人,无论是民主派也无论是社会派,他们不但不是中国的敌人,而是中国最感佩最好的朋友。我想,这次日本国将由这群正义的人们来负起责任来的!

老头子听着我的话时不住地点头。他听完我的议论却不慌不忙地回答:

——再有二十年,日本就会复兴的,你以为怎样? ——这老头子的胆子是多么大! 我想了一想,便爽快地说出我的本意:

——你是根据什么来说这样话? 难道说你是根据日皇的诏书

吗？哼，我们早就看出来那诏书里的诡计了！即使日本复兴，我们，可以说全世界不希望交到你们侵略主义者的手里，而是希望把政权交给那许多被你监禁或放逐的我们的友人——正义的日本青年的！

——对，对，你说得很对！

这老头子不怀好意地故作答应，我真有心要赏他一顿拳。坐在对面那个日本兵，禁不住大声笑起来，老头子红着脸滚开了。

——你们为谁打仗，现在明白了吧？

那个日本兵微笑着点点头。

——你们牺牲，你们流血，你们抛弃了父母和妻子，以为将来会有饭吃，这是你们大家被这群军阀、资本家的坏蛋们骗了，他们叫你们给他们争土地，争钱财，结果还是你们死亡，你们挨饿，可是他们却什么也没有损失！

日本兵叹了一口气。

车在中途换了一回，我们便和这些日本兵分散了。

经过了一个热得汗流浃背的黑夜，东方渐渐地露出了黎明的阳光，清新的气象在一一地向后方倒退，火车在这光辉的新生的土地上面向前方自由地快乐地驰去。

绿色的树，绿色的草，这山河的景色都丰满地带着一副笑容来迎接它的祖国，来投向它的别来十四载的母亲！

从车窗眺望出去，十成丰收的年。

一九四六年三月

◇ 健　虹

钢铁铸成的人们

——记荣军教养院

在积雪的广场上，一列列枯树围绕着两座红砖墙的矮屋，这里住了三百四十四个死而复生的战士——光荣的残废军人。过去，他们都和敌人搏斗；如今，则向他们的一切困难勇猛作战！

劳动者创造世界要用他的双手，而这些缺胳膊短腿的人，却依靠了他们钢铁般的意志，来创造新的生活。

断了右手的小张告诉我："这个地方，咱们刚到这儿连房子也住不上，上级虽然对我们特别关心，可是老百姓穷，没法帮助军队。好容易自己找到了小学校的教室，遍地是屎，臭得要命，两排窗户口，冷风直往里钻，墙上结了半寸厚的冰，活像个露天厕所。"他的手指在墙上比画着，皱了下眉头好像在回忆什么，忽而又开朗了："好在咱过去都是劳动人，缺胳膊短腿一样干活，就是干得慢点儿。"他指点着地下说："这里的雪、垃圾，我们不知倒了多少担，钉窗板，安床铺，砌火炉……样样都靠自己干。"当我听到这里，再环视一下温暖而整洁的屋子时，真想从心底喊出一声最好的赞叹。

"咱这群跛子，聋子，瞎子，瘫子，不能打仗不能跑，天天蹲着吃白饭，不学点本领干些事，怎能对得起革命？"

沈院长懂得大家这种心情，便决心给他们搞学习，但是缺乏干部。大伙儿觉得只要自己愿意干，哪能遇事没办法，便推了胡怀荣、张秀山、孟昭然三个文化程度高些的残废，担任了国文教员，政治课由杜协理员和院长分班教，可是珠算这门要紧的课，却找不着老师。后来，也是他们想出好办法，请来了两个和大家混得烂熟的小学生，七凑八拼，又解决一个困难。

房子缺乏，警卫班的卧室白天里就当课堂，墙上贴了十来条"加紧学习，战胜敌人"一类的彩色标语，是他们自己写的。我看到他们上过一次文化课，七十六个人，便挤满一屋子，大家没有书桌，本子都放在膝头上，每人聚精会神地将黑板上的"联"字抄下来。有十几个人右手没了用左手在写。

在他们寝室里，床头、枕边、桌旁都有人写着读着。没有右手，左手只剩下一个大拇指的张顺，也在那儿夹住铅笔写着胡桃大的字，他说："人家陈宪章两手没了还学哩，咱怎能不学？"陈宪章两只手在四平战斗时都打落了，却半点也不愿落后。"我是头等残废军人，可不是个废物呀，我还是有用的人，学好文化一样为革命服务。"他这么一想，就有一股不可思议的力量鼓舞他抬起一双光秃秃的胳膊，捧着笔写字。有一回，他在一张红格白纸上写着："亲爱的战士们，我是没了双手的残废军人，我只能用两只胳膊捧起笔，写信慰问你们……希望你们多杀敌人……"孙祥两只眼都被炮弹片崩瞎了，每到上政治课时，他总先给人约好："你今天可得搀我去听课，到时别溜噢，耍滑头不行啊。"他听"读报"比任何人都用心，讨论会上发言总在前头。被炮震瞎了一只眼的宋连元整天伏在桌上写,他还帮助孟记奎学珠算。

在"节约生产,支援前线"的号召下,他们每个人一天的菜金,由五十五元二角五,降到四十八元,前些时,他们还吃过几顿高粱米,但都心甘情愿地说:"不吃白面算个啥,胜利了再吃好的等不得吗?"他们在公家的帮助下,还办了个合作社,股东、干部全是荣誉军人,办货的风雪无阻地到处奔走,看门市的天天晚上开会研究物价变化和做生意的态度。确定方针是为自己生产,改善生活,也为老百姓谋利益,物价比市上都便宜(如市上卖七百元一尺的白布,社里只卖五百),所以顾主多,生意最好的日子可以进款十五万元。这是大家努力了一个月的成绩。

劳动人民的子弟,是难以忘怀劳动习惯的。他们认为坐享合作社利润是一种耻辱,还应该用自己的劳力来增长公家的财富。缺了右手的排长姚洪喜,带领全排人一天打过一千多斤柴,全体荣誉军人在连长王宋美(他的右手右脚都没有了)的领导下喂了十口猪,与县府合股开了个油坊,马上要开个全连的豆腐坊。等到积雪消融时,他们还要到五十垧土地上去劳作,现在已准备好了耕具。

这里,引用哈市慰问团邱队长一句话:"这些荣誉军人给我的印象只有一个字——'好'。在前方伟大,在后方也伟大。"这些伟大的人,将他们伟大的故事自编剧本自己演,作为对老百姓的新年献礼。在叫《前线》的一出戏里,六个演员就有五个是一只胳膊的,观众们说:"都这样啦,还演戏给咱们看,多不容易!咱以后可得多多慰劳他们哩。"在《伪满压迫百姓》的一幕中,常患晕死症的(由于炮震所致)郑流川充当演员,因为累得慌,发了病栽到台下来。这种为群众服务、带病演戏的精神激出了不少观众的眼泪。

这种被革命信念支持着进行苦斗的荣誉军人,得到了当地群众的拥戴,老百姓把最好吃的白菜、葱留着贱价卖给他们,新年、春节男女老少都冒着风雪,带了猪肉、白米、面、鸡蛋来慰问。他们却把这些东西分赠了一部分给看护员表示慰劳。

现在,你可以随时听到他们的歌声,音调里充满工农兵的淳朴和勇敢,给人一种健康的印象,叫你想象不到这是遍身创痕的人唱出来的——那是在歌颂他们意志的力量和战斗中的快乐!

二月二十八日

选自《东北日报》,1947 年 3 月 21 日

计算不到一辈子穷

一

　　肇州一区新民村农会长刘振和到前八万屯检查春耕，粪已大部送到地里。他看见新得地户整天忙着刮碱土，粪是佃户送的。——刘振和明白："他们以为熬盐利大，不想种地，都出租给佃户了。"一天晚间，他和李鸿恩小组的十二户开会，计算"专门熬盐好，还是种地好"的账。这一组就有十一户出租土地的，都是小户，就随便提出组员陈旗，"算一算账，看吃亏还是相应"。

　　陈旗家有四口，得地二垧二亩八，以每垧一石六出租（还有一石八的），可吃租三石五斗四升六。除去公粮（每垧地平均收获量四石，按一成缴，主佃各半）与其他"花销"共六斗，还能余下二石九斗四升六。

　　陈旗说，他计划长年打闲和熬盐。计划熬半个月盐，每天盈利六百元，半月可得九千；计划在耪地时打闲廿五个工，割地时打闲十五个工，每个工按八百元计，可得三二四○○元；加熬盐盈利，全年可得四一四○○元，合现价苞米八石。再加租子，全年得粮十石九斗余。

假如自己耕种二垧二亩八分地，需要多少工，将有多大的收获？

送粪至种完大田期间——送粪三工（糠茬不送粪），刨茬二工（扣茬不刨），扬粪一工（按劳动效率差的计算，下同），糠地一工半，扣地三工，合计一○点五工。此期间普通十八至二十天，即使少算亦可余下五工，可以熬盐作为副业。

铲地期间——第一遍四工，二遍三工，三遍二工半，合计九点五工。此期间普通四十五至五十天，至少可余廿工，可以打闲。

割至拉期间——割三工，折苞米三工，拉苞米二工，拉谷子一工，合计九工。此期间普遍廿五至卅天，至少可余六工，可以打闲。

打场已至冬月，且不计上述所计，将下雨阴天，因病因事的时间均已留出。全年耕种时间为廿九工，尚余卅一工。至于畜力问题，以八斗高粱雇牛犋解决，来做二垧余地的种、蹚、拉、打。

除自种地外，熬盐可得三千元及做零活廿六工（每工八百元），可得二万零四百元，合粮四石六斗八。而自种二点二八垧地，按每垧收四石计，除雇牛犋八斗，公粮及"花销"一石二，当余七点一二石。外加一垧谷子出四百个草（合现价六千元）及一垧高粱（或苞米）出秫秸九百捆（合现价一三五○○元）的收入，就合粮三石九斗。全年总收入为十五石七斗，较出租土地及去打闲、熬盐增加半倍。

经算账后，陈旗恍然大悟，说："真是吃不穷，穿不穷，计算不到一辈子穷！我的地不出租了。"接着，其他的十户也要求算账，刘振和跟着一一算清，都很兴奋地要求自己耕种，而且帮全屯出租土地的小户算账。

但是，佃户对此表示不满，因他已给上粪。因此决定当时先不改变，待下种后具体商议，适当补偿人工、马工、籽种、粪等，不能让佃户吃亏。

<h2 style="text-align:center">二</h2>

肇州一区双发村前潘家围子的杨宝和生产小组中，新得地户徐延禄有三垧地（内租进二垧）无马，与佃富农邰福伙种，为使用邰家牛犋，不算工账，终年为邰家做挑水、轧面、担柴、锄草及扫院等杂务。徐延禄明知自己吃亏，却说不出道理，口头上还称颂邰福对他的"照顾"。

区干部到该屯检查春耕时，帮助徐延禄清算这笔账：

徐延禄今年种一垧芝麻、二垧瓜。

种一垧芝麻——穅地一个半人工，一个半马工；铲地四个人工；薅苗四个人工；割地五个人工，蹚两遍一个人工，三个马工；拉回费一个人工，二个马工；投（即打）三遍八个人工。以二马工顶一人工，共计廿七个半人工。

种二垧瓜——送粪六个人工，十二个马工；扬粪二个人工；扣地三个人工，六个马工；下种十个人工；铲两遍十五个人工；薅苗带打尖廿五个人工；看守瓜四十五个人工；卖瓜十五个人工，廿个马工；二马工折一人工，共计一三〇个人工。

耕种三垧地全年需工一五七点五个。而阳历四月迄十二月间按二七〇个工计算，尚余一一二点五个工。主要的是徐延禄使用邰福的牛犋，全年仅用四四点五马工，合廿二个人工，却要徐延禄干一年杂务来偿还，显然是不合理的。

算账后，徐延禄说："不算账，我就不明白余富这许多工，咱人工换马工一年只出廿二个,跟干一年打杂事不知好多少倍。"郜福也说:"我早先也不是想占他便宜。这次算清了倒好,两下痛快。"由于这次算账,不但徐、郜之间订了合同和记账,并使杨宝和小组也这样实行了。

选自《西满日报》,1947 年 5 月 26 日

黎明村在播种

　　黎明村是肇东九区一个村的新名。它离江套近,工作开展较晚,新农村生活刚才开始。这个东西十二里的大村,在不久的过去犹有大地主残酷的剥削和胡匪频繁的劫掠。

　　今年的春天,如土地还家一样,开始为质朴而勤劳的农民所有。白杨林里群鸟争喧黎明到来的时候,一望无际的田野上游动着耰耙和犁杖,亲切地吆喝着懂事的牲口,卜卜的点籽葫芦的絮语,使早晨的田庄充满活力。农民们在自己的土地上播种,撒下为将来过好日子的种子。

　　王家油坊屯昔日的主人王作舟,这个把老百姓当作大豆一样来榨油的大地主,当群众向他算账时携家逃跑了。他留下的海青砖房,粗俗地画着西满景色的画屏和有妖冶女人的月份牌,很可说明他曾有的享受和兴趣。

　　油坊也已改名"黎明村大众油坊"。从去年十月十二日起,全村百余户勤劳的农民成了它的股东,年终结账一次,入股一斗豆子的分得红利三百元,而主要的却是入股的和未曾入股的贫户都吃到便宜油。在墙上写满粉笔字的油坊,可见换了主人的油坊是为本村群众办事的。

住东厢房的刘凤禄息罢晌午,和同组的忙着套车,他的地再有一天就耩完了。他今年五十二了,十八岁上顶一个青份,二十岁上就给大地主打头,牛马似的整整劳动了卅四年。去年以前,他的老婆孩子一直在饥饿中过日子,他自己穿不上棉裤。现有的三垧九亩地是去冬分得的。他说:"穷日子过到头了。今年种的地不多,打下粮是自己的! 比耪青强。"旁边有人插了一句:"咱都是东家。"他笑着应道:"嗯哪跟耪青不一样了。"

李春屯李贵栋生产小组的三十垧六亩地,已种了五垧地的麦子,耩了十五垧高粱、谷子和糜子,还有十垧从明天起就扣完苞米和豆子,不到小满就能把全组的大田种完。李贵栋今年耕种不到二十垧地,比往年租种四十垧地,雇一个耪青的似乎减少了耕地面积,但与过去一垧地得缴两石五租子(平年收获量四石)相比,他眉开眼笑了。他父亲是个劳动了四十年的山东老人——很满意他家分得的土地:"俺分的是岗地,要不是穷人翻身,你出五万元一垧买地板,保管王作舟不卖!"这和王谦屯两边正在耩地的一个姓岳的老人的心情是相同的:大地主王谦要把耕地扩张得更大,对插在他的土地中间的岳老头的四垧自地屡次地收买,岳老头一点没有放手,如今王谦逃跑了,王家土地被分了,岳老头能够更安心地耕种自己的土地:"咱再不受大地主的气了。"

逃亡的大地主们没有遗忘他们昔日的产业,没有放弃卷土重来的梦想。大地主的孪生兄弟——"中央胡匪"也没有放弃对翻身农民的祸害。就在上月下旬,"中央胡子"勾结于大□屯的坏蛋尹占英、支明久等四人，企图抱走本村自卫的枪支，叛变当胡匪。群众的眼睛是明亮的，立即扑灭坏蛋的阴谋叛乱。群众再一次地领会到：大地主和胡匪没有死心，也相信自己有力量扑灭它。

大田的籽种已经播下了，麦苗亦已出土寸许，绿油油焕发着生气。幼苗是苗壮的，它在太阳与雨水的抚育下，有力抗拒风舞和虫害，将长成结实；如劳务的翻身农民有自己的政府和军队，有信心收获自己劳动的果实，把日子过好。

选自《西满日报》，1947 年 5 月 11 日

让精明与互助结合

——肇州张大围子生产小组的发展

两个月前,肇州张大围子组织生产小组,注意到群众自愿结合,群众的生产热情虽高,但对生产互助的认识是模糊的。群众说:"今年得好好地生产,往年为大地主种地,汗粒掉在地上摔成十八瓣,连碴儿都对不上,今后为自己还能松劲!"会上谈到互助,大家说:"水帮鱼,鱼帮水,穷人还能不帮穷人?""两好合一好,互助没问题!"工作同志提醒他们订出各小组的规则和计工,再加上慎重考虑,日后小组里会不打哜哜,大家说:"脸面重千金,计工不计工没关系,吃亏便宜都不算啥。""咱们组上都是自家乐意的,尾后哪能打哜哜?!"

还有半个多月,张大围子打柴拉土快结束时,问题就发生了。唯一的集体生产(土地、劳动力、畜力相等,全部集体劳作,秋后按人按地分粮)的王凤楼组组员常富、金佐臣退出了,因为常富有两个劳动力参加打柴和一个劳动力所得的一样而不满,就去和他的亲戚赵禄"挂油瓶"(伙种);赵在编组时曾打算找伙种地的,直到这时才提出并得到解决。宗玉秀小组的张品三的九垧地中扣茬多,同组的也是扣茬多缺粪,就跳到王凤楼组(该组糠茬多),组内互相租平土地合每户六垧,还是集体生产。王林和组的李树棠是厨司,起先不敢不参加互助小组,后来计算遇红白事卖工夫做饭要给组上还工不合算,就退组和佃户伙喂马种地。吴山组看着集体生产好,也租进三垧七,同组六个半人,整工种五,七六垧,半拉种二垧七;其中祝振昌不愿意,就跳到宗玉秀组。路文富原有的九户中,张凤池参军了,李明德出租他的土地,何景明是寡妇,张祥是残废,剩的五户也将地互相租平,每户合五垧三,采用集体劳动形式,就是秋后各得自地的粮。总之全屯八个组都发生变动,也使生产小组得到初步调整与改进。这时,有几个组开始计工,订立起红账。

四月下旬,张大围子送粪结束。种大田之前,地委工作组检查生产小组,看到生产搞得好的几个小组。王凤楼组受上次常富等出组的刺激,生产特别起劲,没有人误过一个工。路文富组和韩守信组能按时计工,也干得很好。吴山组的裴吉逢因少一车茬子曾有意见,很快地得到补足。吴山说:"我们组都是干部,不能打哜哜、倒戈,不能让大家笑话。宁可自己吃点亏,反正不是外人。"作为一个打头的,他说:"打头的好比老大哥,忍着点儿,不能让有吃亏的。"

同时,也发现若干问题:吴山组的祝永才(屯会长)因开会等误了十八个工,如按闲工(送粪)五升高粮折计就应出九斗粮。于海田组曾在拉柴时压死借用张明登的马,赔钱的时间迟了些,彼此发生意见,一直到这次工作组去才调解解决。□组的思想存在着:"插犋是麻烦事,到□地各自干就松动了。"王林和组没有红账,捣了不少麻烦,这次开会后,大家说:"往后一定要计账,连(一气儿)(做活间隙)都得计上!"宗玉秀组的李思德(佃富农)曾向祝振昌说:"你借我的牲口,我借你的人力。"组上也不计工。送粪拉土抹房中祝振昌吃了亏,吵着要出组,这次重算工账才得解决。

从张大围子的生产小组的发展中,有下面四点意见:

一、生产小组仅是笼统的"自愿"组成还不够,必须两利才能真正自愿。因此,合理地及时计工算账非常重要。要求精确计工是农民的进步,是免去无谓意见的关键。宁可事后双方同意不还,如俗语"先小人而后君子",双方乐意。只有在这样的基础上才能做到真正的互助。

二、集体生产的方式在一定的群众觉悟程度及劳动条件相等诸条件下,有它存在与发展的基础和前途。但它须是群众自动自愿组织,而不是由工作同志的主观要求来决定。

三、屯干部误工应及时警惕,使尽量少误工;但不可避免的情况下的误工,应该经过群众讨论给予少还工或不还工。

四、生产小组只有在不断的检查与改进中逐步提高,群众的思想也只有从生产过程中渐渐加深自愿两利原则的认识。今天张大围子的生产小组正是走在这样的道路上。

选自《西满日报》,1947 年 5 月 18 日

邢家窝堡的喜悦

　　工作队要来，对讷河邢家窝堡来说，是一个令人惊悸的消息。邻人相见，不难体察到对方的探审或疑惧的眼色；在沉重的叹息后面，一种难言的隐忧使人们苦恼。

　　邢家窝堡出过几个光复军头子，譬如邢宪章就是其中之一，拉大排把屯里的人拉上了，跟邢宪章、尚其悦那些胡匪头，打讷河打"江省"，抢这里抢那里，有的死在外面连尸首都找不着，有的却跑回来"密"下了。人们知道光复军头子虽然都跑了，屯里可是还有人当过光复军；又知道工作队最恨"中央胡子"，一定会查，这样一来，不知道查到谁，查到了不知要怎样惩办……谁知道谁该受什么连累呵！

　　十一月初旬，工作队来了，他们都是讷河第七区的翻了身的农民和干校的学生，他们在安乐屯、长春屯工作过，还没有遇到这里群众讳避我们的现象。研究屯里情况的结果，分清好人坏人，打消群众的隐忧，是开展工作的第一步。

第二天，屯长回来说，当过光复军的纪振财跑了，纪的家里人去别人家躲藏，别人把她撵出来，她领着孩子哭哭啼啼的，无处可去。工作队立即嘱屯长去安慰纪家，叫纪振财赶快回来坦白，保险没事，政府为的是治病救人。屯长向纪家说了个八米二糠，最后说："我是屯长，你们信，就有什么说什么，要实在！"傍晚，纪的大哥陪纪振财来找屯长。屯长拍着纪的肩膀："拿天良说话，你坦白说，就给宽大！我引你去见工作队。"纪回答："我是受害的，到头我也不彻底（明白）！"

路上，纪振财的脚步特别沉重，屯长把他扶着，找到工作队小袁同志。小袁热情地招待他，请他上炕坐，倒茶递烟，静静地听完他如何被邢宪章编进六排，如何在山东头屯集中，大吃大喝十几天，如何在二十天上偷着跑回来，"到头还是个不彻底"。小袁讲了宽大政策，鼓励他把这一段事情一点不留地讲干净，重做好人，还要劝当过光复军的都来坦白。当天晚上，他找着一同当光复军的唐明武讲述幸运的"奇遇"，使唐明武也坦白了。

过了两天，纪振财引池振海来见工作队。池振海的哥哥因池振海参加过光复军，撵他走已经不止一次，他想远走却又舍不下家小，纪振财救了他。将近五十岁的于才听了唐明武的劝告，说："你坦白了，我也坦白！"接着，曾当光复军抢过一匹马又不敢留在家，说是"光复军丢下的"送到民主联军的钱有库，和家里开粉房被逼参加大排的萧福春，都向工作队坦白了。

当过光复军的于治国受他叔叔的虐待，成天非打即骂，连饭都不让他吃饱，他的衣裳破了，婶子也不给缝，就因为他参加过光复军，叔叔逼他远走高飞免得受累。但他没有路条走不出去，只好挨饿挨冻。当他听到向政府坦白就能得到宽大的消息，高兴得不得了，也去坦白："我连吃饭的地方都没有，衣裳烂得袖子都掉了，我向政府坦白，罪该枪毙就毙我，能宽大我就有出头日子了！我抢过三十尺布，做了我身上穿的小夹袄和棉裤面。我再抢过别的，你毙我！"

在全屯村民大会上，坦白了的七个人连问屯长："老百姓不要我们怎么办？"屯长说："只要你今后学好，大众一定能原谅你。"就在这大会上，七个人一一细述失足的经过与悔过自新的决心。池振海提着抢到的穿得快破的乌拉说："我看到这双乌拉就想起以前的事，我献出来，我要忘记它！"群众把这双乌拉当场给了后排一个六十岁的老头，因为他的夹鞋已经露出脚趾了。唐明武也拿出一件破大衣，为的从记忆里忘却自己所厌恶的一段随"中央胡子"的历史。群众的回答是亲切的："你们坦白了，好！政府的宽大救了你们，从今以后学好人。从前远你们，是怕被你们连累。你们害得全屯不安呵！如今，咱邢家窝堡喜欢，咱邻近的太平庄也高兴呢！"

过了些时候，屯长遇见于治国，知道他叔叔待他好多了，让他吃饱饭，婶子也给他缝衣服了。萧福春的一家围住屯长说："这一回没有事了吧？前回八路'工作班'来，我们的东西不知往哪里放才好，怕来清算咱！"纪振财本来有病，不想吃饭，走路挂拐杖，如今拿着鞭子赶牲口了。于才说："屯长！我这回见了青天了。从前不说别人，连见你屯长我也心里哆嗦呵！"

六天时间争取七个光复军坦白之后，把好坏人分清，群众由疑惧变成喜悦，靠近与信赖工作队，就在这样的基础上，群众进一步起来向恶霸地主进行斗争清算了。

选自《西满日报》，1947年2月3日

78

"中央胡匪"穷途末路

——三肇地区一年来剿匪简述

人民军队保护人民利益，积极清剿胡匪是安定社会秩序的首要因素，胡匪的凶焰是压下去了。太平庄一带，"顺天"被打死，绺子伤亡惨重，投降了五十余人，大同以北高台子一战，打得"小三爷"连鞋子也来不及穿，绺子伤亡过半，"小三爷"不久病死，有的说是吓死的，因此另股"燕丹"四十余人携机枪、步枪与马匹向我投降；也在高台子，把"九山好"击毙；给扶余县莫大威胁的"桑老九"，遭我主力×师痛击后，桑本人受重伤，因畏罪自杀……这类战绩不胜枚举。

但部队剿匪并非一开始就很顺利的。因为那些胡匪都是本地人，地形熟悉，认识的人多，而且都有马，行动迅速。胡匪很狡诈，除了"老窠"，都不敢住上一天或一夜，我部队一行动，胡匪就能知道，对我大部队不打即跑，对我小部队、区队或民兵则采用袭击，所以在群众未发动地区要剿灭胡匪是很困难的。因此去年有这样三个时期：一、七八月间，部队分散驻守城镇，胡匪在乡间活动，当我得到情报去剿时,胡匪已事先他窜,形成赶走胡匪而不是剿灭胡匪的被动地位,胡匪越来越多。当时,观念上存在轻视胡匪,以为不足一击,及坐守城镇、怕疲劳、怕扑空、怕走路、怕伤亡等,基本上是消极防匪而不是积极进剿。二、九十月间,军分区讨论了进剿的办法,对剿匪战术亦深加研究,改变守城防匪的观点,集中部队积极进剿胡匪,这一时期给胡匪严重的打击,将凶焰初步地压下去了,收到相当效果。但是没有做到与政府、群众运动做有机的配合,还是单纯的军事剿匪。三、到了十一二月,群众运动已普遍展开,剿匪工作也和群众运动相结合,对胡匪施以军事压力、政治瓦解以争取投降,同时在胡匪立脚点的村屯建立民兵堡垒,实行联防保家,也不放松"抠土豆"(挖胡匪根),才收到更大的成绩。

　　"忠良"就是在这种情况下被迫投降的。他本名刘福海,肇州九区文化村四马架人。伪满时当过五年警察,后来弟兄七个都当了胡匪。去年七月,他先投"保国"绺子,在顺康村头井子遭我痛击后"保国"被击毙,他就和"八合"(反动地主)合伙在肇州周围抢劫,经常在离城数里的地方活动,如在城南五里的南岗屯打过尖,对肇州的骚扰颇大。当我部队剿匪日紧,民兵纷纷扛起钢枪。高粱棵子也倒下了,十一月间他无法活动,曾企图到松花江南投国民党新一军,可是在郭后旗的三站又遭我部队的致命打击,死六七十人,只好回窜。这时候,大部分村屯有了民兵已经进不去,少吃缺穿地在荒甸里流窜,而部队与民兵却并未对他们放松。因此,他绺子里的好多人马"炮头"杨老道、俞××带枪跑了,连跟他合伙的"八合"也私下跑了,有三四十人的一股窜向杜旗,他只带了二十二人,已到了穷途末路。大年夜是在三马架(匪寨)过的,怕部队去剿他,年初一就"跳"到稀屎屯子(该处水硬,喝了就拉肚子,故名)。正在这时候,他的父母、舅舅等被群众扣起来,只要"忠良"投降就放,况且他已走投无路,加上区上亲自去收他,他的绺子就只好向我投降,缴出祸害人民的凶器。

目前三肇地区大股胡匪虽已没有,但散匪隐匿起来的为数尚多。今后部队固然会不放松对每一股大小胡匪的剿灭,而尤其重要的却是从深入土地斗争中彻底挖掉"胡匪根",不然它的贻害还是会很严重的。

选自《西满日报》,1947 年 2 月 21 日

◇ 凌　燕

解放秧歌
——齐市春节联合秧歌队演出速写

人人乐

是零下卅多度的严冬了，广场上积了一层厚厚的雪；就在这样雪的广场上，男的、女的、老头子、老太太，数不清的人，紧紧地抱成了一个大圆圈。一百多个男女演员，在观众前面，都带着欢笑，在歌唱、在跳舞，锣鼓敲得震天响，喇叭吹得比讨媳妇的音乐还要快乐。围着这个秧歌队，就像围着一个大火炉，千万的观众都不怕寒冷。

老百姓的心好像都藏在这些秧歌队员的心里。连那些十五岁的小演员也同声高唱着老百姓所想要说的话，所盼望着的事，与老百姓战斗和劳动的崇高的感情——翻了身的新年，吃过了白面饺子、猪肉大米饭，有了民主政府、有了地、有了房子，要大生产，要丰衣足食，要支援自己的八路军打败蒋介石！我们历代祖先曾经英勇斗争了千百年的愿望，现在，我们不仅是已经胜利地开始实现，并且，有这么成百个演员在大场广众中大声歌唱着这些幸福,在老百姓的记忆里,这是第一次。

没有一个老百姓不称赞这个秧歌队,女中同学黄媛然的老母亲听说演得好,第二天她跟着秧歌队出发,看了一场,又催马车跟着去看第二场,演完了,她还跟着秧歌队回学校,秧歌队散了,她才依依不舍地回家。马老太太来慢了,只看到一个节目,仅仅一个节目,也使得这位老人家抱怨她的街长:"你街长说为百姓服务,这么好的秧歌,你怎么不宣传人来看?"街长回答她:"昨晚上我就告诉过你今天有新秧歌,演得好。"马老太太说:"你光说好,谁知道怎么个好?不过也不能怪你,谁不亲眼看过,也不会想出会有这么好的秧歌。"在二完小演出时,我数了一下,有五十八辆马车停止了拉客而站在车上看秧歌,家在三区的马车夫李得山非常满意地告诉我:"花这么两三个钟头拉客也只不过赚二三百圆,但是这么好的秧歌一千圆一张票我也爱看。"

为什么老百姓都这么喜爱这个秧歌队呢?有一个工人看见带头扭秧歌的演员是个拿着锤子的工人,他说:"八路军可想得周到,拿这家伙比拿灯好。"农民看了"农家乐"就说:"这可真像我们的屯子。"有许多小孩子也学会了跳"解放鞭"。老汉和老太太都说推小车的那两对老人家可真带劲。他们叫不出这些演员的名字,但每个人都发现了秧歌队里有他自己。在艺术舞台上,老百姓第一次发现了自己占了一个主要的位置,怪不得老百姓都骄傲地笑了。

"这是什么秧歌?"有一个观众这样问。

"我们东北可没有人推小车,这是关里的好秧歌。"站在他背后的人这样答。

"不对!他们全唱我们东北小调,国民党可就不会这么重视我们的百姓调子,这是八路军秧歌。"

"你说的也不完全对!"又有一个观众提出了补充,"他们演的全是我们东北人民翻身的好事,这是我们解放秧歌。"

老百姓要搞新秧歌

据吹喇叭的那个老百姓告诉我:四区有两个秧歌头曾跟着看了一天,他们想学这些新秧歌。但是,这位吹手却这样对我说:"这样好的秧歌,除了八路军谁也弄不成。"

这时,恰巧秧歌队的负责人在我们的旁边,他反问他:"咱们吹的是谁的调子?"于是,他告诉那位老乡:用老百姓自己的调子,词也由大伙来凑,老百姓欢喜什么词就凑什么词,老百姓有什么大事就把它排成戏,只要不调情,不画花脸,不扮神仙和下流人,那就成了新秧歌。

新秧歌,老百姓都能闹。有几个秧歌头已经请求联合秧歌队给他们歌本,他们非常有信心地说:"要搞新的。"五区的秧歌队也开了一个会,要自己改造旧秧歌,他们都相信,八路军也是向老百姓学会的。

大家进步

秧歌,教育了老百姓。老百姓,也教育了秧歌演员。青年学园有四个女同学开始不愿参加,第二天,她们坚决地要上场。在练习时有个别在旁边冷笑的男同学,在出演时也把自己的皮大衣借给女同学披。西满文工团有一个女演员,上了一次场之后,她说:她学会了扮农村妇女。该团还有一个女演员扮老太太,第二天比第一天像,因为她少涂了红,多增加了皱纹。新的观众叫好,这好的含义,已不是单纯的年轻和美丽,只要你演得真像一个老百姓,这就是真、善、美,就能博得老百姓的喜爱。演员的家长,也感到新秧歌是为我们老百姓服务的。张毓茂的妈妈曾经反对她的女儿参加出演,但是,在第二天,她反而不好意思地问:"你为什么不去参加?"柏满清的叔叔为了鼓励他的侄女上场,曾翻了四个柜,给她找服装。三区的邱先生到西满文工团对他的儿子说:"这不是玩,而是为老百姓服务!你可要好好干!"秧歌队这三天演出,使观众、演员和他们的家长都进步了。但是进步仅是在开始,在民主的东北,每一个人都要进步!进步!再进步!老百姓要闹新秧歌,文工团的同志已决定帮助老百姓。同时又向老百姓学习。其他的秧歌队更都热望着下乡,演给翻了身的农民看,并且由老百姓来导演,自己要成为一个老百姓的出色的演员。

选自《东北日报》,1947 年 2 月 8 日

◇ 郭玉良

军队为人民　人民爱军队

咱们的队伍来啦！

"老乡们！快来呀,咱们的队伍来了,去接我们的工作团!"伍指导员喜欢地嚷着。尽管他拼命地喊叫,但是屡被胡子抢掠糟蹋又从来没有看过我们军队的上山阳老乡,对我们队伍并不感兴趣。有的说:"老疙疸走吧,回家去吧! 天下乌鸦一般黑……"还有的说:"我昨天才从林口县回来,八路军的确不错,不打人不骂人买卖还公道……"一连串的议论。

我们队伍找好了房子,首先慰问被胡子抢的情形。同志们放下了背包,脸也没有顾得洗就去帮助房东挑水、劈柴,有的剥玉米。老乡们看见我们这种举动开始奇怪了:"军队怎么还帮助老百姓干活?"

下午我们为了防备土匪的袭击,自己动手把屯里的围墙修起来,老乡们瞪着惊奇的眼睛望着,后来有的也参加进来,帮我们修墙了。

召开群众大会

八号下午七点钟同工作团召开了群众大会。工作团伍指导员把我们的情形向老乡们介绍了一遍。然后我们伍指导员讲话了："乡亲们，我也是有房子，有地，有父母的，为什么从乡里七八千里路跑到这儿来呢？就是为了解放咱们东北的父老们。"指导员把我们队伍是干什么的，蒋介石是干什么的，美国又是干的什么一一地向老乡们做了解说，随后又针对着这屯子前五天被胡子抢的十五匹马和很多的衣裳被子做了对比宣传。指导员讲话的时候下面没有一点声音。讲完了以后老乡们都站了起来要求还讲，他们说："同志再讲吧，同志要不讲我们还不知道蒋介石和美国是什么玩意儿哩！"一个白胡老汉说："这下我可对八路弄明白了。"接着三连教育干事也讲了话，最后我们把队伍站得整整齐齐地唱了三个歌，唱得老乡们高兴得直叫好。

用实际行动给群众看

和在家里一样，除了在屯子四下放哨的人以外我们每天上午上课下午下野操，晚上唱歌。每到我们唱歌的时候院里人都是围得满满的。工作团的小鬼也专门来跟我们学歌子。其余的时间就是帮助老乡挑水、劈柴、拉板子、剥麻、剥玉米……帮助群众大家已经成了习惯，所以无形中就成了普遍的帮助群众运动了。首先是文德焕领导的第七班，他们不但自动地打扫院子、街道，帮助老百姓劈柴、提水，而且还帮助老乡拉板子。他们组织三个组，一个组拉锯，一个组破板子，一个组休息换那两个组。以后三班、四班全连都自发地去帮助房东干活。

我们来到上山阳的第三天晚上,三班在班长金春植的领导下就扭起秧歌来了,扭着扭着就引来了一群小孩、大人、妇女、老头,全村的人都来了。慢慢地小孩都插到我们的秧歌队里,到最热闹的时候几乎全村的人都插进来了,好像特意组织的这么一个军民大秧歌队,一直扭到星月满天。

老乡们被感动了

不只是我们住的房东,可以说全上山阳的老乡都被这群青年人感动了。屯子里知道我们每人都是拿着一床被子每天晚上都要放七八个哨,恐怕我们冻着,屯里的老乡跑到连部硬要替我们站岗,他们感动地说:"王指导员,说什么今天晚上也不能叫你们放哨啦!为了俺们老博代,你们白天上课晚上还替我们站岗,谁的良心能过去呀!"上山阳农民翻身会慰劳我们六十斤猪肉,一百斤大米,还写了一封慰问信:"你们是咱老博代的队伍,老博代有了你们这个靠山就能翻身,胡子就不能再来了……"

因为我们没有带伙夫,老乡们都自动来帮助我们做饭。苞米面饼子也是细细的,有的房东他们吃苞米面饼子,偷着给我们做粳米饭,还供着战士旱烟吸。四班房东送给四班五斤黄烟,他们不肯要,房东还说:"看同志,咱没有什么好东西。"他笑着又说:"同志,我说实在的,不怕不识货,就怕货比货,现在要有一个人说'中央胡子'那些杂种×的是好玩意儿,把我的脑袋割去!同志,你们打听一下全屯五六十户哪一家不说你们八路军是天下第一军!"大家高兴地笑了。

同志,你们不能走啊!

本来十一号就来命令叫我们回去,因为工作团、翻身会和全屯子的乡亲们死也不肯让我们走,所以又住了两天。

十三号又来命令啦,这次说什么也得走,工作团、翻身会和全屯子的老乡们说什么也不让走,工作团伍指导员说:"你们如果没有菜金我们可以帮助解决。"翻身会长不管三七二十一趴在电话机子上向营部要求。连部的屋里满满站着一屋子人,男的,女的,大人,小孩,大家说的都是心眼里的话:"同志们!你们住着吧,你们住一辈子我们也乐意。"一个约莫八十多岁的白胡老汉说:"世道真不一样了,过去看见军队是往远里跑哩,现在见了军队往近里凑啦!"工作团伍指导员看到我们背上背包要走,他又着急又难过:"好吧,你们要走咱们就把工作搁下,工作团、翻身会、全屯子的老百姓都跟你们走吧。"最后王指导员又再三地解释道:"军人应该服从命令。"

我们队伍刚出大门,老乡们挡住不让走,都说:"你们队伍住在我们屯子里,'中央胡子'不敢来,你们走了……"我们说:"胡子叫我们打远了,他们不敢再来了。"最后战士们和房东都握了手,互相敬了礼。

走到村口,有廿多个老乡在埋电线杆子,看到我们过来了,马上都站起来用镐头铁锹摆划着说:"同志们你们走啦!什么时候还来呀?""几天过了就来。"战士们七嘴八舌地回答着。

走着,大家都出汗了,有的人又想起上次到纯盛屯老乡们也是不让走,工作团还亲自跑几十里路到营部去请求,最后用大车把咱们送回来。这回离开上山阳还是一样。真是天下穷人是一家,走到哪里都一样啊!

一九四六年十二月十三日于八面通

选自《东北日报》,1947 年 1 月 30 日

◇海　帆

勇敢不是莽撞

——弹药手李保的自述

大部队从沈阳一带向北一拐,有的同志就说这下要回后方休整了,可是我就不信,咱一大队一冬天还没打上仗呢。当时我就插嘴说:"这回非打四平不可,保险没有错!"他们说:"李保又在扯××蛋了。"我平时就有个怪毛病:嘴好说,像个老乌鸦一样。

第二天,听说要到老四平住,我乐了,寻思这回估计准对头了,他们呢,再也不作声了。

到了老四平,大伙忙着订立功计划,我也就把老一套搬了出来:

(一)压子弹供上使唤。

(二)机枪到哪里,子弹箱就到哪里。

(三)要是缴到步枪,我就用步枪打。

(四)不能冒失,要讲战术。

为什么说是老一套呢? 因为每次战斗以前,我都是订这么几条,可是一冬天就没捞着实现。我寻思:这下就是能实现,我也还要订这么几条。

　　总攻的那天,我们一进入阵地,炮兵就开始试射了,这时,敌人的炮也向我们打。班里有个小同志叫郑文,才十五岁,有股小孩气。他挺着身子起来看热闹,我对他说:"快蹲下吧! 眼下不是看热闹的时候,到冲锋时,再比比勇敢吧!"他信了我的话,刚一蹲下,就打过来一个炮弹,落在离我们阵地不远远,弹烟扑过来,泥块也盖了我们一身。这时,郑文同志更信我的话了。

　　总攻开始,我们穿过了铁丝网,冲进了突破口,可是后面还没跟上来,我就和副班长联络,我说:"副班长,后面掉队了。"他说:"你害怕吗? 快冲吧!"你看,这是什么话! 我怕啥呢? 我能怕死吗? 平时讲得顶漂亮,战场上装孬种,那不是给自己脸上抹灰吗? 我只得闷着一口气不吭声,他到哪里,我就跟到哪里。

　　我们只剩了一挺机枪,四个人,跟着副班长一股劲顺着铁道直冲。我猛然一抬头,前面出现一座红房子,这不是已经到天桥跟前了吗? 这个地方我很熟悉,伪满年代,我在这里做过工,那红房子还是我盖的呢。我告诉副班长说:"前面就是天桥,副班长你小心点,天桥还是敌人占着哩。"副班长的老脾气又来了:"就你啰唆,怕死鬼!"我又说:"副班长,这是实在,你没看见那个红房子吗? 从那一拐弯就是天桥。"他这才算信了我的话,把机枪架在两个车厢之间,向天桥的敌人扫射起来。

　　副班长就爱打枪,我要替他打一下,他不给。他打得眼花了,满脸的汗珠直流。后来,他索性隐蔽也不隐蔽了。我说:"副班长,你要注意隐蔽呀! 不能胡来。"他眼珠子一瞪说:"不用你多说,快给我压子弹。"话还没讲完,一颗子弹从他眉毛底下打了过去,他牺牲了。旁边的张红良也负了伤。

　　副班长打仗顶勇敢,全连没有个比,人人都佩服他。可就是有点冒失,脾气急躁,一打仗就要挨他的骂,他总是抱着"豁上这一堆"的想法。这次牺牲,不能不说是吃了这样的亏。照这样说,"冒失"就一点用处也没有了吗?不是的,有时候还是有作用的,你譬如和敌人遭遇时,追击时,是要"冒失"的,如果不"冒失"就可能吃亏,但是攻坚可不能"冒失"了。

我叫张红良下去后,就拿过机枪来打,还没打几梭子,于子远就抢过去打,他说:"去年打四平,我一枪没捞着打(他那时是参军不久的弹药手),这回要打个痛快啦。"可是,他和副班长犯了一个毛病——冒失,我告诉他:要顺着车轮,靠左侧打。敌人子弹打得呼呼的,像刮风一样,可是他不管,一股劲地打,忽然,他也负伤了,把机枪摔了老远。

那挺机枪被敌人瞅着了,用火力封锁着它,可是机枪不能丢呀!于是,我冒着敌人火力封锁,爬上去将机枪一把抓了回来。

子弹已打光了,梭子也摔掉了,光剩一挺哑巴机枪和自己一个人,要是碰上敌人怎么办呢?我拿定主意找队伍去。

我刚走到一条街口,见拐弯处出来一股敌人,约十来个,这下我确实慌了,但要不先下手,就要吃他的亏哩。我端起哑巴机枪,对准敌人喊道:"缴枪留命!"我嘴里这样说,心里却怦怦地跳。但敌人不知是虚是实,一个个都把枪放下了。我一个人空着手是治不了那么多俘虏的,就出了个主意,叫他们往友邻部队方向走去,自己继续去找部队。

真巧,走没多远,又碰上两个敌人,我又用刚才的办法,把那两个敌人的武器也缴了。这时,伙房的王子江同志带了一个担架组上来了,我就把俘虏和枪交给了他。我找到指导员一起回到部队。

选自《阶级的硬骨头——献给冬季攻势的英雄们》,
佳木斯东北书店 1948 年 11 月

◇ 家　骝

翻身战士在战斗中

——写四六三连战斗模范朱宝

他把诉苦大会上的愤怒，变为无比的怒火，带到这次战斗中来。

任家油坊战斗以后，战士们钦佩地议论着朱宝同志的功绩。他的名字传遍了全连。他是从恐惧到无畏的典型战士；诉苦，报仇，立功，使他很快地摆脱了恐惧，变成大无畏的英雄。

焦家岭战斗以后，他成天目瞪口呆，过几天就病了。全班都像亲弟兄一样地爱护他："你吃药吧？""不吃。""做什么饭吃呢？""不吃。""哪里疼呢？""啊呀！浑身疼啊！"说着就眼泪哗哗地哭起来了。以后同志们每次去问他，他就悲痛地哭起来。

本来在革命部队里，谁要成为英雄，就将被得到无比的尊敬；谁要是怕死，是被任何人都无情地鄙视的，就连狗屎也不如。朱宝的病，马上被全班识破了，谁也不再管他。

他伤心地哭着，想起可怕的战斗，想起不该参军，又想起家中的老婆孩子，土地房屋，又重新盘算起今年的农事来了。

※　　※　　※

指导员把他从梦中叫醒,他那湿湿的泪眼,想竭力避开指导员的视线。

"朱宝!你的病怎么样啦?"这已经是指导员第三次看望他了。

他照旧更加苦痛地说:"浑身疼啊!"说着眼泪又几乎掉了下来。

"朱宝!我知道你想家了,刚离家不久,想家是难免的。不过你不应当哭,男子汉哭鼻子像什么话呢?"指导员见他一声不响,又靠近他身旁,静静地说:"战斗是有伤亡的,但是我们不积极战斗,子孙万代就永远受穷罪翻不了身。你仔细想一想,诉苦大会上,你不是讲着就哭起来了吗?你要报仇,你要永久翻身,就得和反动派战斗,战斗是为了你自己。"指导员最后又说了一句:"朱宝!你好好想想吧!"就匆匆地走了出去。

朱宝在诉苦大会上,讲过这样一段最使他伤心的事情:伪满时要出荷,地主邻居李宽,家里放着廿多担苞米不出,把朱宝家所有的苞米都借去出荷了。嘴上是借,实际上就是抢。弄得朱宝全家没有吃,一天到晚空着肚子。

朱宝买了一所房子,文书写好了,钱也交齐了,李宽可就找上来了!"你哪能买这房子哩,你不能买。"他爸爸气得打战:"我们穷人连买房子都不行吗?"李宽凶神似的跳着脚说:"你还算人!穷狗今天你房子一定要让给李爹爹住。"朱宝父亲又气又急,无可奈何地说:"房子不要了,给你们好吧!"李宽却还不肯放手,找了两个兄弟来,喝着就打,却不料竟误伤了李宽,而且伤势不轻。这下子朱家的大祸可来了:房子送给李家,还要替李宽出钱医治,李宽在朱家尿屎都拉在炕上,把朱家弄得眼泪只有往肚里咽。

现在,朱宝又重新想起这件事来了,李家的棍子,李宽的凶恶的面孔,他爸爸被人欺负的那可怜相……都历历如在目前,他不禁失声地叫道:"我要报仇!我要报仇!我要立功!"他很想跑到指导员那里讲一下:"指导员,我错了,我朱宝下决心干到底,革命不成功,咱穷人就不能算人。"

※　　　※　　　※

朱宝报仇立功的机会到了,摆在他面前的就是任家油坊攻击战的任务。冲锋号声一响,他跑在全班的第一名,很快通过八十米远的开阔地,接近到敌人的碉堡底下。子弹对于他毫无威胁。他把诉苦大会上的愤怒,变为无比的烈火,带到这次战斗中来了。

他抛掷手榴弹像抛掷砖头一样地平常,掷进碉堡里,又掷进院子里,打完了自己的手榴弹,又慌忙地解下负伤班长的手榴弹,接着又抢下邻兵莲生的手榴弹,张连仲的手榴弹。"同志,你们赶快揭开盖让我来打,我要叫反动派多吃他几个。"

一阵手榴弹打完以后,敌人的手榴弹也打过来了。这里离院墙只有廿多米达远,火花在他的四边和身上飞溅着,弹片嗖嗖作响,他腿上挂花了。邻兵张连仲说:"你负伤了,下去吧!"他挂着枪,歪歪扭扭地走了两三步远,又蹲在土堆边不动了,两眼愤愤地望着正在打出手榴弹的碉堡。

张连仲找到他时,他又托他给找来十二颗手榴弹,这十二颗手榴弹打完之后,他的第二条腿也负伤了,并且再也找不到手榴弹,无可奈何,他只好失望地爬了下来。

指导员看见他负了伤的两腿,惊奇地说:"好汉子,你自己爬下来的吧?"朱宝激动了,他说:"指导员!咱们干革命,是为了自己,我还记得阎家屯的报仇立功大会。"

他是四六部三连六班的战士,任家油坊是他第二次参加战斗,据俘虏兵说：一个碉堡被他炸死三十多人。政治指导员一直到现在，还没有忘掉他的话："我还记得阎家屯的报仇立功大会。"

经师军政委员会的批准，记他大功二次，赠给他"战斗模范"的光荣称号。

选自《东北日报》,1947 年 5 月 13 日

◇ 陶　泊

恢复中的郑家屯

去年五月廿三日，蒋军侵占了郑家屯，一年零二天后，郑家屯又重回到人民手里。廿五日下午，战斗还没结束，车站上枪炮声连续不断，但街上小贩已在叫卖，城壕附近人家都在扒掉铁丝网，拆掉碉堡，认回自己的木料。蒋军粮仓隆兴裕是蒋记县长康捷生借用民家字号开起的食粮栈及杂面铺，院内都挤满饥饿的人群，相别一年现又重回本地的干部们，帮着群众分粮，他们被人群包围着，无数双熟识的手，伸过来抓着不放，乱哄哄地嚷："来啦，辛苦！你们再晚来几天，咱就得饿死。""好了，有饭吃了，饿不死了。"

次日中午，即召开了旧行政人员会议，到会三百余人，陈县长宣布了政策及目前紧急措施后，黄昏时，街头上已出现了戴白袖章的街公所纠察队，市面秩序迅速恢复，群众向政府报告蒋军遗留物资的络绎不绝。当天从井里捞出的枪交来十余支，数日来前去公安局坦白的分子，仅保安队即三十余人，第二天，街头上就看见大新舞台今日准演《定军山》的剧报。

　　紧接着城防司令部成立，佩红袖章之武装纠察队，往来巡逻，杂乱枪声迅速断绝，加强防空组织对空射击，来扰蒋机不敢低飞。要路口、渡口均见城防司令部制木牌布告，由各地来此生产人员，并须先至司令部登记，再介绍至实业公司协同进行，以重政策，否则以走私论处。

　　实业公司于战斗后，次日即运来大批洋白面、粉条、烟叶、煤油、油盐等日用品，并将蒋军遗留粮食大批低价出售，使粮价由三千五百元一斗高粱米暴跌至二千五百元。东北银行本币威信极高，一小贩向顾客找零时，只把蒋币抛出，留下本币，并说："这个好，有了它能到实业公司买到便宜货。"现实业公司营业部，门口人山人海，因该公司办法科学，有印制之购物证、交钱证、领物证取货，故虽门口每日顾客纷纷，却秩序井然。

　　民主政府之各种文告宣传品等，市内裕信昌、诚信等民营印刷局，均日以继夜赶印，五天内十五令白纸悉数印成，迅速发往前线，印局工友们看到《胜利报》、《西满日报》时，均惊奇其印刷精美改进迅速，认为国民党在长春、四平出的报纸也赶不上它。

　　数日前西大街闹市口已出现了黑板报，读者终日不断。该报除报道重要战报外，并着重报道本市新闻，如中学快开学了，图书馆正加紧修理中等，标题极为动人。参加该报工作的，主要为双山解放后来此参加工作的两个中学生，因黑板报深受广大群众市民爱戴，彼等情绪亦很高涨。现为加强市内文化活动，经讨论已动工修建图书馆，不过大批书报尚有赖于白、齐等地书店及文化教育机关多多帮忙。

　　六月四日中学恢复，男中与女师暂时合校分班，开学典礼上教师与来宾都感到炮声刚停十日，中学就能恢复，实属意外，亦可见民主政府对教育事业之关心。某教师于浏览辽吉行署编印之课本后，赞谓纸张印制都很讲究，可见解放区的教育工作是受到重视的，反观国民党在此拆校舍、修碉堡，教职员薪俸扣押迟迟不发，上名登记，强迫学生参加"三青团"，如反对官僚贪污腐化，被县长勒令取缔，"学生自治会"造谣欺骗拐带女学生等等，莫不愤然。目前尚有些误信蒋特谣言逃亡四平的教师们，现已后悔不迭。市内七所小学校，目前即能恢复四个，县政府已拨出临时经费近十万元。

解放后第五日举行全市军民大会，庆祝胜利追悼此次战斗牺牲之四烈士，自动赠送花圈挽联者四十余商号。街上各商店自写标语，最多见者为："兵败如山倒，中央不久长"，"反对中央军抓劳工、挖战壕，耽误老百姓种地做生意"。

六月三日在地方各界人士发起下，成立辽沈爱国自卫战争支援委员会，各街并设分会，并发表《告同胞书》。郑市担架动员成绩很好，某日一次即动员一百五十副担架，均整齐到达兵站。我曾询一老乡："出担架、担车了吧？"他马上答："哪里话，这不比'中央军'要劳工修战壕强多了，你们给吃、给住，客客气气，何况八路同志拼命流血也是为的咱们。"为使战勤负担合理并解放其家中生产问题，区公所已在注意改进。前线下来伤兵路过本市均无甚困难，现已有大批慰劳品，如茶叶、饼干、手巾、牙刷等物送到支援委员会。车站人员于战斗后次日即开始工作，当天即通车，南至三江口，北至卧虎屯，每日来回一趟车，并于六月二日开始办理旅客货运，闻路局正加紧修复，目前已能北通玻璃山，南达八面城。站上清洁肃静，傍晚护路军战士在广场上下操，清晨黄昏火车吼声不绝。战火刚熄，地近前线的郑家屯随着前线不断胜利，也在胜利地恢复着。因为人民深恶蒋家暴政，酷爱民主生活。

选自《爱和恨》，东北书店 1947 年 10 月初版

咱政府真的回来了

十五日我黄河部队以勇猛动作,解放双山。蒋军三五九团副团长(伪满五九师副师长)吴祖伯于前一日还夸耀:"凭这个坚固工事,可以守七天!"但当我军开始总攻时,他即绝望地命令部下:"死守!"并据群众中传说:"吴祖伯还打电报要求四平派空军来。"可是仅仅三小时以后,吴祖伯指挥下的四个连就全部被歼。吴自己也做了俘虏。在第二天从南方飞来三架美制"空军"在解放了的双山城上空绕了几个圈子无可奈何地回去了。

双山解放后,民主政权即时恢复,阔别一年的县长、区长,于炮声中随军进城,群众好像盼到亲人一般:县长说话真是实在,头年你们退时,就说"过不了一年半载,我们还是会回来的",你看!将到一年了吧?咱政府真的回来了。"可好了!咱政府再不来,过不去两个月,我们就得饿死!""清官回来了,又该咱百姓得好了!"

请看一年来在蒋家暴政蹂躏下的双山人民的血泪控诉吧:

自从蒋军侵战后,迄未停止修筑工事,因蒋军兵力不足,抽调频繁,每换防一次,就将其所修工事悉数破坏,来接防的军队,再重修一次。

今年二月间,地解冻刚一尺多深,即动工修筑土城。费时一个月零九天,全长约十五里的土城,费工就无法计算。单就城西黑石山来说,只四十余户小屯,每天就得去三十个工,于此可见一斑。街上商号拿钱雇工,则每天每一个工要花六百元工资,及一百四十元一斤煎饼钱。某中等商号每天出两个工,一个月十四天,共花三万四千余元。乡下的青壮年都来修土城,粪没送,地种不上,恨得群众只是骂:"这比'满洲国'还邪乎! 连地都不让种!"因蒋军终于风声鹤唳,四门紧闭,加上抓工修车,辽河沿岸比较多产的粮食也不能进城,城内高粱米曾卖至二千三百元一斗,住在萧条恐怖的土城里的人民,其生活是如何艰难? 除修工事以外的劳役,城内蒋军工事部队、乡公所、警察所等各机关内的打扫茅厕、扫院子、铡草、喂马,也都要工去做。被蒋军派出之谍报人员,一个两个,就随便抓车坐上。在蒋军指使下特组织一个"军民合作站",专来征调劳役。所以我军在墙上写的标语:"进城去修工,家中柴米空。有地种不上,不去也不中。就像'满洲国',一样要劳工。"群众看完愤愤地说:"说得一点也不差,就是这个样!"

蒋占期间,共抽丁三四次,与僻偏土城很不相称的"省立双山中学"就成为躲避兵役之所。其中廿五岁的青年,带着木匠、皮匠、商人等各种职业去当学生者,比比皆是。而小学中学经费、教师薪金则四月余未发。但是,蒋政权向人民要钱却是名目繁多,无孔不入的,"月税"、"迎接"团长、"欢迎"营长的请客费用,每月都得掏,什么"给蒋委员长去祝寿"的捐,连中学学生每人还摊上五十元。这些花销都没有给收据,这大概就是"廉洁奉公"吧。"救济"总署的一点救济物资,也被经手官吏贪污得不像话,较好的皮鞋衣服,挑起来说是给他们的"特配",穷人陈某领到一只破皮鞋和一件破衣服,还得交上十元钱的"旅费"! 把洋面换成高粱米,煮成稀饭,每天叫穷人去喝,去的人多不够喝,多掺上凉水,因太麻烦、难喝,不几天去的人少了,没有了。剩下的粮食就是救济人员的"报酬"。

蒋家暴政给对"中央"抱幻想的人以实际教育。一个教师说:"八路军如果不往北退去一年,我们还不知谁好谁坏,这回一比较,我们可就太明白了! 看国民党的黑暗劲儿,它是不能长久了!"现一般人均已照常营业,高兴地说:"希望我们八路快得胜吧! 把郑家屯、四平都接收过来,那我们买卖更好做了。"农民则庆幸地说:"八路来,能种地了。"蒙受苦难的人们解放了!

选自《爱和恨》,东北书店 1947 年 10 月初版

"有你们，我们什么也不怕"

今天去慰问保卫和平、民主而负伤的战士，心里真高兴，到了病院，不等正式慰问，便将四个小学生留在军客室里，一个人到病房去。

走进一间病房里，看见两个伤员坐在床沿上，一个挂着胳膊，另一个伤在腿部，他们看到我便亲热地打招呼，我说明来意，他两个的话匣子便揭开了。

他们一位叫王子峰，一位叫夏景升，去年当日本鬼子投降后，便抛了锄头参加民主联军，曾经参加过秀子河、抚顺、镰刀湾、杨茂林子、大洼等战役，这次在保卫四平中受伤。

我告诉他们四平安如泰山，敌人要想进四平，除非是他们投降。大个子王子峰便轻蔑地摇着头说："他们打仗不行，武器虽好———一色美国货，但是不敢冲锋，尽躲在碉堡中放炮，我们总是冒着炮火爬到碉堡下面，只要把手榴弹往碉堡中一放，他们便缴械了。"

夏景升，虽然在战场上是一个英勇的战士，他那一排人曾经消

灭了敌人一个营,但在陌生人面前他还脱不了姑娘气,讲话低低的,头也压得很低。他向我描绘四平双庙子战役:"反动派将百姓赶到院子里,我们因为他们和百姓在一起,再三劝他们缴械,但他们总向我们开炮,我们忍无可忍,才冲锋上去,敌人眼看不缴械不行,便将武器从墙沿上抛出来,老百姓开了门,跪在我们面前哭喊着'救命爷爷',诉说敌人对他们的残暴。唉,老百姓对我们实在好,替我们抬担架,冒着炮火送水送饭……"

我明白我们为什么打胜仗的原因了。

谈话愉快地进行着。起初彼此还客气地叫着"先生"与"同志",后来居然亲切地用"大哥"与"老弟"称呼了。他们都带了好几处伤,但总不肯耐心休养,嚷着要上前线,尤其是今天一批伤病员已经离院返回前线给他们很大的刺激。他们几乎是一天也不愿留下了,我忍不住说:

"你们要安心静养,弹片一定要取出来,以免将来化脓——这是八十万人的意思。"

王子峰虽然全身是伤,但他还是充满着乐观的气派,他敞开衣服,把胸脯全露出来:"老弟,你摸,并不痛,许多战士都是这样就上前线去了的。"

我顺着他的手指所示的地方摸去,一块硬板板的一寸见长的东西镶在肉里,愤怒和痛苦使我说不出一个字,我只在心里暗暗地骂:

"畜生,用外国人的武器打同胞,和'满洲国'时代的汉奸走狗有什么分别!"

然而王子峰却毫不在意地说:"现在哪里还来得及做这些小事,许多关里的弟兄们,打了八年鬼子,现在为了东北老百姓还在前方流血牺牲,咱是东北人,如果不赶上去,老弟,太不对了呀!"

　　这些话给予我勇气，我感动地说："如果我能够代替你们受痛苦，那该多好！现在长春市民都过着安定的生活，物价跌了，学校都开课了，汉奸特务正在清算，许多人有房子住了，大哥，这些好处是哪里来的？还不是由于你们用血肉挡住反动派。长春市民感激得只要对你们有好处，就是割了身上的肉，抽完身上的血，也心甘情愿——这是我从肺腑里吐出来的实心话。"

　　"听了你的话，我心里可宽敞了，可雪亮了！"王子峰用左手在胸前指画着。那个沉默很久的夏景升也不禁大声说："我们保卫大家其实也保卫了自己的父母兄弟。只要百姓明白我们是为他们的利益打战，我们就是拼了这条命也值得了！"

　　"有你们这些英雄们，我们什么也不怕了！"我激动地说，这是从民主联军进驻长春时就常常被我默念着的话。

◇ 萧 军

文艺能给人生什么样的影响？
——献给《文艺》

这题目，是从过去齐齐哈尔同学们给我出的"试题"里面临时抽选出来的。因为要写文章，又没想出合适的题目，就只好应用一下。

对于一类有意无意蔑视文艺的人，我是坚决反对的；对于把文艺列为至高无上一科的人，我当然也不同意。我是赞成在平等原则上面"一体分工"这说法的。因此我从来没敢把文艺以外的任何科门以至从事这科门工作的人，有所小瞧，或者歧视。如果我有这样想法或行为，这就是狭隘或无知。

"人生"本来是个整体的东西，不管是哲学、科学、艺术……它们全是产生于这本体，回过头来又作用于这本体，因此它们是平等的，而从事这科门的人也应该是平等的。如果你蔑视你的兄弟，也就蔑视了自己。

为了要解释宇宙是什么，人生为什么，这就发生了哲学。

为了要证明宇宙是什么，人生必须要怎样，这就要抬出科学。

　　为了使人懂得宇宙、人生是个什么样子和究竟应该像个什么样子才算美好——也就有了艺术。

　　哲学离开科学做证明，它将永久是一套圆到或不圆到的谎话；科学而离开哲学的眼睛引导，它恐怕将一生做一匹转磨的瞎毛驴。而前两者如果没有艺术表现出它们的意义，装上血肉，那也只是一幅怪凄凉的幻影，一具苦伶仃的骷髅，人生也就不会需要它们。

　　配合着哲学、科学，使人生走向更好和更美的境界去——这就是文艺所应该和能给予人生的影响吧？也许别人还有新的或更好的解说，如今在我却只能说出这样一点道理。

一九四六年十月二十八日夜于哈尔滨

选自《文艺》,1946 年 11 月 10 日

《我的生涯》前记

　　每一次随便到什么地方和大家谈谈问题,最后常常总要遇到这个题目:"请把你的生活经历说一说"。我也确实说过不止一次,自己也确实感到有点麻烦,因为再好的歌曲也不能够总唱。何况自己那一点生活历史,别人初次听来也许有些趣,如果每次都说,就无味了。不过盛情难却,人家既然对你要求,就算瞧得起,如果太推辞,就有点"搭架子"的嫌疑,不然就是有不可告人的事。为此缘故,索性我就把它们约略地写出来吧,将来谁再问,我就请他读《文化报》,一举数得。

　　我在这人间已经生活了四十年。若按自己工作成就以及年龄来说,实在没有写自传的资格和必要,还太早一点。但是若把自己作为一个"人",这四十年是怎样生活过来的?又将怎样生活过去?我给这人间一些什么?这人间又给了我一些什么?……检讨一下是可以。为了爱我,爱过我和我所爱过以及正在爱着的人们,为了我所恨和恨过我或正在恨着我的人们……我要把自己尽可能真诚地写出来：不管它是耻辱或光荣，卑鄙或崇高……我愿有这勇气。当然我毫无意思在这里写"忏悔录"或"牛皮经"，以致对任何人、任何事做可耻的报复，只是要写出一个"人"，一个具体的人和他所处的"人间"一些关联而已。

世界上还有比爱而不能爱，恨而不能恨，生而不能生，死而不能死，乐而不能乐，哭而不能哭，骂而不能骂，打而不能打……的事更痛苦的吗？

世界上还有比自私自利，人吃人，人杀人，人欺人，利用权势，欺压弱小，侮辱妇孺的事更丑恶的吗？

世界上还有比无私的人爱人，人救人，人教人，人信人，人提高人的生活和灵魂的事更美丽的吗？

世界上还有比无私的战斗的勇敢更值得称赞尊崇的吗？

世界上还有比为自己所信服的真理，所信服的人，所信服的事业，所信服的美（万事全应以不违背大多数人民利益为前提）工作一生，或战斗而死更悲壮的吗？

生命啊，你流吧！更勇敢开阔地流吧！——但第一你要习于"真"！

生命啊，你流吧！——要从痛苦和打击中吸取你的力量！

一九四七年五月二十六日夜

选自《文化报》,1947 年 6 月 1 日

◇ 萧　深

手炮班长

孙云生，八连的炮兵班长，一看他的嘴脸，就知道是一个诙谐的人。他真的不论在战场，在平时，一开口就叫人发笑，给人带来快活。

金山堡战斗，队伍合围最后的一个火力点，临死的敌人，依据着围墙顽抗，做着垂死的挣扎。咱们的步兵几次冲锋，都被敌人火力压得抬不起头。孙云生急了，向连长问：

"咱打炮吧？"

"有把握没有？"连长笑着问他。

"试试看。"

他一边装上炮弹。一边对着大伙说：

"同志们看哪，咱的炮弹出发了！"

跟着，"轰隆"一声，敌人的围墙塌了一大块。接着他又叫：

"再看，炮弹又出发了！"

这回炮弹落在敌人的院子里，爆炸了。

尘土马上遮了半个天空,战士们一股劲儿往前奔去……

敌人的阵地在咱们的脚下残破了！到处都是死尸,到处都是给打歪了的美国造的机枪。

"老孙！你的炮怎的打得那么准呀?"

人们高兴地问他,伸出大拇指。

"不忙,准的还在后头哪!"老孙这会暂时休息一下,吸着老百姓送上来的纸烟,慢慢地回答。

选自《东北日报》,1946 年 5 月 9 日

战场上的一角

一、不声不响的

炮弹雨点一样落下阵地,烟花炫耀得机枪手齐海山睁不开眼。三天三夜没有睡觉了,但,什么疲劳,吃饭,都没有工夫去顾到它们,他现在只记得方才教导员讲的"巩固阵地,杀伤敌人"八个大字。

土层卷起了一层又一层,齐海山给尘土盖上一身"伪装",沙土溅进他眼睛,他举起右手擦眼睛,一阵黏湿的感觉刺激了他,他仔细一看,血透过棉絮滴下。他却毫不在乎地撕掉沾了血的袖管,顺便利用它抹了枪上的尘土,于是"嗒,嗒嗒",机枪子弹吐出了敌人的死亡。

可是谁也不知道他的胳膊给穿了一个大洞,当弹药手老王发现时,他的机枪才暂时停止了声音。

二、从地底下钻出来再打

敌人开始运动了。渐渐地近了,机枪火力织成焦点,沉默了老半

112

天的王明清,突然喊:

"叫你躺下,你就不要还价!"好家伙,他的嘴够厉害,十几个尸体,直挺挺躺在小高地。正在高兴的时候,听见一排长大嗓门儿在喊:

"注意! 炮弹!"话尾没完,三个炮弹在王明清跟前开了花,他连人带枪被塌下的工事盖住了。大家都以为他牺牲了,当三班长过去一扒开土,先是机枪动了,跟着是人也动了,班长问:

"小王,挂花没有?"

他迷迷糊糊地站起来,反问班长:

"怎么回事? 敌人给打跑了没有?"

接着他的机枪又"嗒嗒"地响起来。

三、反突击

炮火照红了夜空,星星震荡着。钢盔在头上跳舞(炮弹震动使人们头上的钢盔也颤动起来,我们都叫作钢盔跳舞),耳朵只是隆隆地响,什么也听不清。

"上刺刀,拿手榴弹!"连长的命令像打雷一样。

"把上来的敌人歼灭!"指导员简短有力地鼓动。

现在是杀声淹没了话语,而爆炸声又把杀声淹没了,杀声和爆炸声越去越远了,直到在我们原来的阵地消失。

月亮送着伙伴们胜利归来,沿途是吵闹着议论:

"三班长扭住俘虏在打滚,我上来去一刺刀!"

"好险,要不是动作快,不说这挺机枪拿不到,还怕捞不到端午节呢!"

夜风吹着,阵地上恢复了静寂,除去伙伴们的鼾声,远处就是稀稀落落的枪响,犹如给这些反动派的死者奏着送丧的哀乐。

选自《东北日报》,1946 年 6 月 12 日

◇ 梦

蒋区兵役琐闻

在这里，我们看见成千成万□□□踊跃入伍；一出街头，总听见锣鼓喧天，一群一群地，大的马，红的鲜花，热望的心和无上的光荣，簇拥着一队队的健儿。这使久居蒋区的我，心里生出无限的感触，不免想起那里兵役的琐事。

众所周知，蒋区兵役制度，黑暗透顶，虽然还在抗战时候，然而因为长官的横暴和待遇的苛残，使服役的兵士们，在这种冻馁和践踏交迫的情形下，都不得不辗转逃亡，挣扎生路。一般青年，对于当兵，则更是谈虎色变，视为畏途。

在这个情形下，一方面蒋政府是加紧搜括壮丁，另一方面，一般人民，也不得不想应付之法。自然有的是拿钱，然而拿钱究竟是一个无底之坑，于是有的干脆想法逃避。那时学生和公职人员还是免役的，于是有的虽然目不识丁，也好歹弄个挂名师爷，以求托庇于衙门；有些视钱如命的土财主，也送儿子求学。因此，一般中学校里却增加了这批二三十岁的"躲丁生"。

但这一来却更苦了贫穷的百姓,这些既没钱出又无从托庇的劳苦人们,还须额外担负这批逃避的名额。我们看见:很多很多,全家赖以生活的男子,也被抓捕了去,弄得全家生活无着,走投无路,其余还侥幸存在的男子,则每每是东藏西躲,朝不保夕。

兵士的生活,是够苦的,而壮丁的生活却还要苦:有饭没菜,有菜没盐,而且经常都吃不饱。在晚上,为了避免脱逃,解手都不准外出,不管多冷,被是没有的,只有好歹弄些草,和屎尿躺在一块儿。而且,这些押解的人们,为了更妥慎起见,照例每天晚上,每人还统统须将衣服裤子,交在班长那里,让你身上一丝不留,看你在晚上怎么逃跑。真亏他们的聪明,想得出这样的绝妙好计!

这样的生活,哪怕你是铁汉,也得由"壮"而"瘦",由"瘦"而"病"了。在路上,每每可以看到这些被押解着的,衣不遮体,骨瘦如柴的可怜的人们。乍看起来,恰像押解着关了几年,行将饿毙的囚犯,叫人真是替他们担心,现在还没有入伍,已经弄到这步,将来呢?是不是准备拿担架把这些人抬上战场!

自然,担架他们今生休想。不见吗?就是病得快倒的人,也得拖着脚步,在枪托底下行走。纵然你倒在地上,不,纵然死在地上,也得再踢上你几脚,看你是否真的断了气。

然而,却有奇怪的事哩:虽然壮丁的生活,既已这样,而却也有专以卖壮丁为职业的。原来那时谁也不愿去当壮丁,大半被派的,都出钱去雇人来填补。这些受雇的人,大半部都是游民地痞,他们经验丰富,办法很多,虽然对于脱逃是如此的严防,然而这些经验丰富的壮丁专家们,仍每每能在押送途中或者当了新兵以后,都能想法脱逃出来。有一段期间,壮丁的市价奇昂,每名在当时也可值法币二三十万元左右,能卖四五次壮丁,就不难成百万富翁。事实上,一年当几次壮丁的,有的是,逃了又当,当了又逃,当时确有不少这类人以当壮丁起家。在那二三年中,这项新鲜职业,却有着相当的发展。

此外,还有另一种卖壮丁的职业,他们是不卖自己的壮丁,而卖别人的壮丁,一些流氓常常串通接收壮丁的人们,然后再去市上雇短工,把这些短工骗至预定地方,便由接收壮丁的硬逼着去验收。那些验收的人呢,向来是"有奶就是娘",只要是人便行,从不问你来历如何,更不管你冤枉不冤枉!

我们知道,这些壮丁,不管自愿卖的也好,被骗卖的也好,抑或是被抓派来的也好,反正都不是愿意当壮丁的,所以,一来便在找逃脱的机会,虽然是非常的严防,然而逃亡仍随时都有。在成都,我曾听见差不多整排壮丁脱逃的喜剧——

记得是四三年,一天四支枪押着一排壮丁经过成都市区盐市口,那时附近一家电影院刚好演完电影,观众潮涌出场,以致街上非常拥挤,这些壮丁们眼见机会已到,于是更不怠慢,胆大的便先向人丛中一挤,连钻连跑地就溜掉。其余的也随着就跑,当时街上行人很多,弄得这些押解的人,枪开不得,干瞪着眼,要去追他们吧,又哪里追得上,路上的人都同情他们的逃跑,故意东挡西挤,不让押解的人追上。结果这四个押解的,才去追回了两个,而其中一个押解的还被绊一跤,一般市民无不称快。

这样,当兵的要跑,壮丁也要跑,为了填补,就需要格外地抓,军队在抓,保上也在抓,弄得老百姓日夜不安。我曾在一家老学究门前也看到一副非常不满的对联,其下联已记不太清,上联是:"军队拉兵,保甲拉丁,野妓拉客,拉兵,拉丁,拉客,晃晃手'堂会三拉'"。(按:"堂会三拉"为川剧名)显然地在这刻薄的词句里,充分地洋溢了愤恨的情绪。

说起抓丁，起初是到人家户中去抓，不过因为弄得哭哭啼啼颇甚麻烦，于是改良办法，到路上去抓单身旅客，比较省事。有段期间成都、赵镇、金堂、广汉这些路上，弄得商旅裹足，行人绝迹。好些人为了避免抓去，三四十岁便留着长长胡须，一出门便做起老态龙钟、行路伛偻的样子，看起来真像是做戏。

然而，留胡须也不抵事，不久抓兵的尺度已经放宽，连真的老头儿也不能免。他们抓住了老头儿，先是一顿皮鞭，使这些真已年逾半百的老者，也被迫承认只有二十几岁，然后连须带发剃个精光，再经过几次诈问，不对又是一顿，自此以后，这些老者，见着任何人也不敢说出真实年龄。如此再送去验收入伍，确甚稳妥，这个将年龄打小的办法，他们叫作"返老还童"。唉！天地间竟有这样的事。

在路上抓兵，起初还仅限于城乡小路，或联县驿道，过后连成渝、成广这些大道上也抓起来。有一次我从石桥回成都，行经大面铺地方，眼见在我前面一个青年被四五个短服军人抓住，这人意图挣扎，却被他们一顿拳打脚踢，那时我非常气愤，但在这种场合下，亦无法援救。在当时，曾经有过轰动一时的"上将当新兵"的新闻，这位上将也是因为援救自己一个勤务员，在路上被一齐抓去。上将尚且不免，则我又有什么办法？（按："上将当新兵"这事出在重庆，战时重庆军委会军政部军参院挂上将衔的很多，事出之后颇生很大波动，闻当时兵役署长鹿钟麟尚受一些斥责云。）

"上将当新兵"，够奇了吧？然而还有呢，在简阳曾经出过宪兵被抓的故事，抓兵抓到宪兵头上，似乎有些太岁头上动土，近乎开玩笑吧，但这却是千真万确的事，事实是这样：

在敌人侵占湘桂，进兵独山那年，胡宗南军急切南调（南调的原因,倒不是去抵抗敌人,而是防止西南正酝酿的另一事变,因这足以威胁蒋系的生存),这支军队久屯西北,又是嫡系,该会因为待遇较好,逃亡少些吧,然而不然。在他们这次南北调动中,逃亡却格外厉害,缺额格外地多,因此他们也分外抓得紧,同时也分外地更无拘束,不说路上,就是沿途城里,也抓得鸡飞狗跳,渺无行人。在简阳城内(成都东南一百三十里)一个全身武装的宪兵,也被他们的军队抓住,那宪兵正待分说,而抓的那个兵士却很坦然地说道:"同志,既是自己人,更好说话,咱们又哪里不是吃饭。"于是这位宪兵老爷,也就无可奈何,只好屈尊将就了。

这些故事,讲给别国度的人们,也许会以为在听天方夜谭里的神话,真是天地之大,无奇不有。这还仅根据蒋区的一角落,而且出在号称天府的四川,倘再全面一点,将会是一幅淋漓尽致的阿鼻地狱里的牛鬼蛇神图。这期间虽曾激成多少次的暴动,较大一些的如四二年成万农民包围川陕要道上的新都(成都北四十里)、广汉(成都北七十里)诸城,但结果也仅仅免了几个失职的官吏了事,而这批失职的官吏中,如新都县长陈开泗(CC 爪牙)却在不久又迁升了遂宁区的专员,依然在勒索,依然在抓捕,而且此人在前年又升四川省民政厅长。拿这些人来管民政,老百姓又怎样活得起?

现在,蒋介石又在"总动员"了,又要抓捕一百万的新兵,这将意味着多少可怜的同胞,又将辗转于苦难之境啊!

七月十九日于松江招待所

选自《蒋管区真相(第三集)》,东北书店 1948 年 4 月

◇雪 立

张富贵灵前宣誓

解放战士张富贵,眼下正当是抽枝发芽,发奋上进的年岁。经连里这次土地改革教育,大家一讨论,把地主阶级的臭根底翻过来一抖弄,心眼儿豁的一下就亮了:"俺为啥受他娘的没底子罪,一家人整得个×蛋精光?!"寻思起来就是窝火。一当闲,他各个儿就蹲在门槛上摆弄着那支还是从八十九师携带过来的冲锋式出神。想着想着就火儿了:"没说的,给娘老子报仇!"冲锋式的钢火蓝得发闪,可是张富贵不稀罕这个,一眼都没瞭它,他只是直劲儿瞅着枪把子上的誓言;黑字儿落在白纸上,那些字眼儿也好像直门儿地瞪着他:"一、为父母报仇为烈士报仇。二、不打倒蒋介石死不甘心。三、永远跟着共产党走。"瞅着瞅着,他把枪把子搁脚板上一蹬,自疚地诅咒起来:"奶奶个熊,真对不起人,以先俺心眼儿里干啥老'卸'不开,要不,再怎么的也不能落他娘的半年后呀!"的确,半年来张富贵脑门心里,干啥都磨不开;人家找他学三三制,他寻思:"那还不跟国民党学散兵群一样,没意思,要打就打,要冲就冲,班长在头里俺姓张的保险落不下。"人家找他谈话，他寻思："你别套弄我，俺可不上你那'劳工当'。"党员同志帮助他，他说这是电话匣子，电线杆子。作战时叫他扛破坏筒、小木车，他说这才新鲜呢，哪个步兵操典上教给你这样作战法的。小组会上批评他，他寻思："行了，开小差！怕你怎么的我吧，反正就是这股劲儿，蹽定了。"上火线时，心里只是合计着怎么样发点洋财快乐快乐。夏季攻势以后，部队整训了，张富贵一提起整训就脑门心痛，决心开小差，可是他又担心撵不过枪子儿，怕没跑掉给打死了。队伍到了野鸡背，张富贵成天总是蔫巴唧儿一股子熊样。同志们问他有啥意见，他说："吃西瓜喝凉水咋也不咋的，一天两顿饭有啥意见！"有一天，他装着向老乡借家具，就出去打听路线和地形；狠心偷了四个手榴弹，决定晚间放哨时假装拉屎就跑。恰好赶上那夜晚军区宣传队来演戏，他想："八路还挺惦兵的，看了戏再走吧。"晚间，看的那戏是苦戏，那上头有一个小疙瘩偷猫儿饭吃挨了地主家一顿好打。张富贵八九十来岁上就常偷猫儿饭吃，就一模一样地挨过不老少揍，看着戏就寻思着自己，寻思着自己家的事，心里就越来越伤心，越来越"髭毛"：八路军说的斗争大地主实在没错，戏上那些模样，穷人受的那罪，穿的那样正是不假。回班上他一宿没合上眼，开小差的念头这下就荒了。他想："要走也得看个明白再走。"第二天，开土地改革教育讨论会，叫大家坦白，张富贵又犹豫了，不跑行，坦白可不干，丢人现眼的，多寒碜。以后讨论穷人跟地主谁端谁的碗，属谁管？张富贵的脑筋又磨不开了："穷人就是端地主的碗呗，属谁管呀？！地主叫你东山上放牛你就不敢西山上看羊，地主叫你做个门你就不敢做个窗……"争着争着一班人都反对他这个意见，他就火得想揍人。排长找他谈，他说："你说，你说！人家该有多大福就有多大福，人生下地八个字儿造就的。这世下生前里菩萨就给你定下了命!"排长可是不慌不忙向他说:"地主吃的是啥,穿的是啥?"这还用问,张富贵就说:"人家看啥好穿啥,看啥好吃啥!"排长又问:"地主家哪来的这些吃穿?""掏钱买呗!""钱是哪来的?""卖了粮食换的呗!""粮食哪来的?""穷人交的租子呗!"排长又转了个话题:"你见过地主家的人下力劳动没有?""没有!""你家里爹娘劳动不?""咋不劳动!一个个都受罪受死了!""你爹娘干死干活折腾死了,地主家给不给一圪坟地,赏不赏一口棺材?"张富贵一下子叫问住了,鼻子尖一酸两点眼泪就往外冒。他寻思起爹是死了叫撂到万人坑的,哥在矿山上透火烧死了也要撂进万人坑,后来向矿上"老虎爪子"磕头作揖,把自己的工钱全都"捅咕"了,才找个芦席片埋了。姐姐叫地主家硬占去做小,不几天生叫打死了也不知撂哪圪荒山里了。娘活活气死以后,张富贵托人求情,跪在地主家求口棺材,不但棺材没捞着,自己反而叫押起来出劳工了……排长又追着问他:"张富贵,你说,咱们穷人就该死,就该养着地主来祸害自己的?!咱们都是命不好,都是没信神?!"张富贵猛的一拳打在板凳上,直叫:"神他妈个×!干啥下坑受苦尽找咱们穷人?!要不是地主逼,俺哥俺爹还能死在炭坑里?!俺娘还能气死?!俺姐还能给人做小折腾死?!"他一把揪住排长:"排长,俺有怨呀!"排长说:"有怨报怨,有仇报仇,今儿诉苦大会上你冲大家诉说诉说。"张富贵在大会上又诉又哭,把开小差的臭想法也起根地抖了出来。连长指导员同志们都说,"这是旧社会害了你,叫你受了半辈子罪不算,还害得你走到自己的队伍还磨不开"。班上又开了几天会,讨论挖苦根,张富贵这下可看得清了:要不是蒋介石卖国,小鬼子哪能进关东?爹跟哥哪能死在矿上?要不是蒋介石给仗腰眼,地主就不能这么有钱有势,屯长、牌长、甲长、县长啥的串联起来尽害人。

张富贵变样了。起早贪黑地只是寻思着要报仇，劝说着跟自己过去一样磨不开的同志。这天，连里在二排住的当院扎了个灵堂，供了不老少尽是叫地主害死逼死的同志家属的牌位，和牺牲烈士的牌位。张富贵眼睛哭得胡桃大，泣不成声地指着爹娘的灵牌，死难烈士的灵牌说："爹，娘，烈士同志，你们闭上眼吧，俺一定走上明光大道给你们报仇，以先俺是不知道……"

从这以后，二连的解放战士都进步了，都看清自己的仇人，要为人民报仇立功了，而张富贵呢，就成了全连解放战士团结的中心，就成了大家诉苦报仇的好教员。

选自《从诉苦到复仇》，东北书店 1948 年 5 月初版

◇雪　楠

记刁翎剿匪胜利大会

太阳金色的光芒照在广场上,广场上锣鼓喧天,男女老少打着农工会的旗帜,抬着猪羊,吹着喇叭,像过年似的来参加这个剿匪胜利大会。自卫队唱着歌,耀眼的红缨枪在空中发亮,歌声响彻原野。女人们穿着压柜的衣裳,头上戴着红花,六七十岁的老太婆也扶着拐杖赶来,小孩们蹦蹦跳跳,手里摇着小旗。民主联军整齐的行列,雄赳赳地走进会场:老乡们都扭过头朝他们瞭望,欢迎他们。

这些日子以来,刁翎的人民生活在欢腾里,时时被兴奋鼓舞着,从前恐惧胡子的心渐渐没有了。在往日,人们一提起胡子就浑身哆嗦,常常说:"胡子在这里一年就赶半辈子过了。""胡子在这里,咱就像没娘的孩子,听见狗咬恨不得把脖子缩到腔子里,恨不得钻到地缝里去。""胡子在这里,街上没有做买卖的,小孩卖麻花,五块钱的就只给两块,人们说:民主联军快来吧!有多少人这么叨咕过啊!"

三个月以前,民主联军来到刁翎,帮助穷人翻身的工作团也来了,当时人们还害怕民主联军走,害怕队伍住不久,天天烧香磕头地

124

求老天爷留住民主联军。直到现在这颗心才算放下了，民主联军不但没走，而且天天出发搜山，不管刮风下雪在山沟里跑来跑去，像猛兽一样的胡子头谢文东、张黑子、李华堂、潘金阳都叫队伍捉住了，打死的打死，投降的投降，每天来缴枪的就有三十二十。人们感叹地说："开天辟地以来也没见过这样能打仗的队伍，真是铁杆八路，铁将神兵。"今天人们带着珍贵的物品，远道赶来慰问铁将神兵，拿着漂亮的旗子送给铁将神兵，上面写着"人民救星"、"军民团结除了大害"……

　　×司令带着感激的微笑领受着人民的恩情，台上台下一片欢呼，有的人感动得落泪。献完旗后，×司令代表剿匪的军队讲话，他说："民主联军到山里打胡子，为民除害，这不算功劳，我们是老百姓的儿子，应该替老百姓办事，我们的爹妈兄嫂也都是庄稼人，咱穿起军衣就是兵，脱下衣服放下枪就上地干活，咱们自个能种地养活自己，现在需要剿匪，顾不上种地，只好吃老百姓一点粮。今天老乡们给咱拿来猪拿来羊，咱们得给你们拿点什么呢？咱们只有去打胡子保卫你们。第二，把张黑子这个宝贝送给你们，你们受过他难为，你们说枪毙就枪毙，说刀砍就刀砍，今天你们说话算话，讲怎的就怎的。咱们民主联军出发，还是老乡们给拉道，才抓住谢文东、张黑子，没有老乡，咱们打不了胜仗，咱们还得感谢老乡。"讲完话后，主席团的群众代表王青海接着说："民主联军到山里打胡子，为咱们人民除害，人家起早贪黑，爬冰卧雪，带五天吃粮去了七天，乌拉都走坏了，光着脚踩在雪地里，印下五个脚趾印，死活地还往前赶。人家为咱们百姓挨饿受冻，还说这不算功劳，咱们得往心里去，人家可是怎么个心肠哩……上次大家跟我上三道通劳军，军队对咱们可是客气啦，司令员主任伺候咱们，给咱们盛饭，老牌烟卷给咱们抽，人家没开饭给咱先开，人家吃小米，给咱吃大米，人家那么大官叫咱老哥老弟的，说话热和。'中央胡子'在这里什么样？天天吆喝咱们：去，喂鸡喂马去。咱们吃水不忘掏井人，今天慰问民主联军，就是这么个心思。"

"把张黑子、车立行带来，大伙瞧瞧好吗？"主席台有人问。

"好！"

"带来张黑子，大伙可以诉苦。"

于是，把张黑子、车立行带到群众面前，老乡们翘起脚尖往他们身上吐唾沫，骂他：兔崽子养的。保安屯李老头气冲冲地上了讲台，提高嗓子，使着大劲说："我叫李福山，今年五十四，我挨胡子一顿揍，今儿我要向大家说说。七月二十三那天，我从地里回来，正赶吃饭，张黑子打发听差的来叫我，我撂下饭碗就走。'什么事？'我问听差的。'什么事？掉脑袋事。'掉脑袋事这还了得，我寻思我犯了什么过了，走进司令部，张黑子在八仙桌旁坐着，旁边坐着车立行、潘金阳、于廷洲，瞅我进来把嘴一撇，桌子一拍：'你这人怎么这么坏！'我说坏了什么。'你说中央军好还是八路好？'我说都是中国人，咱们庄稼人东风来随东风，西风来随西风。'你这小子才会说哩，你这八路探子，上次八路打刁翎不是你引进来的吗？'说着三个小伙子上来一阵板子噼里啪啦，打有一百来下，打得我在地下乱滚，张黑子说：'打吧，打死不要紧。'就这么打坏了五块板子，回来我病倒一个多月，脊梁骨肿得多高，耳朵打聋了。今天我不是依仗共产党、民主联军，我这个心愿完不了，我死了，我也要割他几刀。"说着，他朝张黑子脑袋就是狠狠的几巴掌。

"打得好，打得好！"人群像山洪暴发似的喊着。

"打呀，打呀！吃红肉拉白屎的张黑子，一点不屈你！"

成顺屯的魏国成走到张黑子面前也是几巴掌:"打了再说,你这张黑子、车立行王八×的,你在刁翎建军,刁翎的黎民百姓给你糟蹋得够呛,家家户户吃没吃,穿没穿,一个个撕皮露肉,吃这顿没那顿,不是你们这班匪军,能遭下这么大罪吗?"

"曹江的儿子被胡子打死,媳妇上吊,老妈想儿子想死,也是你们'中央军'造的孽呀!"

"咳!那些事,三天三夜说不完,咱们就要求民主联军立刻毙他。"

"枪毙张黑子!"群众呐喊。

民主联军依照人民的意见,枪决了胡匪头张黑子、车立行,临毙时,老乡们还指着他们骂:"你们死了,埋你们的土,草都不长!"

十二月严寒的天,人们并不觉得冷,爱与恨炽热着每个人的心。军队百姓举行游行,长长的行列,拉有一里多路,人们喊着口号,唱着歌,感谢民主联军,感谢共产党,为人民除害,给人民带来幸福!

十二月十五日夜于刁翎

选自《东北日报》,1947 年 1 月 16 日

◇常工

爱
——前线人民拥军片段

记者行经哈南吉北,耳闻目睹,接触了许多令人兴奋感动的故事,翻身后的人民,对于自己军队的热爱,已经普遍发芽长成了。

红灯笼

金匠屯是一个近百户的屯子,该屯群众在这次自卫反击战中,不仅每户都空出一间房子,烧好一锅开水,招待来往的民主联军,而且在每天晚上,不顾天寒地冻,一班换一班,打着一个红灯笼,在屯头上去等过路军队。只要有民主联军路过,他们便分头带到各家去住,他们怕军队到达以后,找房子费事,在外面受冻,便想出了这个办法。民主联军的指战员都说:"到了金匠屯,就像到了家。"

老太太

大岭屯有四位老太太,一姓张,一姓沈,一姓赵,还有一个姓王,她们都是五十岁以上的老人。在这次自卫反击战斗中，先后在她们家经过的伤兵共有一百多人。老人家便是这一百多伤兵的好看护员，亲自替伤兵做饭、喂饭，以至帮助伤兵拉屎撒尿，她们都在所不辞。有次一下来了二十多个伤兵，她们把炕也让出来，自己在地上睡了一夜。张老太太在忙着替伤兵喂饭中，绊倒了水缸把脚也压崴了，但她仍然跛着去喂饭。很多伤兵感动地说："张老太太比自己亲妈还要好。"

大奉送

这次自卫反击战争开始以后，紧临前线的城市——榆树，许多商店都实行大减价，欢迎民主联军指战员光顾。特别在战争胜利以后，许多商店更是大减价，其中榆树仅有的两家浆汁馆，一家是德兴胡同的老常家，一家是西门里的老吴家，他们不仅大减价，而且实行"大奉送"——凡是民主联军受伤的指战员，不论有多少，每人都奉送一碗豆汁。他们说："民主联军为我们流血牺牲，我们送点豆浆，是表表我们的心。"

侯青山

四间村的担架队，某次，连夜要赶到前线去，其中有个老人腿有些跛，名叫侯青山，今年已快五十岁了。在该村担架动员会上，他首先报名，村长见他腿上有病，年纪又很大，劝他不去，他坚决表示："民主联军在这里，我们分了地，过着好日子，现在军队替我们打仗，我虽然抬不动，到前方走上一趟，也算尽了我的心。"村长无法劝阻，就将自己的棉袍脱下来给侯青山穿，让他出发。在这个老人坚强毅力影响下，该村担架队很快地就组织起来，连夜赶赴前线了。

一只手

弓棚子有个张老太太，她的一只手早就残废了，这次有一队伤兵住到她家，其中有一个战士，也和她一样，在战争中一只手残废了。这战士很想吃馅饼，张老太太听到后，便把她自己积存好久的面粉和肉拿出来，费了好半天的时间，用一只手包出二十多个馅饼，战士很为这绝大的慈爱所感动，他用一只手紧握着老太太的一只手，两个人好大一会都说不出话来。

一支枪

这次反蚕食战斗中，五棵树共出动二百副担架，在前线和部队一起行动八天，很多担架员们都为民主联军指战员的英勇行为所感动，当战争胜利结束后，许多人却都不愿回家，其中民权村有个谷长林，他不但不愿回去，并且要求团长，发给他一支枪参军。别人问他为啥要这样，他说："现在翻身了，咱们就翻个彻底，把反动派打走了，再回去也不迟。"部队只得要他回去把家里安顿好后，再来参军，他才高高兴兴地回去了。

选自《血肉相联》，东北书店 1947 年 8 月初版

爆炸手小吕

小吕牺牲了,大家没有忘记他。

连里支委扩大会上,一致追认他为中共正式党员,同时连里军人会上,更一致追认他为战斗英雄。

他的事迹成了大家的榜样。

那是三月十五日的夜间,部队路过长春县北的耿家窝堡,前头部队刚到该屯,就发现该屯住有敌人,上级当即叫三连顺便进攻,将该屯的敌人全部歼灭。

三连连长接到任务以后,便计划从西北角进攻,一面组织爆炸班,一面又组织突击班,准备先爆炸,然后再突击。率领爆炸班的任务,便交给小吕了。

"你是一个有名的爆炸手,现在上级叫打耿家窝堡,爆炸班由你率领。"连长对小吕说,"你放第一包炸药,能不能完成任务?"

"上级叫我干什么,我就干什么。"他一个人就直奔向敌人去了。

小吕跑到炮楼与房子夹窝的时候,炮楼上的敌人连续向下打手榴弹，不能靠边，他就向东边一冲，把炸药放在房子的后墙上，一拉火药线，就飞快地跑下来了。他一面喘着气，一面向连长报告："炸药已经下好了，下在房子的后墙上了。"

"很好。"连长刚说完，就见前面火光一闪，随着一声巨响，炸药爆炸了，敌人盘踞的房子后墙，一下子被炸出一米达宽的一个缺口，七八个敌人炸得不见了。

"你快到前面，把你那一组带着冲上去。"连长对小吕说，"你对二排副说，房子占领后，就占房子两边的炮楼。"

"是的。"

小吕又飞一样地上去，到了前面，将他那一组两个战士一喊，就从缺口里冲进去。他把连长的话告诉二排副后，就带着他那一组冲进院子，将东下屋的敌人包围了。

"我们都上来了。"小吕对房里的敌人喊话，"赶快缴枪，不缴枪，我们就要打手榴弹了。"

"缴枪缴枪。"敌人在房子里嚷着。

"缴枪我们优待。"小吕又对敌人说，"把枪放下，赶快出来。"

东下屋的敌人全举着手出来了，一共是七个，小吕就带着他那一组，押着俘虏，带着缴来的武器，一起回到缺口的那间房子里，都交给连长了。

这时缺口房子两边的炮楼还没缴枪，发现房子被炸开缺口后，便都把火力集中到这里，使我们后面的部队无法上来。连长便决定先把这两个炮楼打下来。

"东下屋你打下了，两个炮楼还没打下来。"连长又交给小吕夺取东边那个炮楼的任务。

小吕说："连长放心，这次爆炸任务，我保险能够完成。"

他接受任务以后，便扛起一包二十斤重的炸药，率领着爆炸班，紧跟着连长，随着部队向前运动，准备连长一叫，他就很快地上去进行爆炸。

部队运动到屯子的时候，敌人还未发觉，只听到有两个哨兵在咳嗽，连长一面叫机枪射击，先将那两个哨兵扫掉，一面又叫小吕，在机枪响后，就上去爆炸。叮嘱他："你把炸药放在西北角炮楼与房子的夹窝里，万一不能靠近，就要向东边一点，放在房子的后墙上。"

"是的。"小吕只说了这两个字，就扛着炸药，带着他那一组，从敌人密集的炮火中冲上去，快到敌人面前，他叫两个战士趴下掩护。

他要了一些手榴弹，就带着小组说：跟我来。没有犹豫地就直冲东边的炮楼，他走在最前面，跑到炮楼下面以后，就将手榴弹一个个地塞进去，解决了炮楼里的敌人，完成了任务。这时，西边的炮楼也很快打开了。部队迅速地将屯里蒋军十三军的一个整连，共计一百二十多人，全部歼灭。就在这个战斗胜利的时候，小吕却在与最后一个从炮楼窜出来的敌人交战中，不幸壮烈地牺牲了。他的同志们追上那个敌人，将他一枪揍死，替他报了仇，然而小吕从此却和大家永别了。

小吕名叫吕宗昌，是三连四班的班长，去年十月参加共产党。这次南下出击，正是他转党的时候，他想在转党以前，先为人民立上一功。这个志愿已经达到，但他却永远地和大家分别了。大家都很惋惜，现在已将第四班改为"吕宗昌班"，作为永远的追念。

选自《东北日报》，1947 年 4 月 19 日

步兵炮手

你看见过咱们的步兵炮手吗？

你知道咱们成千成万的步兵炮兵，在这声势雄伟的大反攻中，是怎样地行军作战？是怎样地复仇立功？又是怎样地为人民流血牺牲？

现在这里正住着一队步兵炮手。

这队步兵炮手曾经荣获过纵队的嘉奖，从去年三下江南投入反攻战斗以后，经过夏季攻势和秋季攻势，直到这次庞大的冬季攻势，一年间，从无逃亡，每次艰巨的行军和战斗中，他们更都创造了惊人的奇迹和殊勋。

就拿这次冬季攻势中的行军为例吧：

这队步兵炮手在冬季攻势中，全连只有两个病号：一个叫邓福贵，黑红脸，满口贵州话；一个叫张景龙，脸部发黄，个子很矮。这两个炮手都是去年夏季攻势中的解放战士，从参加我军以后，由于我军不断的胜利和经过诉苦的结果，他们两个都订了立功计划，决心要做人民的功臣。在这次我军发动冬季攻势以后，他们两个都闹起病来。邓福贵脚上裂了一寸长的一个口子，走路很不得力。但他为了立功复仇，就用绳子缝起口子，不但坚决不坐车，并且还争着挑担子。张景龙胸前长了一个大疮，每天发热发冷，不但两手抬不起来，就是两脚也感到无力。

在一个行军的晚上，地上的雪浸到膝盖，好人走起来都很吃力，一不小心，就是一个筋斗。很多炮手看到这种情形，就都叫张景龙去坐大车。

"我可不坐车。"张景龙咬着牙齿说，"我决心革命，我决不装孬种。"

最近，这队步兵炮手从很远的地方，经过五天的长途行军，又到了这里，准备迎接新的战斗任务。现在他们都在很舒适地休息着：有的盖起大衣呼呼大睡；有的正忙着烧水洗脚；有的则把那些被汗液渗透的衣服脱了下来，放在水里洗过，又胡乱地晾在树枝上，草堆上。

最忙的还是连里的干部，每天都在开会调整组织，加上这五天的长途行军，休息时间很少，每个人的眼睛都是红红的。

"姜连年叫他到六班去吧！"

副指导员徐良言，用手揉了一下发红的眼睛后，就向连党委会发言。他说：

"过去他在四班做班长，把四班搞成全连的模范班，从他负伤下去后，四班又换成郑学文做班长，搞得也不错。现在马上就要进行战斗，六班比较差，就叫他到六班去吧！"

"我也这样想。"指导员谢祝清点点头说。

"同意！完全同意。"连长赵德安很高兴地说，"我没有意见。"

姜连年,五年前带头参军的一个战士,年青,热情,从他调到四班做班长后,四班就蒸蒸日上,无论团结、练兵、群众纪律、吃苦耐劳,以及屡次战斗,都是考全连的第一。特别是战斗上,更是出类拔萃。不仅他们的炮打得好,而且每次都在最前面。所以"全连模范"的旗帜老在他们的手里。

在一次战斗中,步兵刚刚冲进敌人外壕,他们就随着冲了进去。尽管敌人全力反击,天上飞机扫射,他们全班却没有一个害怕不前的。步兵被十字路上的敌人阻止住,他们便把炮推到步兵的前面,所有的炮手也都冲过步兵的防线,距敌人最多不过四十多米达。手榴弹和冲锋式的子弹经常在他们的四周呼啸、爆炸,但他们更是没有一点畏缩。在准备构筑工事的时候,团里就来了命令,叫他们快点发射,给步兵打开冲锋道路。

"班长,你打吧!"就在这个时候,一个个子不高,面孔发红的参军炮手朱秀,因为来不及做工事,害怕炮弹发射震动,不能命中,他就冒着敌人的炮火,站到炮架上说:

"快打吧! 班长。"

第一炮轰的一声出去,与敌人地堡摧毁的同时,朱秀却被震了下来,昏迷过去。后面地堡的敌人还在顽抗,并且还用机枪对他们扫射。

"班长! 继续打吧!"

又一个身体发胖,经常抢着工作做的解放战士陈芳,更不顾敌人机枪的扫射和被震昏的危险,把帽额向后一拉,就又继续地站上了炮架。

在敌人第二个地堡摧毁的同时,陈芳也被震跌下来了。紧接着,又一个大家喊他"纪大哥",个子高大的翻身炮手纪大国,话也不说,第三次又站上了炮架。最后终将敌人全部歼灭。

不怕困难,不怕流血牺牲,不仅姜连年这一个班是这样,其他班和所有的干部也都是一样。这是他们的一贯传统! 现在的连长赵德安已经是第三个连长了。第一个连长叫姚长君,是一个十三年的炮手,参加过土地革命、抗日战争,以及现在正进行着的人民革命战争,炮手们都喊他"老革命"。中等个子,圆脸,他患着严重的胃病,身体异常虚弱,但他对于工作从来没有厌倦;积极钻研是他的唯一特点,特别是对于团结炮手、教育炮手起了很大的作用。提起"老革命",没有一个不伸出大拇指夸奖的。

"你们感到咱们的队伍困难吗?"

每当情况严重或生活困难的时候,他不是一个人背着个手,到各班去和炮手们聊天,就是找点烟叶,烧点开水,找几个炮手到连部来谈心。他总是这样说:

"过去和现在就不能相比。过去爬雪山,过草地,有时连饭都吃不上,用着土炮,还一样歼灭敌人;现在呢,有汽车,有火车,还有大后方,用的又是什么日式的美式的炮,难道就不能歼灭敌人吗? 只要我们不怕困难,不怕牺牲流血,我们就会战胜一切敌人的。"

炮手们的脸上,就立刻浮起微笑。

第二个连长叫王玉山,个子很矮,瘦黄的脸,但两眼却很光亮,能吃苦,能负责,特别是打起仗来就像一只虎一样。在他刚到这连不久,就参加了一次战斗。他把队伍带进敌人纵队后,发现前面敌人正以集团地堡为依托,阻止我军步兵前进,枪火密集得头都不敢抬。他不管这些,第一个跳起来,把炮运到敌人侧面不到四十米达的地方,一连三炮,全部敌人就都缴枪投诚了。在他刚要继续前进的时候,不幸飞来一颗子弹,王玉山同志光荣地倒下,但他仍在

高喊：

"坚决完成任务,谁也不能后退!"

炮手们在他的鼓励下,终于配合步兵,将所有的敌人全部解决。

指导员谢祝清也是第二个指导员。

第一个指导员叫李昆,是一个中学生出身的干部,身体又高又胖,不仅热情、积极,而且富于创造,在他的面前是没有任何困难的。他能吃苦,也能打仗,行军的时候,经常帮炮手扛东西,驻军的时候,更给炮手们烧水洗脚。特别是在战斗紧张的时候,他更能进行鼓励,所以炮手都很喜欢他。

"我就不相信这批敌人不能歼灭。"

在一次失利的战斗后,他很不服气。他就用自己积下的津贴买了几盒烟卷,亲自散给炮手们说：

"请大家吸这支烟吧! 我要求大家宣誓:明天不把这批敌人消灭,我们就不回来! 大家敢不敢?"

"敢!"声音像雷动一样。

第二天战斗开始后大家都把生死置之度外,一下子就冲到敌人面前。像棋子一样的地堡,一个个都随着他们的炮弹毁灭了。

现在的连长赵德安和指导员谢祝清,也都继承了过去的传统。

最近的一次战斗,敌人固守一个屯子,他们把炮又推到距敌人四十米达的地方,开始很顺利,临到总攻击的时候,所有的炮却都被敌人火力封锁住了。四班长姜连年就是在这个时候负伤的。他刚一瞄,迎面就飞来一颗子弹,扑通一声栽倒下去。连长赵德安一看,急得满头大汗,狠狠地骂道：

"×你个娘! 看谁封锁谁!"

他就把袖子一挽,跑到炮前,只是一炮,就打中了敌人的地堡。

这时其他的炮也都发生了效力，最后步兵终于冲了进去，解决了敌人。

副指导员徐良言，排长曹作永、卢得胜、金广良，排副韦成，绰号叫作"小矮子"的高景春，还有眼边上有疤的炮手曹如皋、李占林等，也都是一些英勇顽强的炮手。

现在新的战斗任务又来了，他们又和过去屡次战斗一样，不仅都紧张地动员起来，并且更都下了像钢铁一样的决心，要在这次战斗中再度显示威风。

"你们准备得怎样？"副指导员徐良言，在动员会以后，就又到各班去看并且还这样问大家：

"这次战斗你们有没有把握？"

"有！"大家一致地这样回答。

特别是六班和四班准备得更好，大家不仅都把衣服洗了，好好地在养精蓄神，并还都把炮重新擦了一遍。副指导员徐良言刚一跨进他们的门，他们就都站起来说：

"指导员放心！我们一切都准备好了，只等待着命令。"

这是多么伟大动人的决心和意志啊！毫无疑义地，这队步兵炮手是会创造出更可歌可泣的事迹的。

那么这队步兵炮手为什么会这样英勇无敌呢？

"我们全连一百多个同志，"现在的六班长姜连年曾经这样说，"其中大多数同志都是受过蒋匪和地主剥削压迫的。现在大家都知道这点：就是要生活下去，就得把敌人全部消灭。"

这就是这队步兵炮手力量的来源。

选自《进军沈阳》，东北书店 1949 年 4 月

陈德福

——一个模范农会会长的介绍

陈德福是正白旗的农会会长，正白旗是红旗村的一个模范屯，红旗村则是拉林的一个模范村。记者访问模范农会会长陈德福，是在今年的十月中旬，前后共会见陈德福五次。他的身材不高，两眼有些发红，里面穿着一套黑色粗布的棉短衣，外面套着一件黄色油污的夹大衣，帽子是日本式的单军帽，鞋子是一双借来的大乌拉，经常还斜披着一条子弹袋，背着一支三八式的步枪，对人很热情，说话很和蔼，生活艰苦，工作积极，立场也很稳，一切都以该屯人民的利益为前提，很受该屯人民的拥护和爱戴，因而该屯的工作，便成为拉林模范的模范。

"不是陈会长领头，咱们就翻不了身"

陈德福是山东沂县人，两岁就随父母逃荒到东北，今年三十七岁，从八岁起，他就开始劳动，除去放猪六年和回家四年外，其余二十年的时间，都是在桦甸的三光顶子、天岗的东山沟和拉林的正白旗等地，给人耪青，扛活和卖工，历尽千辛万苦，结果还是房无一间，地无一垄，直到今年六月，工作队到达正白旗后，他才被选为农会会长，分到两间房子，和两垧半土地，开始安家立业。但在他被选为农会会长后，开始总是推辞不干，后来经过工作队的教育，和该屯人民一致的拥护，不仅担起担子，而且走在前面。事情的经过是这样的：远在去年"八一五"后，他就想起来翻身，但在那时，该屯的汉奸、恶霸和地主等，却都摇身一变而为国民党的爪牙，组织大排，举办押会，弄得他无所事事，只好仍旧扛活。从今年一月间民主联军将该屯一带大排缴械后，特别是二月间工作队到达以后，他又想起来翻身，但工作队很快就走了，虽也成立了农会，改造了政权，实际上都是假的，都操在汉奸、恶霸和地主的手里，他虽然开会也去，却从不出头露面。直到今年六月工作队重新到达该屯以后，由于经过以上两次变动，他虽还想起来翻身，但又怕工作队像上次一样，所以开始对工作队没有抱有多大信心，后来由于工作队将假农会解散以后，特别是将该屯汉奸、恶霸和地主的阴谋揭露以后，他才对工作队认识有些转变，认为这回翻身有门，但该屯人民却与他相反，仍在观望，开会也不讲话，特别是重选农会干部，更是没人发言。在这种情形下，工作队却不灰心。他自己也很着急，便在大会上说："工作队帮咱们翻身，咱们就选个人领头干？"恰好该屯人民正愁没人出头露面，一见他这样，便选他作为农会会长，但他却总推辞不干，恐怕自己孤立，但大家却一致拥护，他见推转不掉，便向大家道："你们捧我不捧？"大家一致说："捧。"他又问道："怕死不怕？"大家又一致说："不怕。"他见大家表示都很坚决，他便下了决心说："大家跟我走，斗争汉奸去！"从此该屯人民便在他领导下，很快组织起来，先将该屯的汉奸、恶霸和地主,如宋福有、佟子臣和白雨亭等,进行清算,掀起该屯人民的翻身运动。所以当你提起陈德福过去的事,该屯人民都这样说:"没有陈会长领头,咱们就翻不了身。"

"陈会长办事真行,铁榔头也打不动"

陈德福在被选作农会会长以后,第一个斗争的就是宋福有,该屯人民称其为:"老宋家是阎罗殿。"他的一个弟弟和侄儿都是"中央胡子",平日欺压人民,无恶不作,所以在斗争他家以后,该屯人民便将宋福臣和宋景玉送到区署法办。但在送到区署的第二天,宋福有便一面叫侄儿宋景芳和宋景林,挨家挨户地磕头求该屯人民,一面又叫狗腿子李凤江和吴庄山等,联络镶白旗等邻屯人民,一同去到区署保回宋福臣和宋景玉。陈德福一面由于没有经验,一面又为慈善心肠所动,便也随着大家去保,但走到集合场后,又觉得此事不对,心想大家斗争反动派,怎么还去保回呢? 他只好对大家说:"咱们今天到区署去保,是保他们不再当'中央胡子'。"结果非但没有保回,且又受了批评,后来经过调查,他才知上了当,懊悔得一夜都没睡着觉。从此他对于汉奸、恶霸和地主的阴谋,特别地注意和提防,起先是佟子臣和他的老婆,抱着孩子到陈德福家去认干亲,陈德福知道这是利诱他,便很不客气地对佟子臣和老婆说:"以先咱为老百姓时,怎不来认干亲,现在咱翻身了,却来这套,别扯××乱蛋,你们的心我还不知道,快滚出去。"佟子臣还不死心,在陈德福探听他的动静时,他又企图来收买陈德福,他说:"老陈! 你家有困难请告诉我,我一定设法替你解决。"陈德福知道这是阴谋,便说:"老百姓现在缺柴缺盐的很多,等着咱开条子吧!"陈德福回到农会以后,便开了一张条子,叫佟子臣给每户老百姓送柴一百斤,咸盐五斤,把佟子臣吓坏了。后来宋福有也叫侄儿媳妇，偷偷地跑到陈德福家，对他女人恐吓说道："'中央军'快到了，你还叫你家掌柜的当会长，将来要割头的。"陈德福回家以后，他女人就哭闹着不要他再当会长，他知道这又是宋福有的阴谋，便劝他女人说："咱们前方有部队，后方有民兵，'中央军'来了也不怕。"以后宋福有又活动农会副会长魏文喜，从中来威胁陈德福，常说："拉倒吧！老陈，炒豆大家吃，炸锅一人当，将来没有后果的。"陈德福知道其中有鬼，经过调查，才知又是宋福有的阴谋，以后便把魏文喜撤换了。所以大家也说："陈会长办事真行，铁榔头打不动。"

"陈会长讲民主，从来不出孬事"

陈德福在工作中，常用两种方法领导人民，一种是开会讨论，一种是做样子看。为什么要开会讨论呢？陈德福说："咱是个大老粗，识字不多，脑子也笨，办法也少，经过大家开会讨论，啥样的办法也都有了。"为什么要做样子看呢？陈德福说："领庄稼人办事，不比有知识的，光说不行，你做个样子给大家看，啥事都能做起来。"事实上也是这个样子的。由于他不管大事小事，都要和该屯人民开会讨论，听取大家意见，不独裁，所以该屯人民都说："陈会长可真民主。"其中以分地一事就可证明。在他未被选为会长以前，该屯也曾进行过分地，由于那时汉奸、恶霸和地主的捣鬼，分地全是假的，而且极其不公，指定啦，抓阄啦，弄得该屯人民非常不满，以致有些人连分的地都不要。在他被选作会长以后，该屯人民由于以上原因，开始对于分地都在观望，他知道过去分地的弊病，除给大家解释以外，便叫大家开会讨论，他也在会上常讲："这回分地，大家说了算，咱绝不独裁。"很受大家欢迎，不仅纠正了过去分地的弊病，而且大大地提高了他的威信,所以这次分地以后,他不管遇到啥事,都叫大家开会讨论,差不多的事情都是这样解决了的。同时由于陈德福不论难事易事,都先做个样子给大家看,叫大家学习,少吃亏,所以该屯人民也都说:"陈会长从来不出孬事。"例如在该屯分地以后,区里号召换工秋收,开始该屯人民不仅不积极响应,而且反映全都不好,有的说:"往年不换工,也一样收完,今年闹换工,一定换不好。"有的说:"大户人家行,咱们小户不行。"有的更说"农会真是多事,连割地也要管"等,陈德福知道不给大家做个样子看,农民不相信,这一运动便无法推动。他便动员农会干部和民兵,先组织一个换工小组试验,结果节省时间工钱,而且收割非常热烈紧张,以致全屯人民很快都组织起来,连小孩、老头和妇女也都要求参加,造成一个换工热潮。从这次换工以后,不仅激起大家的集体生产情绪,同时陈德福的威信更加提高,所以陈德福不管啥事,也都先来做样子给大家看,使得很多事情也都顺利解决。由于陈德福用了这两条办法,以致该屯的工作,无论何时都走在前面,成为大家的模范。

"陈会长没得比的,不顾己,没私心"

陈德福在正白旗人民中有着高度的威信,还在他的工作积极,关心群众、虚心诚恳、努力学习、艰苦朴素、大公无私的作风所致。从他被选作农会会长的第一天起,他就以极其负责的精神,积极工作,日以继夜,毫无倦怠,以致他的两眼,经常熬得通红,别人叫他注意身体,他则说:"当干部的不吃辛苦,还叫老百姓吃辛苦吗?"他对群众的关心也是无微不至的,只要他一有空,他就挨家挨户地去看,问问这个,又问问那个,和群众搅得像一家人一样。他到哪里,哪里群众就把他围起来,说说笑笑,非常热闹,以致群众间的许多家常事故，如夫妻不合和父子吵闹等，他去说上两句，那啥事也就没有了。有人问他为啥这些小事都去管，他说："咱是给老百姓扛活的，老百姓有啥事就得去办。"虚心诚恳和努力学习，也是一般人所不及的，他从不阳奉阴违，说一是一，经常倾听别人意见，不自高，也不自大，别人说他工作不错，他则会说："那不光是咱的功劳，是咱有一群好帮手。"他在开始工作时，别说办事，就是讲几句话，也不容易，现在则能说出一套又一套。他认为学习最好的地方，是多开会，他说："开会我从不空过，参加一次会，顶上三年学。"提起艰苦朴素和大公无私的作风，该屯的人民都会这样地说："陈会长没得比，不顾己，没私心。"从他被选作农会会长以后，除去分得的两间房子和两垧半地外，其他浮物连一块棉花都没拿，这不是大家不分给他，而是他坚决不要，一方面固然是他要区别于过去的干部，另一方面则是完全出于他的内心自愿，他说："只要咱屯子的老百姓有吃有穿，俺这个给大家扛活的，就是累死，也甘心。"他不主张铺张、浪费，坐吃山空，特别是对于"来得快去得快"的思想，他更反对。他提倡朴素、节约、刻苦和勤劳，特别是主张安家立业，他说："过去咱们无法安家立业，现在已经翻了身，就要安家立业，免得将来再受苦挨穷。"他对于他家，在这一点上要求是很严格的，除去必要的花销外，一切都很朴素，他自己更经常参加家庭劳动，所以该屯的人民都说："像陈会长家一样，以后再也不会受穷。"该屯的人民和干部，特别是农会生产委员曲俊山等，过去有些私心，也喜欢浪费，但在他的影响下，现都成为好干部，大家都很拥护和爱戴。

"没有枪杆子在手，翻了身也是白搭"

陈德福在领导大家翻身的开始，他就积极地组织民兵自卫队，和动员人民参加革命军队。他说："咱们没有枪杆子在手,翻了身也是白搭。"所以该屯组织民兵自卫队,和动员人民参加革命军队的工作,比起其他邻屯来做得要早要好,实际上也起了很大的作用。对于组织民兵自卫队,他是费了一番苦心的,在未组织以前,他便经常向该屯人民宣传,所以一下子就有三十多人自动参加。在组织起来以后,他便又经常进行教育,所以该屯民兵自卫队的认识都很高,更重要的是不管白天夜晚和雨天风夜,他经常和民兵自卫队在一起,做榜样给大家看,所以该屯民兵自卫队,对于执行任务都很认真,不仅该屯的汉奸、恶霸和地主难以翻身,就是没有路条的也难以通过,来往的人也都这样说："正白旗的民兵自卫队太邪乎。"在动员人民参加革命军队上,他也是费了一番苦心的,除了经常对于革命战士骑马披红,动员全屯人民热烈欢送外,他对于革命战士家属的照顾,更是其他临屯所不及的。他说："咱们不去照顾,革命战士就不安心,反动派打不跑,还是要遭难。"所以他对这一工作特别重视,在清算和分地中,他主张优待革命战士家属,每家应多分一垧好地,每次清算出来的浮物,给革命战士家属也应多分,很受该屯人民拥护。在生产和劳动上,他也主张大家帮助革命战士家属,他自己在今年秋收中,除帮助革命战士家属割地和打场外,还帮助革命战士家属王德生家挑水两次,苗文□家挑水三次,以及曲凤鸣家挑水三次,打柴三次,和掏炕一次。在平时,他更经常去看革命战士家属,只要革命战士家属有困难,他便积极设法解决,他常对革命战士家属说："你们的子弟就是咱的同胞兄弟,他们能够参加革命军队,咱也就能帮助你们,只要有困难,便替你们解决。"所以该屯的革命战士家属,对于陈德福这样体贴他们,大家都非常感激。该屯参加革命军队的战士共有二十六个,从来没有一个开小差回家的。由于陈德福如此注意武装,给予该屯人民以极大教育,过去不愿参加民兵自卫队的,现在都自动报名参加,过去不愿参加革命军队的,现在也都积极要去,在武装上正白旗也是很模范的。

"百姓大翻身,个个享幸福"

在记者刚要把这篇介绍写完的时候,该屯在红旗村集训的民兵听到这个消息,便要记者读给他们听,并且还补充了许多意见。其中有个叫作白云武的民兵,更将自己写给陈德福一首赞美的歌子,特地送给记者,虽然写得不够深刻,但也可以看出他是怎样对陈德福拥护和爱戴的:

> 正白会长陈德福,
>
> 英明有韬谋,
>
> 领导老百姓,
>
> 消汉奸,灭走狗,
>
> 清算恶霸地主,
>
> 百姓大翻身,
>
> 个个享幸福……

选自《东北日报》,1947 年 1 月 5—6 日

战地群众

一 伤兵的母亲

王老太太的家住在弓棚子西门里。

在记者未到达弓棚子以前,沿途就听到许多人说王老太太是一个拥军的模范,这次(一九四六年十二月)记者到达弓棚子以后,更听到许多人说王老太太是一个伤兵的母亲。

这是多么的光荣而又伟大的称号。

"照顾伤兵不光是我一个人呀!同志。"王老太太在记者访问她时,一面让记者坐在炕上,一面又很亲切地说,"街上的李老太太,马老太太,还有邱老太太,她们照顾伤兵也都不大离。"

许多事实证明这是王老太太的谦虚。

在伤兵刚从弓棚子经过时,全街的老百姓都不闻不问,只有王老太太很过意不去,一来因为她心肠慈善,看到解放军前线受伤,特别是在这冰天雪地中受伤,不去照顾,实在不忍;一方面又因解放军是人民的军队,在她家前后住过好多次,既没有动她家一针一线,还帮助她家生产劳动,不去照顾,更是不忍。所以她便拄着一根拐杖,挨家挨户地去劝说和动员,终使全街的老百姓由对伤兵不闻不问,转为紧张热烈地照顾伤兵了。

"咱解放军心眼好,纪律严明,替老百姓办事,军民是一家人。"王老太太在叙述她动员全街老百姓照顾伤员以后,又着重地对记者说,"我这人生来心眼就很软,看到咱解放军受伤,我心里就很疼。"

在将全街老百姓动员起来以后,王老太太对伤兵的照顾更加积极热心,她不管风雪多大,更不管事情多忙,只要听说伤兵从前线下来,她便拄起拐杖挨家挨户地去看。对于伤兵她像对待子女一样,伤兵要干什么,她便依照伤兵的意见去做,还时常对伤兵说许多宽心话,对于伤兵的人家,她时常地嘱咐房东要对伤兵好好照顾,要像对自己家人照顾一样。所以全街的老百姓和从该街经过的伤兵,对于王老太太的这种精神都很感动。

"伤兵看到我一去,大家都乐起来,老百姓也都乐起来。"王老太太在说到大家都乐起来时,她又很愉快地对记者说,"我看到伤兵老百姓乐起来,我也就乐起来,我心里很畅快,我就喜欢这样。"

王老太太照顾伤兵的故事是说不清的,有些伤兵因为伤重,痰涌在口边,无力吐掉,王老太太看见她便把自己的手洗洗的,从伤员的嘴里,一把把地把痰给掏出来。有些伤兵因为伤重,小便不下,王老太太看见,便叫年轻妇女走开,帮助伤兵们一滴一滴地将尿滤出来。还有些伤兵,因为伤重,不能起来大便,她更不管多么污浊,便拿便盆去接。所以从弓棚子经过的伤兵,没有一个不感谢王老太太的。

"咱解放军都是山东川北的,亲妈亲爹都不在面前,我不照顾叫

谁照顾?"王老太太在叙述她衷心地照顾伤兵以后,又对记者亲热地说,"我年纪老了,我把咱民主联军,就当我的亲儿女一样看。"

王老太太今年已经七十四岁,长得很胖,两只红眼边,颈上还长着一个瘤拐子,但由于她对解放军有着明确的认识,特别是在这次其塔木自卫反击战中,对于解放军伤兵的照顾,很为老百姓和军队羡慕和佩服。所以在一月十七日的下午,该地区政府特召开了一个各阶层人民代表大会,除号召大家向王老太太学习外,并赠给王老太太猪肉二十斤,粉条一大捆,棉袍面一件,特别值得大家羡慕的,区府还给她一封鼓励和感谢的信。

"我实在是担当不起的,同志!"王老太太一面叫她的儿子王仁轩,拿区政府给她的道贺信叫记者看,一面又谦虚地对记者说,"现在政府真是老百姓的,做了这点小事,都要奖赏,真是青天政府。"

区政府的贺信是在一张红纸上这样写的:

王老太太:

您是七十四岁的老人家,您以母亲的慈爱心情,来关照解放军受伤的同志,使这些受伤的同志们,得到了极大的安慰,我们为此特向您谨致诚恳的谢意。

您是全区妇女的模范,伤兵的母亲,今后将号召全区的妇女,向您学习,以便对咱解放军受伤的战士,关照得更好些。

榆树县第五区政府启

二 出征的路上

随军出征已经是第三次了。

每次出征都没有像这次出征使我感动——这不单是这次出征是一九四七年红色五月的季节,也不仅是这次出征获得的战果辉煌,而是在这次出征中,我亲身经历了蒋管区的人民正以无比的空前的热情在欢迎我军,帮助我军,甚至参加我军……

这些故事是写不完的。

在我军穿过茫茫的草原,进入农安县境的那天,大家正在又热又渴的时候,走进了十多户人家的一个屯子。远远就望见一个年近花甲的老太太,提着一个桶,抱着一些碗,迎着我们走了过来。

“这下可盼到了呀!”老太太看到我们走到她的面前,连忙把桶放下,拿着碗盛水,“喝一碗吧!同志们!天气真热起来了。”

听说是开水,我们便一窝蜂似的拥上去。

“盼你们真不易呀!”老太太乐起来了,边盛水边说着,“前些天就听说你们要来,我就站在这里朝北望,一天两天总是没有,心想你们又不来了。今天一出来,就望见北面黄土翻翻的,我想准是你们来了;刚把水烧好,你们就进屯了,真是大喜呀!”

“谢谢老大娘!”不知谁高声地说了一句。

“说啥谢呢!”老太太微笑了一下,用手揉揉眼睛,“你们是来搭救我们的,我知道,你们要再不来,我们就要饿死了。”

“你们的灾难,我们是知道的。”大家都说。

“好说呀!同志!你们看看吧!”老太太提高嗓子,指着屯外愤愤地说,“眼看就夏至,我们庄稼还都没种上,你们细细看呀!那一片地上,野草不是漫过波罗盖(膝)了……”

这是进入蒋管区的第一天。

我们挺向怀德城的那天,是进入蒋管区的第五天,这天夜间特别黑,路也难走。皆想不到在通过一片泥泞的洼地时,竟有两个年青的妇女,烧起一堆野火,像谁曾事先分配给她们任务似的,照耀着我们的进路。

"这路真不好走呀!"一个妇女看我们走到面前,像是抱歉又像是控诉似的说,"老爷儿们都被'中央军'抓得不敢在家,路好久就没人管了,叫大家同志为难。"

"没啥关系呀!"好多人都说。

"我们知道你们不能见怪。"另外一个妇女也答起话了,她说:"我们要知你们打这过,白天我们老娘们垫垫也就好走了。"

"有火照着也一样!"不知谁又说。

"就是呀!"先说话的妇女又说,"我们姑嫂俩刚睡下,就听你们过路了,我们想不出法子,才烧起了这堆火。"

我们顺利地通过了这片泥泞的洼地,虽然走不多远,仍然是一片泥泞的洼地,但每个人的脚步却比刚才迈得更快,好像前面也有无数无数的妇女,烧着无数无数的野火,在给我们照耀着前进的道路。

我们渡过辽河的第三天,向梨树城挺进的路上,和我并排走着一个班的战士,他们每人的枪上都戴着一个红色的枪口帽,在阳光中好像一朵朵灿烂的花,休息的时候,我就跑过去欣赏和询问。

"这是谁做的呀?"

"老百姓赠送的。"

"真漂亮,远远地看来像是一朵花。"我顺便拿过一个欣赏,同时又问道:"这是咱们解放区老百姓赠送的吗?"

"是蒋管区老百姓赠送的。"另一个战士看我好奇,便靠拢来说,"昨天我们住在朝阳坡,那家只有一个年轻妇女和一个小孩,她丈夫三月头被'中央军'抓去当兵,说是死在怀德了,她要我们给她报仇。"

"那怎么会送枪口帽呢?"我打断他的话。

"我还没说完呀! 我们答应给她报仇,她就高兴起来了:给我们烧水喝;叫小孩喊我们伯伯……吃过晚饭,她看见我们班长做枪口帽,就从班长手里夺过去,她说她给我们做,今天出发的时候,就给我们全班一人做了一个。"

我被这个战士说得出神,我静静地望着这些枪口帽,在我的面前,不,在这班战士的面前,好像不是红绒线,也不是红的花,而是蒋管区人民寄着无限希望的鲜红的心呵! 直到队伍行进后,我才想起了走路。

五月二十七日的那天夜间,我军第一次袭击四平。一个班突进蒋军的外围据点,在完成任务后还未来得及撤出时,天就已经发亮了,蒋军便集中火力轰击这个地方,撤也撤不下来,接也接济不上。就在这个时候,一个五十多岁的老大爷,提着一罐稀粥,抱着一卷油饼,冒着蒋军的炮火送上去了。

"我当你们撤走了呢!"老大爷走进战沟,喘着气说,"早知道你们没撤走,我早就把饭送来了。"

"枪打得邪乎呀!"一个战士说。

"有同志们在这里,我是啥都不怕的。"老大爷一边盛饭,一边说,"吃吧! 还热乎乎的,大家同志都饿有半天了。"

"再饿一会也不要紧。"另一个战士说。

"你们八路能吃苦,我是知道的。"老大爷感动地说,"你们替我们流血流汗,我可不忍呀!"

我听了这个故事以后心想:这个班一定因此得到很大的鼓励。果然,这个班虽然有些伤亡,但大家情绪却像六月太阳一样地热烈,不但在阵地上坚持了一天,而且打垮了蒋军无数次的反冲锋。

在总攻昌图的那天早上,我和一些同志从后面赶到前线指挥所去,快到的时候,我们迷失了方向,飞机也来扫射,大炮也在轰击;我们没有办法,只好躲在一丛树下张望,等候着过路的人。

"同志!上哪儿去呀?"远远地一个老乡扬着手跑来了,喘着气说,"看样子你们是找人带路吗?"

"是呀!"我和他搭话了。

"到哪里去呢?这一带我全熟。"

"十三堡。"

"就是那个地方呀!"他指着西边冒烟的屯子说,"我给你带路吧!"

这真是求之不得,我们连连地称赞。

"咱们都是一家人,啥话都好说。"他便又兴奋地说起来,"我是这里的农会会长,去年你们走后,我就被'中央军'抓去,关在笆篱子里,今年三月间才出来,我没有忘记咱们八路军,我知道你们是一定会回来的。"

的确!我们是回来了。

在向开原城行进的路上,我发现我们队伍添了不少的新战士。有的穿起新军服,有的还没有脱下老百姓的衣裳。我很奇怪,就顺便找到其中最小的一个,边走边谈了起来。

"你叫什么名字?"

"小刘。"

"才参军吗?"

"昨天晚上。"

"你为什么不参加'中央军'呢?"我故意地问。

"哼！参加'中央军'？"他把我打量了一下，恨恨地说，"我大哥二哥都被'中央军'抓去，现在都不知死活，妈妈眼也哭瞎了，我也憋屈了一年，这回咱们八路来了，我和我妈都找到出气的地方了。"

他的平静的答复，却使我受到很大的感动。这只是蒋管区受难者千万个里的一个。我再仔细地看了看这个新战士，他个子不高，红红的脸像个苹果，但他却像成年人一样地严肃。我没有继续和他谈下去，但我相信他将是一个英勇顽强的战士……

这些故事真是写也写不完的。在这里，我已深深地体会到：我们正义的人民的爱国自卫战争，不仅有着解放区的翻身农民在支持，就是蒋管区成千成万的人民，当他们遭受了一年多的蹂躏和压榨之后，也日益提高了觉悟和热忱，投入到这个自卫战争中。我们的人民战争所以能够一定胜利，这里给这个肯定的断案提供了一部分说明。

三　前线的春天

在一九四八年的春天，记者随军行经辽西与沈南，耳闻目睹，接触了许多兴奋的故事与场面，深深地感到苦难中的人民渴望我军，就像一切生物渴望着春天一样。

（一）新年在前线

一九四八年元旦，正是我军攻克彰武后的第三天，整个前线都浸在空前欢腾中，很多地方举行了军民联欢会，庆祝我军新的胜利与迎接接近胜利的新年。在彰武城，市民们热烈地向我军祝贺，弹痕累累的城墙上贴出了"庆祝人民解放军胜利""迎接新年庆祝人民解放军"的标语，胜利歌声随处可闻，很多在这次歼灭战中立功的指战员,都在这天表示继续立功,以便迎接今后更大的战斗和更大的胜利。很多在这次歼灭战中被解放的蒋匪士兵,也纷纷报名自动参加我军,并宣誓"不打倒蒋贼誓不甘休"。毛主席关于《目前形势和我们的任务》报告的广播,更给前线以空前的兴奋和喜悦,很多没有看到广播原文的指战员,听到昨晚广播了毛主席的报告,便到处打听,逢人便问,大家都说:"只要我们照毛主席的话去做,便不会犯错误,在今年一定能够取得更大的胜利。"很多在这次彰武歼灭战中的英雄连队,听了广播中毛主席的报告后,纷订计划,相互挑战,又掀起空前的请战热潮。某部二连一排的计划是:"(一)上级叫我们打哪里,我们坚决打哪里,剩下一个人也要完成任务;(二)提高战斗技术,做到伤亡少、缴获多;(三)把全排巩固得像钢铁一样,不怕任何困难。"许多指战员叫记者告诉全东北、全中国的人民,今天是一九四八年的开始,我们坚决在毛主席的旗帜下团结一致,英勇前进,我们一定要战胜蒋介石,建立新中国。

(二)沈阳的春节

春节前夕横扫沈阳蒋匪外围后,我军在沈阳南四十里一带热烈度过了今年的春节。这天,前面虽然还响着隆隆的枪炮,头上还盘旋着成群的匪机,但整个前线却卷入欢腾中。昨天进行了一天激烈战斗后,我军战士与民工队员经过一夜的筹备,一队队的翻身秧歌队涌现街头,在愉快的锣鼓胜利的歌唱声中,纵情地扭着。解放后的成千成万的居民也都穿上了干净的衣服,为春节的降临与我军的胜利而庆贺,小孩子们放着爆竹,做着各种游戏,欢笑洋溢在人们的心头。而最热闹的还是沙河车站、三家子和红凌堡等地,我军在广大的群众要求、控诉下,除将群众最痛恨的恶霸土劣逮捕外,并将蒋匪征集的军粮和地主恶霸的囤粮实行开仓济贫,仅沙河车站一处,就将二百多石粮分发给穷苦群众。这消息传出以后,周围十余里的群众就都蜂拥而至,搬的、扛的、抬的,像潮水一样,成为春节中最热闹的一个场面。许多地方我军战士、民工队员及驻地群众都丰富地会了餐。在娱乐中尤其是民工队员情绪更高,他们上书纵队首长,表示在扩大冬季反攻胜利中,不完成任务决不回家。嫩江第四民工队的信上写道:"我们不仅完不成任务不回家,就是将来完成任务回家以后,还要尽力动员子弟参军参战,发动群众打倒地主,配合咱们部队彻底消灭蒋介石。"欢度春节就成了战斗的宣誓。

(三)"咱们的队伍回来了"

记者随军进入我军于两年前撤退的沈阳四周后,成千成万的群众就像久别重逢的亲人一样,热烈地欢呼着:"咱们的队伍回来了!"新民县××堡的群众,每天都有许多人集中在农会专门准备为我军带道和碾粮,仅有的两家铁匠炉,日夜不停地给我军赶打马掌,他们都兴奋地说:"咱们的队伍回来了,辛苦一点也是应该的。"辽阳县黑沟台的群众,在我军未到以前就把房子腾好,我军一到,便都出来欢迎,住下以后,更是亲如家人。一个尚未满月的产妇,每天傍晚都来给驻在她家的我军烧炕,同志们很过意不去,但她却说:"咱们的队伍回来了,我别的做不到,这点事算个啥。"辽中县冷家堡的群众,在我军路过该村时,忙烧开水为军队解渴,东头的裴大爷是我军军属,更把我军当作自己亲人看待,自己家里连饭都顾不得吃,连烧三锅水给军队喝。他说:"我的大儿子在咱们的队伍里两年都没有音信,这回看到你们回来就像看到他一样。"

盘山县二道岗很多群众参加我军,一个姓张的老大爷把儿子送

157

来参军,他说:"'中央军'抓了他三次,我都让他躲着没被抓去,咱们的队伍回来了,让他到咱们的队伍里给穷人办事吧。"沈阳南沙河站红凌堡等地的群众一见我军就欢欣若狂,异口同声地说:"咱们的队伍回来了!"并立即起来斗争恶霸地主。

选自《进军沈阳》,东北书店 1949 年 4 月

◇晨　光

时　　运

　　傍晚,太阳快压山了。绥滨城外的松江边,帆船照例点名似的沿岸排成一列。高挂在桅杆尖上的花花绿绿小旗,像小孩子们放的风筝一样,零零星星地迎风飘舞。微风过处,江水翻起微细的波浪,悠闲地敲着土岸,发出哗哗的响声。

　　老张头正坐在舢板一头的炉灶前烧着桦子。锅里热腾腾冒着带着鱼香的白气。他伏身看看灶里的火后,仰着兴奋的笑脸对低头织丝挂子(渔网)的宋把头说:"怎么?!我觉咱今个有点时运吗?!从下网真是头回。"宋把头停停梭子,笑了笑无表示地又低头织下去。正补篷布的唐老四听着有些不顺耳,把针插在布上,偏头狠狠地瞪了一眼。

　　"又来这一套啦!我就不信怎么时运不时运?!"气呼呼地接过来。老张头觉着有点不是滋味,兴奋的脸也立时板起来了。

　　"不信?!昨个怎才打二十来斤,今儿个就打四百多斤呢?"有点不忿地突然站起来喊着,脖筋也跳起来啦。唐老四看他这样子,也

不补了,站起来两脚踩着丁字步手叉在腰上:

"昨天不怪你这个死脑瓜骨吗?大流本来就没鱼,你说啥也不动啦!死盯着一个地方,来个姜太公钓鱼。今个若不到那湾子去啊!哼!还不是和昨个一样?!不怪自个死板呢?!还来这一套。若照你说,明个就别下网了,等来时运天上就能掉钱?"他一边点画着数数答答地讽刺。老张头更挂不住劲啦,脸也更红了。

"谁跟你说啦?!真美得不知姓啥啦?

"你忘了前年冬天啦?!脸也不洗,头发足有半尺,活像个蹲大狱的。十冬腊月穿不上裤子,一天耷拉个灌铅脑袋,一句话也没有。

"也就打去年吧!民主政府成立了,分了点地。哥几个这才算闹起来啦,穿得也像个人似的:新夹裤,新夹袄的。这两天从你二哥参军去,屯子里觉你是个军属,有事也常找你。这可好,把你惯坏啦!不是和这个抬起来,就是和那个抬起来。年轻人出息去吧!?"

老张头说得嘴直冒白沫子。这一大套说完也好像气出啦,摸出烟袋消闲地装着烟,眼睛也不再看唐老四,扭脸坐在小板凳上。唐老四听他说完,不但没生气,满不在乎地笑了笑接着说:

"这又叫你揭短啦!要是你还不定怎样呢!你真就和我大哥一样:神啦!佛啦!命啦!时运啦!一天总是这套。

"前年,二哥给王村长顶劳工去病回来了。三哥在鹤岗炭矿上还没回来。全家冬天都没穿上。跟王村长要劳工钱,他说:'没做完不能给。'那时候人家有势力呀!咱有啥办法?

"家里真是要柴没柴,要米没米。二哥躺在炕上哼哼,大嫂和孩子们围草帘子坐着哭。你说我大哥怎么样?不说想办法呢,整天跑灶王爷那儿跪着去。又是:'保佑我们别叫饿死……'你说把我气的。

"大嫂说：'得想法啊！孩子要不都饿坏啦。'他来啦：'谁叫咱命不好了，时运又不济，忍耐点吧！'我一看真不行，就求爷爷告奶奶的，才找着个当大师傅的地方。那时找个事干真他妈难啊！这样算熬过一冬。

"再拿去年分地来说吧，说啥也不要。他又来啦：'外财不富命穷人。'

"我和二哥不听那些：什么命，时运？左右不吃饭饿得慌。工作团一到，我们俩就去啦！把我们的苦处都讲了。分了地、牛马。这算干起来啦。

"现在他也不说命啦！时运啦！再问他：'迷信不迷信啦？'他也没啥说的啦！"

唐老四一连气哇啦哇啦讲了一大顿，好像还没讲够，装上一袋烟到灶里去对着火，抽了两口接了下去：

"我现在就信八路军，他来了，我的命和时运都来了。

"我问你：伪满时有渔业组合，鱼也统制，税也重，你好几年没下网。那时鱼往你家跑不？"

他站在老张头的对面，笑嘻嘻地说。老张头不答，一个劲地抽烟。

"你这个脑筋真得给你开开。"他这一说，老张头可火啦，忽地站起来："他妈的用你给我开，你还不定谁给开的呢！"宋把头再也忍不住了，把梭子一扔。

"你们这个杠每天抬也抬不完。大伙都看你俩呢！"他一边说着一边用手指着岸上的人，现着不耐烦的样子。

江风吹动着每个人的衣角一飘一飘地摆动。人们悠闲地望着微波荡漾的江水。

老张头默默地放上桌子,然后去盛菜。宋把头和唐老四也停止了工作。三人开始吃晚饭了。

选自《东北日报》,1947 年 6 月 10 日

◇章天慧

梦的礼赞

世人常有"人生如梦"的慨叹大抵是感伤于岁月的短暂与世事的空虚。殊不知梦的本身就是人生的一部分,与生活本不可分,而同时,一种令人憧憬的"梦如人生"的境界,又正是我们的"取之不尽,用之不竭"的享受,正如那江上山间的清风明月。忽略了这重要的一点,所以对谜样的人生,固然得不到开明的觉解,即一个神妙美化,变幻无穷的梦境,也不能寂然感通,怡然领会,往往交臂失之,这真是一件大憾事。

《列子·周穆王》篇有下面一个小故事:

周之尹氏大治产。有老役夫,昼则呻呼而即事,夜则昏惫而熟寐,昔昔梦为国君,居人民之上……人有慰喻其勤者,役夫曰:"人生百年,昼夜各分。吾昼为仆虏,苦则苦矣。夜为人君,其乐无比,何所怨哉?"尹氏心营世事,心形俱疲,昔昔梦为人仆。病之,以访其友。友曰:"若位足荣身,资财有余,胜人远矣。夜梦为仆,苦逸之复,数之常也。若欲觉梦兼之,岂可得邪?"

这是一个深刻的启示,也是一个尖锐的讽刺。诚然,人的一生,有一半时光是在睡眠中消逝。这期间,我们枕着无忧的梦,拥抱着梦的温暖,躺在梦的怀里,打着热情的滚。像一支挂在壁上的古琴,午夜拂拭,清歌一曲弹出了我们心灵的音响,要是一个问心无愧的人梦之神会给他带来一个好梦,微笑漾开在他的流着口涎的嘴角。梦,伸出温柔的手掌,抚摸着他的一颗疲倦而创伤的心,然后,便在他幻想的灯笼上,插了一个希望的光亮,引导着他走明天的道路。要是一个居心不良冥顽不灵的人可怖的梦,便如一根无情的棍子,搅得他的情绪成一团浑水。奸商会梦见白粳猛跌,黄金化水,万贯家财,付之武定路的大火,迫得他跳楼服毒,大哭大叫从梦中醒来,于是一觉醒来,全身冷汗,才恍然是噩梦一场!

梦是公平的,它给那些为非作歹的一群,带来的是恐怖,惊吓,忧戚,良心的惩罚,与夜夜的忏悔,而心安理得的人,是甜蜜的梦,是神秘的补偿,为明天的生活,给以足够的力量。豁然一梦,心如明镜,照出了一个完美的人格,然而,梦也是可爱的,是生命的艺术,是人类独有的杰作,而其本身就是一种丰富的生活。当我们为白天的单调和滞重的工作磨炼得筋疲力尽,意懒心灰的时候,梦会在黑夜中,轻轻地敲响我们的房门,邀我们到酒楼茶馆,青山绿水,九州外国,蓬莱仙岛,去领受无边的快乐。虽然醒来时,不无一点惆怅,但已经足以使我们回味无穷了。

孩时,梦见桃花开,李花开,蝴蝶变成了飞机。梦见龙虎相斗,天井里风云变幻。梦见肋下生双翅,翱翔在春日的天空。于今,在青春的温床上,梦见一脚把原子弹踢向月球,天际扬起毁灭的火花。梦见和罗斯福在白宫谈话,讨论世界和平。梦见和死去三年的妻子,抱头痛哭。梦见明天午餐的桌上有一只半年不见的清炖鸡,热烘烘,香喷喷……这是荒唐的梦境,抑是想象的延长？这是不可实现的□梦,抑是意志的象征？真能了解人生的人,自可找到正确的解答。请莫再感叹于"人生梦境耳",梦境本身就是丰富的生活。正是:"大梦谁先觉,平生我自知。草堂春睡足,窗外日迟迟。"

选自《东北民报》,1947 年 6 月 6 日

◇ 望　帆

辽阔富饶的东北

　　东北全境解放了，国民党军的老巢——沈阳解放了，当报喜讯的电波从哈尔滨传出来时，有多少人感动得跳起来啊！十一月二日，这令人难忘的一夜，千千万万的东北人民在锣鼓喧天，在奔走相告；数十万为解放东北奋战三年的光荣的战士们欢呼竟夜，有多少人民的宣传工作者，印刷工人在愉快地忙碌……

　　人们为什么要这样兴奋？为什么要这样狂欢？因为东北解放了！东北是白山黑水的好地方，她是如此的辽阔广大，从黑龙江到渤海，从万里长城到鸭绿江；长白山、兴安岭是三面的屏障，松花江、嫩江灌溉着中间富饶的平原——那是中国东部最大最肥沃的平原之一，山环水绕，沃野千里。她的面积一百四十一万平方公里，是全国的九分之一，她多么广大呀！她等于十八个山东省，二十七个江苏省，二十八个浙江省大。她的面积等于战前的日本、英国、法国、德国、意大利、奥地利、匈牙利、比利时、荷兰、丹麦、瑞士这十一个国家本国面积的总和。她等于四个法国，六个日本，十个英国，七十个荷兰,八十个比利时。这样大的国土解放了,这样大的土地上实现了新民主主义。

东北好地方,她是中国工业的宝库。这里有全球知名的煤都抚顺,及其他五百五十多个煤矿,在她埋藏着将近一百亿吨闪光的煤,有近代化的矿井设备;煤,这是"工业的面包",是光、热与力的来源。这里有本溪、鞍山这样好的铁都,每年出产的铁,占全国铁产的百分之七十九;铁,是重工业的原料,是人类用来改造世界的主要工具。这里有黑龙江的黄金,出产占全国产量的百分之九十,有石油、银、镁、铝……这里蕴藏着制造飞机、汽车、火车……的充分原料。

她又是中国农业的宝库。东北人总是歌唱着这里的大豆、高粱,大豆在"九一八"前年产四百四十万吨,供给全世界大豆市场的百分之九十,北满有年产一百五十万吨的小麦。她还有一大片天然产业,就是占全国百分之卅七的大森林,一望无垠,犹如海洋。东北的蒙民发展了庞大的畜牧业……除了这些以外,任何一个东北老人,还都会告诉你:"关东有三宝,人参、貂皮、乌拉草。"

东北就是如此富饶,这里是"金库",是"谷仓",是"树海"。现在这些富源永远归于人民了。

东北是中国重工业的基地,沈阳老早就是重工业区,现在已经与本溪、鞍山、抚顺连成一气,这一工业区的面积便有二百六十二平方公里,沈阳人口已达一百八十万,不仅是中国有数的大工业城市,也是亚洲有数的工业城市。沈阳有大规模的兵工厂、飞机制造公司和汽车公司。哈尔滨是北满轻工业中心。此外大小工业城市散布各省。这是建立工业化新中国的基础。

这里交通发达,是全国铁路网最密的地区,铁路全长一万二千公里,占全国铁路长度的一半,公路全长六万公里,有优良的河港海港,吞吐全区物产。

这就是近代化的东北,工业化的东北! 这是劳动人民血汗的结晶,现在又全都归人民掌握了。

东北这样好,这样富饶,这样美丽,曾引起了帝国主义和国民党反动派的垂涎,日寇曾把它当作肥肉,当作侵略的温床,反动派把它当作"生命线",要把它当作反苏的基地;但英勇坚强的四千万东北人民,不容许他们这样,共产党领导东北人民在白山黑水之间苦战十四年,赶出了日本强盗,又在东北的田野上与美械化的国民党军搏斗三载,终于彻底、全部、干净地消灭了来犯的数十万国民党军,把东北变成了保障和平的柱石,变成争取全国解放的基地。

伟大的东北人民光荣! 三年来歼敌八十万的东北人民解放军光荣! 东北山河向你们欢呼! 全中国向你们欢呼……

选自《大连日报》,1948 年 11 月 4 日

◇梁崇德

在船上卖报

我今年才十二岁,卖《新华日报》已有半年了。常常在街上碰到一些坏蛋打我骂我,我一点都不害怕他们,不管在什么地方,他们只要打,旁边的老百姓就起来都喊:"打人家的小娃儿做啥?"去年十月底,我要到江北头塘去卖报,到朝天门赶到渡船,在"新生活"船上,有四个军人问:"你卖啥子报?"我说:"《新华日报》。"一个军人说:"哪个喊你卖?"我说:"没钱吃饭,自己来卖报的。"他就拿枪把子打我的腿,说:"小共产党滚开。"我跑到船的那头卖,又碰到一个军人,问我:"啥子报?"我说:"《新华日报》。"他说:"你这小共产党。"我说:"我是小共产党?你是啥子党?"他说:"你还和我交嘴!"就拿枪把来打,我赶快溜到另一只船上去了。

在那只船上又遇到一个班长。"新生活"上的那四个军人喊:"班长,卖《新华日报》的来了。"班长就打我两个耳光。我说:"为啥子打?《新华日报》哪条消息登错了,你打我!"

他说:"你为啥子不卖别的报,要卖《新华日报》?"

又把我乱打。我就撕他的符号,撕脱了一个角。他拿起一条铜条打烂我的眼睛角角,把报纸都抓去了。船上的百姓吼他,大家说:"打人家的小娃儿。《新华日报》人家的娃儿都讲道理,你那么大?还拿的刀,那个不讲理,乱打人?"戴眼镜的,穿西服的人都骂他,把报纸从他的手上夺下来交给我。一船的人都吼,他们要我去喊报馆的师爷来,他们看守那个班长,不让他跑掉。我就把报丢在趸船上,到民生路喊报馆的人,报馆的人到码头的时候,船已经开了,那些坏蛋都不见了。我就把报纸拿起回来。

又一次在中央公园一个军人问我:"啥子报?"我说:"新华报。"他说:"为啥子卖它?"我说:"赚钱。"他说:"《新华日报》是'奸报'。"我说:"你是什么奸?你说《新华日报》是奸报,你就不是个好人。"他打我一个耳光,还要打,我就跑了。又一次是去年十二月十几,我到江北寸滩的趸船上喊:"卖报!"两个警察来要报看,我送给他们一份。他说:"都拿来!"他们把我带到山坡上,一个喊:"班长,带来了。"他们说我在趸船上跑来跑去,妨碍秩序,就把我关到派出所,下午二时送到十六分局。局长看见说:"啥子事?"我说:"我是卖报的,把我抓来干啥子?"局长把所长喊来问:"为啥子抓小娃儿?"所长说:"他在船上乱跑乱叫。"我说:"卖报的,哪个不想多卖几份报?不跑不叫哪个买报呢?"局长说:"是理。"就骂所长:"简直莫名其妙,无缘无故把人家的小娃抓来。快放了人家!"

第二天我又到趸船上去卖报,老百姓说:"小娃儿,你不要怕,大家帮你讲道理。"

还有一次我在唐家沱赶"佛通号"船,两个军人拿了一份报看,问我:"《新华日报》待遇好不好?"我说:"好得很!"他说:"难怪你这个小共产党叫得卖力气。"我说:"我是小共产党,你是啥子?"他说:

“我是国民党，哪个叫你们开兵来打我们？”我说：“你们跟坏蛋一起去打我们，《中央日报》都登了。”他说：“你娃儿好硬嘴。”就打我一个耳光。我喊："不讲理乱打人，你看见哪个先打哪个？"船上的人，都吼起来说："啥子军官身上挂刀，人家小娃儿跟你讲理，你打人家！"

选自《蒋管区真相（第二集）》，东北书店 1947 年 10 月

◇彭达章

献　枪

　　我和炮兵营长,穿过田垄,走向一所独立院落的门前,离院门还有四五十步远,一位六十多岁的老汉,鬓发斑白,笑容可掬地迎上来:"同志们! 辛苦啦! 快到屋里坐坐吧!"说着就向屋里让。我说:"谢谢您老,没有什么辛苦,你也受惊了!"他赶快说:"这说哪里话! 怎么会受惊!"稍停,他长叹一声说:"咳! 我们可叫那群王八蛋治苦啦! 你们看!"他手指着门前向东一带的工事说:"这些全是逼着老百姓给他们修的! 不给吃,不给喝,不给工钱,一天修到黑,不去还不行! 地荒了也不得空儿蹚(锄的意思)! 铁锹铁镐,借走就一去没影儿! 树全给砍光啦,我们连烧的都没有! 这群王八蛋,这回可叫你们收拾了!"他一口气说了这么多。我们本来还有事,不能多耽搁,所以,只好打断他的话头说:"好,再见吧。"我还没有迈步,他着急地来又拉着我的手:"唉! 唉! 同志! 别走! 我还有一件事情啊!"我很奇怪:"什么事情?""我捡了一支枪呢!"他指屋里,"这可要交给你们哪! 你少等一会儿,我去取来!"果然,不到三分钟,他就

172

从屋里拿出一支崭新的美国步枪,交到我的手里,枪附木上还沾着一片凝固了的紫红的血。当时想给他一点钱,不巧没有带,只好口头鼓励他一番,就回来了。

第二天早饭后,我带了五百块钱,又到他那里,一见面他就把我拉到屋里,两只发颤的手握着我的两手,膝盖碰膝盖地对坐在炕沿上,我这时真感到一种无法描述的亲热。"同志! 你们在这儿住吧?"他两眼殷切地看着我,等待回答。我说:"还不知道哪! 这要听上级的命令。"他的眼睛马上顺着我的胸部就垂视了下来:"哦!"我不愿叫他去多想这个问题,接着说:"你老昨天交那支枪,我已经连你的名字报到上面去啦,上面认为你这件事做得很好,特别奖你五百元钱。钱很少,这只表示一点意思罢了。"于是他又兴奋起来了:"咳! 同志! 说哪里话! 你们太好啦。钱不在多少,情谊宝贵啊!这么远,你亲自来跑一趟!"临别时,他送到院外路转弯的尽处,又站着目送了很久。归途,精神上感到比昨天胜利结束战斗时还愉快。

选自《血肉相联》,东北书店 1947 年 8 月初版

◇ 韩文礼

从北安军政大学归来

一、北行车中的欢情

那天的天气,特别明朗,万里无云。我们一行(我校男女同学共八名)到了车站,一打听听说是还有两小时才开车。县政府职员、教联职员,以及男中女中的两校同学都来了。大家欢谈着,彼此脸上都露出愉快的表情。杜同志拿出小照相机来,给大家摄影留念。

我们参观团,大家上车,便唱起歌来。先则一二人唱,以后大家就互相鼓掌欢迎着唱起来,车也在歌声中开了。

车外满布着浓绿的禾苗,时常看到三五农夫在锄田。树林呵,村舍呵,原野的牛羊呵,这些都表现着农家的纯朴风味。

午间饿了,吃酥烧饼就开水。看书,玩扑克,唱歌,高谈,睡觉。车内形形色色,一团和气,俨然是一个大家庭。

到海伦车停约三小时,人们下去就车站附近的篮球场赛一气球。车到北安,已是日将落山的时候了。

二、简直是到了自己的家了

出发的当日傍晚，便到了东北军政大学。他们把我们让到最后一趟楼房的屋子里。门旁贴着："欢迎远道辛劳的来宾"几个字。我们绥化参观团，一共住了三间（男同志两间，女同志一间）。室内东西两面板炕，上铺苇席，地当中放着两张桌子，几条长凳，倒也非常干净，当时有工作员给我们打水，叫我们一一洗漱。

何副校长和其他各首长，亲自来到我们的休息室，慰问我们远道辛劳。吃过晚饭，大家一起休息，每人身上裹着一床他们那里给预备下的崭新棉被。

我们在那里，一共住了五天多，每天早晨的洗脸水都是工作员抢着给打，每天早晚两餐，都是松软适口的大馒头，午餐是大米稀饭，菜是四菜一汤，（我们在那里住了五天有余，每日完全如此，但是他们全校的首长同学们除了大会三天外，都吃普通的饭菜）打球回来洗脸水早就给预备了。参观回来，香茶早给预备了。首长们还怕我们吃得住得不适意，时常来探问，时常来道歉，这样一来，更教我们不过意起来。

无论是参观赛球或娱乐晚会，都把我们让到最前面；座谈会或宴会，也把我们让到上席。每天晚会我们将去参观的时候，招待员们极关心地告诉我们："得演到夜深呢，多穿些衣服吧！"到那里简直是到了自己的家了。

三、好个美化的教庭

这学校的地址，在北安街的东门外，据说就是伪满时代日本军占领下的大营。地势很高，站在学校庭院，可以望遍了北安全街。

太阳出来了，首先照上了这数座红楼。运动场上，这时出现千余名的青年男女，在吸取早晨新鲜空气，他（她）们在那里体操，在那里歌唱；小鸟在他（她）们头顶上欢飞，紫燕经常掠过他（她）们的队伍。

假如在课余之暇，你散步到校舍南面的丛林，则忽然又变了一个世界：繁茂的青松、杨、榆一棵棵直立，夕阳照到它们的枝叶，反映出似金黄又似碧绿的光辉；树下是青青的草坪，你可以任意坐上读你的书，写你的字，放大了嗓子，唱你爱唱的歌曲；倦了，你更可以倒在草茵上睡他一觉。

将来能升入军大的同学们，这种幸福，是能享受到的。

四、这里是一个大家庭

军大的学员们将及一千人，他（她）们分成七个队，第一和第三队是蒙古族系男生队，第二、第四、第六各队，是汉族系男生队，兼有少数朝鲜族系，第五队是女生队，为蒙古族、汉族两系，第七队为临时合编男生队，汉族、蒙古族、朝鲜族各系全有。他（她）们之间无半点民族、男女之隔阂；他们是互相尊重，互相亲爱。校首长们对他（她）们一律看如自己的手足、兄弟、姊妹，关心他（她）们的身心和学习，解决他（她）们各人的困难，无论哪个同学有困难事情发生，他们（校首长）一定给他（她）一个适当的安慰和解决办法。

同学之间各尊重其言语习惯，互相融洽得很，无论赛球、游戏等都常在一起，男女同学之间，也是一样，说笑和研究学问，举止大方，充分流露出互助亲切的精神，这是多少颗天真、纯朴坦白的"心"啊！

因此，他（她）们没有愁苦，没有悲痛，他（她）们的精神是愉快的、舒畅的、活泼的，一定能够一心一意地学习自己的功课，走向自己的光明前途,他(她)们,唯有他(她)们,才是"天之宠儿"啊!

这里不像一个大学校,倒像一个亲切和乐的大家庭。

五、大会三日间的简略经过

这次大会,一共有三层意义:第一是"庆祝共产党诞生廿五周年纪念",第二是"建校十周年纪念",第三是"第九期开学典礼"。

七月一日那一天,大会开始了。午前九时到十二时是球类友谊赛。傍午,天竟下起雨来,大家参观展览室,学校生活的照片啦、各首长领袖们的照片啦、在敌后印刷的刊物杂志啦、书籍啦、图表啦,所有这些都充分表现抗大在敌后学习的伟大精神。又有此次和反动派作战,缴获来的美国武器。午间休息二小时,雨渐渐地止了。午后四时许,举行宴会。欢宴回来,大家聚集会场参加大会。

会场在校舍南方,四周围着松林,时在雨后,那松林都像水洗过一般。大会开始了:升旗,奏乐,致敬,然后各首长讲话,学生答词,呼口号,全体兴奋异常。大会完了,接着就是晚会,什么国乐啦、合唱啦、蒙古舞、蒙古歌啦、大鼓啦、新剧啦,一直到夜半方散。

第二天人们一气睡到日上三竿才慢慢起床,洗漱,用过早饭,仍由九时起赛球,到十二时休息,午后二时起座谈会,经霍科长报告他们学校的教育方针与组织,以及学习生活的作风传统。晚饭后参观蒙古族男同学表演:体操、铁杠;女同学的马术。晚七时起又开晚会,演至夜深。

第三天的情形和第二天大致相同,只午后的座谈会变成了学生讲演会,军大同学六名做热烈的讲演。

大会三日间,就是这样过去了。

六、几位校首长的印象

（一）何副校长——可亲可敬的首长

何副校长前次来过我们学校一次，他的讲演和可亲的举动，同学们都已经听过和见过了，这里不必细说。单说在我们别离前夕的欢送会上，他曾在大家的欢迎下唱了两支歌曲，一支是法国歌曲《马赛曲》，此曲曾是他当年的拿手歌，所以大家才约他来唱。他站起来就笑了说："我这个法国留学生，也老喽！嗓子也老得唱不好歌了……"惹得大家全笑起来。他又唱一支中国歌，题目我忘了，记得第一句是："炮火连天向前线，战号频吹，决战在今朝……"他的声调虽已苍老，他的精神倒丝毫不老，对于我们的惠爱，也全部流露了出来。

（二）吴政委和徐主任——温厚和蔼的二位老青年

二位首长每次出现在我们面前时，永远带着和蔼的微笑。他们是哪里人，都被我忘掉了，他们的言语，都很难听懂，但他们那可亲和蔼的面貌，倒实在教人难以忘记的。

（三）张科长——东北青年之模范

他是我们东北人，"九一八"之后流浪关内，数年来的奔走，走遍了全中国，他到底摸索着自己的道路，就是："跟着共产党走"。他对《流亡三部曲》最有感动，也唱得最拿手，可惜他的嗓子，在数日疲劳中哑了，我们未得听他唱。他的像貌，虽不惊人，但当他说起话来时，觉得他非常可亲；他的话和蔼、恳切，更热烈、直爽。时常喊起动

178

人的口号。

　　当我们别离前夕的欢送会上，他代表军大向我们致欢送词，大意谓：感谢来宾至此参加大会，本校的招待不周，别后的精神更要团结，为整个的中国和平而奋斗，教我们每个人留下意见。最后又以他自己的立场——东北青年的立场——向我们诉说他流浪关内十四年的简略经过："八一五"之后，他回到东北，他又是高兴又是悲伤，高兴的是他已寻到了"光明之路"，悲伤的是他的故人都变了，有的当了大烟鬼，有的成了墙头一棵草……最后他明显地指给我们一条光明而正大的道路——走向革命。

　　他的精神特别兴奋，他的话也非常热烈，讲到动人处，几乎使我流下泪，我的情感一时沸腾，竟不顾一切地信笔写出一篇短诗，当场读出，他非常喜悦，用手拍了拍我的肩，叫我抄下来给他们留念，我的诗是：

　　　　敬谢张科长

　　　　敬谢您赠给我们的宝贵言辞，

　　　　您赐给了我们光明之路，

　　　　教我们发出了无限感激；

　　　　您的话

　　　　都一字一句深铭在我的心头，

　　　　好！我们誓遵从老先辈的"金玉良言"，

　　　　不做那"谁来给□喊万岁的中国败类！"

　　　　我们所跟着的是真理，

　　　　谁给我们真理，我们便跟着谁走去！

　　　　我们所要求的是和平、民主，

　　　　谁为我们争民主，谁领我们寻和平，

我们便跟着谁走去。

敬谢老先辈赐给我们的"金玉良言"，

敬谢您给我的好意，

军大的首长和同学们，

到绥化请去我家串门，

切不要把我们□□！

当晚，他和另外几位首长到我们休息室慰问，我们问他回到东北以后，家庭怎么样，他说还未回家，听说老父母早已故去了。

次晨，我们一直上了列车，他还在车中和我们谈话，十分不忍别去。

七、我们终于分别了

七月五日的早晨，天气阴着，每人都怀着一颗似箭的归心。早饭后，几位校首长亲自来欢送，不一会儿，马车来了，我们整队出发，校门外队伍整齐的军大男女同学们，正在那里待送，见我们队伍来了，便呼起欢腾的口号："祝来宾代表们一路平安，身体康健！东北青年亲密地团结起来！东北人民团结起来！东北解放万万岁！中国万万岁！"我们也回答着热烈的口号，然后上了马车，车走远了他们还在向我们注视。到车站，距开车时间还早，几位首长领着几位同学，也来到车站相送。大家互相交换着通信处，互相交换着签字，我们又在月台上合影，一直到我们上车坐好，他们才迟迟别去。

（完）

选自《东北日报》，1946 年 7 月 19 日

◇ 韩　实

汽车坏了修得快

港湾在进行评模的时候,有十好几个评委参加,代表汽车库的评委张士金起立报告钱振霖的模范事迹:

钱振霖今年三十七岁,从十几岁的时候,就到工厂学徒,会修理各种各式的汽车、电气、表,他在港湾汽车修理工厂技术最好。

他不隐藏技术,极力帮助别人,从他来到汽车工厂,有四十多个工人被他教会了修理汽车。他为教别人学技术学得更多一些,便鼓动大家互相研究技术,交流工作经验,又在业余时间和大家共同组织了技术研究班,常常先把自己的经验讲给大家听。工友的技术,比以前进步很多。

从今年七月到十一月的五个月当中,出车上旅顺双岛运盐的时候,每天最低得出十四辆车,当时因为道路不好,平均每天能坏三四辆,他保证坏车在当天晚上修好,有时因为车坏得太重,直到晚上三点多钟修理好才回去。

材料缺乏,他尽量省用材料,利用废品修理好了。五个月中,每天没有少出一辆,节省二十多万。他把一辆汽车残骸,改成一辆好车,材料都是用废物改造。改好的这辆大汽车现在能值一百五十多万。

钱振霖在汽车工厂有很高的威信,工友们都公认他在工作上、技术上是大家的领导者。

他在去秋职工总会评模中当选过一等劳动模范。

选自《"工农园地"选集》,大连大众书店 1948 年 8 月

◇ 雄　风

钢铁般的意志

——荣军教养院的生活片断

春三月的下旬，在这将近国境的东北隅——绥滨，早晚还带些冬天的寒意，但是，一到晌午，阳光暖烘烘地射在脸上，人们在不知不觉中要喊出："真是春天啦！"

荣誉休养的同志们，活跃起来了，你要是从门前经过的时候，即刻就会看到房子游廊的红墙上，满满地贴着不同形状的墙报。扶拐杖的同志们，听说有了新问题，时常因为走得慢高声在喊："看看！有没有问我的问题？"

扶拐杖的同志，长时间站立是很困难的事，可是，为了留恋墙报，不到再不能支持的时候，总不甘心回去的，就是当他一步步往回走的时候，仍现出兴奋的情绪，时时回首来望。

宿舍里，整日里表现着紧张活泼的气息。首长为了照顾同志们的身体和休养，每天仅规定一次课，但是，他们急于学习，就是给看护生上文化课时，也自动去参加。常听他们说："赶快学习，好了赶快到工作岗位去。"这种着急的口吻。

看护生,是一群天真的孩子,为了他们的学习,连干部也曾开一次会来讨论,他们是革命阵容里将来坚强的力量,怎样使他们毫无阻碍地发展壮大起来,只有依靠我们来教育培养,武装他们的头脑,坚定他们的意志。在共同讨论下,决定给他们添一次文化课,每天抽出时间来上。

学习的热潮近几天更震动了整个连队,连长王守美同志定了学习计划,他对我说:"我虽然认识些字,但是不会写,从现在起,我每天要写会三十个字,你帮助我检查。"这种坚决自信的意志,使我特别受感动。我虽然到这儿工作仅五六天,可是已知道他是头部负过伤右手不能使用的残疾同志。"好,我一定帮助你学习,我相信你绝对能做到。"

深夜早过了十一点,隔壁的看护生,因为一天学习、工作的疲乏,早入了酣睡的梦乡。

一晃一晃不太明亮的豆油灯火,照着王同志精神集中的面庞和一只手上——在写字的左手,聚精会神地在写着。

"王同志,睡罢,明天早七点半还上政治课呢!"我用一种关心的音调乞求似的在劝。

"我还有几个字没练习会呢!一会儿就完,你先睡吧!"他一边用左手画着字毫不注意地回答。

深夜——小县城的深夜,沉静得很,我静静地在想:"右臂残疾,头部负过伤,白天还要照顾连里的同志,计划工作……晚间抽空来学习,真是钢铁般的意志呵!"

连内残疾的战士们,对学习的情绪更提高了,白长玉同志定了学习计划,每天按时学习,更鼓励大伙一同学习,他说:"我们现在不能拿枪杆子啦！我们要好好学习，将来在后方工作援助前线的战友，早把反动派打垮了。"大家一齐坚决地呼声：

"对！好！……"

张庆阁同志领大家做了些石板，用木板涂上墨来写字。他对大家说："生产节约支援前线，我们还要节约，还要学习得好才成呢！"大家特别赞成他的主张。

阎青山同志在战斗中损伤了双目，他说："我不能写，不能做，我还能说呢！"

看护生在他们领导下，也进步了，小鬼陈宝林带病还支持着工作，他说："不是为了残疾同志吗？我不要紧……"毫无怨言地积极工作着。

为了完成现在的任务，在二十七日的晚上，召开了班级以上的干部会。

夜，已黑得看不清人脸，豆油灯发出不甚亮的火焰，但热烈紧张的情绪，催迫着每个人的血在澎湃地沸腾着。讨论的中心是："学习、生产、工作怎样搞得好"。热烈讨论的结果定了生产计划，不能走的同志在家做手工业，编筐、做鞋、生豆芽等，能走的同志希望参加农业生产。

在连长和指导员的号召下，有四十五人报名参加（内中有一只手同志）。计划坚决完成种二十坰地，现在同志们正摩拳擦掌地准备着春耕。

在紧张严肃的空气里，象征着"团结友爱"的精神。每个同志的脸上，总是愉快地含着微笑，假设没看到他某部已有了残疾时，不会想到他们曾在战场上和反动派做过激烈的血战，是坚决勇敢富有经

验的战斗员呢！"团结友爱,是我们战胜敌人的武器。"我时常看着
他们的笑脸回味着它的滋味。

选自《东北日报》,1947 年 5 月

◇ 雅　南

帮助她们翻身

妇女有了自己的节日，而且还是国际范围的，一方面使人高兴，另一方面□□落后的祖国，感受到中国妇女的解放势必要付出巨大的努力和斗争。

我记得在去年，看到这样一件事情：有一天早晨，还没大亮，我刚起来，一到房门看见一个不认识的人大概廿上下的年纪，在我们院里四处瞻望，我一看就很奇怪，大门没开，她怎进来的呢？她是来做什么呢？当时我问："这位大姐，大清早的你到这来做什么呀？"她回答说："我来找鸡呀，这院里没来一只鸡吗？"我回答说："没看见。"我又问："你在哪住，什么时候丢的鸡呢？"她说："唉！大姐姐你不知道，我就在东院住，从这后□□过来的，鸡是昨天下晚丢的，我男人非叫我找着不可，当时就把我赶出来了。我在外面蹲了一夜，找不着这只鸡，我还得给人家赔一个呢！"我又问她："怎么自己的男人还这么厉害呢？"她说："别说啦，不用说是个鸡呀，就算打坏了一个盘子碗，也得给他买一个，说打我就打我一顿。"当时我听了很替她难

187

过,安慰了她几句,她就走了。像这样受压迫的姐妹们,正多着呢,牡市的姐妹们,不要光庆祝这"三八"节,而且要争取我们妇女的解放,不能叫那些无理的男人们,再去欺压我们的姐妹们啊! 真能为一些受压制的妇女们解决困难,帮助她们翻身,那才不辜负我们的节日,伟大的"三八"节。

选自《牡丹江日报》,1947 年 3 月 9 日

◇ 程　航

艰苦是我们的　胜利也是我们的

　　民主联军"西六"部队是个年青的主力，日寇投降后，他走的路比谁也多，从淮海机动到皖江，又从皖江来到东北，到东北以后，又经过"东进"、"西转"、"南下"、"北上"，在去年一年中，徒步转战四千余里，作战七十五次，计歼正规蒋军十七个整连，胡匪千五百余人，收获了大批美式轻重武器，装备了自己。虽经各种艰苦困难，但军队仍然一天天壮大而坚强，如其××团一营，在一九四四年时，还是淮海地方武装，但他们今天已可单独歼灭蒋军的整营连。他们并不是有着喜欢艰苦的怪癖，而是他们具有一颗铁一样坚贞地为人民服务的诚心，"艰苦是我们的，胜利也是我们的……"这支歌子，在他们部队里，极其流行。的确，他们将愈战愈坚强，直到革命的最后胜利。

　　底下是他们部队一个同志的日记，特选择节录如下：

　　　　……记得好像有人跟我说过，"军人"是世界上最苦的职业,他要战胜敌人,心须要靠超人的艰苦,和出人意料的勇敢,甚至是要违反自然季候,和生理上卫生上所不允许的行动而行动,这次,我可体验得深刻了。

对着月亮跑步

大概是总的情况有些变化,总部命令我们,要在今天一夜,把所有部队都跨到长春铁路以东去。黄昏,吃饱了饭,队伍便出发了,两侧的警戒部队,和蒋军打得很激烈,炮、机关枪听得很清亮,我们都以铁桥一边的深沟里向前运动……六月的夜,本来不算热,但我们都还穿着棉袄棉裤。远处,四平方向的炮声,在隐隐作响,夜雾是愈上愈浓了,眼前白花花的一片,什么也看不见,枝头滴答着水珠子,月亮像面生了锈的古铜镜,痴迷不醒地一点也不亮,周围环套着暗紫色的晕圈……除了时紧时松枪声,和远处炮弹爆炸的闪光以外,宇宙是万分寂静。队伍全部过完了,我们是后卫,为着迅速撤离,要敌人不知我们的去向;营里下给我们这样一个怪命令,不走道路,要我们对着月亮跑步一小时。亲乖乖!棉袄棉裤都被汗湿得像个水淋鸡,有的同志身体不好,跑得晕倒了,别人帮他背起枪,两个同志架着他。我还好,没有掉队,伙房的老张,我真佩服他,他挑着油担子也都跟上了,累得张口气喘,他还笑着说:这算啥?再来一个钟头也撑下来了。

夏天的棉衣

真是"看山不走山",在这三角地带里,来回拉了三四次，走的都是沙砾路，比爬还邪乎，真是铁鞋也都穿破了。每到一个地方，不管干部战士，第一件事便是做鞋子，因为大家都知道，没有鞋子穿，是不能完成上级所交给的任务的，因此，每个同志都自动地把自己的旧衣服扯开来做鞋子。李传印同志，素来都主张行军一定要穿轻便的布底鞋，但这次他也改了例子，一双旧鞋上，没命地钉了十二个大钉子，足有三斤重，他也不嫌沉了！

这里是敌后了，没有政权，也没有群众，对供给问题，每个同志好像都很谅解。师里的电台电池用光了，要不是搜集了一些旧的电话用的电池，差一点连电报也发不出去了。

到了小城镇，镇子上的女人，都已穿着绸子衣服，拿着扇子在街上乘凉了，我们这是穿着棉袄棉裤，一看也真有味道。每个人身上都缝补得红一块绿一块的，有的为着图凉快，裤子破了也不补，留着透空气，在午间山里行军，谁也不觉得奇怪，可是一到镇子上，可就太难为情了，坐下休息时，有很多同志害羞得紧并着腿低下头。老百姓感动地说："你们才真是为着国家的呢！"王班长当即向他们说："国民党军穿美国衣服，拿美国武器，来杀自己的同胞打内战，穿得好是可耻的，我们穿不好是为着老百姓，是光荣的。"这样艰苦生活，好像是别有味道，对革命战士来说，应当是一种考验，部队不但没有低落情绪，反而来得比平素更团结更活跃了呢！

沙沱地的风尘

起风时，细沙飞扬着，到处冒着"白烟"，你要站着不动,几秒钟便会盖没了脚。学名也许叫着"沙漠",但蒙古人却都称之为沙沱,几十里路,往往找不到一口水喝,几十里路,也只能找到三五家游牧的蒙古人。粮食是极端困难的,加上蒙古人对我军还有认识不足的,往往我军一去,便逃散一空,虽然有几家人家,但连锅都找不着。宿营时根本不是无房子,而是无锅、无盆、无罐、无缸……一切可能用作做饭的器皿,都分配给各个单位,艺术连有一次全连只分到一个瓦盆子煮饭。沙沱里是没有路的,只有找着有经验的蒙古人,朝着一定的方向走。携带粮食的预算,往往因为地图上有村屯,而实际上无人,粮食总是不够的。有的单位杀马吃、杀羊吃,白水煮,又没有油盐,很多同志受不了膻气,吃了又吐了。深秋初冬,沙沱子的夜里很冷,队伍露营在外面,黎明时,每人身上都厚厚地盖着一层晨霜。行军时,供给处的大车,和小炮连的山炮,真是令人束手无策,四五个骡子拉着不足千斤的车子,车轮是怎样也不转一转的。没有水,牲口干渴得尿血,人也有饮自己尿水的。带着的干粮和蒙古炒米,都因为风,而与沙土掺和到一起了,但由于饿,也顾不得牙碜了,按几口也怪香的。我们是时常往返在这一地带的,事实告诉我们,我们并没有白吃辛苦,我们以极其轻微的伤亡,出其不意,歼灭了敌人整连整营,我们也就这样地解放过哈尔套街与库伦。

渡辽河

辽河里已经漂着浮冰,水冷得咍骨头,队伍临到它的面前,谁都有些发怵。吴师长脱去了衣服,自己牵着马,头一个涉水过去了,谁还不跟上呢? 大队人马过河了,没腰深的河水,冻得每个人麻木了半截身,浮冰打割着肚皮、大腿,微渗出鲜红的血迹,清水搅和着淤泥,沾附在肢体上,像是去不掉的冰块一样。三营走进了一块"陷沙"里,有些人马都被陷进去,但是,这并不是我们的败退,我们要机动、神速,赖此以歼灭敌人。我们以小的代价,换取大的战果,不冒险不盲动,保持我们有生力量,正是对人民事业负责的态度。

酷寒的冰雪中

过去听人说东北天冷,"尿尿带棒子",这是有些夸大。不过走路是必须带棒子,雪后,尘土和着雪沾在鞋上,像铁一样结实,踢不掉,也打不下,每人都穿上了"高跟鞋",一走一崴,一走一崴。带着棒子倒是好办法,夜行军中,"啪啪……啪……啪……"到处都可听到敲打鞋子的声音。本来每人都有刺刀:满可以用刺刀打,但刺刀是铁把,是会把手上的皮肉沾掉的。马蹄沾得像个大"篮球",马夫为着不致崴断它的腿,把它牵走在软地上,马嘴上挂着几寸长的"冰溜"。人的睫毛上也都结了冰,前卫部队的鞋子里灌满了雪,化了,又冻了! 九班长的脚冻在袜子上,袜子冻在鞋子上,鞋子又因停留不动而冻在地上,猛一提步,鞋底留在地上了,他光着脚走了卅多里,才觉发自己是穿了一双没有底的鞋子,天气真冷呀! 我从来没见过,亦许因为夜间的关系吧,机关枪冻得打不叫了,光手露出几分钟,便要冻得起燎泡。我们担任前卫,冻伤的数目最多了,我想这冻伤,也应称之为战伤,不过,它是不流血的战伤。行军中途停止,我们进到一个没有人住的上边露着天的空房子里休息，我们感到很满意：这比什么都好，真是天堂啊！

　　大家冻僵了的嘴唇软过来了，开始在谈论着："敌人一定更怕冷，不然，为什么不敢回来呢？"的确，我从切身体验中，冻，是比世界上任何刑罚都厉害，但是，我们为着人民为着国家民族，我们没有怨言，我们只有恨，恨内战的制造者，恨美国帮凶，恨反动派。

　　　　　　　　　　　选自《西满日报》,1947 年 2 月 24 日

西满护路军中的拥爱榜样

好像历史上素来就有这样的传统,护路军生来便是与旅客和铁路员工对立的,但是今天人民的护路军,却是忠实为人民服务,具体表现在保护旅客与铁路员工的安全并各方面为他们服务的。

七团二连,是护路军中的拥爱榜样。不管他们走到哪里,哪里的员工都欢迎他们;他们离开哪里,哪里的员工都怀念他们。有次,当他们离开泰安的时候,泰安站的全体员工,又派代表,又打电报到护路军司令部要求他们留下。二连留驻安达,安达站上的员工,都自动拿好吃的东西慰劳他们。当上级要调他们到别处去,而挽留不成时,便全体集合到站台上,帮助他们扛东西,亲自送到车厢里。他们更得到了员工的培养,他们全连中就有六十多个是铁路员工帮助他们介绍、保送来的,有很多就是员工亲身参加的,因此,他们更与各站员工建立了血肉相连的关系。

过去的护路军,亦有与员工关系搞得很好的,但那是由于互相勾结、营私舞弊、走私偷盗而媾成的,然二连可不是这样,而是站稳自己严肃的工作岗位，铁面无私处理问题。其所以受爱戴，原因为他们首先爱护了员工。队伍一成立的时候，连长便与大家讲得很清楚："护路军是为铁路员工服务的，不是站在他们头上干涉人家的。"因此，每被派驻一个站上，便首先与站长军事代表取得密切联系，他们工会开会，段务会议，连里都去代表参加，经常吸收他们的意见。在泰安时，帮助他们成立工会，并帮助进行教育；在安达时也是一样，经常与员工在一起讲故事，启发他们阶级觉悟，并帮助员工自卫队出操上课，有时还帮助他们抬煤劈桦子，亲热融洽，宛如一家人。过节时，和他们共同组织娱乐晚会，表演节目，并双方讲话检讨；中秋节前，泰安站员工在偷偷发动慰劳他们，他们婉辞谢绝，送了三四次，简直送"恼"了，最后"打官司"到司令部，经批准他们才把东西收下来。平时与员工说话态度都很和气，与车站小贩也从来没有耍过态度，押客车时，协同车长乘务员从事检查工作，有军队坐车不买票的，也有强迫开车的，他们都给予适当的调解与干涉。一次押车从泰安到鹤岗拉煤，路上，机关士病了，战士李桐便帮他开车，来回干了三四千里，保证了西满铁路燃料供给的任务。有一次胡子去袭击泰安车站，被员工自卫队打退了，站长说："亏了二连送我们的几支枪和子弹。"连里并有民运组经常检查纪律，每到调动的时候，连的干部必亲自约同站长、段长，到邻近各处挨户检查，发现借物未还或赊欠小贩食品的，当即进行赔偿，事后对内进行教育。每到一个新地方，亦事先清查别部走后的纪律，在泰安时清查出很多失物来，转告给县政府，进行了赔偿，小的就自己代赔或给以解释。

他们对待旅客，态度向来是和气的。在旅客危难时，并能给以实际援助。去年腊月里，天气特别冷，一列客车开赴满洲里，在海拉尔附近，机车发生故障，烧不上气了，停了一天多，附近有胡子，没有卖东西的,旅客又冻又饿,又不敢离车。他连两个押车的战士,亲自跑到离车三里远的屯子上,找到屯长,动员烧些稀饭送到车上来,每个旅客都喝了一碗苞米糙粥。一次碰到一个从奉天来的老太太到北安找她儿子的没找到,钱也花光了,在站上要饭,被他们看见了,与站方交涉,准她免费乘车,连长还拿出些钱来给她,别的战士亦纷纷给她募捐,帮她募集了一部路费送她回家。在江桥时,他们与老百姓的住家离得很远。有一家老百姓失了火,虽然冬天搞水很困难,但他们仍想尽一切办法前往把火扑灭。

七团二连,是护路军中的拥爱模范,在他们工作中有两个主要经验:

第一,掌握了高度分散的特点,细密灵活地布置工作,严格经常地检查督促。该连自去年七月成立到现在,全连集中在一起的时候,没有过一次,各排人员全部集中在一起共同生活三天的也没有过一次,经常处在高度分散派出的环境中。部队的教育训练都很困难,但他们掌握了这个特点,工作布置都以班排为单位,连的干部分散掌握各排,排的干部分散掌握各班,班的干部分散掌握经常分散出动的三五人小组。出发之前,交给任务,提出要求,回来以后,严格检查,要求回报。如派出要客车时,要求回报内容是这样的:"乘车军队人员与群众有什么纠纷?怎样处理的?火车发生什么故障?军队与车上员工有什么纠纷?怎样协助处理的?丢失什么物品?旅客对政府、路局、军队有什么反应?怎样解释的?各个同志的表现如何?"回报以后,针对各种好坏例子,提出适当的表扬与批评,并提出今后如再碰到类似的问题当如何处理。如有一次赴哈尔滨途中,车到站了,一个军人下车买东西吃,他的座位被一个新上车的老乡占了,他与老乡吵起来,老乡说:"我坐车也花钱买票了,我也可以坐呀!"但那军人强迫把老乡赶走,因此,连里便向大家提出,在车上拥挤时,护路军同志可以站起,让老乡坐下。如再遇到这样军人,便可干涉他,说服他别与老乡争座位;如遇别部同志对旅客态度不好,护路军同志应当从中调解,甚至代为道歉。

在车上,经常发生各种各样的事情,甚至好多是意料不到的,但他们就靠着这种回报制度,历次点滴地提出办法,亦教育了大家,使得每个战士都能单独处理一些问题。

第二,通过诉苦运动和干部模范作用的影响,拥爱教育深入经常。他们的连长刘茂盛同志,受毛主席"为人民服务"的思想影响是很深的。他经常给战士讲话说:"我们是人民的儿子,我们要爱护群众一针一线的利益……"他自己本身亦起了爱民的模范作用,对群众纪律亲自参加检查,对爱民的好坏例子,经常提出批评与表扬,对待本连战士亦从来没有发过一次脾气。所以全连战士都很听他的话,尤其在诉苦运动之后,阶级觉悟普遍提高了,每个战士都认识到自己是出于人民,不应"忘本",因此,更从组织纪律上的爱民,提高到思想自觉的高度。现在他们正在号召立功,将要把拥爱工作更向前推进一步。

选自《东北日报》,1946 年 8 月 18 日

◇ 程海洲

到哈尔滨去

——记被解放的蒋军三千官兵由双城来哈

几天来由各战地集中到双城堡的被解放蒋军官兵三千余名（内团长以下军官一百七十余名——按：这是来哈参观的被解放蒋军官兵的一部分），差不多把全双城的旅馆都住满了，无论他们今天的心绪还是多么各种各样，但他们有一点是相同的，这就是都非常急切地要想"到哈尔滨去"。

二十三号深夜，记者走进人和旅馆的时候才只四点钟，但他们都已经起床了，在熊熊的火炉周围愉快地谈着天。

趁着出发往车站以前的间隙，我同三位蒋军坦克手攀谈起来，他们是同时被毁的三辆坦克十二位坦克手中仅仅活着的三位，一开头他们就很惋惜地说："可惜我们那部分过去没有你们放回的人，要是早知道你们这样优待俘虏，我们那九个人就一个也死不了，大家都以为反正叫你们逮住也活不成，就不如烧死在里边好，前边两辆中的八个人都是自己烧死在里面的，我们这第三辆当时有两个人被炸昏了,剩下两个人就想着侥幸试试看,这样我们就活下来了。"接着我们就谈到各人的家庭,这就立刻使我们的谈话变得沉重起来,坦克驾驶助理杨岳山,系陕西商县人,他带着控诉的语气说:"我老父母就我这一个儿子,在商店里给人家当伙计,前年五月间我回家看母亲,就叫他们把我堵在家里抓了兵,母亲哭得不成样子,我就同保长吵了一架,我们一家人就指望着我吃饭,问他们为什么要抓我,结果我到队伍里还接到母亲一封信,说因为我同保长吵了架,母亲一天到晚受他们的气。"杨岳山说到这里感伤地流起泪来,他对于自己老母亲起了无穷的怀念。

另一位贵州人,坦克驾驶王士贵,我问他:"你是抓来的还是自愿当兵的呢?"他用很惊奇的眼光望了我一下说:"那边的兵哪里还有不是抓来的呢?"他好像嫌我提的问题实在太幼稚了。还有一位今年才廿岁的坦克炮手,我问他:"你还这样年轻,什么时候学会打炮的呢?"他说:"我十八岁那年被抓当兵,训练了四个礼拜就出来,什么都是糊里糊涂的。"

黎明的时候,他们整队到了车站,那里有两列准备好的列车在等候着他们。火车头噗噗地喘着粗气,不时地吼叫着。

我坐的那辆车赶巧都是一些军官们,我曾同七十一军直属队第三营营副李劲华、第四营营副吴起鹏谈起家常。李劲华过去叫李鸣元,他托我代他打听一下他在解放区工作的弟弟李鸣书,李鸣书在三八年去延安进了陕公,还有他的老朋友舒效瞥、刘克斌等,他们在三八年进入了抗大,说到他自己时,他带着近乎感伤的调子说:"在三八年的时候,我认为同我的弟弟及朋友是走的同一条路子,为了抵抗外敌我们都一样地走上了战场,我们都共同在长沙银宫电影院听过特立老先生的报告,我们都热情地想献身给祖国,到今天真像做了一场梦一样，开始明白了，我弟弟他们那条路是对的，我这条路错了。"待了很大一会他补充着说："无论如何，这一次能到哈尔滨我是非常高兴的，如果能够打听到我弟弟及朋友们的消息就更高兴。那边看过了，再到解放区看看，这对我是一个极好的学习机会。"

吴起鹏也有着同样的情感，他回想起三八年有一次打算上延安的手续都办好了，没得去成，抚今追昔，不胜惋惜。

因为他们俩都是湖南人，我们还谈到了不少的湖南革命领袖，他们对中国优秀的妇女领袖向警予被国民党残害的事实很清楚，在言谈中也表现了他们对国民党血腥屠杀政策的不满。一路上我们谈得是很广泛的，他们对于我们一个普通的战士都懂得国际国内的政治问题表示了极大的惊异，他们说："在国民党方面不要说一个普通战士，就是一些军官也不懂什么政治问题，有的加入了国民党七八年，不知道国民党到底是个什么东西，在那边是不叫下级军人懂得政治的。"他们在报纸上看到了《评蒋美商约》《中国四大家族》等书的广告，都想很快地到哈尔滨看到这些书，他们极需要了解这些问题的真相，他们希望能够有些小型的座谈会来讨论这些问题。

我去会见×××师×××团雷团长时，他正同他的十几位部下谈笑着，我问他："雷团长过去到过哈尔滨吗？"他笑着这样回答我："过去没有，但总是想来哈尔滨看一看，一直没有机会，这一次总算达到目的了。"这时火车已经在哈尔滨总站停下了，我们就一起走出了车门。月台上挤满了欢迎他们的各界人民，高亢地唱着歌曲。

一九四七年三月二十三日

工人歌手董儒元

　　二月七日在哈铁管理局礼堂内的敬老大会上，七十余位六十岁的老工友欢聚一堂，在翻身后的狂欢中，一个个的老人都变得年轻了，争先恐后地要对大家说出自己的愉快和拥护民主政府的心情。坐在吕局长旁边的一位老人被内心的喜悦鼓舞得再不能等待了。他站起来张开了双手对大家喊："我是三棵树工务区水道工人董儒元，今年六十三岁。今天真是太高兴了，我要唱一个自己编的歌叫大家听。"接着他就唱起来：

　　　　春天里来杏花开，
　　　　中国全靠共产派。
　　　　工友翻了身就得去工作，
　　　　大家就要团结工作起来。

　　　　夏日里来石榴花红，

解放区里人民快乐非轻。

交通便利火车来回跑，

保修线路全靠养路工①。

秋季里来桂花香，

我们依靠着共产党。

工友们工作不分昼夜，

火车行驶事故②灭亡。

冬季里来雪花飘，

解放区里工友自在逍遥。

一年四季铁路修得好，

全靠养路工忍苦耐劳。

　　唱完后，大家给他热烈地鼓了掌。因为他正好道出了大家的心情，就又要求他再唱一个，他毫不推辞地又唱起来：

中国出了共产党，

共产党来实行维新法。

由古至今共产出头③，

唉咳唉咳唉咳哟唉哟，

---

①　工务区的工友主要责任是保护与修筑铁路，铁路上称之为"养路工"。

②　事故系指火车行驶时所出的乱子，如碰车、出轨等。

③　我问过董儒元工友，这句话的确切意思是指由古至今只有共产党能行。

由古至今共产出头。

共产党来建设我们新中国，
不论男和女，
都要喜心头，
解放区里的人民快乐逍遥，
唉咳唉咳唉咳哟唉哟，
解放区里的人民快乐逍遥。

人民数万万，
人民数万万，
拥护民主实行全球，
繁盛灌满了六大古洲，
唉咳唉咳唉咳哟唉哟，
繁盛灌满了六大古洲。

共产党领导我们努力奋斗，
给我们衣食住此外何求，
从今后铲除了反动派，
实行民主无限自由，
唉咳唉咳唉咳哟唉哟，
实行民主无限自由。

　　他唱的时候口齿清楚，声音洪亮，全礼堂的人都为他编歌的才能所惊奇了。我带着敬慕的心情走到他跟前，将我记下来的歌词请他校正,很多老人都围上来听我们的谈话。老人们都拍着他的肩膀表示对他唱歌的赞扬与钦佩。董老工友这样告诉我:"高兴了就要唱,心里有什么就唱什么。调子是'四季调'①,第二个歌叫《共产党建设新中国》,调子是'靠山调'②。"我请求他再唱一个,他立刻就非常爽朗地唱起来:

> 民主政府民主联军,
> 共产党派工友翻身,
> 既然翻了身就得去工作,
> 时间外的义务③勇敢前进。

> 午前点名我要早临,
> 午后退班早退不认,
> 工作努力振起精神,
> 材料工具爱护保存。

> 每日清扫整理整顿,
> 小心火灾莫要粗心,
> 值宿守卫事事留心,
> 大家巩固一条心。

仍是用"四季调"唱的,他说也叫作《工务区工作歌》。这时天已

① 唱起来很类似"孟姜女"调。
② 有些像京韵大鼓。
③ 指下工以后的工作。

经黑了,我不能再请求他唱下去。在回报馆的路上,我从董儒元老工友的唱歌和编歌,想到了陕甘宁边区有名的劳动诗人孙万福,他不识字却能作很好的诗。比如今天在东北如广大人民所爱唱的"东方红,太阳升,中国出了个毛泽东,他是人民的大救星呼嗨,他为我们谋生存",就是孙万福的作品。孙万福是一个六十多岁翻了身的老农民,董儒元是一个六十多岁翻了身的老工人,他们都是有才能的人,可是他们在旧社会里被剥削者当作牛马来使用,好吃懒做的寄生虫们榨取着他们的血汗喂养自己。他们这样就被埋没了,成千成万成万万的劳苦人民的才能也就这样被埋没与被牺牲了。想一想吧,几千年来一些贵族们的欢乐与所谓艺术,哪一点不是用劳苦人民的血肉和骨头建筑起来的呢?有一些读了点书有一点书本知识的浅薄的知识分子们就总以为比劳苦人民高一等,其实这实在是一种非常可耻的想法。

隔了四天,二月十二号我到三棵树去采访,在工务段又看见了董儒元。他正忙着修复冻坏了的水道。他告诉我在十一号那天他们曾开了专车把刘善本上尉接到三棵树来讲话,在大会上大家欢迎他唱歌,他就当场编了一个歌唱起来:

> 战时之下输送当先,
> 一齐努力忍苦耐艰。
> 军需用品输送阵前,
> 民军胜利得我后援。
> 灭反动派永不复燃,

来递降书顶表投参①。

到那时候和平万年，

国强民富快乐无边。

他说这个歌叫《输送歌》。我问他最近还编有别的歌子没有，他说："昨晚上想了一下编了一个《八路军胜利歌》。我唱给你听一听，不好的地方请你给我改一改。"接着他就唱起来：

正月里来春光属正，八路军多么英雄，攻破敌军根据地，直接攻打长春城。

二月里来杏花开，八路军真有能耐，又能攻打又能守，攻守有方可称奇才。

三月里来桃花红，八路军队逞英雄，攻破长春投降队，接着又去守四平。

四月里来四月十八，八路军队真可夸，能攻能守奇谋大，击破敌军无处爬。

五月里来石榴花开，八路军队真有奇才，反动派的军队无处跑，不是擒来就是获。

六月里来热难当，八路军队个个强，打得敌军无处藏躲，叫一声爹来叫一声娘。

七月里来七月七，八路军队真出奇，打遍天下无敌手，管叫蒋军回老家去。

八月里来是中秋，八路军队真有奇谋，反动派的军队无

———————————

① 指蒋军惨败后头顶降表来参加八路军。

处逃走,不住两眼泪交流。

九月里来天气凉,八路军游击敌后方,神出鬼没真厉害,打得反动派心发慌。

十月里来小阳春,八路军队广施仁,俘虏敌军不打不骂,顺劝归我八路军。

十一月里来松柏常青,八路军队真威风,消灭敌军五十六个旅,活抓将官一百八十五名。

十二月里来整一年,八路军队个个喜欢,后方运到油与面,欢欢喜喜过新年。

十三月里一年多,八路军队勇又泼,华南华北全打通,打破南京剿他老窝。

虽然董儒元这位老工人歌手客气地说叫我来改正他的歌,但是我有什么能力来改正他的歌呢?我感到这位老练的歌手,是在这里做着工人阶级的歌唱,哪怕是有些在文法上很难讲通的地方,我也都一字不改地抄在这里,以保持原真。

我从他的歌唱里听到了工人这个伟大阶级的声音,你看他对于人民自己的政党共产党和人民自己的军队八路军的歌颂是多么热烈,充满自信和骄傲呵!他对于人民革命的伟大事业,是抱着多大的坚强的胜利信心呵!这种事业不但要在中国实现,而且要把民主的繁盛灌满了世界上的"六大古洲"。或许你会感到他在《八路军胜利歌》里一口一个八路军,有些说得太多了吧?但是董儒元在一年中说十二个月却还嫌不够又破格地加上"十三月",他是以数自己的家珍的心情来歌颂八路军的。

我们还可以从他的歌唱里听到,"如果敌人不投降就坚决消灭它"！如果蒋介石不向人民低头，那就要"打破南京剿他老窝"，只有"灭反动派永不复燃"，"到那时候"才能"和平万年"。我感到这是一个很重要的思想，显然地老工友董儒元和在他歌唱中所代表的群众是希望"和平万年"的，但他不是在那里幻想"和平"，这我们从他歌唱的另一部分，也可以充分地看出来，就在上面抄下的几个歌中，不是很大一部分都是为加强后方工作以配合前方作战而歌唱的吗？"工友翻了身就得去工作"，"时间外的义务勇敢前进"，"值宿守卫事事留心"，"午前点名我要早临"，"早退不认"，"工友们工作不分昼夜"，"大家巩固一条心"……这一切不都说明着工友们在那里日夜都同反动派做着生死的斗争吗？只有傻子才在那里幻想着和平会自己到来。当然，董儒元的歌还告诉了我们很多其他的道理，但是这一条我感到是最重要的。

选自《东北文艺》，1947年第1卷第6期

哈尔滨的电车

在哈尔滨市内共有四条电车线路,全长共廿六里。去年四月底民主联军进驻哈市时,只有第一线和第三线通车,每天出车五台。半年多以来,在市府领导下和电车厂工友们的日夜努力,从三月十五日起,全市除第一线有三华里(由中国八道街至江沿)未通车外(这一段冬天行人较小,夏天往江边游玩及过江者增多,预计四月十号即可恢复),四条路线已全部通车,每天出车二十一至二十五台。以现在的情况说,第一线每五分钟即有一台电车通过,第二线四分多钟,第三线七分钟,第四线六分钟。

我们从今年三个月来几个简单的统计中,可以看出全市电车交通发展情形:

一月份每天平均出车九台,载乘客九一五七人。

二月份每天平均出车十三台,载乘客一三〇一四人。

三月份每天平均出车十六台弱,载乘客一三八八〇人。

我们来看三月卅一日,共出车二十台,共载运乘客两万七千九百九十一人。这就是说在哈尔滨每一天都有将近三万人乘坐电车去办自己的事情,而电车每天要跑四千多里路去送他们。

现在电车的走行速度每小时在四十五华里左右(车站停车时间在内),比马车约快一倍半,票价平均一华里两元左右,比马车贱一倍半到两倍,它带给市民的便利是不言而喻的。

如果拿现在的情况同"八一五"前敌伪时代来比,更容易看出民主政府对恢复市内交通的努力:

"八一五"前一个月(即民国三十四年七月份)每天平均出车九台,同年五月份每天平均出车十台,同年二月份,每天平均不到十四台,这和今年二月份出车台数差不多一样,若同今年三月份相比就差得很远。从上列统计看出:敌伪统治哈尔滨时出车台数是一直下降的。相反地,今天的情况却是一直上升的,由今年一月份每天出车九台,到二月份增为十三台,三月份增为十六台。(三月十五日以后每天出车为十九台与二十台,四月份还要超过这个数字。这里还必须说明一件事情,即三月十五日以后电车厂是每天出车二十五台的,那么为什么到月底统计时平均只有十九台与二十台呢?这是因为电车容易生故障,这一台发生故障,就必须用另一台补上去,而统计时必须是从早跑到晚才算出一台车,这是数目字减少的原因。)

如果拿今天的情况同"九一八"事变前来比较,据电车厂做工廿多年的老工友们讲,那时出车最多的时候,也就是像今年三月份下半月这样多。

所有这些辉煌的成绩,都应该归功于民主政府积极为人民服务和电车厂的工友们的艰苦努力。工友们在翻身以后,发挥了工人阶级特有的创造天才,他们的高度劳动热情,值得用诗篇来歌颂。车库里两个月没有暖气,他们在零下三十七度的严寒里,不分昼夜地同钢铁搏斗。在最近竞赛期中,他们将两个电动机的电车改造成为一个电动机,节省一半电力,减轻体重两千余斤;他们将东京式制御器加以改造,可以适用于西门子、孔士、川崎等数种电车,克服了没有制御器的巨大困难;他们把磨平了的旧齿轮,想法用电焊的办法焊上新齿轮;他们发明了一种装设电动机的新方法(用废铜线环再卷一层新线),增加生产效率五倍;他们新制和利用废零件二十四种五百六十四件;他们在修车及装设电动机中所节省之材料合四百七十二万四千三百元;他们想办法扒掉了用瓦斯都烧不掉的电动机轴……为着哈尔滨人民的福利,也为着建设人民的城市,他们是不惜付出自己的血和汗的。

选自《东北日报》,1947 年 4 月 5 日

三棵树拥军盛况一瞥

三月六号上午十二点，我随着松花江商场的店员慰劳队往三棵树去劳军，从夜间三点钟起，这已经是哈尔滨的人民在这一天中第三次去劳军了。慰劳队的红旗插在汽车厂工友们慰劳军队的大汽车上，五十多位翻了身的男女店员拥挤在汽车里面，从石头道街穿过热闹的南马路，景阳大街，太平桥，他们一直唱着歌曲：

蒋家狗，美国狼，

一心要把中国亡。

亡国奴再不能当，

军民奋起来抵抗。

打胜仗靠军队强，

还要百姓来帮忙。

前方军队流血汗，

后方百姓多生产。

军队爱护老百姓，

百姓拥军有力量。

汽车到达三棵树时，慰劳队分作十三个小组分别走上了救护列车，他们给每一个光荣负伤的战士都带来了一个慰问袋，里面有饼干、香烟、毛巾、肥皂、报纸，和一封哈市人民给前方将士的亲切的慰问信。慰劳队给每一个伤员送了开水以后，就开始喂饭，同战士们低声地攀谈着，最后他们给伤员们读起慰问信和《东北日报》来。

在三棵树车站旁边，并排摆着五口大铁锅，冒着热气，这是车站员工们专门给过往军人烧开水的，他们从今年一月八号就组织起了一个慰劳队，包括六十三个员工，内分取暖（生炉、添炭）、运搬（送水、运煤、担架）、供给（烧水）、总务（计划领导）四个小组，每逢军车通过，无论夜间与白天，他们就一齐出动。根据近二十天的统计，他们烧了二十一大锅开水，往军车上添了一百三十四筐煤炭，生了二十七个炉子，送给军队四十九份报纸，一千元为慰劳金。二月份上级发给他们的三十吨煤，他们节省下来十五吨都慰劳给军队了。

和店员慰劳队同时赶到三棵树的，还有哈市市郊腰柳条沟一带的农民，他们一共有一百多人，是来照顾和护送伤员的。领队的姜华，是个贫农，他听说过去驻在哈尔滨市郊的老七团三营八连的王连长和八连的姚副连长受伤了，就从街里用托盘端来了六七碗鸡蛋挂面来。王连长他们一看见这些农民弟兄们这样关心他们，感动得放声大哭起来，热泪滴湿了血迹斑斑的枕头。但是他还是用自己受伤了的手拿出钱来递给姜华，诚挚的农民姜华被感动流泪了，他用颤抖的双手在自己的眼前摇动着说："王连长，你们为我们老百姓受了伤,我们就不知道该怎样来报答,给你买几碗面条是表表我们的心意,无论如何都不能要你的钱。"周围的人都被这种动人的场面感动得流起泪来,姜华转过脸紧紧地抓住了我的双手,用发颤的声音对我说:"我们就是靠咱们军队才翻了身,我们怎么能忘了咱们军队呢?"这时我们两个人的眼泪都还没有干,我将永远永远记住这个场面。

在救护车上忙着检查与换药的医生与护士们,是哈市医务界组织起来的三棵树医疗队,这里包含着四位医师和十五位助产士。十几天以来,他们几乎是日夜不停地工作着,我问他们的一位护士负责人赵蕴华先生:"你们离开自己的家不惦念吗?"她这样回答我:"我们工作起来真是什么都忘记啦,民主联军的战士太使我们感动了!有一个战士一身受了七处伤,腿上是枪伤,上部是炮弹伤,我问他怎么一次受两种伤呢?他说他受了枪伤以后,叫他下来他不肯,就又继续冲锋,后来又受了炮弹伤。战士们这样不顾自己的性命为我们老百姓,我们在后方照顾照顾伤员,还不是千该万该的吗?"

选自《血肉相联》,东北书店 1947 年 8 月初版

◇ 傅瑛琪

识　字

　　兰福贵早不愿参加识字班学字，看见别人去他就叨唠："从来也没念书啊，半辈子了才去学字，哪还跟趟呀？"有人问他为什么不去学字，他说："我都活了半辈子啦，脑筋坏了，哪能记得住？"识字班开学好几天了，他没有参加，这天他看周师傅在地上练习写"毛主席是工人大救星"，他好奇地问："周师傅你多咱学的本领？"周师傅告诉他："就这几天学的。"兰福贵挠着脑袋心在想什么，显然地他有点不相信，不一会他跑到组长那里报了名要参加学习。

　　上班铃响啦，工友们拿着饭盒高高兴兴地往各学习班讲堂走去，兰福贵和周师傅一同到了学字的讲堂里，一看和自己在一起干活的那些老师傅和徒工都在，这里都拿着笔和纸在划字，你问我，我考你地吵嚷着，兰福贵看见心里觉着有点不对劲，他想："自己为什么落在后边了呢？"他向着刘师傅说："别看你们学了好几天，我加上一把油一定赶上你们。"学字每天规定学五个字，这天是学"职工合作社"五个字，他用纸记下来，自己写了几遍觉着很对头，教字的同

216

志又说："咱们学字要学啦就能用。"他记住这句话，下课回家时走到厂子门口，他拿出纸来向同路的周师傅说："周师傅咱们互相考考，你把今晚学的字写写。"周师傅不服气："我学好几天啦，你今天才学就来考我？"拿过纸来就把五个字写上了，周师傅又要叫他写，兰福贵抬头看见了合作社门口的牌子啦，那上面写着"第一机器厂二分厂职工合作社。"他扯着周师傅到了牌子跟前："你也不用拿写来吓唬我。"他说着用手指着牌子，"你听我给你照念一下：'职工合作社'。"老周说："头一天学写真还不善呢！那上边的字是什么呢？"兰福贵脸一红，真不认识那几个字，他拍了一下老周的肩膀子："周师傅，你别看我现在不认识那几个字，等着明晚保证要把那几个字全部认识了。"周师傅笑了："好，明晚我要考你那几个字。"他俩在回家的道上扯得挺起劲，兰福贵说："老周！我从前只想咱四十多岁啦，才开始学哪还管用，又能学上多少？现在我一看那时都想错啦，现在开始学也不晚，一天五个字，十天五十，一百天五百……这就老鼻子啦，学上他半年可就能写能算啦，《工人报》《东北日报》咱也看看！"

选自《文学战线》，1949 年第 2 卷第 3 期

◇焦　奋

我从沈阳来

写在前面

我以很真挚的心和笔,写出沈阳在国民党统治下的人民生活和所谓"大员"们的生活实况。另外我把在长春和吉林所耳闻目睹的一些现象报道出来。这里没有一点故意渲染和扩大宣传,都是据实的记述。不过因为要写得真实,所以文章很啰唆,很拉杂,这要请读者原谅。

阴郁黑暗的沈阳城

古城是灰色的,人们的心沉重得像块铅板,颓丧与失望,忧郁与痛苦。虽然有时从吉普车上送出来"国军"和"官娘娘"的欢笑,可是他们的狂放,更使人们增加厌烦,一百八十万人口都是在这样窒息了的空气里生活着。

街上的人确实很拥挤,然而,都是失业青年,由于没有职业,青年多流于做小贩。摆摊床，卖烟卷，或流浪终日而不得一饱。这是很普通的现象。青年人有共通的苦闷，就是生活难。

工业重地的大城，烟筒林立着，可是很少有冒烟的，只有大东区兵工厂的烟，是像雾一样地冒着，那是在加紧制造内战用的弹药。另外有几个冒烟的地方，都是给接收大人生产的工厂，不是民需的工厂。谁说工厂的烟筒不冒烟呢？

重庆饭店，中央大餐厅，桃园咖啡馆的门前拥挤着流线型汽车，吉普车，卡车，跑堂的满脸都是汗，楼上下跑得真欢。几对喜车来了，几个新郎都是飞来的"南方人"，新娘却都是"东北女郎"。

中华金珠店，朝阳金店……都改称"银楼"了，因金店的门前经常地有军官和大员的出入，改成银楼，出入方便，也可以减轻买卖黄金的名声。其实金条和金戒指仍往来银楼的门槛。

银行的存款和放款数目一天天地高起来，这是由于所谓中央银行的"东北九省流通券"大批从印刷厂流到市场上来。这通货膨胀的形势也就给几个大商人和大人们造了机会，所以新开业的银行银号不下百家之多，真是"大有可观"。

另外再有就是人间最残酷的买卖了，那些以血泪换饭吃的一些妓女们应接不暇，散留在街头的"野妓"，也找到了来自四川云南主顾（接收大员）。舞女们也不曾停止过她们的脚步，整日旋舞在官大人的怀抱里。

这是沈阳最兴隆的买卖。此外是百货店在窗饰上摆了玻璃袜子，玻璃雨衣，鞋子，玻璃背带，表带……这是"大老美"的制品，一般的商业状况却是很冷落消沉的。

从六月起"东北行营长官"，就下令征兵抓丁建军和扩军，自二十岁到三十岁止的青壮年，都要被抓去当补充兵，不过也可能免除兵役,那就是要给征兵官们,送上大批礼物和金钱(起码需要万元左右)。我在七月里是被征去当兵的一个,不过在"补充兵役召集令没有下来之前,我找到了一个门路,因为我一个朋友,在掌握大权,我宴了客,大吃大喝一顿,算是没被征去送死"。

被征去的都是穷人,一个没有征去的人告诉我说:"这样征兵没有关系,可以跑啊!从炕头跑到炕梢就抓不到了。"其实他是花许多钱买下来的,如果没有花钱就跑了的,他的家里人就会被推进监狱里的。

逃回来的兵说:"他妈的!谁愿意当内战的炮灰呢?战友跑得太多了,秋天凉了还没有鞋穿,没有枪也送上前线,一开到前线,逃的跑的人更可观了。"

小学生散乱地吵闹在庭院和没有窗户的屋里,小学教员是一些为了暂避兵役和混饭吃的人们。而且根本没有什么教科书可教,所以他们只有敲红中白板过日子。

中学校里仍是那一套陈腐的老玩意儿,学生都被迫加入"三民主义青年团"。学习生活是枯燥无味的。

大学有"东北临时大学",虽然胡乱学到一些课程,可是在十月里又被解散了,学生发落到哪里都不能确定。在北陵的"东北大学先修班"有三千名,这些学生也多半是失业的青年,他们都是想到里边"混混"和"找对象"的。每天在壁上贴些眼泪呀、悲哀呀、恋情呀等等的"情报"也就算学习了。

另外还有刚成立的"中正大学"(据说是纪念蒋中正到沈阳而成立的)。开课以前,首先要缴一万四千五百元学费。我认识的一个穷学生考上了,结果向我说:"这是贵族学校,我怎么念得起呢?去的学生除掉了军、政、团、党、特务机关的介绍与帮助入学外,恐怕没有一个穷苦与具有正义感的青年入学的。"我想中正大学又是一个训练特务的大学喽！

"大院政治"也是同大后方飞来的大员一块飞来的政治，"董家大院"是董家的天下（沈阳市长董文琦）。东北善后救济总署沈阳分署是"刘家大院"（署长刘广沛）。除了一架飞机飞来的和地上钻出来的"皇亲国舅"外，很少有"东北土著"去他们的大院里捞点油水。不过熊家大院（东北行辕主任熊式辉）却别开生面，收容了一大批特务、打手、汉奸、流氓。其他如房地产接收管理局等也各自成一体，都有大院。

"打手政治"是"国民政府"的"正统"政治作风，自十年内战，五次围剿起直到"八一五"后，这种"政治"是更猖獗了。从"一二·一"在云南屠杀反内战的学生教员起，直到殴打郭沫若、马叙伦，暗杀李、闻……"打手政治"便疯狂而炽烈了。

据沈阳某人士的确实调查：沈阳法西斯的特务组织团体计有三十七个之多，这个数目与重庆，上海比当然不算多，可是在接收几个月来，有这样多"特务机关"和这样多特务人员，这却是重庆上海比不上的。

光复后，沈阳文化界曾一度异常活跃，剧社如雨后的春笋，出演过名剧《夜未央》《原野》等。杂志发刊的也不少。不过在被"接收"之后，剧团解散了。文化团体要到市政府里登记，比较进步的刊物，被查封了。

报纸都是官办，如《中央日报》、《中苏日报》、《和平日报》（即《扫荡报》）、《新报》、《前进报》，都是新一军及新六军的言论机关报。其他如《沈海日报》为辽宁省主席徐箴私人报。除此以外只有所谓小型民报一二份，消息稿件皆系由中央社限定刊载。

沈阳八月×日早四时东北特派经济专员张佳璈发了一张布告，内容是："苏军票停止使用。"登记期限十天，人民看到布告，都恐慌万状，议论纷纷，银行门口人山人海，但除与银行里的大员有"特别关系者"外，别人是无法把红军票登记上去的。最可恨的，是有些商人被经济专员和银行大人们派出来，用中央银行的"东北九省流通券"五十元或四十元买苏军百元票，这样老百姓只好把不能登记上的票子折扣地给"专员"和"大人"，让他们好去一百换一百，大发财源。商业赔损倒闭，有的商人自杀了。一个卖菜的小贩，痛骂着说："国民政府真是混账王八蛋，这种政府真把老百姓坑害苦了。他妈的！"

反民主的人越是压榨与杀害，人民群众渴望着民主的情绪就越发高涨，所以知识分子、革命青年为了追求真理与正义，都纷纷逃跑了。

长春比沈阳更糟糕

正当我小住在长春时，发生了一件极"平凡"的事，因为这些事如果在蒋管区是司空见惯的。身临其境的长春联合大学生对我说："长春联合大学，没有上课前，学校编级不合适同学们不同意，全体向黄校长请愿，要求把编级更正一下。校长不负责任，我们同学只好回宿舍。时间是晚上八点钟，天正落着雨，在路过'中央军'岗楼时，老远就听见'中央军'吆喝：'站下！'我们答：'是学生。''中央军'说：'什么学生，你们要暴动。'一个同学抢向前说：'我们没有枪怎么能暴动呢？'但'中央军'很严厉地说了一声'不要走'，随着机关枪就响了。我们学生急忙伏在地下向泥坑里滚，幸免没被打死。枪弹打有五百多发，才停止了。校长来调停说这是出于误会，是警察不懂事。其实开枪的,并没有警察,完全是军队,而且是有计划的射击。"这大概就是"中国的教育的政策"。

几颗跳动的心在吉林

到吉林一下火车,我的一双皮鞋,就被车站上的"中央军"扣留了,我不敢多计较,怕惹起更多的麻烦。因为我已通过了许多防线,接近了解放区的边缘,同时我又遇到了一路走的几个朋友,这时的心是有难形容的高兴。在吉林滞留几日内,我又亲眼看到几件事实:

我住在江沿街临江阁里,恰好可以看到江堤下东流的江。有一天江堤上游人很多,水上游渡着一只漂亮的大船。船好像一座亭子,里边坐着的是"贵人"。市长张广泗大员和诸科长大人,以及当地士绅在大喝大吃高贵的宴席,一边还有渔船和鱼,用鱼鹰抓鱼以做玩赏。据其市政府一小职员说:"这一次宴客费支出为二十万元,可见接收大员生活的一斑了。"

吉林省主席梁华盛到难民收容所去讲话,同时给难民介绍美国手榴弹的威力。难民中有一部分是大地主和伪满时汉奸。

梁华盛讲完话拿着手榴弹说:"这手榴弹是最有力的,用它就可以消灭敌人。"

随着把手榴弹抛了。的确很响,把地炸一个坑,第二颗又抛出去也响了,可是恰好把一个难民的脑袋,炸坏了一块。

我伴一个朋友(他是中学教员)去领救济品。但我的朋友得到的,却是一双美国女人穿破了的高跟鞋,这朋友偏巧又无老婆,可是另一方面,还有别的女人得到美国男人穿旧了的破衣裤。而且中学教员的救济品,普通平民是很难获得的,能得到救济品的是接收大

员们自己。

在同一天里,有许多穿着美式服装的人和他们的家属,装扮成难民要求救济,结果大批的上好白面给送去,同时又让记者拍成照片登在报上,以表示救济了难民。其实这鬼把戏,老百姓都明白,因为他们本身没有受领过美国的特号白面。

吉林市的人民对于民主联军和民主政府的认识,比较沈阳和长春是深刻的,他们清楚地了解谁是为人民服务的。原因是民主联军与民主政府驻扎吉林市的日期较长,所以他们在目睹与身临两个世界之后,彻底地了解了国民党与"中央军"及所谓国民政府的贪污与腐化。所以逃出蒋管区,到解放区来的青年更多。我没离开吉林前,遇到八九个同志,其中有五个是男女中学生。

在离开吉林的前一日,我和这些人去到有名的北山游玩。但到了山中,才明白这是"中央军圣地","天下第一江山"的楼头并不许可凡人展望。

我们很快地就离开这被压榨与统治得没有自由的地方,走进和平、民主、为人民大众而斗争的解放区了,我们高兴地讴歌着,心在跳动着。"这是人民的行列呀!"一个年龄比较小的同志说,"我们走向人民中去。"

第二天我就通过了防线,迈上了解放区的大路。

一九四六年十一月十二日于北安

选自《东北日报》,1947 年 1 月 10 日

◇ 舒　群

归来人

昨夜，我一夜没睡着。一早，我提着一个小包裹，独自一个人走向车站去。将要别了，这生我养我已经二十一年的故土。在路上，突然碰到弟弟正在找我回家过元宵节。我说："你告诉妈，说我一会儿就回去。"这"一会儿"太长了呵，石将烂，海将枯，钢铁将磨成绣针。这一会儿放逐了无数的东北人呵，何止我，何止千万。有军人，有工人，有农民，更有那么多的知识分子。在外面，他们受尽了困苦压迫和摧残。萧红死在香港。杜重远死在新疆。辛劳死在浙江。他们拼尽了最后一滴血，大江南北竖起多少无名英雄的碑。

凭着多少人的理想和热情，信心和勇敢，聪明和能力，青春和生命，终于换得这次胜利的锣鼓声。这是胜利的夜，人都参加庆祝来了。喝酒喝到醉。跳舞跳得打滚。唱歌成了吵闹。欢乐已经相似疯狂。这时候，再不分什么我和你，什么严肃和诙谐，什么节约和浪费。他撕破被子，撕出棉花来做火把。他用一个月的灯油，不惜浇在一个火把上，好像"再没有冬天""再没有夜"。抽烟的人，也不再

找人对火了,他说:"划根火柴吧。"

又个昨夜,我还是一夜没睡着。一早,我从延安出发,携带军用的东西和一伙人走到郊外去,在路上,我碰到许多欢送我们的同志们,互相握手,说着"再见"。我,我们东北人,早就有这么一个还乡梦。在山西时,我和史沫特莱随军同行三四个月,她这位外国朋友也常问到我:"你几时能够回家?"那时候,我一直不能明确地回答。时到今天,又近九年,我才真正回答了她。这个回答,再不模糊,再不是梦,而是事实,是行动。我是在向东北方,迈着步子,走着走着,越走越快。此刻,我二十几年不曾再来的童年幻想,却又来了:"人为什么不长翅膀呢?"

我几个月的时间,几千里的行程,日夜地赶呵!的确辛苦。但一切的辛苦,都会在这还乡的一刹那的想象中,消失干净。

当迈进东北门槛的时候,我脚踩着了东北土地,眼睛瞅着了东北景色,耳朵听着了东北土音,鼻子吸着了东北的风土味。一句话说,我确实置身于东北的天地之间了。我十数年的流亡日子,总归终止于今年今月今日了呵。

我忘不了这次归来的行程,特别是东北第一夜。我住的那个镇子,叫四海冶。它在伪满的国境上,占据一个前哨的重要位子,所谓居高临下,大有一夫当关万夫难入之势。四周旧城墙,修补得没有一个缺口,似乎连耗子洞都堵严实了。城内几乎看不见别的,到处都是敌军兵营,伪军兵营,宪兵队,警察署,火药库和监狱。其间的角落里和夹道中,掺插着被挤扁了的老百姓小房子,小得差不多只够容身甚至立脚之地。和那些大衙门口比起来,这些老百姓的小房子,简直不重要,不存在的样子。一所监狱的房子,竟在五十间以上。它的地面,大约占全城的十分之一。宪兵队的拘留所,也足够容纳五六十人。不怪老百姓的房子小而且少,监狱已经成了他们常年的住宅。因此,四海冶如果叫作镇子,还不如叫作大兵营和大监狱,更莫如叫作"小满洲国"。实际所谓"满洲国"者,也无非兵营和监狱的代名词而已。这种残暴一时的绞杀场,除去房架子,只剩下一堆堆的破铜烂铁,碎砖残瓦了。如此景象,不管谁一看见,就可想到敌伪的末日,是如何连滚带爬逃之夭夭的样子。作为"满洲国"缩影的四海冶,足够说明整个"满洲国"的下场了。我过路时,故意问一个小女孩子的国籍,她回答:"我是中国人。"我又问:"'满洲国'呢?"她再回答:"打跑啦。"晚上,我就住在这小女孩子隔壁的敌人宪兵队。这所空房子,窗门都没有了。一进门,我觉得比外头都冷,东北的十月天气,已经冷了,夜里比白天更要冷的。我怎么睡呢?当我躺下以后,却感觉十几年来过了几个好冬,也过了几个好的夜,都比不上这个夜暖呵。

这个夜里,我比白天更清醒,想起许多的事。特别想起今天路上遇见那位姓李的老太婆。她小毛驴是新买的,还不惯于新主人的吆喝,在路上闯来闯去。我有时给她赶着,有时给她牵着,这样一起同行二三十里。对我说,她是我这次遇着的当地第一个同乡人。对她说,我是她生来头一次遇着的还乡人。我们都不由自主地彼此感到格外的亲切啊。她有那么多话要说,十几年来不敢说的话,都想一口气倾吐给我。但她又不住地重复着:"你们再不来呀,咱们今年就过不去冬呵,不饿死也冻死啦!别说买毛驴,连驴毛也买不起呵,我还能骑毛驴在国境上走?"不管那小毛驴怎么调皮,怎么不听话,她始终舍不得打它一下,虽说她手里拿着柳条子,却白拿了,像是装样子的。别说打毛驴,连说话的手势,她都分外小心,可不敢为一下的冲动,不注意再挣破衣服。这衣服,还是她嫁给老李家过门时穿来

227

的。她这农家女,舍不得穿那新衣服,一直包在包袱里,包了二十几年。从伪满开办起,她穿的一天比一天少,没法子,才把那新衣服穿上身,一直穿到破,穿到补钉摞补钉,穿到现在连碰都不敢碰的程度,整整穿了一个伪满时代。她说:"衣裳不行啦!人也不行啦!"她的儿子和孙子,连她自己,这两年一家子人一年忙到头,一切的粮食,都给人家送去"出荷",而配给他们的都是包米面掺橡子面。一位吃包米面掺橡子面生活的劳动老人,难怪她说,人也不行啦。不用说她身体衰退吧,就连她仅有的一点智力,也下降到可怜的地步,长久不出门,东南西北都辨不清楚了,伪满所说的"国境"经常处在戒严的状态中,像她怎敢出门走近这可怕的禁地呢,随便她什么衰退和下降,但她的记性非常强,一天比一天强,她永远记着对敌伪的仇恨。她和我一提起敌伪的字眼,总是咬牙切齿。"恨不得吃这些小子的肉,剥这些小子的皮。"过去的不提了。将来呢?她说:"这回,可该我们过几天好日子啦!"接着她又问我:"你说是不是?"我肯定地回答她说:"是!"

十四年来,东北人民死的已经死了。活着的,吃没吃,穿没穿,话不敢说,路不敢走。东北人民这种奴隶生活,可谓苦难深重。如果我不回答"是"又回答什么呢?

现在,从东西两面已经打垮法西斯,全世界奠定了和平的基础。山海关以内的中国内战,也由政治协商会议的决定而终了。可是山海关以外的中国,许多地方正陷于战争中。如果世界是和平的世界,中国也该是和平的中国,如果中国是和平的中国,东北也该是和平的东北。如果说中国需要和平,东北当更需要和平。为什么需要和平的地方,越发生战争呢?"这回,可该给咱们过几天好日子啦!"无异于"这回,可该给咱们一个好东北啦"。这不仅是一个姓李的老太婆的希望,而且是全东北人民共同的要求。在这里,我顺便传达一声,希望国民政府尊重东北人民的希望,要求国民政府尊重东北人民的要求,在东北首先停止内战。

选自《东北日报》,1946 年 3 月 26 日

我所见的红军

　　我们从延安出发,一路上,大家常在谈论红军;越走近东北,谈论得越多;当迈进东北的第一步时,都盼望早点看见红军的影子;我,也自然不在例外。

　　虽然,我在一九三八年亲眼看过,武汉上空帮助我们搏斗的苏联空军;我又在一九三九年,由于偶然的机会,亲自参加过桂林苏联空军的晚会,并亲耳听过一位军官述说他们为中国人民流血的故事;但是,那全不能减轻我这次对于红军的盼望。这并不是我(或者你)主观的偏爱,而是红军本身存在着一种不可抗拒的崇高的诱惑力。他们的全部历史,不过二十八年,但他们执行了历史上的两次伟大任务:一次打倒了沙皇,又一次打倒了希特勒和他的伙伴。他们做了人家所不能做的,假如没有他们,又有谁能够在欧洲摧毁法西斯的大兵营?假如没有他们,又有谁能够帮助我们在东北缴关东军的枪?像这样给欧亚两洲以解放,给人类以和平的红军,尚且不值得盼望,那还有什么值得盼望?

为了忠实履行中苏友好同盟条约,红军那时已从南边逐渐撤退。因此,进入东北第三天,我才头次看见那站在原野的,守卫着东北土地和人民的红军哨兵。如果你看过"前线"战士的装扮,便不难想象他是个什么样子。他穿着灰色大衣、黑色大皮靴,戴着小羊羔皮帽子,握着新式的自动步枪。这种枪全部是钢的,枪身差不多等于全长,约二尺,枪柄短短的,仿佛一小截铁勺子把。在枪膛上,嵌着一个装子弹的圆盘子。因而东北人给它另起个名字,叫转盘枪。它比中国冲锋手提式轻便,比美国新式自动步枪火力强。它还有什么优点,我无从猜想。除制造者和使用者外,也许希特勒和他的伙伴们懂得它,正如它懂得他们一样。在它和他们的交往中,它体验了一个风雨时代。我想,倘若能够停留下来,从它的经历上,我将会记下一部当代的教科书。可惜我没有这个机会。直到车子远了,再不见它和它的主人时,我仍然忘情于这个珍贵的梦想中。

在靠近沈阳的,我忘掉地名的那个小火车站,因为车头发生毛病,车子就停下来了。在这时候,我们认识了两位红军战士。一位较老的,约近四十岁。他站在窗外,用手势、姿态和表情和我们在谈话。他做着瞄准的姿势,喊了一声"叭",随着又转过身来,模仿另一个人,一闭眼倒下去。一次一次地,他做了无数次。我们懂得,他在告诉我们,他打倒敌人的总记录。越来越兴奋、越活泼,最后他跳起舞,做起鬼脸来。不管谁笑他,还是逗他,他仍旧一个劲儿跳呀舞呀,做着鬼脸。我了解,他完全狂欢并陶醉于自己那英雄的往日当中了。而另一位年青的,却大不相同。他听到我们唱歌,便悄悄地上车来,躲在一边,一声不响,一动不动。当我们要他唱个歌时,他一直推辞,最后,不得不害羞地跑掉了。别看他那么孩子气,他却跑过欧洲,在波兰、南斯拉夫和德国曾经打败过敌人。他并不靠个人

的战绩骄傲什么，或夸耀什么。他仍然是他，一个平凡的青年。天真和坦白，就是他的一切。

在沈阳，我听一位朋友说，红军司令部有位军官，很熟悉中国情形，特别是中国文化界。我作为一个写作者，便去拜访他。他不止能够说流利的中国话，而且能够写一手好中国字。我们可以随便谈，丝毫不受语言的限制。我们谈了一个多钟头，主要谈的是中国文化。关于中国的文艺界，他尤其注意。

他问我们现在有什么创作。他希望能够把中国的好作品介绍到东北来。他说："鲁迅先生的作品，应该大批地翻印，你知道东北青年等得太久了。"他是那么友谊地热心地关怀东北青年，我便说："希望你能帮助这个工作。"他回答："不，不，我们很快就要撤退。那是你们自己的事。你们自己的事，我不插手。"他似乎感觉自己说得有点过分，又赶快补充一句："假如我能够帮助，我愿意帮助。"

除去这两次和红军的来往以外，还有一次，记得非常清楚的一次，是东北文艺工作团慰劳沈阳红军军官的公演。在去年（一九四五年）十月间，那个大剧场来了二百左右的红军军官。他们静静地等待着开幕。全部节目，有《斯大林之歌》等十几支歌，和《兄妹开荒》《夫妻识字》《东北人民大翻身》三个剧。他们也许不能十分懂，但他们却感受了演出者所给予的热情，竟使他们在最后停不住自己的掌声。因此，东北文艺工作团也不得不再拉开幕，向他们表示感激。这次，虽说我个人没有和他们交谈，但我和个别军官握手告别时，却感到了中苏的友谊，是真正的友谊。

可是，这几天来，我桌上的这个收音机，却不住地传播着重庆北平等地的反苏消息。我不想听，一听到就把针拨过去，即使听一段《花子拾金》也好得多。有时，也使我想到，七七事变开始，我们这个老大的中国,又跌了一个大筋斗,是谁先伸出手来拉了你一把?是苏联,还是谁?是谁躲得远远的,怕把泥水溅到他的身上?是谁不但不拉你一把,又踢了你一脚?将来历史会证明,究竟谁是朋友,谁不够朋友。

现在,红军又继续撤退,在沈阳,只留下那纪念碑了。它建筑在新车站的广场上,巍峨的,高过了周围最高的楼房,顶尖上竖着金色五星和巨型坦克。在揭幕典礼那天,红军司令部代表曾说:"这铁筋青铜的纪念碑,是为了纪念抱着伟大思想及亿万人民的和平幸福而树立的。我们不能怀疑。我们没有第二种说法。苏联红军所洒流在东北原野上可贵的鲜血,是为了伟大民主主义的中国人民。你们要珍重它,并且应当以两国国民兄弟的友谊来纪念它,保护它。"

选自《知识》,1946 年第 1 卷第 1、2 期

◇ 鲁　鱼

掩　　护

青龙山区的工作队到县里去了，只留下了蔡连贵和冯振华两个同志继续工作。

陈元文是土匪的探子，又是屯里的大烟鬼，为了维持自己的烟瘾，将老婆送给了胡子头孙访友。

陈元文看见工作队回县，区中队又去整训，青龙山仅剩下了几个基干自卫队和几支洋炮，自己一转念：这又是一个发财的机会。

九月二十五日，天还没亮，陈元文跑到了河东长发屯，找到了孙访友，将青龙山的情形告诉了孙访友说："你们还不趁这机会去'押大戒'（抢围子的意思）？"

第二天，屯子来了个拿油酒瓶子的家伙，探东讯西，悄悄地走到了陈元文家。他是胡子的侦察员叫佟盛歧，陈元文给孙匪写了一封信，佟盛歧就回去了。

二十七日晚，围子外边响了排子枪，冯、蔡二同志正在屋里整理材料，听见枪声，匆忙地走出来，冯振华同志很快地跑到屯子外边，直奔了安乐屯。

胡子进了村,在闹哄哄地喊着:"捉活的!"这时尚未走出屯子的蔡连贵同志看见风声很紧,匆忙中藏在西头老李家的草垛子里。

这时天刚发亮,胡子在村里除了大肆抢掠之外,就到处搜捕冯、蔡二同志,他们到各家都查过了,走到了老李家问:"两个八路,一个姓蔡的,一个姓冯的哪去了?"蔡连贵同志在草垛里听得真真切切,李家说:"你们没进来时早就走掉了!"土匪伸手把老李老婆打了一顿嘴巴吓唬说:"你们通八路!将你全家杀死!"

天大亮了,太阳从东山冒出了顶,胡子忙着捆绑抢来的东西,同时忙着吃早饭。

蔡连贵同志在草垛里听见胡子不在了,从草垛里走出来,进到了老李的屋里,老李媳妇赶快从柜里拿出了一件破更生布棉裤子,老李从墙上拿下了一件破棉袄,他的小孩从破鞋堆里找出一双破靰鞡,亲切地叫蔡连贵同志换上,全家老小都说:"快换上吧,胡子在那院吃饭哪!"蔡连贵同志换上了老李的破衣裳,坐在屋里抽烟。

土匪们吃完饭后,又来到了李相中家中乱翻乱叫,口口声声要将蔡、冯两人交出来,蔡连贵同志默默地坐在炕角上从容地抽烟,突然胡子的一个连长指着蔡同志向老李问道:"他是谁?"李相中老婆说:"他是我们打头的老刘。"胡子连长叫蔡同志出去给他们喂马,在屋里土匪细密地问道:"这个打头的给你家做了多少日子活了?"全家回答说:"已经做了三四年了,是个老好子。"

冯振华同志连夜派人到县里送信,报告发生的情况,十点钟骑兵连向青龙山进发了,土匪们着了慌,又不敢从城门大路走,向蔡同志说:"喂!刘打头的,给我们挖城墙去,我们好走。"李相中恐怕蔡同志出去被屯儿里的坏人看出,坏了事,就说:"老刘你别去了,穿的衣裳薄,又喂了半天马,我去吧!"

蔡连贵同志终于脱了险。第二天在长发屯捉到了陈元文,开了村民大会,李相中受了工作团和老百姓的褒奖,陈元文出卖本屯,在群众要求下枪毙了。

选自《血肉相联》,东北书店 1947 年 8 月初版

◇ 谢　树

捡字工人王兆祺

王兆祺——军大印刷厂的捡字工人。他和其他工业战线上的工人一样,以工人阶级的本色创造了本职工作的优秀成绩——他领导的捡字组,全组工人平均一点钟捡清草稿一七八〇字,散字（往回送）二三八〇字,错字率千分之三点六。并且,他还是印刷厂的全面模范工作者。为此,他获得人民功臣的光荣称号;同时,被光荣地批准了加入中国共产党。他之所以获得这样崇高的政治荣誉,是经过一番考验与锻炼的。详细情形,写在下面。

一、参军

一九四六年七月,王兆祺来到军大印刷厂。那时,他是想来赚钱,一个月拿三千六百元的工资,在别处是找不到的。

他自到工厂上了工,还是跟在资本家的工厂里干活一样,干一天算一天,得闲且闲。说起来,他在学徒时很老实,干活也真卖力气。自从他在商务印书局得了一场大病,差点没病死,东家不但不借给钱治病,反而撵他搬出去。经过这件事情之后,他就开始恨资本家,干起活来调皮捣蛋,磨洋工。到了军大印刷厂,他这个"磨洋工"的思想还很严重。

那时节,工厂领导不健全,厂里工人多是新来的便衣工友(拿薪水的),觉悟程度都很低,还有的看不起八路军。王兆祺也是其中的一个。

直到第二年一月间,印刷厂才派来了指导员,这位指导员姓贺:来到工厂后,就建立了劳动制度,改善工厂伙食,尤其是加强了政治学习。每当下晚干完活,就给工人上课,讲工人阶级的斗争历史,讲新社会里工人的地位、前途。乍一开始上课,王兆祺和大伙一样都有点听不进去,可是,往后愈听愈有劲。有时上完课,王兆祺常想指导员说过的"在新社会里,工人就是工厂的主人",还有"工人是领导阶级"。不过,这几句话还有点捉摸不透,因为,过去他从未听过这样的话。

经过三个月的政治学习,工友们的政治觉悟逐渐提高,王兆祺的脑筋也开了窍。指导员讲的话,句句打到他的心里。他联想到来厂后,这半年多的时光,无论在工作上、生活上,事事讲民主,有意见可以提,有病歇班不扣工钱,干完活还让学习……这跟在旧社会里当工人比一比,简直差到天上地下去了。

九月间,他到哈尔滨去取寄放的衣物,见到许多老工友,景况和从前都不同啦,说话都挺起腰来了,不像以前愁眉不展的。并且告诉他:印刷工人成立了工会,参加管理工厂,工资也提高了,生活过得蛮好,再不受资本家的气了,这都是共产党帮助工人翻了身。他一听,心里很痛快。

当他从哈尔滨回来的当天晚上,见到指导员后,就把他近来的心思,恳切地向指导员说了出来。他说:"这一年来的亲身体验,使我明白了'新社会里,工人就是工厂主人'的道理。指导员,我不想拿薪水了,我要求参军(供给制)行不行?"指导员说:"行!不过你想通了吗?"他说:"想通了,这不光是以我个人的亲身体验,我还亲眼看到在哈尔滨的老工友都翻了身。我一个单身汉,在外赚了钱有啥用。共产党对待工人这么好,今天,我算找到了家!"

第二天晚上,全厂开了个欢迎王兆祺入伍大会,小郭还特为他扎了一朵大红花。

二、诉苦

十一月间,一般政治教育结束了。因为当时厂里没有工作,就在原有的教育基础上,展开了阶级教育。先从土地改革教育开始,而后讨论"资本家养活工人?还是工人养活资本家",培养典型,展开诉苦,最后进行反省,达到提高阶级觉悟,克服从旧社会带来的缺点,树立新的劳动态度。

经过动员,而后漫谈,读材料。当指导员读了《坟》以后,全厂工友的情绪都悲愤起来。王兆祺坐在后边,边听边擦眼泪,心里像刀绞般的难受。他还记得:母亲生过两个妹妹,因为家穷,一个送了人,一个竟忍心地掐死了,不是妈心狠,是地主阶级压迫剥削得穷人没活路啊!

典型诉苦大会上,王兆祺打了头一炮。刚一开讲,他还挺镇静,他说:"过去受的苦真是无其数,十六岁以前是在家里受地主的压迫剥削,十六岁离开家到哈尔滨去学徒,当捡字工人,这期间,是受的资本家的压迫剥削,还险些没送了命。"说到这,他镇静不下去了,声音有些嘶哑,眼里噙着泪。

"十六岁,我在哈尔滨精益书局印刷厂学徒,学到一年半,精益书局让商务书局给吞并了。商务书局的东家王竟还,是个大资本家。

"自从王竟还接了厂,他就勾结了日本鬼子,挂上了'官需局指定工厂'的招牌。借着日本鬼子的势力,经常压薪,强迫工人多干活。有一回,一个半月没开支(应该半月一开支),工人被迫罢工,他说:'谁敢不干,就送到司法矫正局去,你们不干没关系,监狱里有的是人,叫一些来干活,看看谁倒霉,谁挨饿!'工人看这方式不行,就换了招,用怠工、破坏工具来对付王竟还对工人的压迫剥削。

"提起工人吃的,都赶不上王竟还家的小叭狗。那个小叭狗天天吃猪肝,工人呢? 吃红高粱米、橡子面、咸菜,一年三百六十天见不着颗油花,这样还上顿不接下顿。有一回没米,朝柜上借钱,柜上不借给,工友们只好饿着肚子上班,到工厂干不动活,王竟还来了一看,张口就骂:'没吃饭就干不动活,不愿干滚蛋,一顿两顿不吃饿不死'……

"工人病了,柜上不管,还扣工资。一冬,就冻饿死四个青年工友,内有我的师兄弟申德俭。大家听听,大资本家的心多狠毒啊!

"一九四四年,我得了伤寒病,就歇了两天工。因为扣工资,手里没钱就吃不成饭,心想:还是挺着干吧! 谁知,病愈来愈大发,第三天就吃不下饭去了,一直十来天粒米不进,昏昏沉沉地不懂人事。王竟还一看我病势很重,就找着我远门姐夫,硬让他把我搬出去。我姐夫也是个穷跑腿子的,可往哪儿搬我呢? 磕头作揖地算哀告好了再看两天。王竟还说:'再过两天病不见好,就报告警察署往外拉,这是传染病啊,可别死到我柜上。'

"当天晚上，我出了一身透汗，早晨能懂事了，病势稍微见轻。第三天，王竟还来问我咋样，我说：'好多了！'这才没把我撵出去。

"往后，病势一天天见强，可是已瘦成皮包骨，不能动弹。工友们凑钱给我打粥喝。大家都是穷光蛋，只好紧紧裤腰带，少吃一顿半顿的，给我省出粥钱来。

"这时，宿舍要改装订房，工人都搬走了，只有我留在九间房的三层楼上。那时，天气已冷了，窗户没玻璃，风呼呼地往里吹。夜里木匠还赶活，锤头斧锯叮当响，我一个病人，哪能睡得着，只好暗地流泪！

"这样，病了三个来月，好歹算没送了命。病好了，因为拉下饥荒，还得耐着性子给资本家当牛马。大家都回想回想，咱们工人在旧社会里还是个人吗！"他再也说不下去了，趴在桌上哭起来。听的人，一大半流了泪。指导员忙着劝解，安慰大家。

过了一会儿，王兆祺又接着讲下去。这回，他的声音特别激动。他说："我王兆祺有苦，一肚子苦水憋了三四年，我恨不得趴在爸妈怀里哭诉一场，可是，爸妈离得远哪！举目无亲，找谁诉呢！这回，我找着了亲人——共产党，我把冤屈都诉出来，共产党比我的爸妈还亲！""刚一来厂，我错了，我不该磨洋工，悔恨我认识不透，把亲人当成外人。今后，我王兆祺要加劲干，把过去的亏空补上。工友们，人有心树有根哪，共产党处处为工人的利益打算，吃的、穿的、干活、学习，跟旧社会比比吧，现在，咱们不是上了天堂吗！咱们再不好好干，能对得起良心吗！"大伙听着他的讲话，感情激动了，一齐高喊："共产党是咱们亲人，咱们永远跟着共产党走！""往后干活要积极努力，谁再磨洋工就是丧良心！"

三、竞赛

经过了阶级教育,全体工友普遍提高了阶级觉悟。

教育结束的第二天,指导员又忙起来,忙着看工友写的决心书,又找学习委员出墙报,那期墙报的名字叫《改缺点》。全体工友都把心里话写在决心书上,写道:"经过教育,我们的脑筋都开了窍:过去,资本家压迫、剥削工人真狠毒,工人吃不饱、穿不暖,共产党来了,工人才得了好。吃水不忘打井人,往后干活靠自觉。还有,我们从旧社会带来的污点,都把它从根上挖净,不然,就对不起工人是新社会领导阶级的光荣称号!"

※　　※　　※

一九四八年六月间,印刷厂成立了职工会,王兆祺被选为学习委员。

王兆祺自转变了思想,又经过阶级教育后,谁都说他干起工作来,和先前一比,简直变成了两个人。先前一点钟至多能捡千把字,如今,一点钟要捡到一千四百多。大伙常拿这事来开他的玩笑,他却笑呵呵地解释说:"工人是个自觉的阶级,虽然也有落后的,但一经提高了阶级觉悟,马上会转变过来,而且还特别积极!"并且,他还常拿这话来教育其他工友。捡字组的于庆吉,好犯情绪病,王兆祺不止一次地和他谈,耐心地跟他说:"过去,你是一个受压迫受剥削的工人,因为在旧社会呆久了,才染上了一些思想毛病。你好比一块生了锈的亮铜,只要把锈擦了去,你就会发光。你要好好进步,拿出无产阶级的本色来。"在王兆祺的耐心帮助下,于庆吉终于积极起来了。

当印刷厂的工作成绩蒸蒸日上的同时,在"七一",又展开了热火朝天的立功竞赛运动。这一阶段,印刷厂的工作提高到一个新的高度。

在动员会上,指导员号召大家要为人民立功,争取入党。许多经过阶级教育,提高了阶级觉悟的积极分子,都响应了指导员的号召,纷纷向党表示态度,决心争取立功入党。王兆祺就是其中最积极的一个。他并写了入党申请书,要求党在立功竞赛运动中考验他。

动员后的第二天,小组、个人开始酝酿订立功计划。机器组提出:保证纸张损失不超过千分之二;排版组提出:保证一点半钟排一块版(现在由于技术与工作手续的改进,四开报版已能二十八分钟排一块版);捡字组提出:一点钟捡清稿一八〇〇字,草稿一六〇〇字,散字二三〇〇,错字千分之三。指导员把各小组提出争取立功的保证在大会上读了一遍,大伙都觉着捡字组的计划有点高。接着又讨论通过了立功的四项标准:一、工作有创造性,不断提高质量、数量;二、遵守建立起来的制度;三、不断改正缺点,能团结互助;四、学习、工作积极,起带头作用。当指导员最后宣读时,大伙鸦雀无声地听着,心里都兴奋得跳动起来。

竞赛开始了,时间是两个月。

各小组又都开会动员,研究提高技术的办法。唯独捡字组却出了毛病。小组会上,有的人觉着订的计划高,心里没底。王兆祺是组长,他一看大伙的情绪受影响,赶忙动员说:"虽说计划高,可是,咱们订的时候也有根据,再说,不创造个新成绩,咋能立功呢?"个别工友提出反驳说:"创造个新成绩也不能高到这个样。"接着,有几个人也附和着说泄气话。王兆祺有点发急,一骨碌从炕上站起来说:"大家先别泄气,一个字还没捡呢,咋就知道不能达到计划。指导员不是说过吗,工人阶级有创造天赋,这就是要大家出主意,想办法,把工作效率提高一步!"说到这,他停了一下,又满有信心地说下去:"我相信,工人阶级能不断地创造成绩。就拿我说吧,先前只能捡千把字,自从转变了工作态度,现在不是捡到一千三四了吗!往后还有两个月,咱们做着看,工作中有困难就想办法克服,只要大家有信心,肯努力干,保准能达到计划。"经他这一讲,把大伙的劲头又鼓起不少。讨论到最后,大伙的心情一致啦:"工人阶级能创造,咱们就先干出个样来!"

从竞赛开始,全厂工作真是紧张。白天干完活,下晚就做准备工作:机器组熬胶,擦机器;捡字组看书稿,查缺字……半个月以后,捡字组的成绩逐渐提高,每人一点钟捡到一千四百字左右,大伙心里满高兴。又过了五六天,每天报告捡字成绩时,谁也不离一千四这个大数,也不大高,也不大低,卡住了。这一来,大伙都觉着:这算顶头啦!干的火热劲又慢慢松下来。在这之前,王兆祺就犯了寻思:"现在捡的书稿、报稿里常用新名词、新字眼,而现在使用的二十四盘字架是老样式,有些常年都用不着的字,枉占着好格子。捡书里常用的新名词、新字,还得到六十四盘去找,这多耽误时间。捡字的数量不能提高,怕是毛病就在这里。"他把这心思告诉老刘、老王,征求他俩的意见。他俩琢磨半天,觉得王兆祺说的有理,于是,共同初步商量了改造字架的办法。下晚干完活,在每天一次的技术研究会上,王兆祺提出了他们改造字架的意见。他说:"现在咱们捡的是'五大技术'的军事书,书里常用'地堡''刺刀'这类字眼,可是,这些字,老二十四盘里没有,还得到六十四盘去找。而咱们用的二十四盘字架是老样式,有些常年用不着的字,比如'耶''稣''兮'啥的,我看,不如把老字拿出去,把常用的新字换进来,存在二十四盘里,这样,捡着方便,准能增加速度。"他把意见说完,有的不赞成,理由是："字架不比别的,这是多少年来的'老规格',一改不乱套了吗?!"王兆祺解释说:"你们怎么叫'老规格'限制住了,咱们是根据实际需要来改造'老规格',也不是全盘打烂,是留着有用的部分,改掉废货,使它能改进工作,这难道不好吗?! 再说,如果不行,大家再重想办法,反正咱们的工作效率得提高。"经过王兆祺的说服,大伙通过了他们的计划。

第二天,他们把字架改造了。把书里常用的字都存在二十四盘里,用不着的字都搬了出去。还有些常用的字,像"群众",都装在紧底下的二十一、二十二盘里,又把它挪到七盘上来,搁在一起,省得捡字的时候老"猫腰"。王兆祺说:"要增加速度,多'猫'一回腰的工夫都得算计上。"大伙听了都笑起来。

自从改造了字架,小组又民主订出一条公约:捡字时集中精力,不说话,不唱歌。

这一番改造刚完毕,宣传部送来《思想教育参考材料》一书,要赶印。王兆祺跟大伙说:"这回试试咱们的工作效率如何?"头三天,捡字的成绩低下去,错字也多啦,反对改造字架的人就埋怨起来。王兆祺又说服他们:"熟了就好啦,咱们争取快熟悉!"果然,再捡过五天,成绩慢慢上升,从一千四百字升到一千五百字。大伙的情绪高涨啦,都说:"王兆祺他们出的这个办法,真妙,这个难关一打破,管保能达到计划。"往后愈捡愈熟练,到月底总结时,一念统计,成绩竟高得惊人。王兆祺平均一点钟捡到二〇六八,郭孝惠二〇〇一,一般的都超过了一六〇〇,小组平均达到一七八〇字,散字二三〇〇,而且质量还好,平均错字千分之三点六(未达到原计划)。

当全厂工作已有显著提高的同时,指导员适时地做了一个月竞赛小结,指出优缺点,并表扬了捡字组的创造精神。马上激起机器组、排版组、装订组的高度竞赛热情。机器组说:"捡字组这回可'冒高'啦,咱们跟他们比赛,保证印刷中机器不出故障,印的字清楚。"装订组说:"我们保证不出一篇废页子!"这一来,小组之间的竞赛更火热起来。

※　　※　　※

两个月的竞赛过去了,指导员布置各小组总结竞赛中的优缺点和取得的经验教训。王兆祺在捡字组的总结会上说:"这两个月的竞赛,又给我上了一堂课,我明白了在旧社会里工作效率不能提高的道理:工人们没吃少穿,天天受资本家的憋气,谁还有心思改进工作。而今,在新社会里,工人当家做主,生活有保证,共产党奖励创造,大家出主意想办法,这哪能不提高呢!"

四、立功入党

竞赛结束后,开始酝酿立功。先进行小组评,提候选人,而后再到大会上评。评功大会上,评到王兆祺时,大伙的发言愈发热烈。有的提:"立功的四项标准,他都做到了,他领导的捡字组,创造的成绩真没比的,尤其他是最突出的一个。"有的提:"他的思想进步快,转变后,工作态度一贯积极负责,真正表现了无产阶级的本色!"有的提:"他不但自个儿学习好,还耐心帮助别人。自从他担任学习委员,没间断地出了三十八期墙报,时常下晚改稿,一直改到过半夜。"有的提:"挖厕所,挖洋沟,劳动勤务,哪回都是他干在前面,我看,他可作为我们的全面工作模范。"……

在讨论该立啥功时,大伙的一致意见是:立一大功,一点不亏!

评功结束,一共选出七名功臣,立大功的只王兆祺一个。

在军大全校事务人员庆功给奖大会上,校首长亲自为他带上

"艰苦奋斗"的光荣奖章。在这同时,经过立功竞赛运动和两年多的考验,王兆祺被光荣地批准入党。从此,光荣的共产党员王兆祺,成为了印刷厂工友的学习榜样,前进的旗帜!

写于一九四九年四月十三日夜

选自《文学战线》,1949 年第 2 卷第 4 期

◇ 谦

三棵树车站的早晨

天气也像欢庆这年青的中国无产阶级的节日似的，一夜北风吹尽了几天来的阴凄云雾，蓝天的东方，涌出霞光万道的太阳，照着工友们精心制成的花花绿绿各色各样的牌坊："庆祝工人自己的节日——五一""世界一切都是我们创造的！""天下工人是一家""保证事故绝无""劳动英雄最光荣！""永远跟着共产党走！"这景象使我想起小时候过年"大年初一"的味道，清新，欢愉！

站台上挤满了人，年青人脸上开了花，上岁数的浮出爱抚的微笑，秧歌队在做最后一次的预演，扮女角的都穿上了亲属女眷们的心爱的时装，男角中马歇尔的绿大鼻子最惹人注目，大帽子后还写着"王八蛋"三个大字，惹得大家弯腰笑个不住。

"□……"南边车笛响了，随着是叮当的铜钟声音，新油漆的车皮映着阳光闪着金色的光芒，漆黑锃亮的车头前面，飘拂着两面鲜红的国旗，新装成的列车拉出库来了！

人们立刻包围了稳稳停住的列车，看看这，摸摸那。永是笑着的

248

吕站长领我到车里头参观，嚯！全车上上下下漆得锃亮，走到洗手池旁，他手一按，水哗哗地就流了出来，电门一开，电灯亮了，电扇转了。我感动地说："这一切，说明工人阶级有办法！"吕站长笑着补充地说："也说明共产党有办法！"

当我就坐这列车的二等车新红漆皮沙发上写这报道时，一抬眼，瞧见驰过另一食堂车壁上还贴着一张张的风景画呢，我再一次深深地咀嚼"工人阶级有办法！""共产党有办法！"的味道！

选自《东北日报》，1947 年 5 月 10 日

◇ 瑚　作

老戴心里开了花

　　戴恩君是东北铁工厂的模范，今年二十五岁，提起他以前所受日寇的痛苦，真是几天也说不完。十二岁他就给人家放牛，天不亮就起床担水，一直干了三年，后来他想学点手艺，便托亲求友地找了个工厂去当学徒，开始在皮口义顺化炉铁工厂学翻沙手艺。在学徒的时候，每天早晨六点就得起床，晚上十二点才能睡觉，有一次起来晚了一点，便被工头拿棒子打得他爹一声妈一声地叫，这种事情天长日久便成家常便饭，后来不幸他又被挑上"国兵"，听到这个消息，心真好像刀绞似的，当他临走上车的时候，他父母都叫苦连天，待车到鞍山，他便偷偷地跑下车，到朋友赵文彬家里借了二十元钱，就一口气跑到牡丹江。到那里两眼摸黑儿，谁也不认识，就在街上要饭吃，后来找到一家铁工厂在那里干活，后又到长春在"新京铸造铁工厂"干活，那里的工头吃私，但老戴也无钱送礼，于是工头就时常找他的别扭。有一次，老戴病了不能起床，工头就把他送去干劳工，干了三个月的劳工，就听到苏军打败日本的消息，戴恩君才算从地狱里爬出来回到大连，回到了东北铁工厂，才找到了自己的家。这里的工友和经理都非常和蔼可亲，每天除工作外，还可以学习好几个钟头，有一次，当戴恩君知道经理才挣一百四十斤粮，他回去就对工友们说："咱经理才挣一百四十斤，我都比经理多挣五斤，而平日看看经理对咱们又多么好！在日寇统治时代，我每月挣的钱是不够养活家口，现在我每月能养活老婆孩子，还有三千余剩钱，我从心眼说，我真知足了。"就因为这样，戴恩君的工作更加积极，他不管干什么活，总比别人多干。在做注水器时，初时每天只能出五六个，那时拌沙泥还得对黄泥，因为天气很冷，黄泥又都冻了，要放在炉子上烤，这样很耽误时间，同时三四个人同做一个模子，人多了都不负责任，做出的活质量还不好，后来经过戴恩君和工友们共同研究，结果可不用对黄泥，并且实行分工，每一个人负责做一个模子，这样出的活质量又好，且每天能多出六个。同时以前六个注水器装一窑，得三筐煤，后来每天出二十个注水器，有四筐煤就够了，这样每天能省下二筐煤。戴恩君对工友们说："我们要起带头作用，现在的工厂就像咱们自己的家一样，挣来的钱还分红利。"

戴恩君在赵运期间内更加努力，虽然冶金股没有活，工友都在院子里收拾空地的炉灰、砖头等，但每次还都定出计划。有一天下雨，他同样地坚持工作，拉车拉得腰痛，但他说我不休息，就是有病也一定要完成任务，一直干到晚上七点才回家。

戴恩君看见在院子有碎铁碎铜都拾来，真是一点一滴也不浪费。他对于学习非常积极，他只念了一年半书，现在也都忘了，自己感到过去不识字的困难，连自己的名字都不会写，所以他非常努力，最近已认得三百多个生字。在上下班时腰里总是藏着小账本，晚上回家还要学习到十点来钟，他的老婆常说他："你老了半辈子，还学的什么劲。"他在走道的时候,看见电线杆子上有不识的字,就从腰中掏出小账本把它记下来,回到厂里就问别人,他工作或学习都是如此的认真努力,所以他光荣地被选为模范了,他高兴得时常说:现在他心里真像开了花。

选自《"工农园地"选集》,大连大众书店 1948 年 8 月

◇蓝　曼

行李不见了

炊事员徐傅玉和老牛把晚饭预备好了之后,回到自己冷冰冰的屋子里,屋子空空的,行李一个也没有了,他们找到房东贺老四就问:"我们的行李呢? 谁拿走了!"

贺老四说谁也没有拿。

"怎么没有了?!"徐傅玉和老牛很着急。

贺老四笑了笑,只是拉着徐傅玉的双手说:"真对不起! 这几天一定把你们冻坏了!"

五天之前,炊事班就到了这里,正是大年初二,就搬到贺老四家里住下了。贺老四原是个被分户,对八路军并没有多大好感,本来他家还有不少的房子,怕农会再清算他的房子,因此,名义上弟兄四个分了家。但每当农会动员纳粮的时候四家都得算成中等户,要各出七斗五,总起来就是三石,如果四家合在一起,就得算头等户,只缴八斗粮食和两千元,贺老四的这个算盘打来打去,经常与农会纠缠不清,八路军住在他家里,在他看来只是增加麻烦。

在农会再三的催促之下，总算腾出了东屋的一间房子，房子里的四面墙上白花花的都是霜，人住在里面白天冷得手都伸不出来。大家都知道，大年下，在贺老四家煮饭烧水，贺老四的全家早就不耐烦了，如果再动员贺老四腾出一间暖房子是比较困难的，大家商量的结果还是让徐傅玉同志去试一试。因为徐傅玉平常群众工作做得很好，也容易与老乡唠在一起。

"老乡！我们住在你们家里太麻烦了！"

"没有什么！有什么法子？"

徐傅玉谈来谈去都是冷冷清清地回答了。关于腾房子的问题徐傅玉有心不问，但又怕大家埋怨他，于是鼓了鼓勇气说："我们房子太冷了，能不能腾间暖房子住？"

"哟！你看我家老老小小多少人，真腾不出来！大年下将就将就吧！"贺老四的老婆摆出了一副不耐烦的脸。

徐傅玉心里虽不高兴，但回来之后什么也没说，只嘱咐老牛少借他家的东西，并且每天饭做好之后，把灶里的火都扒到老乡的火盆里，咱们愈冷愈不要火。

就在这天夜里，徐傅玉来到马棚里小便，看见马槽里没有草了，于是他添上草，拌上料，看见马高兴地吃起来才去睡觉。第二天还没亮，他先挑一担水，把马饮好，然后再给大家烧洗脸水。老牛和徐傅玉这样一连做了三天，而且留心再找其他工作帮助老乡。喂猪、劈柴、挑水。

贺老四的儿子每天夜里也都起来喂牲口，头两天看见槽里的草满着，心里就有点怪，和他父亲说马不吃草了，怀疑是马生了病，第三天又是这样，不吃草不喝水。贺老四有点慌了，又看不出毛病，问谁都不知道，急着和儿子商量请个兽医。

第四天的夜里，徐傅玉又起了，刚把草倒在槽里，一扭头贺老四的儿子一把抓住了他，拉着徐傅玉的两只手用力地抖擞着："你们太好了！你们太好了！"

这天的下午，贺老四趁着炊事班的同志没有回来，叫自己家里的孩子老婆挤在一个炕上，偷偷地把他们的行李搬到上屋的暖炕上。从这一天起，炊事班的同志们再不住在那间四壁霜花的冷房子里了，他们和贺老四家住在一间屋子里，而且每天炕上都摆着大火盆，贺老四只要和他们唠起嗑来就一定要说：

"八路军，在中国是最好的军队。"

选自《血肉相联》，东北书店 1947 年 8 月初版

◇ 赖少其

站铁笼的第一天

离"皖南事变"已经有十个多月。到江西集中营来也已经有六个多月了。特务头子张超越迫越紧,已经到了决定生死的时候。不是耻辱地写《悔过书》和《自首》,在《反共宣言》上签名,便是受刑处死,再也没有第三条路,要"拖"已经"拖"不下去了。

昨夜正是为了这事情,一直搅到了晚上二点钟。总算渡过了难关,但今晨一清早,天还模模糊糊,张超已经坐在办公室里把我叫进去,两眼炯炯地在灰暗中发着光,厉声地问:

"考虑过了么!"

"考虑过了。"

"怎么样?"

"还是那样。"

"好,去!"他很愤怒地拍了一下桌子,桌上的东西全跳了起来。

又被带回昨天我被禁的那个房子。

集中营静得很,静得像死去了的一样,铁丝网的刺,在窗外惨白地发着光。

不久,听见了脚步声,进来的却是胡须茸茸的"王队长"。我让他坐下。他皱着眉头,停了很久,才慢吞吞地说:

"我昨夜听得很清楚,唉,年轻人太自负了,何必呢? 你的前途很远大……"

"我没有罪,抗战也犯罪吗?"我压住感情平心静气地说。

"不是这些,你是走错了路。"

"唔?!"我把眼睛睁得大大的,大概是发着刺人的光芒吧! 他把脸避开了。

大家沉默着。他很无聊地站了起来,在屋子里跑了一圈,又若有所思地坐在一张破藤椅上。

"不错,共产主义是好的,不过,譬如说:我们中国像这样一间破屋子,破屋子只配放一张破藤椅,如果放一张漂亮的沙发不行,不行的!"

我听了这话,忽然觉悟到国民党是张"破藤椅",不由得笑了起来。这一笑,使他的脸发紫,把原形露出来了。

"那末你是死不改过了?"

"我昨夜就已经说过了,枪毙吧!"

"枪毙?"他狡猾地一笑,那一根根的须子仿佛都翘了起来,可恶地说:

"死没有那样容易,不生不死才痛苦。"他直挺挺地站了起来,更加重语气地说:

"恐怕你受不住吧?"

他出去不一会,四个宪兵手里拿着快慢机跑进来了,把我押出去。很多同志发觉了,呆着眼睛地望着,不发一声,目送着我离开了

同伴。

天气很不好,暗黑而深沉,还下着毛毛雨,我感到了一阵寒冷,抖了一下,跑出集中营的大门,见到的都是有刺的铁丝网,一重一重地绕着。

宪兵哨岗像野营一样布满周围的小山峦。从小路爬过几个山岗,便可看见远远的山凹中一个孤孤单单的石屋,这便是集中营的牢狱,恐怖的"茅家岭"了。

小河悲哀地倾诉着,举目四望,前面左右都是荒山和野墓。无限的往事惆怅地浮上来,但即刻又消失了。

"茅家岭"越来越大,裂着血口,把我吞进去了。来了一个"新人",照例要起一次小混乱,"号子"里的同志都挤到栅门前,用同情的眼睛,迎接新来的同志——仿佛忘记了自己也在受难中。

但即刻使他们失望了,并没有把我送进"号子",倒是将"铁笼"的大门打开,把我推进去,锁了起来。那个姓王的监狱长,大家称他作"王八"的,咬紧牙齿地捏紧拳头在空中晃了两晃。

"号子"里都吱吱喳喳说起话来,他回过头去,又大声地叱责:"不准说话!""号子"里的同志只好把头从栅门缩进去,他还不放心,偷偷跑到"号子"的墙旁侧耳细听里面说些什么。然后才把两手交叉在背后,一步一步跑进房里去。

我仔细地看一看这"铁笼":共有四根大柱,六根小柱,只能站着,不好侧身,四周交织着有刺的铁丝网,不由得想起了《老残游记》描写恶吏把犯人"站笼"示众,死后尸首不收,想不到我亦身受了。

女同志,比较"自由"些,可以在牢里跑动,她们是那样忧愁,都轻声轻气地谈论着,大概有人认识我了。她们竟是这样大胆地,用着发抖的声音唱起《渡长江》,"号子"里的男同志也沉痛地和起声来。

这是什么景象啊，一股热气从心中直冲到脑际，难言的痛楚像锥子一样地刺着，这歌声，使我比任何人都要容易感动，但我看得清楚，她们的眼泪淌下来了，很快把头低下去。

"王八"跑了出来像狗一样嗅空气，搜索不出什么又跑回去了。

一个瘦削得很的女同志，因为在集中营逃跑，在火车上抓回来的，她很沉着地跑过"铁笼"张望了一下，丢给了我一张条子，我很谨慎地攥在手中，然后背着柱子很心急地拆开来看："同志！你的行动，给了我们最好的教育……你要更坚定下去，你要吃什么我们一定替你设法……"我看完了，很快把纸条捏成一团吞进了肚里。她躲在屋角里瞧着，我向她摇摇头，表示什么都不要。

不多久，一个头发很长眼睛黑溜溜的女孩子，后来我知道她是政工队员，因思想左倾被抓进来的，她很活泼地跑过"铁笼"，一手递给我一包东西，又若无其事地吹着口笛走开去，站岗的一个士兵看见了，笑了一笑，像没有看见一样把脸朝开。我胆子大了起来，很快把它拆开来看，原来是包着剥了皮的花生米，我不好意思地红起脸来。

慢慢地在"号子"里，由低而高升起了粗壮而倔强的歌声！歌是《八百壮士》，词却是新的：

"中国不得了，中国不得了，你看那民族英雄坐监牢……"歌还未唱完，"王八"像狗一样拿着棍子打在同志们的头上，并且骂着：

"什么不得了，什么……"又是一阵棍子打在头上的声音，以后，才"嘭"的一声把栅门关上了。这狗东西，急促地喘着气，满脸通红，我看他这副样子，由极度的憎恨而厌出了笑，这笑声却那样地打击了他，他两脚蹦跳了起来，大声地叫喊：

"去你奶奶,把他吊起来,吊起来……"即刻"铁笼"的门拉开,把我的两手反缚着吊在"铁笼"里面。

绳子越吊越紧,身子也慢慢沉重起来。一丝丝的刺痛从两腕蔓延到肩膀,直刺进了胸中,以后,又好像从骨髓中发出阵阵的剧痛。脑子也浑浑噩噩起来。大地仿佛像狂风一样在旋转……

天慢慢地暗下来,在迷迷糊糊中,好像听见一个女孩子的声音!

"你不要笑呀,他恨你笑……"一个站岗的士兵,轻轻地很沉痛地说了一声。

"君子不吃眼前亏!"不一会,我的屁股已经坐在一根棍子上,我的身子不悬空了。我清醒了起来,这是那个女孩子和士兵干的,他们把一根棍子在我的屁股下面从"铁笼"的这边穿到"铁笼"的那边。但看起来,还像吊着一样。

女孩子在黑暗里消失了,站岗的士兵跑到墙角里去。

"王八"出来查哨,看见那士兵在吃香烟,大声地叫了起来:

"站到哪里去了? 叫你站在'铁笼'的旁边……"那个士兵只好过来站着。我听得清楚,他咕噜着在骂:"妈的!"

"号子"里传出一阵阵惨痛的声音,不断有人在咳嗽。夜是更加深了,风和雨在牢狱外面的旷野里不断地吼……

选自《集中营》,东北书店 1948 年 6 月

◇ 愚　生

林鹤鸣改造了马光明

　　马光明是货车厂领活的工友,在他没领活以前的几个月,工作就很是松懈,过去给日本鬼子做活,当然是磨洋工。解放了以后,还是没有改变,早晨工作笛响了半天,别的工友都干活,而他不是上便所去磨时间,就是干活衣裳还没有换完,干一会活,歇一会,不紧不慢的,像这样马马虎虎地一天一天地混着。和他同修理车的工友都看不惯,有的工友就劝他好好干活,但他不等人家说完就头一晃,手一摆,"什么"干活,累死谁偿命,干一天给一天钱,我就是这样。气得工友都不和他说话。可是他看人家工作积极,反说人家吃饱"撑"的。货车厂成立了学习班,全体工友都参加了学习,他也勉强参加了,可是他并不努力学习。听到"中央军"要来的谣言,乐得他眉开眼笑,说精米白面可来了,再不吃红高粱饼子,但是,结果是狗咬尿泡虚欢喜,急得他愁眉不展,三天两日歇工。组长林鹤鸣看他二十多岁的一个青年人,对于时事这样模糊,又不热心工作,就时常找他谈话,首先树立他的新劳动观念和打破他的盼"中央"的思想,解释给他听，现在干活，比不得从前，目下的工厂，是咱们的，干活也就是给自己干，节省一些原料，利用废品，多干一些活，工厂收入多，咱们工资就能提高，生活就能改善，不干活，是解决不了问题的。再又将国统区工人所遭的罪常讲给他听。林鹤鸣组长如此婆口苦心地劝导，他的心里也开始反复思想这个问题。再加在学习班，他又听了好几回政治课，开始觉得组长的话对。第二天老早就来到工厂，也不和别人说话，看人家干活，他也不落后地干，工友们都很奇怪，也不知道今天的日头从哪方面出来。只有组长林鹤鸣，在一旁看了咧着嘴笑。马光明工友从此工作一天比一天进步。工友们都很高兴，渐渐地和他接近。马光明改变了。厂长委员及班组长看他工作进步如此快，又给他升长一级，他便更积极了。不但工作有了成绩，学习也很用心，目下了解了不少的国家大事，技术夜学班他也参加了，现在有人去问他，怎样改变过来的，他便笑容满面地说，他是被林鹤鸣改造的。

选自《"工农园地"选集》，大连大众书店 1948 年 8 月

史大罗克夫

　　苏联人史大罗克夫是货车及台车的厂长,他没有一点厂长的架子,每次到工厂的时候,不论工友们手多么脏,他都要很亲密地和工友们拉手,看见工友们工作积极,他便高兴地说:"黑拉少。"拿出烟卷,每人分给一支,把一盒烟卷完全分给工友们。偶然有的工友干完了活,稍稍歇歇,吸一支烟,又不自主地就赶快地去干活,而苏联厂长却笑嘻嘻地说:"只要每月修理车能够完成任务,而且还超过计划,那么稍稍歇歇不要紧。"这真感动了工友们,都说苏联厂长真好。想起过去日本厂长若是看见谁不干活,早踢上几脚了,哪管干多少活,只要稍休息就说咱们偷懒。史大罗克夫厂长,不但对工人很平等,而且还赏罚分明。在去年十二月,货车厂给中长总务段割了一千立方米木材,工事很急速,工友们便在严霜寒冬下,为了完成任务,打加工,礼拜日出勤,不顾天气怎样冷,都积极地工作,不久便完成了任务。于是史大罗克夫,他就到总务段,给工友要求增加待遇,每人三斤豆油,负责任的和积极工友每人送给一双鞋。

有一次他家里的洗澡堂子，烧暖气的小锅炉管子漏了，台车工友汤收有和姜竹春到他家给他修理了，他很过意不去，便做了大米饭、酸菜，给他二人吃。姜竹春、汤收有感动地说："过去我给日本扫脏，从早干到晚也没有管一顿饭，今天给厂长干了两点多钟活，就管我两人一顿大米饭，真大大不同了。"

选自《"工农园地"选集》，大连大众书店 1948 年 8 月

◇ 照　辉

解放战士教育解放战士的故事

同志们都已经睡熟啦。只有邵××翻来覆去地睡不着，回忆着他被国民党抓住当兵的情形，忽然又想到在四平被俘情形，想着想着自己也进入梦乡啦。

"妈！我可算回来啦！"

这是邵××的梦话。这时副班长于××醒来了。他听到之后，心想：

邵××是四平战斗刚被解放过来的，七月间才到七班来，乍一来就愁眉苦脸的，我把洗脚水端给他洗脚，他好像中了魔似的，呆呆的一句话也不说。每天都是那样，活也不想做，饭都不想吃，到底为的啥，今天算是知道啦，原来就是："妈！我回来啦！"

接着他又回想起自己的事情来啦，当今年春天自己在郭家屯被俘的时候，那比邵××还难受。因为在新一军常听官长们讲话时说："让八路军俘虏去，不是机枪点名，就是大炮'找'平。"当时满心害怕，又不敢对人说，只有闷在心里，今天也想开小差，明天也想跑。

到后方去的时候,自己还想:"只要一到五常,我就溜之大吉。"一到五常,自己还雇房东的大车去五常街上把姑夫接来,问了很多当地的情形,姑夫说:"千万不能开小差,现在各个屯的农民会都组织起来啦,你跑到哪里去?再说屯里的穷哥儿们都翻了身,分了地,分了房子,有很多人愿意去报名参军还去不了呢!你兄弟占江也参了军,现在在队上还当了班长呢!"那时自己想:"连占江那个小'个'子都能当班长,自己要好好干,还有个干不好的?再说,老百姓都分了地,分了房子,就是为了保卫翻身,自己也是穷人出身,那就应该干呀!"那个时候,自己才下了决心,在民主联军里好好干。这时候居然也当了副班长啦。现在哪能眼看着邵××整天地愁眉苦脸下去呢!设若他的心眼一窄,还不定能闹出什么乱子来呢?何况自己是个副班长,应该对这样一个同志加强教育呀!

从第二天起,于××就开始加强对邵××的教育,经常个别找他谈话。有一天,他对邵××说:

"老邵呀!你看我每天都想家,连做梦的时候,都梦到要回家,一梦就梦到家里去啦,可是不梦又不行,这可咋办?"

这一下可说到老邵的心眼里去啦,邵××就低声地对他说:

"可不是嘛,我也是这样,一做梦就回家,乍一来,我啥事也不想对人说,也不敢对人说,在四平俘虏过来,我怕让机枪点名,也不敢对人说想回家。现在没办法,只有干!"

"你家有多少人?"

"只有个老母亲。"

"家里有多少地?"

"一点地也没有!"

"是呀!你家里一点地也没有,你知道八路军是干什么的?八路军就是为着咱们穷哥们翻身！你们家不是在鞍山吗？离这里也不远，八路军要是把你们那里解放以后，给你们家里分上些地，那多好呀？你看人家机枪班的齐××，他是和你一齐过来的，你看人家工作多起劲。在八路军里只要你好好干，保险能干出样儿来。再说，就是现在让你回到家里去，难保又要被国民党抓了去，咱们想个办法不想家好不好？"

"想什么办法呢？"

"我有一个办法，你看使得使不得：咱们以后就不要每天把心用在想家上面，咱们把它用在学习上。咱们好好地来学革命道理，学习三三制战术。一方面，咱们和那些新参军的战士互相学习，咱们每天教他们技术，你看好不好？"

"那哪能行呢？我是俘虏兵，还能教给别人打仗？"

"那怎么不行呢？八路军和'中央军'不一样，只要你哪方面懂得多，又是对的，就是连长也得跟你学呀！我告诉你，我也不是从后方扩大来的，是三下江南的时候，在郭家屯被俘虏来的，我现在不也当了副班长啦？只要你好好干就行。"

"咱们也不会三三制，在国民党那边学的是散兵线、散兵队、散兵群，那怎么教人家呢？"

"是呀，咱们不会三三制，所以要好好学习三三制呀！只要咱们用心学还学不会？只怕你不肯学，肯学没有学不会的。现时我们可以教给新战士装子弹，退子弹，立射卧射……"

第二天在操场上，副班长就让邵××当了教练，教给新战士装退子弹，刚开始的时候，邵××还羞羞答答地怕丑，一会也就好啦。

邵××慢慢地积极起来啦，用心地来学习战术。在做勤务工作的时候，他和别的同志一样地抢着干，大家又选他当了学习组长。

"老邵呀！现在可要加劲干啰，当了学习组长，以后我再给你找个本子，找个笔，咱们每天出快报，把班里每个同志每天的优点都表扬在上面。"

邵××听副班长这么一讲，可乐啦，第二天就拿着给他找的本子和笔写快报，上面写着××同志帮助老乡担水，×××同志在行军中帮助别人背枪……

现在的邵××是受过教育的邵××了，他和刚解放时的邵××完全成了两个人。他和别的同志一样愉快地工作，学习，战斗。在行军中还帮助别人背枪呢！

选自《从诉苦到复仇》，东北书店 1948 年 5 月初版

◇ 路　茄

在惶恐中过生活
——上海来客话江南

一位朋友的太太带了四个孩子在五月十六日离开上海来大连，笔者前去探访，谈及最近京沪的物价，她对当前闹得非常严重的米荒叙述得特别详细。

她们一家六七口，她每月有四十万元的收入，已称得上是中等的家庭，但仍不免天天因不断上涨的物价而忧虑惶恐，惊惶无措。当谈及这已成"过去"的一段生活，她仍有余悸地说：一般人民的生活水准已压到不能再低，但至少饭是每个人需要吃的，薪水阶层的收入三月份开始后，冻结压低在一月份的生活指数上。不久后，政府即将万元大票几十万万发行在市上，因之物价便不断上涨，人民的本来已极少的收入的价值随着降低了数倍：一月份米还是七万元一担，那时月薪四十万元的可以买到六担米；二月初，过了旧历年，一担米就涨到九万元；三月份万元大钞一发行，米价跟着狂涨到一百万元一两的黄金价而猛升至十五六万元，市上有二三天买不到米,这时米源还没个竭,数日后,政府施行的"物价紧急措施方案"把米价抑到十一万五千元一担。但这一张王牌把物价冻住还不到两个月,米价在四月初清明节前便开始直线上升,到离开上海时已涨到三十六万元一担了。并且接连着好几天市上买不到米,面也从每斤八百元涨到二千元以上了,烧饼、油条每件三百元,吃碗阳春面得花五千元,跟着粮价剧涨,黄金黑市自五十多万一两涨到一百八十万,美钞每元自一万一千五百涨到三万以上,其他日用品也一致飞升,花生油每斤自二千八百元涨至五千八百元,猪肉每斤自四千八百元涨至八千元以上,火油每斤自一千元涨至二千元,"固本"肥皂一条自四千元涨至六千五百元⋯⋯本来四十万薪水勉强可过一个月,但到二月份领来的薪水,用十几天就完了。

物价上涨的原因

面对着这样的现实,"新政府"行政院院长张群于四月三十日宣称:"恶化局面乃由人民恐惧心理所造成。"

这到底是不是人民白日见鬼呢?除了大票发行刺激物价不谈外,这里叙述一件事实就可明白米价狂涨的直接原因:江西的最大米市是无锡,这次上海米价的波动,首先是受"产地",也是无锡等地的影响。正当无锡的米价摇摆不定的时候,中国粮食公司无锡碾米厂的负责人,就趁机大量抬价收购稻谷,一天就收购八千石,市场因此大受刺激,他的这种枉顾法纪、胆大妄为的做法,在被"物价监察团"发觉而扣押起来时,他声称"所收稻谷,系受中国粮食公司总经理江某的委托,代河北省田粮处购办军粮,并经粮食、经济各部核准"。扣押了一二天,经中枢某要人及中粮公司有力的"证明",这位碾米厂负责人终被释放了。

自从去年秋收时起,政府就决定除继续施行征实、征借外,还大量在农村收购,以上这一事实,只是一个小插曲。政府是大规模地进行收购,供应的机构有的是:粮食部下的储运处,各省的田粮管理处,受粮食部委托收购的中国银行与农民银行,等等。就储运处来说,上海、南京、安庆、九江、汉口、宜昌等地都有分处。这些就像无数强大的魔爪,攫夺尽了长江两岸大小乡村的食米:在江西有一百二十万石左右的食米是政府控制着,在四川,政府又要收购二百万石了。我们没法知道政府今天到底控制了多少粮食,但看见了上海粮食总仓库的情形就可知道大概,据五月二日上海《文汇报》的报道:"上海粮食总仓库,自去年六月成立到去年年底,该仓库进出的数量就在十万吨以上,即一百多万石以上。总仓库有十二个分库,最大的容量是二十万包。最小的容量是五万包。到现在为止,十二个分库都是满满的……"农村米粮存底空虚了,社会动乱了,恐怖开始了。

生与死的搏斗

饭是人人非吃不可的,而一般老百姓中已极少有经常保持一担以上存粮的家庭,大多数都成为"升斗阶级",家家断炊,号叫饥饿,连江南几个一向号称为"天堂"的大都市的真面也揭穿了,混乱开始了,大小悲剧接连产生了:上海市街上"路倒尸"增加了——四月份总数:成人尸九十二具,童尸三千零四十二具(今年一月至四月份共八千六百四十二具,内三百八十八具是成人,其余为童尸)。自杀的案件就上海一地即日有数起,绝大多数是因经济困难。有一天报上刊出一则如下悲剧:一对中年夫妇,因乡间抽丁不能安居,带着两个孩子逃到上海,借住在贫民区一间茅屋中,靠丈夫做小买卖,每日赚数千元维持生活,米价狂涨后,断了几天炊,为母亲的因两个孩子饥饿哭叫,心里不忍,就多方恳求拼借来了三万块钱,打算买米给孩子充饥,但米店门口人多拥挤,当她挤到柜上时,发现袋中的三万元已不翼而飞,悲痛心碎之余,感到无颜再见自己饥饿的丈夫和孩子,就奔回家去上吊死了。

人民都被逼在饥饿死亡线上挣扎,刚刚组织起来的"三党新政府"给人民想了什么办法呢?"五一"会上,社会部谷部长答复《联合晚报》记者关于物价与生活指数的询问时称:"政府的看法是站在克服目前经济危机来看,因为若解冻生活指数,而不能克服经济危机,结果仍不能彻底解决工人生活。所以政府希望工人部要忍耐。"但事实告诉人民:所谓"忍耐"即是叫人民饿死。所以便有铤而走险的了:杭州四万多饥民将全市一百三四十家米店统统抢空,虽然警察全数出动也镇压不下,从此开始,镇江、苏州、无锡、芜湖、上海、南京、成都……十几个大都市都发生抢米风潮,群众的口号是:"要吃饭跟我来!"所以"米蛀虫"被一般饥饿者看成直接斗争的对象,某些存心歪曲事实,企图转移目标的分子也在制造舆论,大肆宣传米商的"罪恶"。但事实上,米商手中的米并不多,就上海说,存粮亦不过十多万担。而政府手中却是控制着大量的米,这一事实上海粮米仓库负责人也不否认,曾对《文汇报》记者说:"我们有粮很多很多,从来没有这么多,足够上海四五个月的消费。"

虽是米价已涨到如此可怕的程度,人民的饥饿已逼成为白天成群抢劫的时候,政府还是不肯把这批存粮拨供民食,政府留这些米做什么呢?为了供给正在进行内战的数百万大军的军粮。

现实使人民完全明白了这一事实:内战不停止,米价将无止境地直线上涨。这犹如两把残酷的钢叉,将人民推向死亡。为争取和平,争取生存,人民更坚强地组织起来了:职工们以集体的罢工、怠工、慢工、饿工的行动坚决要求政府无条件解冻生活指数;大中小教员亦以罢教的手段争取提高待遇。五月中,南京有中大、金大等五千多学生首先举行饥饿请愿,先后包围教育部、行政院,要求将副食费自一万五千元增加到十万元。朱家骅、王云五的答复是:学生有书读已是幸运者,现在政府困难,副食费至多只能加到五万元,不能再高。请愿没有结果,同学们当即决议号召全国各地学生起来抗议专制独裁,反对内战,反对饥饿! 号召:"不愿饿死的人们团结起来!"

选自《蒋管区真相(第三集)》,东北书店 1948 年 4 月

◇ 路　波

军民之间

×× 部 × 营 × 连在拥政爱民运动月中,由战士们自动发起的爱民热潮,一直继续到现在仍然在热烈进行。他们帮助老乡们挑水、劈柴、扫院、铡草、喂牛马、喂猪、除马棚、拉碾子……战士们说:"凡是老乡家里活,咱们都能干!"据不完全统计,全连在旧历正月里,共帮老乡挑水二千余担,其他零碎活则无法计算。凡是 × 连住的老乡家,老乡就用不着挑水和扫院子,有的也用不着劈柴……战士与战士和战士与老乡抢扁担的事情经常发生,每到课外时间,× 连住的那条街上的两个井台上和来往挑水的差不多都是穿黄绿色军衣的 × 连同志。

九班战士陈堂同志,除帮助住家老乡挑水外,还帮助其他未住军队的穷苦老乡家挑,一月来共挑一百七十多担,帮老乡除马棚、喂马、饮马、卸车,看见什么干什么,有一次他帮老乡挑水,绳子断了把洋铁桶摔了一个一指长的小口子,陈堂去要给老乡修理,老乡说:"可别这么办! 要是这么办,可把咱们的良心也坑了!"

七班战士王奎清同志也是常和老乡争着干零活。有一天老乡上山打柴去了,王奎清趁此机会帮老乡将马棚除了个干干净净。

战士李润生、杨玉田、韩永庆三个同志都曾在半夜放哨回来,帮老乡担上一缸水才睡觉,因为他们怕到第二天再挑抢不到扁担。

他们这种热烈的爱民行动,博得了该地群众的爱护与同声赞扬。如一排要搬到连部附近住,老乡说:"你为什么要搬家呀!我们待你们不好,你们为什么不说呢?"经解释后,老乡才明白,我们搬家,为了部队集中好管理,并不是对老乡有意见。

九班战士病了,老乡要给做点东西吃,被他们婉词谢绝了,老乡着了急,红着脸说:"你们这不是瞧不起咱吗?你们像长工一样地给我们干活,这么点小意思你们都不领,也不替我想一想,叫我心里怎么过得去呢?"这时恰好别人已经从连部领来了一斤面,老乡无法,只得说:"用你们的面,我帮做做可行吧?"同志们只得答应了,做完后,面里增加了好多油,是老乡偷偷地放上的。

连部住的老乡家里吃饺子,给连部的同志送来了一盆,可是公家也开饭了,通讯员打回来一盆高粱米饭,老乡怕他们不吃,偷偷地把那盆高粱米饭藏了说:"这回你们不吃不行了。"

检查纪律的同志问四班住的那家一个老太太:"我们的队伍住在这里,多麻烦你老人家了,他们有犯纪律的没有?"老太太说:"同志,你可不能这样说人家呀,借个针都是很快地就会送回来,连条线也不使我们的,什么活都帮我们做,不笑不说话,净是些好人哪!他们还说是我的儿子呢。可是我没有这个福气,我要有这样的好儿子,就算修了福了,光我说好你不信,那你就挨门打听去!"

选自《血肉相联》,东北书店 1947 年 8 月初版

◇锦　双

老毕事事带头处处关心工友

中长铁路电气厂，工友毕恩田，大连人，今年二十四岁，是在敌伪的压迫下长大的，关东初解放时，职工会办了几期工人训练班，但他因不了解而不敢参加，直到第五期工训班在尚未开学以前，他便放心大胆报名参加学习了。毕业后他得到了很多中国历史和工人出路问题的知识，回厂后他工作很努力，和工友们团结得也很好，工友很信任他，把他选为工会委员，而他一点也没有自高自大，有时工会召集委员开会，他连手也不顾洗，把乱线拿一把，一面走一面擦。他当委员后，在保障工友利益和关心工友生活上，是做得非常好，而且把敌人未垮台时，工友们藏在各墙隅、各地洞的工具和材料完全都找出来，保存在工具室。因他这样解决了不少厂方缺乏材料的困难，同时他更关心工友们思想上的进步，以及中苏友好的关系。例如，电气厂有一不进步的工人陶德顺，他专挑拨工人，使他们不好好干活，当着厂长就说工人不干活，当着工人就说不用干，还不知是给谁干的呢？这样使工人听了他的话，都开始有些怠工起来，于是毕

276

恩田便在三月间开会,征求了大家一致的意见,将此人解雇。同时,因苏联厂长言语不通,和工人的联系很不密切,工友们便要不高兴。老毕便向工友们解释:若没有苏联,我们还不是要当一辈子亡国奴,以后要没苏联厂长包活给我们干,我们还不是失业吗?所以即使厂长有时对我们照顾不周到,那我们也要原谅他。同时老毕又再想法向厂长谈关于很多中国工人们的习惯,以及现在厂里的工人对他有意见,这将会使工作上受影响。这样双方谈通后,彼此团结好了,工友们工作便起劲了,工作也很认真,所以在四月五月里都已增长工资,于是工友们都更信任他,而且他又组织了工人文化技术班,有工友四十名参加,每天正午开始学习文化或学技术,或读报,老毕确是处处起了领导作用,便于五一节当选为电气厂一等劳动模范,铁路总会奖布五丈,旅大职工总会奖黄衣服一身,白胶皮鞋一双。老毕得奖后情绪更高,工作更加起劲,他又看到中长铁路工厂工友如此多,而没有注意文娱活动,于是老毕打了头炮,在端午节前二十天,他号召工友成立剧团,便把学习班暂时停顿,工友们便开始编排了话剧《悲中喜》,曾于旧历五月三日在本厂俱乐部招待全场工友,四日五日招待工友家族和中长铁路护路队弟兄们,颇得好评,获得鼓掌如雷,许多工友们都说:"老毕真有办法。"最近老毕又很虚心地向《大连日报》的通讯员雅泉同志领教,准备也开始写通讯了。

选自《"工农园地"选集》,大连大众书店 1948 年 8 月

◇ 新　枫

存　货

　　大连炼钢工厂，电极部副主任王明山，他从前是满铁厂的老伙友，现在已经在大连炼钢工厂干了五年了，他为人直爽，对工友们非常亲热，很能帮大家干活，所以在今年一月里升为电极部副主任。他响应厂长号召，节省原料，把工厂的困难当自己的困难一样，他竟把二十年前在满铁厂偷的四块烧电火用的暗光镜片和两对三寸的大滚珠，自动地拿到工会来，对工会说："这两样东西放在我家里也没用，现在工厂是自己的工厂，现在正缺这些工具，所以拿来给工厂用吧！这四块镜片还是老货呢！比现在的强，又清亮又不打眼睛，我存了二十多年了，今天才舍得拿出来。"

　　工会把这两样东西马上交给厂方，厂方看他对工厂这样热烈的爱护，便提出奖金四千元给他作为春节费用。

选自《"工农园地"选集》，大连大众书店 1948 年 8 月

◇ 慈 灯

战场附近的人民
——解放区旅行散记之一

　　太阳好像一盆烈火似的,在脑袋顶上烤着,无论走得多快,总逃不出它的毒晒,我把手巾在小河里湿了放在头上,不大工夫,手巾就干透了,好容易走到村庄,坐在树底下凉快凉快,打听一下,距我要去的村庄还有十来里路,看一看时间,还早得很,于是我就顺着田边慢慢地走着。有个骑马的战士,用胖肘挂着大枪,从后面追了上来,一转眼就跑得无影无迹,不远的土堤上,有串人,好像担架,我越过一片湿地,再爬上高岗,一下坡就到了马庄子。

　　这个村庄不大,可是热闹得很,房檐底下,树荫里,有很多的人,他们都是年青力壮的农民,坐着,说说笑笑,有个老乡不知问谁:"咱们下午帮着谁家拔麦子呀?"

　　我想,这些青年一定都是担架队员,自从自卫战争到了反攻阶段,他们是经常出夫的,记得我到行署要求来前方看一看的时候,那位和蔼亲切的秘书主任曾经对我介绍过关于民夫到这前方的活动情况。他们的任务虽是抬送伤员，但是住在村庄没有工作的时候就帮助乡亲们干活，挑水、打扫院子、修理垣墙、捣粪、拔麦子，拔完又背到场上铡。实际果然是这样……我又看见一群妇女儿童围绕着一个民夫在树底下磨剪子，据说，他有这门手艺，一上午，磨完十四把，磨得锋快锃亮。打听着了兵站，把介绍信拿进去，一个年青的部队干部欢欢喜喜地咧着大嘴出来，第一句话便是：

"你吃了饭没有？"

我摇一摇头。他急忙对一个通信员小鬼指示：

"快去告诉预备一个人的饭，先打水。"

休息一下我就到处散步，一个从大城县来的青年民夫对我谈论，这个村庄是新解放的，他们刚来的时候，老乡们不大愿意接近，住了一夜，情形就完全变了，有的自动烧水、沏茶、买烟，有一个老大娘把鸡杀了两只给民夫吃，民夫们誓死也不吃她的鸡。她说：城里那些该死的（指着反动派军队）一来就摸，鸡都摸光了，只剩下这两只鸡，地里的麦子，要不是这些民夫帮忙，她老两口子半个月也收拾不完。

在一条很窄的胡同里，有间小屋传出推磨的隆隆之声，我探头进去看了一下，一个老大娘问道：

"同志，你找什么东西？"

"不找什么。"

"进来歇歇吧。"

这个老大娘有五十来岁，头发、脸上、肩膀，起着一层面粉，她在驴的屁股下拍了一下，问我：

"有个白同志，你认不认识？"

我想了一下："他是哪一部分的，做什么工作的？"

"我也不知道。他临走的时候说，早晚能来，天天盼，他老不来。"

我坐在门坎上，详细地问这个白同志是怎么回事，她一边箩面，一面对我讲究：

城里那些"该死的"在一个月前到了村里来，她知道又是来抢东西，急忙把几件衣服藏在磨盘屋角的草堆里，可是那些"该死的"还是给搜寻了去，并且和她要钱。"我穷得吃了这顿没有那顿的，哪有钱啊！"她当时这样宣布，那些该死的不信，有个最野蛮的畜牲，举起枪柄就在她腰上狠狠地一捣，她一跟头倒在地上，再也不能动弹。

"快把钱拿出来！要不，打杀你！"他们这样吓唬。

老大娘想坐起来对他们讲个清楚，可是腰痛爬不起来，他们看看逼也无法，就用脚在她身上踢了几下，到屋里翻箱倒箧，把半口袋小米，一床破被也拿走了，一直到老汉回来方把她扶起，她养了一个来月，这是病好第一次推磨。在她养伤期间，有个白同志来了，他自己带着粮食，住在老大娘家里，帮她做饭，帮她干这干那，临走的时候把一双边区造的新鞋给了老汉，他走的时候，老大娘心里很难过，天天盼他来。

"我寻思着，白同志这一半天准来，家里什么也没有，推点儿面留着，他要早来几天，我还不能下地。"

老大娘走近我的旁边，贴近我的耳朵，小声地说：

"白同志临走告诉我说：大娘啊，你等着，我们早晚一定来替你报仇！你看，你们到底来了。啊呀，这回来的队伍真多呀，人家都看见了，有好几十万！炮队一过就是半宿，别说一个青县，多少青县也能拿下来，我说同志，可别叫那些该死的跑啦！"

就在这天夜里，晋察冀人民解放军强有力的一部把青县城从四面围住,大炮惊天动地地响起,在黑暗里看得很清楚:仅仅只有十四里的青县城在炮火声中腾起闪闪的光,村庄里所有的老乡都兴奋地出来了,民夫们拍手大笑。

炮声,枪声,断断续续地响了一夜,到第二天上午,部队冲进了城,认为防守一个月没有问题的反动军队的首领们弃城向西逃走,又被民兵在三十里外的田里堵住,各个活抓,无一漏网。过了中午,伤号下来了,这个村庄也忙碌起来了。

有二个担架先后进了村,慰问组的妇女同志们——她们都是各县的小学教员,志愿到前方来工作的——伤号一到,马上用温手巾给伤号擦脸、喂饭,有个伤员嘴巴不能大张,一个女同志用自己的嘴把大米稀饭送进伤号的嘴里。我看这个女同志顶多不到二十岁,她的头发剪得很短,穿着一件浅蓝色短衫,裤子是灰黑色的,很细瘦,一副紫红色的美丽的面孔,眼睛很亮,强壮、敏捷,当她蹲在地下给伤号员用嘴送饭的时候,有的老乡眼里涌出晶明的泪珠……

还有一个伤员因为热度太高,一口东西也不想吃,一个头上绑着手巾的女同志抱着他的肩膀,亲切地问他:

"你说,是不是饭不好不愿吃,你想吃什么,快说,我们有的是人,一会儿就做好了,你说!"

第三个担架是个较轻的伤号,他的腿负了伤不能走了,他的精神很好,坐起来把军帽放在胸前,难受地看着围绕他的民夫,他说:

"同志们,我真对不起你们,一上战场我就先挂了花,我这伤顶多有三个月就能好,等好了,我马上归队,要不消灭敌人,我再也没有脸见人!"

他的脸上有些汗水,一个民夫小伙子用袖头替他擦去。和我谈话的那位老大娘突然从人群中出现了,她用饭碗端着几个鸡蛋,送到这个伤员跟前：

"同志们,我就这几个鸡蛋,煮好了,你吃吧。"

"大娘我不饿。"这个强硬的小伙子坚定地摇一摇头,顺手从军服袋里掏出一盒纸烟分给那几个抬他的民夫。老大娘的脾气也很硬棒,她偏要把鸡蛋留给伤员：

"这时候不饿,什么时候饿什么时候吃。"

把鸡蛋放在担架的边上走了。老人家的这个行动无意中影响了别人,过了一会儿,有许多妇女来送鸡蛋。兵站站长提醒大家：

"太多啦,太多啦,吃不了啊!"

换班的民夫到齐了,担架要向后方抬去了,热度极高的伤员拉住头发绑着手巾的女同志说：

"亲姐热妹们哪,谢谢你们!"

老年人、儿童、妇女、兵站的战士们、成群的民夫,大家默默地跟着抬起的担架走到村边,一直等到担架走得远了,成了一些越来越小的黑点,看不见了,这才向后转走。

突然有人蹦着跳着狂呼大叫：

"看哪! 看哪! 俘虏来啦!"

可不是么,在距村庄西方五十码的小路上,走着一大长串衣衫不整的角色,有的戴着大盖军帽,有的光着脑袋、头发松乱,有的仅仅穿着洋布汗衫,有个肥面大耳像旧小说里所说专干坏事的和尚似的胖子、又像鸭子似的、摇摇摆摆地挺着肚皮在长串的队里迈着两只笨脚。大家指手划脚地咒骂起来,有许多人认识那个胖子：

"那个胖子是连长,上次到咱村里抢粮的,就是他带的人!"

"这个混蛋,打死他!"

"走! 走! 谁去?"

"拿着棍子！"

"走啊！走啊！"

兵站站长，急忙跑到前面，两手横挡住这一大群愤怒的老乡：

"乡亲们！"他用大声叫道："不要忘了我们的宽大政策！"

吵吵闹闹的人群站住了脚，大家沉默起来，有的锁紧眼眉，有的突起嘴唇，一声不响，听着：

"他们都是受了欺骗，过来以后，很快就要醒悟的，老乡原谅他们！"

老乡们笑起来了，有个民夫振臂一呼：

"同志们，集合！拔麦子去！"

民夫们说说笑笑地去了，慰问组的妇女同志们坐在树下休息，检讨自己的工作，她们还不满意，认为大米稀饭煮得过烂，没有了米味；又是什么蛋应该事前统一募集，统一掌握，不然老乡们，这个也煮，吃不了结果浪费；又是什么伤员用的手巾应该有人抓紧时间给洗干净；又是什么感情过多，缺少冷静，经验不够……是的，我算看透了这些革命工作者，他们从来不会满意自己，我亲眼看到的这些光景已经够我感动了，老乡们走散以后，我傻呆呆地想了半天：谁要不明白为什么人民解放军老打胜仗而且越打越强，如果他有机会能到前方来看上一看，那么他就会立刻得到尽美尽善的解答。

我和站长商量了一下，打算进城看看，他立即批准：

"可以，可以，不过你要早点儿回来，别耽误吃饭。"

我立刻出发，向着青县。

距青县城外三四里的一片野草丛生的广场上，有些战士骑着大马像飞一样转着大圈，我想这一定是得来的马，在一个小村的街头，堆着成山的大盖枪、机关枪、小炮，还有许许多多铜的铁的不知是什么东西的东西，老乡们围了一大群，有些孩子爬在汽车上乱蹦，有个战士和老乡坐在场边下棋。

直通城里的大路上，有几大辆车满满地拉着弹药箱和其他军用物品，这都是反动军队留下的礼物。

在城墙根前一湾死水里，躺着一个穿着美式喇叭腿裤的英雄，脸是伏在水里。头发披散，身上还有血块，他是动也不动了，也不知他姓名籍贯，他一定还有亲人在故乡望穿秋水地盼他回家，哪里知道他已经无谓牺牲，永远不会回去的了。

城墙上有不少的缺口，城门楼已经倒坍了，用沙袋铁刺构筑的城洞门也被炮弹打得稀烂，碎砖乱瓦和泥土几乎把城门洞塞满了。城里的街上来来往往的人不少，有些从城关外避到城里的人，这时都挟着衣包出城回家。靠城的街边倒着一辆大车，骡子死了，侧着身躯躺着，它的尾巴被炮弹炸去了。最使人吃惊的是县衙门门前的炮楼，枪眼里打进了炮弹，这一下子，在里面防御的人一定跑不了，好几个城门楼都被打坍。奇怪，炮弹会打得这么准确么？

有个盲目服从反动军令，大腿被打伤了的年青人，坐在抬筐里咬着牙齿呻吟，抬他的两个商店柜伙没有完成任务罢起工来，年小的一个厌恨地说：

"谁抬他们，没有意思！"

他俩辩论好久，没有结果，年青的一个拔腿就往回走，年长的也随着去了。那个伤兵被扔在街上，过来几个解放军战士，商量一下，轻轻地把他抬着走了。

选自《民主青年》，1948 年第 21 期

◇ 静 之

重庆工人胡世合的死

当我想起了五卅的时候，我们不能不想起重庆一个工人胡世合的死。他是一个忠厚纯朴的人，是生长在四川长寿县的贫农，由于四川大地主大军阀加上国民党的横暴征兵、苛捐杂税，使他不能在农村生活，不得不逃出家乡投身到蒋管区大后方重庆电力公司当了一名工人，已将近干了十年的劳苦生活。那时，特务的明暗横行几乎天天都有，而我们的胡世合，就在这种时局下遭受特务惨杀了！

事情是这样的：胡世合为了执行电力公司的职务，会同警察到饭馆（重庆市中心）去检查用电（电厂为商办，年年亏损，主要是因为军警特务官僚偷电占出电量一半），发现该饭馆不合规定的偷电情形，哪知那个饭馆是特务开办的，在进行交涉时，被在场特务小头子田凯毒打并用手枪向胡世合小腹连射二枪，腿上一枪，肚肠都打出来了。但胡世合当时还没有死，他紧紧抓住特务凶手不放，无奈特务人多，反而把他送到警察局说他是偷窃，胡世合到警局不足半小时，就死在地上了！警察当然并不扣押特务们，任他呼啸而去。二

286

小时后,电力公司全体职工知道了这惨痛的消息,全体百余人乘公司的卡车开到那个特务办的饭馆,将饭馆打了个粉碎,并在马路上与特务们围殴。职工都是赤手空拳,结果受重伤十余人,轻伤二十余人。第二天电力公司登报抗议,要求惩凶,并开始罢工,晚上全重庆灯火全灭,一片黑暗,重庆市郊内外大小工厂在两日内都知道了这消息,纷纷响应,连兵工厂的工人也响应了。民办报纸气愤特务光天化日下开枪杀人,也都同情工人,要求惩办凶手。各大学中学学生纷纷慰劳工人反对特务。整个的反特务运动在二天内就这样爆发了。由于全体工人坚决一致,以总罢工来对抗,当局至此也感到不妙,怕激起更大的民主运动对他的独裁政权不利,在第四天,乃不得不将特务凶手田凯枪决,以便稍息群愤再来压制正要掀起的反特务民主运动。但是星星之火可以燎原,这一群众运动竟一发而不遏,当局虽然严禁工人游行送葬,但追悼会是不敢禁止。在追悼会上,全重庆数百家大小工厂的工人都送来挽联悼词,有的工厂全体都来参加追悼;各界人士和各校学生也送挽联,学生并为死难工友家属募捐,慰问受伤工人。追悼进行了三天,咒骂特务独裁、要求民主的挽联挂满了会场,街上也尽是反特务的标语。这三日中,每天总有上千上万的各界人民来参加。

胡世合的死,是蒋管区暴政残民压迫下反抗的号炮,掀起了蒋管区大后方反特务民主运动的巨浪。从此,蒋管区的各界人民,不再消极地顺服于暴政之下了,民办报纸也敢说话了;各界受压迫的,甚至是富人工业家,如迁川工厂联合会,中小工业协会等,以及许许多多的人民团体都为胡世合工人的鲜血而激起了反抗的怒潮,逐渐踏上了公开与特务斗争,争取民主政治的高潮上去。胡世合不仅代表了工人,也同样代表了所有在蒋管区受压迫、受摧残的各界人民。

工人的团结与坚决鼓舞了弱者的勇气,起了先锋作用。如今当我们在解放区的人民热烈地庆祝我们的节日时,我们不能不想起胡世合的惨死,不能不想到残酷压迫下的工人和一切受压迫的农人、商人、知识分子,一切受难的同胞!

选自《蒋管区真相(第三集)》,东北书店 1948 年 4 月

◇ 韬　光

说不完的痛心事

——记孟老太太的诉苦

我在王豆腐房住,两岁我爹死的,十岁上就被婆家接去做童养媳。那才多大一点个人,也得顶大人干活,做饭、喂猪、挖菜,啥都得干。十五岁那年上头(结婚),成天到晚脚不着地地做完这个做那个,饭都吃不饱。我丈夫给屯里的地主挑水,一天挑五十多担,累得吐血,躺在炕上病了六年,这六年更是没吃没烧,第六年头上他死啦。我儿子十岁那年,就给村长大老财扛活,白天干一天活,还起早贪黑烧火拉风箱,乏了打盹,老财上去就踢。有一回把孩子踢哭啦,跑回家对我说:"妈呀! 我不干啦!"我想一想含着眼泪说:"孩子回去吧! 家里没饭吃,不干就得饿死啊!"把孩子逼得没法,只得哭着,回去挨打。冬天没衣裳穿,村长逼他送公事,不管多大风雪,白天黑夜,把孩子冻得落了毛病,到现在小便还滴答尿呢。

我们没有东西吃,吃了六年烂菜叶子,那是拣的人家不要的菜帮子呀,我小姑娘吃得拉不下屎来。有次实在饿得没法了,寻思到老财家去借点米，哪管是一升二升呢，做点粥给孩子喝喝也好，谁知狠心的老财不但不借，还说："你们还起了吗？穷得脊梁骨摇铃铛！"回家我自己一顿哭，只得强打精神烧点开水给孩子喝了算数。

有一年下大雪，下得挺老厚，没柴火烧，逼得没路，再去央求东家，老财又说："借给你们用啥还哪？真麻烦！"又碰了一鼻子灰。可是，深冬腊月，没烧的不行啊，我就顶着大雪，穿个破夹鞋片，上山拣柴火，回来的时候脚都冻黑啦，袜子脱不下来，把脚扯下一块皮……孟老太太说到这里，哽咽着说不出话来，哭了一会才慢慢说："烂菜叶能吃下去吗？那是饿急眼的时候，才能咽下去呢，过后再吃不行啦！于是又上老财那里去要点'二货糠'，好回来筛筛吃，幸好这回去等了半天，总算不错，称给了半斗糠。但是，吃人肉长大的老财他还要去了我两角钱……"孟老太太说到这里，再也说不下去了，眼泪哽塞了她的喉咙，对地主的仇恨充满了她的心。

选自《从奴隶到英雄》，东北书店 1946 年 6 月初版

◇ **韶 华**

国民党苛政在昌图

究竟东北蒋管区的苛捐杂税有多少？记者在昌图曾经走访了很多农民、商人、店员，但谁也回答不出这一问题。所得到的答复是两句话："只要他们（指国民党）能取出个名儿来，咱就得拿钱。没有他们不要捐税的东西。"

的确，想算出这个细账是很困难的。捐税的种类从土地、粮食、房屋一直到车、马、牛、驴（猪狗还没有要到），派捐税的机关从国民党军队到国民党县、区、乡、村政府。不仅县区之间捐税之范围数目之多寡不同，即同一村中也不一样的。反正掌权的是"满洲国"那一旧套，及"飞鸭子"运来一帮新的这两派人，派款尽往穷人身上压，为了多揩一点油水，他们想要多少便是多少（如在昌图城里买一个国民证四百元，而在虻牛村二百元）。

老百姓曾经给他们算出了个总数：那就是在乡村穷富户，在城市大小买卖，打的粮食赚的钱，不够出捐税。

要钱的机关除了国民党军队和国民党政府外还有：剿匪队、降

队(即国民党收编的官胡子)、交通警、警察队、自卫团、保安团……要钱的种类和数目一般地说来在乡村是:

田赋税分三等:好地每垧三千元,坏地两千八,劣地两千五,马捐按马价的百分之五,牛驴百分之二,每辆车一千元。保甲捐门户费每月每户一千元,更有每人一千元者。买枪每户二百元到五百元,一个国民证二百到四百元,一个门牌三十元,其他如"剿匪"费、慰劳费、村公所之办公招待费,则任其随便摊派了。

在城市除保甲捐门户费与乡村相同外,捐税可分两种:国税和地方税。国税的多少,是凭捐税局"估","估"你多少便是多少。八面城一个小小董家成衣铺、双盛理发馆每月二千元,宏与顺鲜果行每天五百元,连一个康春堂煎饼铺每月出到二千多元。昌图城南大街朱焕章大饼子铺一个月的营业税去年七月就涨到三千六百元。而当时的粮价才二百元一斗(因他拿不出,押了几天监,又罚款七百二十元)。

然而还不止此,国民党买东西不给钱或少给钱的事情更是不可胜数。如八面城东头一个魏家小铺,隔壁住着×军×师之汽车队,每天去该铺吃点心、抽香烟从没有给过钱,说是等发下饷再给,然而一直到把这小铺的本钱吃光的时候也没有见他们发下饷来。

无论捐税多么厉害,人民总还希望可以多劳动多赚钱,忍饥受饿地活下去。但连这一线渺茫之路也给截断了的是抓劳工。在昌图从城镇到乡村普遍令人民修炮楼、挖壕沟。国民党□北省政府正计划着一个浩大的工程:就是各市镇乡村普遍地筑城筑寨,限一个月完成。四平《大众日报》四月二十八日《论筑城寨的利益》的社论中曾说:"筑城筑寨不但可以保家,而且在历史上,还可留下一个不灭的古迹,如秦始皇之修长城,至今还是世界上最伟大的建筑之一……"因此,从城镇到乡村人民的劳力、物力、财力全耗费在他们要作秦始皇,要在历史上留一不灭的古迹这一野心上。昌图城里从十八到六十五岁的男人一个不留地修了五十七天,共用工在二十万个左右,八面城一个月之消费即五千万元,老百姓不能种地,不能做买卖,没吃没烧,只好挨着饿去做工。各地之工程直到我军解放昌图时才得停止。他们要修地堡、盖沟,沟中要楔梅花椿,把老百姓的门板、木材连烧火棍都拿去了。人民被压榨得不能生活下去了,只有希望八路军快来,把这些杀人不见血的阎王赶走。过去曾经不满八路军共产党的地主老财,也望着八路军快打回去。如虻牛乡一个地主范文廷,起先怕八路军"共产"而盼望"中央",但"中央"来后他也失望了。"八路共产,'中央'派款",经过一个时间的亲身体验,他的结论是:八路共产,"中央"派款,派款不如共产,他这样告记者:"八路军共产我们还有生活之路,'中央'不共产收点租粮他都要去了。"的确,去年下半年他一垧地出了两万多元,按今春粮价能买一石五斗粮食,而他一年每垧好地才收一石二斗租子。

我军解放昌图时,老百姓们围着战士,纷纷地吐诉一年来的苦水,最后总是说:"你们再不来,我们全都活不成了。"

选自《西满日报》,1947 年 7 月 12 日

两个担架队

六月十日,在×部一大队,我看见两个担架队:一个是梨树县的;一个是郑家屯(辽源)的。这两县被我军解放不足十日,他们都自动拥上前线帮助军队来了。

我看见他们的时候,梨树的担架队正集合在一个院子里,由他们的代表宣读通过给郑家屯担架队的挑战书:……民主联军解放梨树县,我们逃脱了国民党的国兵、劳工(蒋管区群众对国民党抓壮丁,要民夫修工事统以"国兵""劳工"称之),省了不少的捐税钱,现他们为咱们老百姓打仗,叫咱穷人翻身,咱们一定要帮助军队,打跑国民党这个"二满洲"。所以提出几条和你们比赛:"(一)完成任务,听指挥;(二)爱护伤员,不给他们凉水喝;(三)执行俘虏政策和群众纪律……"

一个名叫王恩泽的队员告诉我:他家开了个山东煎饼铺,从去年年底到今年五月,门户费、营业税、保甲捐还有叫不清名字的什么钱,出过八万六千块钱,他弟兄三个老二老三都叫挑了"国兵"(即壮丁）了。因为梨树县修城墙，挖战壕两个月什么也没得干，买卖也"黄"了。民主联军解放梨树县时，他三弟被解放回家，现在买卖又开起来——他坚决地说："民主联军解救了俺，我不能忘恩负义，要坚决在前线帮助军队……"

梨树东大街一个叫施永林的说："听说北边（指老解放区）穷人都有了好生活，我这次帮助军队，把国民党打走了，不是也能分几亩地来种吗！"

不多时，郑家屯那一个队也从别村赶来了，大家在一块演习防空，抬担架之步法，抢救伤员等动作。演习后进行检讨，因为梨树县担架中，有一副没铺上棉袄，休息时门板没垫平，大家对他进行了严格的批评。郑家屯李景祥说："民主联军为咱们拼命流血，伤员咱一定好好爱护，现在是演习，将来真的抬时，不铺上棉袄，叫伤员受了苦就不行！"

下午梨树县的担架队帮助老百姓种苞米，一个队员说："过去咱受国民党压迫，知道那个苦滋味，今日出来帮助军队打仗，一定执行群众纪律，帮助老百姓干活，学学民主联军的好榜样。"

选自《西满日报》,1947 年 7 月 6 日

十一连的三位英雄

爆炸手姜××

二班战士姜××,听说我军要打四平就定了立功计划:要求上级给爆破任务,冲锋在前,轻伤不下火线,给负伤和牺牲了的同志复仇。上级果然答应了他的愿望。他们那一个连是主攻连,他们那一个排是突击队,而他就是在突击队前面第一个执行爆炸任务的,上级给了他重要任务,他高兴极了。

和他一块去爆炸的是孙××,孙××没有演习过爆破,他焦虑地想:我牺牲了没有关系,孙××完不成爆炸任务可怎么办?冲锋开始了,在我们火力的掩护下,他抱着七十多斤黄色炸药和孙×× 一股劲向着城墙跑,没有十几米远,敌人的机关枪也疯狂地向他扫过来,双方的火力,在身边织成红色的稀纱,他机警地爬下去,把炸药绑到脊梁上弄好拉火弦对孙××说:"我要牺牲或挂花你拉绳子就行,咱两个都死了也得完成任务!"爆药在他自己身上,孙×× 一拉火,他会被炸得稀烂的,然而他没有想这些,向着城墙爬。爬过了鹿砦铁丝网的缺口,爬到了壕沟前面,他把炸药往壕沟一扔,迅速地拉了快火:"轰"的一声巨响,碉堡里的敌人震晕了,梯子组迅速地把梯子架上去,他完成了任务,随着刘×的突击班爬上了城墙。

首先上城墙的刘×

一班长刘×,在分支党员大会上宣誓说:"我是候补党员,在这次战斗中,坚决完成任务,争取转为正式党员。"他下了决心:活着要做解放四平的英雄,死了要做解放四平的烈士! 上级给了他们班突击任务,他号召同志们:我们这个班要变成一把锥子,坚决扎到四平敌人的心里! 王长才、卢玉河及全班同志立刻响应:"班长,你放心吧!"

冲锋开始,他领着全班同志,随着姜××的爆炸组,冒着敌人的炮火,一个劲冲到城墙根跟前。姜××完成了爆炸任务,梯子组架上梯子,他第一个爬上城墙,向敌人打出二十多个手榴弹。向敌人喊道:"缴枪吧,不要替国民党卖命呀!"三十多个敌人举着双手走出了地堡,同志们把敌人的机枪、步枪捡起来,背在自己身上。他说:"同志们,先不要拿东西,占领阵地消灭敌人要紧!"他又带着全班顺着交通沟,向第二个碉堡冲,正面和两侧的敌人的交叉火力打过来了,一颗手榴弹落在交通沟中,他的腿被炸伤了,同志们要他下去,他说:"挂花算什么,大家不要管我,快占领阵地,注意打垮敌人的反冲锋呀!"

他又领着同志们占领了两个碉堡,打垮敌人两次反冲锋,才下火线上药。上了药以后,他还要上去,同志们谁也劝阻不了他,待他第二次冲到城墙下面的时候,腿已经不能自主,他爬不上去了!

卫生员杨××

十七号下午，我们打垮了敌人五次冲锋，敌人蹲在地堡里不敢出来了，炮打得挺紧，一个接一个的炮弹在我们的阵地上爆炸着，两个卫生员挂花一个，全营就剩下杨××同志自己了，别的卫生员在后面，因敌人的火力封锁又上不来，而伤员却一个接一个地背了下来。二十条绷带、一百瓦碘酒、两大块止血布全用完了，伤员还多得很，怎么办呢？他把碉堡里敌人遗弃的被窝，撕开代替绷带，连个助手也没有，自己撕，自己绑，五个钟头没有休息，一连救护了八十多个伤员。

第二天上午，部队顺利发展到五马路，战斗稍微沉寂了一点，没有伤员，他帮助伙房同志提水做饭，看见前面楼里有几个敌人露头想往南跑，他放下水桶隐蔽起身子向敌人喊："交枪吧，不交都打死你！"从门口扔出一支美式步枪。他一个箭步跑上去，把枪拾起来推上了膛，对准门口："门里有几个，快交枪出来，不交这回可真打了！"又有三个敌人交了枪。

他自己俘虏四个敌人，缴四支美式步枪。

选自《西满日报》，1947 年 7 月 10 日

未放一枪的战斗

——四平交警大队放下武器小记

十八日早晨,我某部二营发展至五马路,占领了法院,发现南边百米远的很大一座楼房上住有敌人。很奇怪,四个站岗的在楼下很坦然地走来走去,也不隐蔽,也不打枪,于是五连的同志开始向他们喊话,叫他们过来,他们也就很坦白地走过来,告诉我们,他们是交(通)警(察)大队,一共二百多人。保康解放的战士景××把自己的事情告诉他们,并说明我们的政策,又动员了一个人带着我们的宣传品回去了。

接着五连即向前发展,一排长赵万增同志带了一个班,迅速地堵住了楼下的门口,楼下是一个中队,中队长孙××和他的三十多人平平常常地交了枪,并对我们的指导员张绍海同志说:"我们都是东北人,大多数是为躲壮丁才来这里的,谁愿意替他们(指国民党)卖命? 就是里边有一个中队长何光,是军统局派来的专门监视我们,如果把他收拾掉就好了。"营教导员当即给他们的大队长刘××

写了一封信,孙××中队长也自动写了一封,由他派回去的一个人和我们营部的观察员、自告奋勇去做这一工作的张××同志,一同找他们的大队长刘××去了。

好像一切都是预约好了似的,他们的警戒连问也不问一声,他们两个走进了大队部,大队长刘××正在房子里低着头踱着方步。张绍海同志说:"你就是大队长吗?"他苦笑了一下:"敝人就是!"张绍海同志说:"咱们都是东北人,咱们不应该替国民党卖命……"大队长仰起头来,望着张绍海同志的脸说:"照你说怎么好呢?"张绍海同志说:"自然是放下武器,站在咱东北人民这方面来,上级现在正是派我来交涉这件事情。"接着张绍海同志照宣传品上我们的政策重新解释一遍,最后,补充一句说:"现在队伍都在外面布置好了,不然的话……"大队长沉思片刻迅速地回答:"那好吧,你再回去联络一下,可别叫弟兄们打枪。"

张绍海同志回到营部把情况说明,并告诉部队切勿轻易打枪。又进了大队部。

"联络好了吗?"大队长问。

"联络好了!"

一个面色凶凶生着一脸横肉的人拿着一支冲锋式从另一间屋子冲出来,"崩"! 张绍海同志一步跳在楼梯一边,把自己的身子隐蔽起来,回过头看时,那个人已躺倒在楼板上。

大队长说:"这就是那个姓何的坏蛋,他想组织几十个人坚决地打,被我……"张绍海同志笑了一下说:"我当是你……"

大队长传下集合令,二百五十多个人站起队来,把枪架到队前,我们的队伍上来了。他们鼓起响亮的巴掌,欢迎着收枪的战士。张绍海同志站在队前做着讲话的姿势说:"好,这样挺好,两方面都好,八路军优待放下武器的弟兄,大家可以享受优待了……"

接着这个说:"同志,我们在这里憋屈透啦,×师天天逼着我们挖战壕!"

那个说:"他妈的,国民党可欺负咱们东北人啦,他们吃大米,我们吃高粱米!"

又一个说:"咱们在街上走个路,他们(指国民党)就可以随便揍!"

大队长刘××说:"我们早有此心,就是没有机会,大家听听我们放一枪没有?"他停了一下又补充一句:"呃嘿,忘记了,金库里还有八十万块钱,派哪位同志跟护兵去取?"

选自《西满日报》,1947 年 7 月 12 日

◇ 谭　亿

恐怖的夜晚
——蒋管区抓丁纪实

不知道为了什么，今天妈回来得这么早，日头还半天高呢！她一进门就气喘吁吁地哗啦一声把挖菜的小镰刀丢在炕头上，胳膊上套着的小竹篮也放下来，我仔细一瞧，呀！今天挖的苦菜还没盖上篮子底呢！

"你怎的还像没事儿一样啦？"妈的脸色十分难看。

"怎啦——啥事？"我愣住了。

"满街都嚷翻了，你还不知道。听说又要抓人去当兵，可街也瞅不见个年轻的，今晚上在家里还能呆得住吗？"我一听就知道又是抓丁的日子，心里又气又恨，爽神由他们摆布，豁出这条命够了。

"怕啥？家里穷得叮当响，啥也没有，就剩两个干巴人，他们不舍弃还要追，都给他们算啦！"嘴头子虽是很硬，但心里还真有点怯。

"唉！孩子，好汉不吃眼前亏，你听妈的话，走吧，出去躲躲吧！"妈妈哭丧着满脸的皱纹，瞪着两个干枯的眼睛望着我，我看了她这副可怜的样子,心里只有难过。我整天卖小工,还混不上个人的吃喝。妈妈五十多岁了,晚上拼命给人做点针线零活,白天就挖一些苦菜塞肚皮,她常说:穷人难,穷人难,病了吃不起药,死了装不起棺。唉!受尽折磨苦楚的妈妈。想到这里,我再也不说什么,听着她咕噜着叨唠着,默默地低下了头。

妈妈七手八脚忙乱着做饭,我也帮着把苦菜洗干净。赶等吃完饭,天色将近黄昏了。我提着一根木棍,晃晃悠悠地走出了家门,到哪躲藏呢!还是到上次那个老地方吧!

一路上蹑蹑溜溜像个小偷似的,不一会来到了市外东郊场,已是掌灯时分。我又爬上了这座关帝庙的左屋顶,两个出厦的大房檐紧扣在一起,凹成一条小通沟,我躺在里面倒也挺舒坦,像是住在小天楼上,四面走路的人都看不着我,我从周围的瓦隙可以随便看见下面的人。

仰着脸儿一边瞅着稀稀拉拉的星星,一边想着一切的事——唉!真的不假,走了个孙悟空,又跑来个猴,"中央军"和"满洲国"有啥差别?整是一样的货。这群饿狼把老百姓刮得精光精光还不算,还要把人折腾死,咳!伪满时候也没经着这么凶。真他妈的活见鬼。有道是:仙鹤头上的血,黄蜂尾巴的针,最毒也狠不过特务的心。往后怎办呢?想想前想想后,怎么也想不通,反正是穷人没出路,没出路,没出……

正在迷迷昏昏中,忽然听得有人呃——呃地叫,猛古丁醒过来,吓得满身大汗,心窝里突突地跳,睁眼一看,天色阴沉沉的,稀稀拉拉的星儿也不见了,只透着个朦胧的月光,模糊的光彩形成个大金圈。这时候我才知道已经是深夜了。一阵嗖嗖的小风吹过来,满身觉得怪凉的,我刚要把破衣服往上拉一拉,呃——呃——隐约一股怪声传过来,再仔细一听,呃——呃——呃——这声音果然是从西边传过来的,尖溜溜的怪腔越显得清楚了,并且是每隔三四秒钟叫唤一声,我的心很不安,恐怕是狼,又不敢睡,便赶快坐起来随手摸起身旁的木棍,再仔细听,呃——呃——呃……更是一声跟着一声,一声比一声清楚。究竟是什么叫得这样怪呢?实在辨不清。好像是什么催使着我再也坐不住了,便翻身顺着一层一层的土台爬了下去。

小风仍然是嗖嗖地吹着,朦朦胧胧的月色下,黑咕咚的一片,啥也看不真切,我的手紧握着木棍朝着西边一步一步慢慢地走,距离这个有声的地方只有几十步,模模糊糊看见前面一块白光光的东西,这块东西才不过桌面大。呃——呃——呃——呃……这怪声整整是从这白光光的地方发出来,我的心马上咯噔一下,像钉了个钉子,忽然想起一件事来,随着就扑通扑通直跳,脑子里许许多多的幻影一齐摊出来……

是在头十几天的事,并且事后我亲眼跑来看过,就在前面这个荒场上杀了两个人,据说抓的是××,但什么证据也没有,杀了以后,有人说抓错了,也有人说死屈了,不管怎样吧!人已经是死了。这两个人倒也真有骨头,宁死不屈,后来也没见过这样的铁汉子,就像说故事上的英雄好汉一样,直到临死还高呼着××口号。

处死的条法是绞刑,把两个人背绑在两个木桩子上,活生生用大麻弓绳绞死了,眼睛凸出来,活像两个玻璃球,眼角边流出鲜红的血浆,又紫又黑的舌头伸出来,又是吐得那么长,憋得乌青的脸色透着花斑,噢!太惨了。

人死了两天以后,不知是什么人把木桩上的尸首松下来,把两个死尸捆在一起,用一张席子卷着就埋在这里,泥坑挖得太浅,并且只盖上了几锹土,席子筒的小半截仍然露在外面。

呃——呃——呃……连续的叫声又打断了我的思索,再也不敢往下想别的了,这怪声更尖溜起来,而且太难听,像狼哭,又像鬼叫,使人听得毛骨悚然。再壮着胆子往前走,离白席仅有十几步了,朦胧的月光下,看得很清楚,这怪声就是席筒里的死尸发出来的,我的心身都觉得火热,心窝里突突跳得更厉害,怎么!死尸要活吗?一边想着一边看,朦胧的月色,嗖嗖的小风,周围是黑咕咚的无边际的夜。现在我才觉察到除了前面的死尸而外,就只有我孤零一个人站在这片大荒场,于是心中更觉可怕了。

呃——呃——呃——呃……

离白席只有四五步了,眼瞅着每当叫唤一声,白席也随着颤巍一下。再靠近一点,啊!一点不错呀,黑头发顶也看得清清楚楚了,仿佛黑头顶也颤动着。我心里跳得更紧了,并觉得浑身昏昏晕晕。怎么办呢?!撒腿跑吧,又好像被什么绊住了脚,停住不动吧,再也止不住汗水直流,往前走,那更是不可设想了。

可正在急迫的时候,突然把心一横,嘿!豁出来了,有啥可怕的,这么一想,眼前就觉得清亮了一些,真的,何必怕呢,这样可尊可敬的英雄能活了还不好吗?想到这里,情不自禁地举起手中的木棍,轻轻照着席子上一敲,哇——的一声,就像野牛嚎叫,我顿时觉得灵魂飞脱了身体,脑袋嗡的一声涨有升斗那么大,眼前冒出无数的小金圈。

"谁?"我拼命地喊了一嗓子。

"唉——是我。"先喘了两口粗气,然后含糊地答了一声,接着又喘粗气,我觉得这声音有些耳熟,我更怀疑了。

"你是谁?"我厉声追问着。

席筒里的人也好像惊觉似的,急忙往外爬,霍的一下站起来,一

个瘦削的脸形呈现在我的面前,我定神一看:

"哦! 寒流,是你吗? 你怎地跑在这里?"

"街里抓人去当兵,我不敢蹲在房檐底下睡!"

"啊呀! 席筒里卷着两个死尸的呀!"

"怕啥,死人早被野狗拖去吃了。"

他原来是溜在街头的要饭花子,从前还和我在一块儿卖过小工,都嫌他太破烂不肯雇用他,他不得不照旧挨门要饭,日久了,大伙都管他叫寒流,唉! 穷得精光的花子也不甘心被这群饿狼抓去。我再问他,才知他睡觉有个呃呃的毛病,像说睡似的。

"寒流,你在这儿不行呀! 有狼狗哪,你怕他们抓,难道你就不怕狼狗吗?"

"他们比狼狗还凶得多哩!"

"这儿不行,你随我来吧,我有个好地方。"他傻乎乎地随着我朝着破关帝庙而来。

选自《爱和恨》,东北书店 1947 年 10 月初版

◇ 瑾　桑

岭　　原
——给岭上的孩子们

新时代来了，

新时代交给我们许多工作，

这是我们在不同的人生道路上所共有的命运啊！

南岭原头有我们一座记忆的金塔，上面铭刻着一篇生活斗争的史诗……

南岭原头有我们一支记忆的歌，吟咏着那命亡的哀痛，团聚了交弹着心灵的衷曲，分离了牵系着永远的眷恋……

当一个春来的日子，我在你们那热情的目送里，悄悄从那原头走下来了，当我听不见了你的声语，回过头来，那新绿的柳烟笼罩着朱色的校庭，重又出现到我的眼帘来了，这会涌起了我无名的哀痛，仿佛我尝得了一枚痛苦的果子。我忍不住地流下了泪，泪会落在岭路的砂原上了。

从此，我开始一个人，在寂寥的人海里波荡着，生息着，又无时无地地忘不了你们交给我的珍重,爱护自己,鞭策自己,不屈不挠地跋涉,突进,它会使我不停地转动着生活的齿轮,转向无限的生机上去! 然而,由一种新的创痕,勾引起记忆里旧日的伤痕,不禁使我怅惘地再追寻到那支歌子,那座金塔了。

你们都是活泼雄健的孩子,青春永在你们的心里,灿烂的花朵给予你们愉快、明朗,在无边的人生的原野上陶冶你们的性格,锻炼你们的魄力,增添你们生活的活力。你们的笑脸,无一不在我的脑里跳动,你们的声音,无一不在我的耳边交响着,你们每个人的眸子,在我的梦里,发着炯炯的光……更使我不能忘记,我们在建设着移庭前的那座花坛,由于我们的力量,撒下了那不同样的种子,那正是一个美丽的夕阳的晚景,你们的发照迎着将滚落的太阳发光,你们的脸抹着一片明亮的霞红,在这浩阔的大自然里,显现着一团跳动的生命! 看啊,每个人的头流下汗来了……花儿开放了,大地遍满了芬芳,我们会在这儿得到了汗的代价! 它会助长了我们生命的动力,它更表现了我们不朽的青春之灵。

我焉能忘记,我们的亲爱精诚的踪迹,我招唤你们每个人的名字,你们每个人在向我招手,我仿佛在辽阔无际的大地之上,生成了挂满许多肥厚叶片的树干,它们迎着时代的风雨,在招摆着,在亲密地低语着——何等珍贵可爱的记忆啊! 孩子们! 你们也可以想起一些什么? 离开了你们的一个人,他交给你们是那渺小的、微弱的力量,只是浪费了你们的时代,而轻轻地把你们那一片珍贵的精力,空空地消耗了啊。

孩子们! 我们行着种种方式不同的生存斗争,我们在不同的道上跋涉着,而同一的命运是:新时代来了,新时代交给我们许多应做的工作,在这时代的洪流里,有许多应该由我们拯救的不幸的遭遇者,他们在扎挣着,呻吟着,他们正渴望着一支正义的和平的光会照耀他(她)们的头上,更有许多失掉生存的勇气,他们缺乏了生命洪炉的枝柴,他们也更盼着有一股无限的生力,会推动着他们前进,不停地前进。

我们该担起这件艰巨的工作吧,纵是你们身边是一个无底的渊海,坠落了,会溺死你;纵是你们身立在一座悬崖峭壁,滑落了,会摔碎你;然而你们怕吗? 你们就踟蹰不前吗?

"不会的,当然不会的。"我们可以这样替你们回答,我们是为着求生存的进步,我们是为着求一个善良的社会,在这社会上的人们,他们有生活的满足,生活的幸福,他们肯为社会服务而奋斗……由奋斗而牺牲……

亲爱的孩子们,在你们要负起这种任务之先,我要告诉你们使你们务要遵从的话,你们要的是名望吗? 你们要求的是爱情吗? 你们要的是财富吗? 老实告诉你,名望那是空虚的、浮浅的、不慎重的,无价值的爱情可以毁灭你的青春,浪费你的青春,而且可以使你陷入一个不拔的境界,使你把任何的伟大事业抛弃! 那只是成了爱情的奴隶了! 那你将追求幸福反被幸福伤害了! 财富那是贪逸的、自私的、造成一切罪恶的……所以我希望你们,要谨慎地走路罢,不要名望而是不朽的艺术、发光的艺术,不求无价值的爱情奴隶,而需超越的、事业的生之战斗上的结合,不求炫耀的、罪恶的财富,求社会上所有人们的全体生活幸福……那你将担起这伟大任务了吗? 你开始迈开刚健的步伐了吗?

岭原是新缘的季节了,校庭前的杏子在满开的季节了,我想到那芬芳的、美丽的岭原,不由使我落下泪来,而又深深想起可爱的孩子们的影子和那发光的眸子,使我凄然而将停笔了。

　　亲爱的孩子！愿你们在人生的原野走着坚韧的步子，开拓新的生命，以至于永远永远。

选自《前进报》，1946 年 6 月 20 日

◇ 黎　阳

王清发披星守伤员

王清发是呼兰担架队队员，当他自动报名参加担架队的时候，他就跟翻身会的人说："没有民主联军，就没有我王清发，今天翻了身绝不能忘了救命恩人，只要能做到的事，一定要好好地去做。"

是在围攻德惠的一个下午。大队担架早已抬着同志走出好远了。而大车呢？又掉在后面，不知什么时候才能赶上来。就在这个夹当，老王发现了一个伤势不轻的彩号。当然这是不能不管的了，于是他就俯下身去对伤员说："同志你等等，我去找人来抬你。"一面说着一面敏捷地给伤员包扎起头部的伤口，然后就跑去找人。还好，居然在附近的村子里找到了三个老乡，把伤员放到担架上抬着走了。

出德惠应该是走东北，可是大家都摸不清地理，就顺着铁道向北走去，一直到了达家沟，达家沟原是敌人的据点，三个找来的老乡们一看走到了国民党据点，一来胆小怕事，二来又不敢把这事情明说出来，就借口说："再去找几个人，抬起走得快些。"老王本是个实

311

心眼儿的人，未假思索地就放他们去了，然后就老老实实地守着伤员傻等着。从太阳下山一直等到了天黑，还不见他们回来，这时，老王才开始感到受骗，心里发急了。

月亮眼看出来好一阵儿了，找人的老乡还是没有影子，南方忽然"啪啪"地打了几枪，急得老王满头是汗，一时也想不出办法来，只好暂时把担架拖在山坡的凹地里，把同志用草掩蔽起来，自己蹲在担架旁边守着。伤员用没有带花的左手拨开头上的被子，无力地看了看老王，老王这时忽然变得聪敏了，他连忙安慰同志说："你放心吧！我在这里守着你。一会来人就抬你走。"老王虽然说得很镇静，但心里却更加发急了：找人去吗？丢下同志一个人躺在担架上，也不放心，不去吗？一个人又抬不走！这可怎么好呢？大风夹着雪花吹得比先前更厉害了，伤员微微地呻吟了几声，老王稍稍犹疑了一下，也很快地脱下自己的破日本大衣，一面往伤员身上盖去，一面说："同志盖得厚点，不要把伤口冻了。"伤员摇了摇头，表示拒绝，但老王还是把大衣盖在担架上了。

月亮从东边升到头顶上了。四面都是白雪，看不见一个人，只有老王守着彩号在山坡的凹地里。老王向南走出了十来步，"老乡，老乡"叫了声，只有风打着电线，并没有人的回音，回过来又向北走了十多步，望着白茫茫的雪地，他又颓然地回到伤员身旁了。这时，他心里焦躁极了，他不禁暗暗地咒骂那几个老乡来了："妈的，没有骨头的东西！"可是有什么办法呢？还是背着同志走吧！老王走到担架前说："同志，我还是背你走吧，那三个人是不会来了。"老王以为他的伤是只有头部，哪知掀开被子一眼又看到了他胸口的伤比头部还重，没有办法背的："同志，我背你走，伤口是会更重的！"同志因流血过多，精神不如先前的好了，在担架上也不能活动，而心里又很着

312

急："老乡,那又怎么办呢?!"老王重新给同志盖好被子,又安慰他说:"我王清发不死,是不会苦了你的。"风小些了,月亮已偏了西,显得比以前更亮,正在老王没有办法的时候,忽然从坡上的道上传来了脚步声。"同志,来了人了,再等一下就可以走了。"

老王以为这是刚才那三个民夫回来了,正想好好地说他们一顿,到了跟前才发现是自己的村长。"村长,下坡里有一个彩号同志,咱们快把他抬走吧! 怎么样也不能把彩号苦了啊!"老王走在前面,很快地把扁担套在绳子里,自己先拿上绳子,"走吧! 村长!"而村长本身还负有紧急的任务,不敢耽误时间:"老王,你再等后面的来,我要赶紧追前面的大队。"老王寻思着前面有更多的同志要走,也很紧急,就让村长去了。"村长,遇着了无论哪一个担架队,都快打发一副来。"老王给村长说完了话,蹲在担架旁,摸着同志的前额,兴奋地说:"同志,你再好好地睡吧,一会就会来人了。"

远远有了鞭梢声,老王下定了决心,盘算着:"不管是谁的车子担架,只要来了,我就挡住,把同志放在上面,才算是我王清发对得起同志。"一串几十辆大车到了跟前。"啊! 大队长是你们来了,快把下面的同志抬在车上!"大队长亲自动手把伤员连担架齐送上了大车,老王也一齐坐在车子上,这时才算长长地喘了口气,向同车人讲起这一晚上的经过来了。

选自《血肉相联》,东北书店 1947 年 8 月初版

◇ 黎　凯

火线插曲

在四平前线,敌我两方距离近的才是二三十米远,连咳嗽声都能听见,自然,其他活动就看得更清楚了。有一天,将近黄昏的时候,狂风吹着浓烈的火药气味,也吹拂着每个英雄的衣襟。但是英雄们镇定地睁大着两只炯炯的眼睛,监视着敌人的阵地。

突然,对面阵地发出呼唤的声音:

"喂! 请你们不要开枪,让我过去同你们说两句话。"

"行!"

英雄们干脆地回答敌人的请求。

不一会儿,对面阵地爬上来一个人,看样子,个子不算大。他慢慢向前爬行。英雄们端着枪警戒着。

那个人来到了。黑面焦黄的脸,头发长长的,说话是南方口音。

"我是排长。"那个人说,"我冒险过来问一件事:就是你们守四平,要守到什么时候?"

英雄们不假思索就骄傲地回答他说:

"守到把你们完全消灭了为止！"

那个排长马上显出失望的神情，叹了一口气。英雄们就对他说：

"中国人不打中国人，你还是过咱们这边来吧！"

那个排长一下子说不出来话，吞吞吐吐，像个大姑娘。

"过来吧，叫你的人都过来吧！"

英雄们又嚷着。

那个排长眼珠子动也不动，好像考虑什么大事情似的……

选自《关外胜利的自卫战》，东北书店 1947 年 2 月

◇ 颜一烟

翻身的人闹"翻身秧歌"

春节,由"青年学团""西满军区文工团""西满分局文工团""东北文艺工作团"四个单位组成的一百八十人的"联合秧歌队",在齐齐哈尔的街上演出之后,联合秧歌队特于一月三十日在东北文艺工作团召集了一个座谈会,出席的有:当地各秧歌队的秧歌头,各区直接领导秧歌队的负责同志和各文工团的负责人及部分团员。这个会的目的主要就是:我们把当地多年闹秧歌的各位老师请了来,给我们这些小学生们再上一课。

一、"旧秧歌太'砢碜'了!"

我们的各位老师,发言虽很热烈,但是都很客气,对我们的缺点指出的很少。现在我把各位老师的发言,简括地记录如下:

"这是从有齐齐哈尔以来,没有过的秧歌,怎样领导人民翻身,宣传怎么样生产,像《农家乐》,把农村生活和怎么样生产都表演出来了,这是大优点。"

"我们过去也办过秧歌,可是都是扭扭搭搭逗乐子,现在看了这个秧歌最荣幸!因为这个秧歌,演的都是自己的事,像《小放牛》,我们过去就是放牛的;又像《农家乐》,表演怎么喂猪、喂鸡、扬场……我们都是庄稼人,看了自己的事,觉得非常荣幸!"

于是,就有了这样总结式的发言:

"八路军真是好!处处为老百姓,连演秧歌都是教咱们怎么样生产,怎么样过好日子!"

主席请大家多给批评,多给指出一些缺点来,但是大家还是很客气,一位接着一位地说:

"这次贵团在齐齐哈尔的演出,在东北是头一回,过去老百姓都不同意男女在一块演,可是这回演了觉得好。过去的都是男女调情,不爱看。现在看这个秧歌不'逗',还有小曲子、小戏,唱的都是老百姓的调子,演的都是老百姓的事情,这样的秧歌好!看贵团演的新秧歌,再想想我们的:就是男女调情,逗一逗,端端肩膀,扭扭屁股,真是太'砢碜'了。"

接着好几位同意了他的说法。

"旧秧歌太'砢碜'了!"——这是会上全体老师们一致的意见——这代表着齐市全体秧歌队员的意见,也代表着齐市全体观众的意见!

二、翻身的人闹"翻身秧歌"

上面的一些发言之后,我们的老师又发表了如下的意见:

"我们以往演的都是旧秧歌,不但'逗'得'砢碜',还消极,还封建呢!"

"对了,我们以往闹的那个旧秧歌,就叫抹着花脸'逗一逗'!"

另一位说："在早的旧秧歌，都是'溜须秧歌'，就是给地主拜年，宣扬富人升官发财，到了伪满时期又加上给日本人'庆祝胜利'……就没有说咱们老百姓话的。"

"谁不说！在大戏上，就不准说老百姓好，把老百姓都打成三花脸、尖帽子，当官的都是净面，莽袍玉带的，那么咱要是演出这样的新秧歌来，就得砍头啊！"

"咳！那么咱是咱们老百姓受压迫的天下，是人家的天下啊！咱们就只好听人家的喝，让人家逼着咱们扭一扭，逗一逗，人家吃饱了，当间儿一坐，咱们给人家逗乐子啊！"

于是话题就又转了：

"现在是我们老百姓的天下了，没人压迫我们，没人糟践我们，也没有人逼着我们去宣扬谁了，那么，我们为什么还闹给人家逗乐子的'溜须秧歌'呢?！"

立刻有人响应说："现在是新时代了，我们不能再扭那糟践人的秧歌，要扭新秧歌了！"

"是啊！现在老百姓翻身了，我们秧歌也要翻个身——我们要宣扬我们自己的新秧歌！"

于是在会场上，一致热烈地喊出：

"翻身的人要闹翻身秧歌！"

自打开天辟地以来，就没有过把有钱人的房子、地分给穷人这样的事。所以自打开天辟地以来，就没有过这样宣扬老百姓的新秧歌！

就是在现在，同样是在民国三十六年过春节，在国民党统治的地方，也没有这样的秧歌，因为，在那里还是压迫老百姓的，在那个地方的老百姓，还没有翻身！

于是,会场上又一致地得到了这样的结论:

"只有有民主的地方才有新秧歌!"

这时,有一位站了起来,指着这次帮助联合秧歌队吹喇叭的四位老师说:

"看看这四位先生,以往祖祖辈辈都叫人看不起,说是'王八戏子鳖吹手',被当作最'下流'的人,儿孙都不能进考场! 可是现在,在咱们这民主政府八路军的地方,被人家请了来,坐在这里尊为老师——这不是大翻身了吗?"

我们看见了那四位吹喇叭的老师笑了——这是骄傲的笑、光荣的笑、胜利的笑、翻身的笑——"是他们祖祖辈辈没有笑过的笑"!

三、能不能闹"翻身秧歌"?

会上一致的意见是旧的太"砢磅",要闹新秧歌——闹"翻身秧歌",但是,能不能闹呢?

有的旧秧歌队队员说:

"要像人家这样扭法,我们得累死了! 文工团是有训练的,我们扭不来! 走圈子串花,我们也不会步法。"

"看人家还演小戏,很好,可是我们只会端肩膀的扭法,搬上戏里觉得不好,新的又不会。再说编、排也困难!"

"还有,对乐器一点也不清楚,谱子怎么编,动作的时候,怎么拉怎么打也不知道。"

"看看人家秧歌队这么多女的,我们没有,都是男的扮。不化妆就不能练习,拉不下脸来,要戴很多花。再说头也是个问题……"

大家都觉得旧秧歌不好了,但是,闹新的又觉得有很多困难,那么,是不是就不闹了呢? 一位年轻小伙接着说:

"旧秧歌是可以变的,就像领头的吧,旧秧歌是个扇公子,拿着把扇子,这就归为'封建派'! 可是人家这新秧歌领头的,是工人拿着斧头,农民拿着镰刀,这就是我们老百姓自己的领头的了! 这不就是变了吗?"

旧秧歌可以变,而且我们有信心使它变! 我们可以闹新秧歌,我们可以闹翻身秧歌——这就是讨论到最后,会场上一致的表示。

四、怎样闹"翻身秧歌"?

(一)治病不是治死

根据上面的一些发言,联合秧歌队的一位同志说:

"我们今天召集这个会,并不是'命令'大家从今都闹新秧歌,一下子就不准再闹旧秧歌了,咱们是要大家讨论,怎样把旧秧歌慢慢地改好。"是的! 这就好比:一个人脑袋上长了疮,我们是要想法子把这个疮给他治好,而不是把脑袋给他砍下来! 治病不是治死! 旧秧歌有病,有"逗"病,有"溜须"病,有"封建"病,那么,咱们就是要想法把旧秧歌的这些病给它治好,而不是一下子就干脆不闹旧秧歌。

新秧歌不是从天下掉下来的,没有以往的旧秧歌,就没有今天的新秧歌! 我们今天说:要闹"翻身秧歌",是要研究怎样把旧秧歌变成新秧歌(也就是"怎样改造旧秧歌"的问题)而不是把旧秧歌一刀杀死,我们重新做一套新秧歌出来——事实上这也是完全不可能的! 新秧歌好比旧秧歌的女儿,你杀死了妈妈,怎么会能有女儿呢?

(二)添上唱,添上戏,不逗也有意思

那么,我们怎么给这个封建的老古板的妈妈治病呢?

一位老师说得好：

"我们不能着急，要慢慢来！一下子完全去掉旧的不行，先把最'碙磣'的去掉，少'逗'一逗——一回去一点，两回去一点，慢慢地就去没有了。"

许多位都同意，并且更进一步地说："从前的除了'逗'就没有玩意儿了，所以去了'逗'的就不行。看人家这个：又有唱，又有戏，这多好！所以，咱们这回也把'碙磣'的去了，添上新内容，添上唱，添上戏，那就不'逗'也有意思了！"

去了"碙磣"的，少"逗"，加上小节目，慢慢改，慢慢变——这是会上一致的意见。

（三）自己说自己的事就是戏

一致的意见是要加小节目，但是怎么加呢？于是又有人提出：老百姓自己不会编戏——其实，我们觉得，老百姓并不是不会编戏，而是他们没有认识到：他们自己会编戏——不但会，而且是最会的！我们现在演的这几个小戏，就都是跟老百姓学来的。我们下乡去，登门叩拜了一次师父，又从乡下请来一位老师——民间艺人张万元同志，随时随地教我们——如果没有这些位老师，我们的戏是编不出来的。那么，要是老师们自己编，不是一定会比我们这些学生编得好得多吗？也许有人要说："我们连字都不识，怎么编剧呢？"我们的回答是："字"不过是一种符号，就是记录你要说的话，不会写，还不会说吗？说我们自己的话，扮我们自己的事，就是最好的戏，就拿在伪满的时候说吧，我们受了日本鬼子多少压迫？受了地主恶霸多少剥削？现在翻身了，这身是怎么翻的？翻身后的民主生活，又是怎么样的幸福愉快……这要都把它说出来，编出来，演出来，不都是最

好的戏吗？一个人，一下子编不出来，几个人一凑，不就凑出来了吗？

"噢！说自己的话，扮自己的事，那就是戏？那不难！咱都会！"对啦，编戏不难，各位老师都会！

（四）拿自己的曲子唱自己翻身的事

戏会编了，可是又有人想：乐器里头的事，还不清楚啊！曲子还不会编啊！"

这个问题，在各位老师身上，是和编戏一样容易！因为我们现在所奏的乐，所唱的调子，也都是刚从老师那里学来的。老师们会唱的调子，真是太多了！我们这回下乡不到十天，就学来有七八十个调子，我们不过就是给换换新词就是了。比方：我们的打花鼓，刚唱了两句，老乡们就说："这是《下盘棋》的调子！"听了我们的大秧歌唱的，也说："这是《月芽五更调》……"各位老师觉得我们唱得好，其实，我们就是跟你们学的，你们才是真正的大音乐家！不过就是没有想到怎么使用这个本事就是了！

所以，编调子，一样不难，只要把自己会唱的调子唱一唱，看这地方的词是段苦词，就配上一个苦调子，这地方说翻身的事，是快乐的词，就配一个快乐的调子，这还不容易吗？

"容易！容易！我们会的调、曲子可多哪！"

"对啦！往后就拿我们自己的曲子，来唱我们自己翻身的事吧！"

（五）没有女的怎么办？

上面这几个问题解决了之后，"没有女的"这个问题也就可以解决了。

首先，翻身后的妇女，在这民主自由的地方，她们的思想也会慢慢地从封建压迫下解放出来（在旧社会，女子比男子所受的压迫更多啊）！她们会慢慢地、自愿地、愉快地参加到秧歌队里头来，歌唱她自己民主自由的新生活！

在没有女队员参加进来之前，暂时还是由男的扮女的，也是可以的，只要我们闹的秧歌变了，不是"逗"一"逗"，调调情，给人家逗逗乐子，而是歌颂自己扮演自己的事，他们就是扮个女的，也不会再觉得"砢碜"，或是觉得"不化妆就拉不下脸来"！相反地，他们会很愉快，他们会觉得光荣，会觉得骄傲，因为这是翻身的人闹自己的翻身秧歌，给翻身的人看！

五、感谢又上了一次课

大家一致的意见是：愿意闹新的，而且有信心能够闹新的。最后，各位老师都提出："希望把你们编的戏，抄出来给我们看看。""这回正月十五日闹秧歌还请各团派人去帮助排演。"

这时主席代表各文工团说：

"各区希望我们去帮忙，我们一定尽我们的力量，派人到各区去向大家学习——耽误大家一天的时间，很对不起，希望我们在十五碰头，大家联合起来闹一闹，把齐齐哈尔闹得更红火起来——把翻身秧歌闹翻了齐齐哈尔！"

一九四七年二月二日于齐齐哈尔

选自《东北日报》，1947 年 2 月 23 日

◇ 薛　雅

人民的欢乐

过了阳历年之后，佳木斯的老百姓，家家户户都在欣喜中期待着旧年。街上年货摊子比平时多了三分之二，随时可以看见东家大叔、西家大婶拿着年货，欢天喜地地回家去。巧心的商家，知道翻了身的人民，今年一定要合家欢欢喜喜地吃顿翻身饺子，他们特别准备了许多剁饺子馅儿的案板。

老百姓忘不了腊月二十五扫尘的旧俗，可是今年扫尘，都有着不同的意义。商人张学惠说："把过去老百姓一切的倒霉都扫掉！"所以他不但把屋上屋下屋里屋外都打扫了一遍，还把墙壁和炉子那用白粉粉刷了。范大爷年年过年穷得直不起腰来，今年他扫了尘之后，也换上了干净衣服，愉快地谈着他经过民选当了自卫队长的大儿子。年轻的手艺人张维元两口子，也坐在扫净的炕头上，合计着过年杀了一口猪该怎样处理。

张学惠的妻子把我从屋外招呼进屋，满屋闪发出白净的亮光，炉子上的开水壶，还在冒着热气，她说："今年不比往年，过年亲戚朋友都得走走,客人来了,起码总得吃顿饺子,我叫张学惠多买点面,他只买了六十斤,肉也只买了二十斤,叫他少买精米,他偏买了三十斤。"张学惠接着说:"你还忘记说我买了三大瓶酒呢。"张学惠唯一的小女儿抱着我告诉,她妈妈已经把她新做的棉袄拿出来放在柜子上了。

出了张学惠的家,又到张兴才家走了一趟,一进门,迎面就扑来一阵暖气,炕上正有四个人围着几大盘子菜在喝酒。张兴才正站在炕下埋怨他的妻没把炕顶扫干净。喝酒人中最年轻的一个说:"我喝完了,再帮大婶扫一遍。"他硬拉张兴才坐下喝酒:"这杯酒你不能不喝,今年可不比往年呵,我们穷人翻了身了,屯里大伙儿还等着我们办年货回去过年,年里我们也怕不能来了。"他又从身边拿出一千元来:"这是张大哥带给你的。"张兴才爽声地大笑着说:"这是咱们船上兄弟的情谊,可是今年不瞒你们说,面也买了几十斤,告诉张大哥说往后穷人不再一年比一年穷了。"

旧历年关,许多工人正赶上分红,"裕大"工人每人分了一万多块钱,有的买了新衣服,有的办了喜事。每个工人脚上都有一双新鞋。工人刘清原买了四十斤面回家。"连合成"工厂的一个工人把红利拿去买了一辆自行车,他说:"现在我们工人拿钱多拿钱少都不用说,反正现在谁也不能再给我们气受了。"德祥东火磨的工人正准备春节的秧歌队;发电所的工人,也正在排戏,打算旧年开同乐晚会,招待工人家属。

从前过年,有钱人怕偷怕抢,没钱人过不了年。现在不用愁了,老百姓组织了自卫队,从阳历年以后,就开始每晚上打更放哨。白老太太家是附近顶有钱的一家,过去每到过年,她就要搬家,怕人抢面,今年动也没有动。白老太太说:"这可真是过太平年呵!"

今年佳木斯的老百姓过旧年,像度佳节一样的欢乐,从前那些被压迫被凌辱的日子,永远地过去了。

选自《东北文化》,1947 年第 2 卷第 1 期

◇毛福丰　郑儒明

比　　赛

船渠在十一号下午五点多钟来了十火车的原料,满载着的是铁板与槽铁。铁板共有九车,槽铁有一车,当天因为火车来的时间太晚,就没有卸,等到了第二天早晨八点四十分便开始卸,是由一、二、三组分头来卸,每组是二十四名工友,一组分三辆铁板车,三三得九,三个组共分卸九辆铁板,还剩下的一辆槽铁,厂长便决定说哪一组先完成三辆车的任务,这车槽铁就给先完成的组来卸。各组听到后,便马上加鞭就干起来,当时有第一组高呼要挑战说:"上一次卸火车是你们第二组得到了胜利,我们第一组落了后,被你们第二组的工友,耻笑我们是落后的小组,今天我们一定跑在你们二组的头前。"当时三个组的工友就自告奋勇地脱下了棉衣,各不相让地一拥而上。有的在使绳子拉,有的使铁杠掀,每个人的脸上都是汗珠直滚。有别厂的工友走过那里就站着看,佩服这些工友真是干家;还有一个工友扛着木板子,路过这里都看呆了。第三组的程第茂工友一时不小心从车箱上掉下来,就跌了一个仰面朝天,但他立即爬起来笑了一笑，重新跳上车箱。

结果第一组先完成了任务，就把剩下的一车槽铁，由他们卸了。二组的三辆和三组的三辆车是在九点十五分卸完。可是一组的最后第四车也跟随着卸完了。这样大的十辆车载，在过去得半天的工夫才能卸完，今天为了起突击队的作用，仅仅用半点钟的光景，十车原料就在工友们的竞赛中全部卸完了。

选自《"工农园地"选集》，大连大众书店 1948 年 8 月

◇关山　李陶　苏宁

民夫英雄剪影

一、大扁担缴机枪

六棚区复洲屯担架队长李连升领着民夫们抬着空担架往火线上去，走到焦家岭时，太阳已经下山了。看着迎面慌慌张张地跑来三个敌人，还扛着一挺轻机枪，李连升赶忙叫大伙趴在树林子里掩藏在树后头，并和大伙商量想个好办法，几个人把扁担拿好屏声等着。不一会三个敌人跑过来了，李连升他们提起大扁担，跳在那三个人身后猛喊："站住！交枪饶命，要不就打死你们。"三个敌人吓得赶忙双手高举，放下了机枪。李连升从后边过来先拿起机枪，然后用小绳挨个都捆上了。

二、马死了算啥

四区义山村车夫王永焕刚把车赶到其塔木城门前大炮旁边时，连长就下开炮攻城的命令。王永焕看见旁边一个炮上的"火药手"

挂了彩,有点忙不过来了,他就把车带到离炮三十多步远的地方,然后把车上的弹箱搬下来,用小镐砸开,把炮弹送给炮手们。打有十来炮,敌人从城里也打起炮来,恰巧敌人第三炮在他身后不远的地方爆炸了,王永焕回头一看,他四个马一个都没剩全给炸死了。弹箱还都好好的,他便回头去把炮弹送给了炮手,心里寻思:"马死了算啥!打退了反动派再说。"王永焕不慌不忙地把车上的炮弹搬到剩下三箱的时候,我们的部队已经冲到城边了。

三、李珍宝代替机枪手

榆树县四区民夫队长李珍宝是其塔木战役中,第一批先到的,当时战斗已经开始了,他便领着民夫们在枪林弹雨中抢救伤号。这时在其塔木西南角一个小房旁边一个机枪射手负伤了,正在呻吟着。李珍宝冒险跑过去,把他背下来交给离火线很远的民夫们,他又跑回来了,正在寻找彩号时,发现那挺机枪还在那里放着,跟前几个战士却都不会使,这时敌人上来了,李珍宝拿起来就打,战士很高兴地给他装子弹,他就对准敌人打起来,打了两槽子弹后,部队奉命前进,彩号又多了,他又把机枪交给战士——背着彩号下来了。

四、一下捉五个

榆树县二区的担架队指导员陈维民和队员李永宝、王墨林三人从长岭子火线上刚下来,想到屯里的人家找宿处,当他们走进一个秫秸罩子的小院时,屋里连着放了两枪出来。陈维民等三个人,一看屋里有敌人,就立刻很机警地卧在地上,爬到这小房子的窗户跟前,于是一齐大声喊着:"你们要命不要命?要命的赶快缴枪!"屋里的敌人立刻不放枪了,他们一窝蜂地闯进屋里去,一个敌人站在外屋正端枪向外边在看，陈维民上去就将枪夺在手中了。另一个敌人仍在屋里不出来，于是陈维民向他喊："快交枪！"那个敌人又将枪倒扛着走出来了。他们就这样地活捉了五个敌人，缴了两支九九式步枪！

选自《血肉相联》，东北书店 1947 年 8 月初版

◇ 张健　何友群

两个世界

——从长春到哈尔滨

民主联军进驻长春以后,加强了我们愿为革命事业奋斗的决心,因为我们是青年,有着一颗赤热的心,永远要追求真理。不愿妥协,不愿苟安,更不愿同流合污地混下去。那时正好得到投考军政大学的机会,我们欢愉极了,所以怀着兴奋的心回去报名投考。录取后本想及时入校,但却为一些家庭的事务所纠缠,请了一星期假。这一周间,民主联军为了求得和平退出了长春,从此我们就遭受了不测的灾难。

五月二十三日下午二时,国民党军进入了长春,市面上顿呈混乱状态,抓丁捕人,奸淫抢掠,简直是把一个街道整洁的长春闹得乌烟瘴气了。五月二十四日上午十点钟,友群突被某师部之谍报班特务带去调查思想,审讯一日,当晚幸被释放。但过了几天又被过去之所谓"地下军"二十七支队抓去,以后又被某师师部捕去拘留两日。这真是思想毫无自由,人身毫无保障,我们在长春简直没有容

332

身之地了。本想立即启程来哈，但在次日上午又被长春市之最高警备司令部捕去，在狱中过了一个月的非人生活，身体病弱不堪，后因借助友人在外周旋，加上金钱的力量，才算得以脱离监狱，但别的地方还想追踪逮捕。我还是初次尝试监狱生活，所见所闻及自己亲身感受到的，觉得和"满洲国"的监狱没有什么不同，我真没有想到所谓"正统"的国民党大员们，会是这样野蛮。

七月二十日在人们尚酣睡于甜梦中的清晨，悄悄乘车脱离了长春。火车只驶至德惠。为了要绕过他们在松花江南岸的阵地，从小道坐大车奔往江沿。我们乔装着和旅客们混在一起，侥幸还没有受到什么刁难。

七月二十二日上午行抵距江岸十里左右的一个小村子时，直至黑夜才被引至江岸，经过的地方都是僻径和森林，向导是地方上的"大排"，由店家拉线，大家花钱，雇他们保护我们安全。他之所谓"店"都是村内有钱有势的人设立，有着多方面关系，并且店主都有着各自的绰号：什么老铁啦，几爷啦，他们时时在恫吓着旅客，使你不敢稍有违背他们要钱的意旨。

在这段行程中，有和我们同在一村的别个店中的旅客，只距我们后面一里多路。行走间忽听到他们惨叫，据引路者说，因为他们没有花钱雇"保护者"，所以被劫了。并向我们说："看！到底哪个合适？"等等。原来领路者又是"保护者"！"大排"，就是土匪！

在岸上等船花费了不少时间，坐在船上被那些流氓船手无端辱骂，这些真是写也写不清。待渡过江时，不由得出了一口大气，好像剥过一层皮又得复活了似的，计算一下由德惠过江，不过百里路，但却用去一千元钱，这还算是没有浪费！稍息，走过河滩，越过苇塘穿过树丛，左拐右拐，一直到天明才找到了正路，距离联军的哨兵不远，和我们一起的旅客约有七十余人，同时席地而坐。一位托着枪的同志在前面先以温情的话语，安慰了我们，接着便讲联军民主政府的作风、政策，我们听了后，真像吃了一副清凉剂，大家听着时时发出愉快的笑，经过再三解释后，才略略检查了一下。待我们走到村头时早有许多大军等着，一直把我们送到三岔河车站。到哈市的第二天就找到了军政大学招生处，我们的目的是如愿以偿。现在数日来旅途的疲乏也早已经消失了。

选自《东北日报》，1946 年 8 月 6 日

◇林耘　史从民

5号发电机

　　咱一个黑手爪子,有多大学问,还不是齐局长鼓励,王老英雄王醒民大哥领头,工友大家伙儿流汗受累,这5号才跟6号结合,修理好了,多送出了两千多电。大家伙儿举咱当劳动英雄,直劲儿招呼刘老英雄,咱刘英源打民国十六年,这个发电厂刚修工那早晚,就在这里干活,可没见过这种世道,咱黑手爪子可算出头露日了。可是,露脸是大家伙儿露脸,胭粉不能往咱刘英源一个人儿脸上擦呀。那么大的机器,一个人顶啥呢?

　　反正,要是日本子那样的压力派,国民党那样的霸道派,咱们工友别说不给他们卖力气,你就是有章程也是白瞎呀。

　　记得开会那一天,齐局长也来了,国民党掐断了小丰满的水电,它当是这下子可手拿把掐,叫咱们哈尔滨的老百姓摸黑儿,叫马力电停下,哪成想:咱们工友翻了身,拿咱们当人看,人多出孔明,哼,五一节,咱们还合计着给老百姓的电灯也都送电哪。这会儿越唠越离题,开会那一天,你一言我一语,也有几个人说泄气的话。好家

335

伙,又是什么得驾飞机运到东京才能修理咧,又是什么得打电报,找日本子的工程师咧,那刺儿话一套一套的,可多啦。

王老英雄王醒民大哥有书底儿,跟咱刘英源合计着:这够多么长别人志气灭自己的威风啊,况且日本子亡了国,还要靠人家,算咋回事呢! 咱们就发了言:修理看看,保准不保准,咱可不敢说。喝,刺儿话又来了:修理不好不要紧,修理坏了,那发电机一开车,就像炸弹似的一崩,发电厂还不连锅端了? 就又有人出主意:包工给苏联人,南岗有个苏联人会修理。他们想赚现成的。

还是首长齐局长说的对劲儿:失败是成功之母,修理不好再修理。咱们听了这话心里才有了底。上边能担待,咱们才敢干,要不,谁敢修理呢!

咱们答应了完成上级给的任务,那些说刺儿话的人们不再废话了,心里可等着看乐子呢。本来嘛,咱一天也没离开过这发电厂,这发电机叫天电轰坏过两回,两回都是从东京打电报叫来日本子工程师修理的,咱也问过厂里的留用日本技术人,也都说:这机器一共是六台,一二三四号都在长春,这五号、六号是从那儿排下来的,想要把螺丝眼儿对准,可不容易。咱说齐局长要修理看看,他们嘴里说:大掌柜给说一回话,心里可也没信服咱们能修理好呢。

这不是明情吗? 3 号机是德国的机器,3 号机发一基罗瓦特电要烧一点三五公斤煤,5 号机才用一点一五公斤,3 号机又费气,电力又小,修好了 5 号机,咱们给国家、给人民省老鼻子了。

人可得钻究。决定修理倒是决定了,可是上哪里找那么多材料啊。王老英雄虽说是有经验,从前净摆弄小来小去的电机,这发电机像个小火轮,上哪里配这么多机件哪? 王老英雄跟咱合计:拆了 5 号的固定子,配上 6 号的旋转子,这岂不是省许多材料! 王老英雄先画了样板,咱拿着样板一比,转表挪不坏能挪得了。这才决定叫小5和小6结婚。

材料不缺了吗? 还是缺! 云母片、云母带、绝缘油,这几样都缺。王老英雄搁自己家里拿,又托他一个老朋友叫裴宝祥的大哥,这位大哥的云母片,都是人家电料行自己用的,听说是为大众谋幸福,挺慷慨地匀了二十公斤。后来,王老英雄整理仓库,又发现了不少材料。

材料算找齐全了,这回该挪了。厂里的起重机,只能吊二十吨,发电机的固定子有三十吨重,硬抢着吊起来,怕吊不起来,就是吊起来,起重机劲儿小,砸下来,砸坏了二楼的洋灰地还不算,怕要砸坏了一楼的气管子,那不平白又添了毛病! 咱们又合计了一下,在一楼照着二楼的洋灰地,从底下顶上了电线杆子,又找了一架十吨和五吨的起重机,才吊起了6号的固定子,放到5号的旋转子上。

王老英雄守着机器,干了一个月零三天,把眼睛都熬红了,一来是研究,二来是保护,怕有坏人破坏机器。王老英雄早已在中东铁路的职业城河学校念过书,在兵工厂做过工,那一年哈尔滨发大水,水灾难民收容所的电气都是王老英雄办的。伪满受不了鬼子的气,自己开了个电机修理业,这回齐局长请他出来,人家才到电业局搞试验工作。

王老英雄真有本事:四十二个线环的卷线工作,费了他不少心血,熔接工作更难,接铜线,密度不一样,就不好使唤,人家从前日本子干这个活,也不叫咱们看着啊,王老英雄用福尔马林和硫酸还有什么,我也记不清了,配成了药,一试验,也成功了。还有云母带,等一使唤,脆,缠不好,先搁纸缠,纸不成,又用布,布能挺五百电压。后来才发明了用绢布带,绢薄,能挺八百电压。还有绝缘油的干燥,起初，用热风机吹，费时间，才改用电热器，用自体干燥的方法，很快地干燥完了。

王老英雄的工作，干完了一程子，咱就钻进了汽机里，那十吨的铁盖一盖，里边就像三伏天，闷得气都喘不过来。早先，鬼子干这活，都是半点钟一休息。咱这是突击工作啊，一溜气在里边干了五个钟头。十四层叶片，差半个头发丝都不成啊。拿着千层尺和平衡表，找正，这找正最费劲，找了七八回，又锉又垫，暖机坏了，直冒气，里面热得又像笼屉。

咱把机器卸开了，又装配好了。咱二十三天没回家，没睡多少觉，完成了任务，好像卸下了千斤的担子。可是那伙说刺儿话的人们，还是要看乐子，说什么：别看装配好了，一开车可就要崩死人，躲开点，躲开点，不定死多少人命。

苏联工友开了车，那天是三月二十五号。汽机没炸，也没崩死人，这机器伪满的时候，顶多能送电一万一千基罗瓦特，这回竟送电一万两千九百基罗瓦特，起初咱是死马当活马治，治好了还不是咱工友大家伙儿的力量。一个机器，光有大件也不能动弹，差一个螺丝钉都不行，架线工作的吴老英雄，要不靠他改修线路，送电也送不完哪。

给哈尔滨人民带来光明的，是中国共产党，前线的弟兄们爬冰卧雪，还都没表功呢。结合小5和小6是咱们应尽的责任，首长却来表彰咱们，这算不了什么功劳啊。咱还得去看一看汽罐的冲洗工作，从前都用盐酸洗，那也多费钱，咱们用水洗，驾钻子一点点来，多少费一点工夫，可省许多钱！反正，前方多打胜仗，咱们的好日子还在后头哪。同志不嫌弃咱们手黑，握握手，再见罢。

选自《东北文艺》，1947 年第 5 期

◇郓景明　孙聚先

熔化炉的话

　　我是实验工厂的一个最主要的工具，工厂里出产的东西，都要从我肚子里经过，我的身体一丈多高，四尺多粗。说起来我长得也很奇怪，长着两个嘴，头上一个，腿上一个；一只眼睛，还是长在腰上，我干起活来眼睛通红，下边的嘴里向外直冒铁水，上面嘴里是专吃进碎铁燋子石头等，不论多硬的铁，一到我肚子里，就化成稀汁了。我的能力虽然很大，但是无论干什么活，还非得有风大哥（送风机）和电老弟（电动机）他俩的帮助才行呢！

　　记得"八一五"后第四个月，我们工厂便开工啦！但那时工友们对我们的爱护是根本谈不上，就拿他们干活来说吧，不管我的肚子里满不满，一个劲往我嘴里扔，因为我的肚子盛不了那么许多，所以把我弄得有了胃病，嘴里也不能喷火啦，眼睛发黑，什么也看不见啦，把所有的铁水完全凝在我肚子里。这样工人们急啦，骂我说他妈拉个×的，这个倒霉炉，三手两脚把我扑通一声推了个仰面朝天，拿起大锤照我肚子上叮当打一顿，才把我肚子里的材料拿出来。使

339

我永远不能忘的一天，是在一九四五年三月十八日，我们正在干活的时候，突然来了一个工人，看年纪有二十多岁，个子长得不大高，圆方形的脸上有着一对又黑又亮的大眼睛，管叫谁一看，就知道是一个能干的小伙子。他刚来到，就很热烈地干起活来，过了几天，才听工友们说，才来的工友姓袁名玉瑚。自从老袁来到工厂以后，每天都来我身边，上下打量我，把我看得真有点怪害臊的。有一天，他忽然对姓李的工友说："像咱们工厂现在没有多少活，用这么大的炉化铁，太浪费燋子啦，我想把这炉改造小一点怎样？"我听到这话，吓了一跳，心中暗想，我从小长得这么大，哪能缩小呢？结果老袁亲自动手，把我肚子内部弄小了，从此后不用多的燋子就能化很多铁，老袁也特别爱护我，关心我，别的工友在老袁的帮助教育下，都改变了过去"当一天和尚撞一天钟"的毛病。我做了一件很对不起工友的事情，应该向大家坦白坦白的，就是在去年十一月二十七日下午三点多钟，因为突击一件工作，正干得高兴时，老风的鞋忽然掉了（送风机的皮带），被老袁看见，他急忙跑过来，给老风穿鞋（往送风机上挂皮带），这时老风的鞋虽然掉了，但它还是匆匆地飞跑。老袁过来用脚一踏老风的脚（用脚踏皮带轮叫它住下），被老风嗡的一声，便把老袁的脚轧在底下，当时老袁啊呀一声，脚背的肉完全挤下来了，鲜血向外直流，把我（炉）吓得目瞪口呆，嘴里冒火。诸位工友们，这件事情提起来我（炉）多么懊恨啊！今天想起这事来，还觉得非常难过呢！

选自《"工农园地"选集》，大连大众书店 1948 年 8 月

◇ 黄耘　静波

东大同学在哈尔滨

东大同学在紧张的学习中接到哈尔滨方面的通知,需要他们很快地派二百个同学去哈尔滨帮助遣送日侨的工作。当接到这个通知,他们第二天清晨即整装出发,他们知道这是东北人民,特别是哈尔滨八十万人民的要求,丝毫不必犹豫。检查日侨并不只是一个简单的技术工作,而是一个光荣的政治任务,其所以要他们来,是由于哈尔滨的人民和政府信任他们,知道他们能够把这一工作做好。而这一点,就使他们得到了鼓励。

八月十七日他们正式开始工作到九月十九日彻底完成。在这一个多月的工作中,他们发挥了刻苦耐劳的精神。他们每天从早上直到黄昏有时八点钟才回来吃晚饭,不管风吹日晒肚子饿,每天都要对工作任务胜利完成,把工作手续办理清楚了才休息。

由于正确地认识到了这一工作,不能采取狭隘的民族报复,要把日本人民和法西斯战犯分开,所以对一般日本人的态度,极其和蔼,即使扣下他们的禁带物品,也要进行深刻的解释直到日本人点头心服为止。在检查中还不断地进行宣传工作,告诉他们日本军阀的罪恶及回国后怎样争取民主自由,有的日本人受到感动伸出手来和他们握手作别说,要把他们所讲的话带回日本去。他们对于战犯特务是毫无情面的,每个同学脑海中随时都深刻地记着每个战犯的姓名及相貌特征,严格地戒备着不让他们漏网。

东大同学都是刚走出家庭纯洁的青年,不但没有检查工作的经验,就是连一般的社会经验也很缺乏,可是他们的检查对象却想出奇奇怪怪的方法,如把钻石、珍珠、金子等贵重品藏在皮鞋底里,遗骨箱的双层底里,面包里,用过的肥皂里,甚至放在女人的月经带里……这在他们毫无检查经验的青年男女面前的确是个困难,但是由于他们的热情和机智,由于他们发挥了集体的力量,在几次开会的研讨中终于用更科学的分工方法和更精密的检查方法,把这个困难战胜了。

第二个困难就是病,他们到哈尔滨时正是虎列拉、感冒、伤寒流行的时候,而他们的工作环境使他们很容易被传染,因为他们休息时间不足,饮食不安适,更主要的是他们必须和很多患着传染病的日本人接触(因为日本人惯于将禁带物品藏在病人身上)。他们在克服这个困难中高度地发挥了互助友爱的精神,如身体强者多检查病人,身体弱者少检查或者不检查。另外,在生活上互相关照,特别对生病的同学友爱精神好,有病的同学也都自动地带病工作。有四个同学病了两天仍然不叫负责人知道,自己去坚持工作。其中有一女同学发烧到三十八度仍然要工作,后来勉强被送回去,晚上发烧到四十度,她还说:“我没有大病,明天一定要去工作。”

工作一开始,李处长就号召反对贪污现象,东大同学们从始至终地响应了这一号召。但是,因为个别同学理解得不够深刻和具体,所以有的将自己喜爱的小东西拿来使用,如扑克牌、小镜子、小手绢等,但同学们发觉后马上便提出制止不能任其发展。他们提出了"洁白如玉,毫不苟且"的廉洁运动,大家展开讨论,当晚同学们即自动将所有零碎东西全部交出,从此以后就是连用一张日本人的纸都要经过负责人许可。

在工作中,他们培养和创造了模范小队和模范工作者,深刻地研究了模范标准,并根据标准定出小队的和个人的努力方向,并在每天的汇报和检讨会中严格地检查自己。二十天的努力中他们胜利了,产生了三个模范小队(二、八、十二小队)、十三个模范工作者,受到了光荣的褒奖。他们以创造模范来推动了全班工作。

最后,他们在进行了三天的"九一八"秧歌宣传之后,同学们已过度疲劳,很多同学患伤风感冒腿疼腰疼(因过去都没扭过秧歌),而艰巨的任务又来了,在十九日这一天要送走最后一批三千多日本人。他们虽然是疲劳极了,可是没有推辞,毅然冒着雨将这三千多人送走,完成了最后的任务。

在百忙的工作中,他们时时刻刻没有忘掉学习,除了在工作中的实际学习之外,并在工作空暇时进行学习。

听报告——请人做专题讲演,如张学思将军的"国内形势",李敏然处长的"苏联介绍",蒋南翔同志的"'九一八'与目前形势",张庚同志的"中国戏剧运动"等,在这里更值得提的是新近先后从沈阳、长春逃出的五位青年同学,他们介绍了国民党的黑暗统治及青年人走投无路,这引起东大同学的热烈讨论,使他们更清楚地认识到了国民党统治区的黑暗,而更加坚定了自己的方向。

集体的时事学习——每到晚上八点钟以后走进他们的宿舍,便可看到同学们一堆一堆地在精细研读着《东北日报》,研究着中国形势、东北形势,在饭前饭后或工作开始前后的零碎时间也三五成群地抓紧了进行读报。

讨论会——为了配合某一节日及纪念日,都进行热烈的专题讨论,如配合"九二"日本投降签字周年纪念,讨论了"苏联与中国"的问题,进一步加深了对苏联的认识,总结了过去对苏联的糊涂观念。其次,配合哈市妇女座谈会,他们全体女同学对妇女解放问题展开了热烈的讨论。在配合"九一八"纪念时讨论了"'九一八'与目前形势"。

在学习中最积极的同学每天在黎明时即到四层楼顶平台去钻研革命理论,工作再累也不肯放过。

宣传工作,同样是在时间很紧迫的情况下来做的,他们先后参加了九月二号日本投降签字纪念,和"九一八"十五周年纪念的两次宣传工作。第一次主要是以中苏问题为宣传的中心内容,向群众解释中苏友好条约,解释苏联其所以能够诚意地与中国人民友好,帮助东北解放,那是因为殖民地半殖民地国家的独立和富强与苏联社会主义国家的基本利益是一致的。美国之所以名曰帮助,实际上要中国更加殖民地化,那是因为他们帝国主义性质所决定了的。这许多道理,要跟老乡们解释清楚并不是一个简单的事情,特别是在一部分人对苏联还存在着某种成见的时候,但由于他们从老百姓的生活出发,用很多实际的例子,用老百姓的话语去和老乡们耐心解释,虽然因为一天的短促时间,使他们只能用口头讲演的方式去进行宣传,但也收到很好的成绩。茶馆的掌柜听了他们讲演以后,请他们去吃茶不要钱;市郊的老乡买完东西打算回家了,但为听他们讲演都不走了,直到讲完之后他们还围着讲演的同学问这问那不愿离开,要求他们再多讲一点。当他们整队回去的时候,群众跟着他们,和他们一道呼口号,越来越多,形成一支很大的游行队伍。

"九一八"的宣传工作,除了口头讲演之外,还准备了秧歌、活报剧、街头墙报、大鼓书等,因此工作困难就更多,比如,没有东西,没有时间,没有经验……但由于大家齐心努力,发扬了高度的积极性和创造性,他们终于克服了这些困难。没有东西(服装道具等),他们就利用每个人自己的东西改做,大家凑;没有时间,他们开夜车;没有钱买布做旗帜,他们就用两块木板糊上纸写字来代替。大家并没因为物资条件差而影响工作情绪,相反地大家觉得,在困难的工作条件之下把工作做好才是最有意义的。他们分作两个队,每队都准备了两个活报剧、一个大秧歌、街头墙报、讲演、大鼓书等配合进行。两个活报剧:一个叫《"九一八"以来》,一个叫《保卫胜利果实》。头一个说明"九一八"当时,东北是怎样被不抵抗主义和卖国的剿共内战送给日本鬼子了。第二个说明"八一五"以后,东北光复了,人民得到了解放,人民则团结起来保卫胜利果实。这两个剧都是通过很简单明确的形式,把今年纪念"九一八"的中心意义传达给观众的。因为这两个剧和当前的时局,和当前的政治任务紧密地结合着,所以很为观众所接受。虽然因为时间太短促,排得很粗糙,不成熟,但群众却非常欢迎,也很能感动观众。就是在大雨之下观众都不走开,秩序不紊乱。他们走到哪儿,群众就在哪儿把他们围住。他们的秧歌,突破了过去旧秧歌的老格式,里面去掉了封建迷信的东西和那些色情的成分,增加了新的政治内容,表现了人民的喜怒哀乐,所以特别受欢迎,打破了一般人轻视秧歌的观点。他们的大鼓书,把"九一八"以来的真实历史很生动而具体地叙述了,群众听得很有兴趣,每次都有几百人围着。他们的街头墙报,主要是利用民谣小调形式,每张报纸一二百字,说明一个中心,简单扼要,字写得大而工整,易看也易懂。在他们宣传完了以后,这些墙报就把宣传的中心内容记录在墙头了。大家很爱这种墙报,看的人非常多,有的在下雨时还在街头看,并用笔把它抄录下来。这次宣传的成绩较上次更好,宣传的地区二十多处,观众在三万人以上。

在工作中最使东大同学兴奋的一件事,就是一到哈尔滨来,他们就能和哈尔滨各校同学以及民主青年联盟的同学携起手来,共同在一起工作。他们在一起检查日本人,在一起做宣传工作,在一起生活,在一起学习,在一起开晚会。工作团结了他们,教育了他们,巩固了他们之间的兄弟般的友谊。这些工作告诉了他们:东北青年只要在民主政府的领导下,团结起来,组织起来,就能发挥力量为人民做出更多惊人的事业。反动派说东北青年"奴化太深"不堪造就……那只说明了他们自己的无知和他们对东北青年一贯的仇视与蔑视。

哈尔滨的同学对东大同学的走,表示恋恋不舍,有很多男女同学,拿出他们珍贵的笔记簿,请东大同学为他们签字,以作纪念。有的学校还要约东大同学举行座谈会,但因他们要早日回校学习,对哈尔滨同学这种高尚的友谊,只好表示衷心感谢。今后东大同学与哈尔滨同学将要保持更密切的联系,彼此鼓励,共同进步。我们相信,在人民的事业中,东大同学与哈尔滨的青年同学们将永远是结合在一起的。

九月十九日于哈尔滨

选自《东北文化》,1946 年第 1 卷第 1 期

◇解决　郑唤民　张兆美

担架队断片

一、我不来谁来

呼兰担架队员潘义顺，一开口，自己先笑得合不上嘴，笑得那样健康而热烈，你要不看他口里脱落得只剩下的三四颗黄板大牙和脸上七横八竖的皱纹，真的不会认他是五十开外的老汉，他常高兴地说："若是在呼兰还不敢向你说，怕来不上，说实在的，我今年五十八岁了，在动员大会上报了四十五，大家都看我挺硬实，也就让我来了。你想我跑腿一辈子，没房子没地，从前做梦也想不到能分得三垧半地。民主联军在为咱们打仗用人的时候，我不来谁来！"他像在大会上发表演说一样，滔滔不绝地一口气说出来。

站在他旁边的担架排长说："你别看他是个老头子，差不离的年轻人还赶不上他呢，来的时候在双城北把手摔破了，有时晚上疼得睡不着觉，但没有请过假，抬伤员回来时比谁干得都起劲儿。"

二、穷人帮穷人，大家一条心

榆树谢老太太，孤身一人，得了重病，五常三小队十二组全组由赵喜林领着轮流给她煮饭烧水，在最重的几天还给倒屎倒尿。当该组织要走的时候，老太太在炕上感激地说："咳！你们五常担架队真好，给我倒屎尿盆子，都不嫌脏，我死了也忘不了你们！"

一小队周景富，两天中给一个房东老吴家做了三张爬犁，王月亭给房东占喜臣做两个锅盖，修理了一辆很久不能使用的大车和两个凳子，还做了三条扁担，房东几次请他吃饭，他都不肯，严守军队纪律。

三分队给房东王荣福编炕席后，房东说："多亏你们，不然我是买不起的，真是穷人帮穷人，大家一条心。"担架队走时，群众都送出村外多远。

三、再来还住在这

当五常担架队二分队三小队一组，向榆树南门外老董家寻房子时，董老头说："我这里不相当，房子大，飞机来了抛炸弹炸死你们怎么办？我看你们还是找个小房子去吧！"队员们一加解释，他便瞪起来眼睛说："你们看中了我的房子，你们住吧！"但该组住下后，虽然给他菜金和米在他家做饭，他都不给盐吃，不叫家人给队员们烧炕，队员们一边解释并连天切草、打水、扫院子，经过了三四天的感化，老头子也给盐吃了，并自动地亲身给队员们烧炕，非常亲热。当该队将转移时，他恋恋不舍地说："你们真是没比的，我算知道了，走到哪干到哪，和我们像一家人似的，再来时还住这！"不住口地向队员们嘱咐。

四、你到后方我们才放心呢

五常担架队长刘万珍,每次行军到达宿营地时,别人都睡觉了,他自己仍然帮助老乡担水、砍柴、做饭、领柴领米,多咱都是跑到头里。他抬伤员时帮助别人,大家都说:"还是咱们刘队长,谁也比不上,真称得起咱队的状元。"

三中队一分队队长范正福抬伤员走到某地时,曾遭敌机六次扫射,他沉着地指导全队,迅速分散,安全隐避伤员。

七中队全体队员,四天四夜未能吃饱饭,睡好觉,伤员说:"老乡,你们太累了! 叫兵站来换换吧!"队员们说:"同志! 你放心吧!等你到后方我们才放心呢! 别说不算累,就是累点算啥!"走了三百多里,终于伤员安全地到达目的地。

五、两种三大保证

该担架队在进行热烈的互相比赛,已定下了对房东和伤员的三大保证——对伤员:第一,保证在任何情况下不丢掉伤员;第二,遇到敌机扫射,先隐避伤员;第三,在路上竭力解决伤员的困难。对房东:保证缸内不断水;每天打扫院子;尽力帮助房东干一切活计。大家都兴高采烈地争着完成任务。

选自《血肉相联》,东北书店 1947 年 8 月初版

◇ 穆青　常工　萧彦

三个镜头

——哈市纪念"九一八"杂记（节选）

"真威风呀！"

乐队悠扬地奏起来了。

随着一面红色的国旗，二千七百多个工友和店员从中央大舞台倾泻出来，像一道巨大的铁流一样，经过五道街、太古街和一道街，顶着细雨和冷风，浩浩荡荡地直奔正阳大街而来。

他们的旗上写着：纪念"九一八"，工人店员大联合，为保证胜利果实而斗争。

他们的口号喊着：纪念"九一八"，拥护共产党，永远跟着共产党前进。

这是一支工友和店员翻身的队伍，他们要在今天检阅他们的力量，所以他们特别地起劲，四个人一排，每个人都打着一面小旗，特别高出人头的会旗，红红绿绿，构成了一幅巨大而又美丽的彩色画面。

老巴夺烟厂的工友走在最前面。每个人都是空前的兴奋,店员联合会则高唱着翻身之歌,愉快而又整齐地跟着前进,澡堂工会的工友,则在大胖子队长领导下,拼命地喊着:"万岁! 万岁!"

"真威风呀!"二道街口的人群在说。

"就是少我们三轮车!"在三道街口一个三轮车工友站在车上,看着这巨大队伍说,"这次我提意见,我们也要成立工会。"

在五道街口上,更遇到民青和女中的宣传队。于是歌声和口号合在一起,声音随风飘向很远,这是在向哈尔滨人民呼唤,呼唤哈尔滨的人民赶快起来,在共产党领导下,制止第二个"九一八"的危险。

东北电影公司的卡车早就停在同记商场的门口,当这支翻身的队伍经过时,技师们忙着转动镜头,把这伟大而又美丽的场面,将反映到银幕上去,让人们知道哈市的工友和店员,是有力量来制止第二个"九一八"的。

这是永远不忘的一天。

"舞台跑了"

在道外十六道街上,出现了一个奇异的舞台,那是松江省文艺工作团用三辆大卡车临时搭起来的,三个车箱并排排列着,上面铺着木板,挂起了一个天蓝色的幕布,锣鼓响起来的时候,演员们从幕后走出来,就这样开始了露天的演唱。

这样的舞台和这样的演剧,在哈尔滨观众说来还是少见的,人们为这种形式感到新奇,无数的人群团团地包围了卡车,繁华的街道上交通被完全阻塞了,两旁的楼窗上更挤满了人,平常华乐舞台的观众现在也从戏园里被吸引出来,在风雨里听着那从汽车舞台上，飘散过来的歌声。戏，演得很简单，但也很真实，名字叫《放下你的鞭子》。当戏中卖唱的女儿，唱起那哀婉的《松花江上》时，生活在松花江畔的哈尔滨的人民，那些观众是显得很静的。歌声翻出了人们的回忆，人们说："'九一八'谁会忘记呢？"

开麦拉在人丛里对准着舞台响起来了，那正是一个紧张的场面，父亲要鞭打女儿，因为她哭声咽住了歌声，不能再叙述那些国民党反动派在他们父女转回老家的时候，所给予他们的痛苦和迫害，人们随着剧情的紧张而骚动起来，一个青年夺过了老人的鞭子，制止了这残酷的行为，观众们忘记了这是演戏，兴奋地蜂拥过去，但是舞台上的人喊叫起来了：

"舞台跑了，汽车被挤走了！"

选自《东北日报》，1946 年 9 月 20 日

◇戴云龙　王醒夫

想起包阿金

包阿金是上海浦东人,民国三十一年九月,被日本鬼子抓劳工抓到大连来,来到后就和我同住在香炉礁福昌华工宿舍。

刚到的第二天,马上就被派到满铁工场去干卯子工,一气干了两个多月,未准歇过一天工。

有一天,老包得了"疟子"病,他要求工头单冈让他休息一天。但是这个汉奸王八蛋不但不答应,反而举起了左手"啪啪"打他两个嘴巴子,打得老包眼前直冒金星,当时就晕倒了。单冈一看他躺在地上,他说:"她妈的,你还装熊吗?"就用两只牛蹄子似的脚往老包的身上乱踢一阵,直到看老包快不行了,单冈才一面骂一面走出工人的生死殿(工人宿舍),当时我们看虎狼似的工头走了,才上前把老包抬到炕上。虽然我们都气愤极了,但是在那个时候谁又敢怎样呢?

后来,工友们一致要求单冈给老包治病,单冈总算答应了。工友们马上把老包送到"碧山庄医院"去,住了五十天的院。老包的病刚见好,单冈马上又要逼他到原地去干活。

没干几天,天下大雪了,冷得要命。老包没有什么衣裳穿,身上穿的还是夏天的小褂裤。冻得他实在不能干活,但是不干怎么能行!他就只得到场子里的脏土堆里找到了一条又脏又臭的破麻袋,用水洗了一下,在翻砂场的大火炉旁烘干后,便披在身上。

晚上放工了,雪已下得足有一尺深,西北风"呼呼"地刮着,工友们一个个地排着,等着守卡门的"守卫"检查。一个挨着一个检查过去了,临到老包,一看他身上披着麻袋,"守卫"问他:"喂?在哪偷的?"

"先生,我不是偷的,是在脏土堆里捡的。"

"捡的?再去捡一个来,不行!"

"先生可怜我吧?我没有衣裳穿哪!"

"他妈的,少废话。"被"守卫""叭"的一脚踢倒了,老包挣扎着爬起来,又是一脚,"跪下"!

并又拿来冷水往他身上浇,老包在八九寸深的雪地上足足跪了二十分钟才算完事。不用说,麻袋是留下了——老包又病倒了一个多月。

病刚好,在翻砂场抬砖,因为走得稍微慢一点,叫冈田(鬼子监督)看见了,把老包按倒地下好一顿揍。

一天中午时,老包到茅房去大便,他想起了他受的苦都是日本鬼子给他的,他气急了就用砖头往墙上写了几个大字"打倒日本帝国主义"。刚写好,冈田也上茅房去了,一看这几个字,就气得哇哇叫,把老包揪住送出场子(到哪儿去了,谁也摸不清)。两个钟头后老包回来了,工友们以为没有事了。再一看后面还跟着四个宪兵,我们就知不妥当,只见四个宪兵押着他送到场子后的狼狗(警防狗)

的小屋里。门一开，狼狗扑上老包的身上，老包两手乱摇，不久终于被狼狗咬倒了，狗一口一口地咬着他，他嘶嚎，我们都在流泪了。但是又有什么办法呢？我们眼看着一个忠实倔强可爱的中国小伙子就如此地惨死了。那时老包才二十二岁。我恨，我恨那时候为什么不拼个死跟鬼子反抗一下子。救下老包，让老包能活到今天，能让他亲眼看到咱们的好苏联大哥帮助中国人民把小日本打倒了，替咱们劳动者报了仇。

选自《"工农园地"选集》，大连大众书店 1948 年 8 月

存　目

邢路

长岭山之战

　　——本溪保卫战英雄事迹之一

吉戈

血肉相联

西虹

登峰攀树抢伤员

第一班力夺天险

反坦克英雄班

老爷岭围歼记

模范班

抢救英雄登科

则鸣

忆哈尔滨

伍延秀

南征北战的英雄

　　——司汉民同志

仲云

纪念沉痛的"九一八"

华山

长吉冰岛

敬　告

　　《1945—1949 年东北解放区文学大系》为展现东北解放区文学的整体风貌而编辑出版。丛书选取此间最具代表性的作品，以纪录这段波澜壮阔的历史时期内东北解放区所发生的翻天覆地的变化。由于丛书所收录的作品众多，时代不一，加之编辑出版时间有限，至今尚有部分收录作品未能与原作者或继承人取得联系。为保护作者著作权益，我社真诚敬告：凡拥有丛书所选录作品著作权的，请与我们联系，我们将按照国家规定及时付酬。

　　感谢社会各界对我们的理解与支持。

黑龙江大学出版社